АЛЕКСАНДРА
МАРИНИНА

КОРОЛЕВА ДЕТЕКТИВА

ЧИТАЙТЕ ВСЕ РОМАНЫ АЛЕКСАНДРЫ МАРИНИНОЙ:

Стечение обстоятельств
Игра на чужом поле
Украденный сон
Убийца поневоле
Смерть ради смерти
Шестерки умирают первыми
Смерть и немного любви
Черный список
Посмертный образ
За все надо платить
Чужая маска
Не мешайте палачу
Стилист
Иллюзия греха
Светлый лик смерти
Имя потерпевшего никто
Мужские игры
Я умер вчера
Реквием
Призрак музыки
Седьмая жертва
Когда боги смеются
Незапертая дверь
Закон трех отрицаний
Соавторы
Воющие псы одиночества
Тот, кто знает. Опасные вопросы
Тот, кто знает. Перекресток
Фантом памяти
Каждый за себя
Замена объекта
Пружина для мышеловки
Городской тариф
Чувство льда
Все не так
Взгляд из вечности. Благие намерения
Взгляд из вечности. Дорога
Взгляд из вечности. Ад
Жизнь после жизни

Адрес официального сайта Александры Марининой в Интернете
http://www.marinina.ru

АЛЕКСАНДРА
МАРИНИНА

ЖИЗНЬ после ЖИЗНИ

ЭКСМО
МОСКВА
2010

УДК 82-3
ББК 84(2Рос-Рус)6-4
М 26

Разработка серии и иллюстрация
на обложке Geliografic

Маринина А.

М 26 Жизнь после Жизни : роман / Александра Маринина. — М. : Эксмо, 2010. — 416 с. — (Королева детектива).

ISBN 978-5-699-43678-1

Разбитое зеркальце на груди, сережка, вырванная из уха, — своеобразная «визитная карточка» убийцы. Кто убил этих двух почтенных женщин — маньяк, одержимый мрачноватыми легендами рода Вяземских, или его изощренный имитатор? Все версии неизменно заходят в тупик. Бизнесмен, чьи начинания в связи с этими преступлениями находятся под угрозой, решил прибегнуть к помощи частного детектива. Так Анастасия Каменская оказалась в провинциальном Томилине. Да-да, полковник милиции в отставке Каменская теперь работает в частном детективном агентстве, и это расследование — ее дебют на данном поприще. Теперь за ее спиной нет могущественного и влиятельного ведомства, и это как-то непривычно. Но от Насти по-прежнему требуется ее умение разговаривать и слушать, систематизировать факты, интуитивно — а это есть вершина ее «сыскного таланта» — выбирать верное направление поисков. Словом, открывать все двери, которые встречаются на ее пути. Ведь за одной из них находится истина. Она-то не подвластна никаким переменам.

УДК 82-3
ББК 84(2Рос-Рус)6-4

ISBN 978-5-699-43678-1

Пролог

5 марта 2009 года

Звонок мобильного телефона дребезжал надсадно и требовательно. Он умолкал и тут же через несколько секунд снова начинал свою надоедливую песню. Федулов нагнулся над лежащей на земле сумкой убитой женщины и посмотрел на эксперта.. Тот молча кивнул, дескать, можно. Федулов щелкнул замком и вытащил телефон, нажал кнопку, обозначенную зеленой трубочкой, поднес к уху, но ничего не говорил.

— Галина Ильинична! — зазвенел в трубке заполошный встревоженный девичий голос. — Галина Ильинична, вы где? С вами все в порядке? Почему вы трубку не берете?

Федулов откашлялся и глухо произнес:

— Алло. Говорите.

— Ой, я не туда попала? — испуганно проговорили в трубке. — Извините, пожалуйста.

И точно так же испуганно и коротко зазвучали гудки отбоя. Ну что ж, теперь они знают хотя бы имя и отчество потерпевшей, это уже что-то. Теперь бы фамилию узнать и адрес. Федулов опустил руку с трубкой и тут же снова поднял ее: телефон опять зазвонил.

— Вы звоните Галине Ильиничне? — спросил он. — Кто вы? Представьтесь.

— Я Рита. А что случилось? Где Галина Ильинична?

— Рита, вы кем приходитесь Галине Ильиничне? Родственницей?

— Я... я квартирантка. А где Галина Ильинична?

— Рита, с Галиной Ильиничной несчастье. Вы сейчас где?

— Какое несчастье? Что случилось? Ей плохо? Она в больнице?

— Она умерла. Вы где, Рита? Дома? Скажите мне адрес.

Трубка молчала, словно телефон выключили.

— Рита! — снова позвал Федулов. — Рита, вы меня слышите? Мне нужно срочно с вами поговорить. Скажите адрес.

— Как это... — раздалось в трубке глухое и неуверенное. — Что значит: умерла? Вы кто? Доктор?

— Старший оперуполномоченный майор Федулов Дмитрий Вадимович, — сухо отрекомендовался Федулов. — Галина Ильинична убита. Оперативная группа работает на месте происшествия. Так вы скажете, как вас найти?

— Я... я дома... — голос Риты, казалось, сел окончательно, она уже почти шептала. — У Галины Ильиничны.

— Говорите адрес, я сейчас приеду.

— Нагорная, дом двенадцать, квартира сорок восемь. Это между Федеративной и Профсоюзной, знаете?

— Знаю, — коротко ответил Федулов. Это совсем рядом, через три-четыре дома. Получается, дамочку убили при подходе к месту жительства. — Я буду у вас через несколько минут. Илюха, — обратился он к другому оперативнику, полному, с отечным лицом, — я в адрес, кажется, мы установили личность потерпевшей.

— Мне с тобой идти? — спросил Илья Второшин.

— Нет, оставайся здесь, сейчас начальство нагрянет, труп все-таки. Если что — я на связи.

Федулов быстрым шагом миновал неосвещенный проходной двор, в котором обнаружили труп, вышел на сверкающую огнями вывесок Нагорную улицу и направился к дому 12. Когда-то, когда Дима Федулов еще был сопливым пацаном, никакой Нагорной улицы не было, а потом здесь построили несколько шикарных по меркам 1970-х годов домов для городской «верхушки» — работников Томилинского городского совета народных депутатов и горкома партии, — и, конечно же, замостили целую улицу, чтобы им удобно было подходить или даже подъезжать на служебных и личных автомобилях, и открыли здесь несколько магазинов, которые снабжались товарами лучше всех других магазинов в Томилине. Жить на Нагорной стало престижно, и в послеперестроечные времена улица сохранила свой статус, несмотря на то что по сравнению с современной застройкой бывшие элитные дома выглядели простоватыми и даже захудалыми. Теперь на Нагорной располагались самые дорогие магазины, два автосалона и лучший в городе ресторан, который никогда не пустовал: параллельно шла знаменитая Парковая улица, обсаженная липами, одним концом упирающаяся в реку Томинку, другим — в недавно отреставрированную старинную усадьбу, а сразу за Парковой, на живописном берегу реки, начинался коттеджный поселок, построенный и обжитый людьми далеко не бедными. Этим небедным людям очень удобно было делать покупки в магазинах на Нагорной и ужинать в ресторане.

Дом под номером 12 оказался пятиподъездной девятиэтажной «коробкой», перед которой между припаркованными машинами и гаражами-«ракушками» сиротливо приткнулась детская площадка. Федулов опытным взглядом окинул фасад, посчитал количество окон, приходящихся на один подъезд, что-то умножил и поделил в уме и уверенно двинулся ко второй двери. Он не ошибся, сорок восьмая квартира действительно находилась во втором подъезде.

Когда ему открыли дверь, он увидел серьезную, с озабоченным лицом женщину лет сорока и рядом с ней молоденькую девушку, бледную, перепуганную и показавшуюся Дмитрию необыкновенно страшненькой. Коричневые волосы расчесаны на косой пробор и заплетены в две косички, по толщине довольно жалкие, безликая, застиранного серого цвета водолазка, вытянутая на локтях, несвежего вида спортивные брюки. В общем, выглядела девушка Рита небогато, да вдобавок еще и болезненно: глаза красные, на лбу испарина.

Федулов еще раз представился, прошел в комнату, попутно успев отметить, что квартира у покойной Галины Ильиничны была хоть куда — трехкомнатная, просторная, хотя и давно не ремонтированная. Да, неплохо жили при советской власти партийные и советские работники. Он снова вспомнил свою тесную «двушку», в которой долгие годы ютился с родителями, женой, двумя детьми, младшей сестрой, ее мужем и сыном. Спали без преувеличения друг у друга на головах, никакая другая мебель, кроме спальных мест, в квартире не умещалась, ели на кухне в три смены, в ванную, совмещенную с туалетом, всегда стояла очередь. Какое счастье, что все это уже позади и жилищный вопрос наконец решен! Но Дима Федулов до сих пор не забыл жизнь в той двухкомнатной квартире, она снилась ему в ночных кошмарах, и он просыпался в холодном поту и успокаивался только тогда, когда проходила сонная одурь и он мог различить вокруг себя совсем другие стены, другие окна и другую мебель.

Девушка, представившаяся Маргаритой Нечаенко, работала приемщицей в химчистке и жила у Галины Ильиничны Корягиной в качестве квартирантки, но не за деньги, а за помощь по хозяйству. Ходила в магазины, стирала, гладила, убирала, в общем, была чем-то вроде домработницы с проживанием. Своего жилья в Томилине она не имела, приехала из поселка Петунино Костровского района. Костровск — большой город в 60 киломатрах от Томилина, ну, конечно, не такой большой, как областной центр, но все-таки... Там и институты есть, в которых можно учиться, и частный бизнес процветает, и фирмы, в которых можно работать. Но на работу в костровские фирмы Риту почему-то никто не стремился взять, и пришлось ей удовольствоваться более скромным, хотя и немаленьким, городом Томилином, построенным в середине 1950-х годов вокруг крупного химкомбината.

Галина Ильинична отправилась на творческий вечер известной в прошлом актрисы, приехавшей из Москвы. Рита хотела было проводить свою хозяйку до концертного зала, расположенного ныне в бывшем Доме политпросвещения, но Галина Ильинична категорически отказалась, сказав, что она не беспомощная и не дряхлая. Рита все равно волновалась за нее и собиралась подойти на Майскую площадь к концертному залу попозже и хотя бы встретить Галину Ильиничну, но... В этом месте повествования несчастная некрасивая девица залилась густой краской и отвела глаза, а сидящая рядом с ней женщина, которая оказалась соседкой, вмешалась и пояснила, что около восьми вечера Риточка прибежала к ней и спросила, какое лекарство ей выпить: у нее начался жуткий понос. То ли отравилась чем-то, то ли кишечник засбоил. Сама соседка, конечно, не доктор, но жизненный опыт кое-какой имеет, поэтому дала Рите несколько дельных советов, а спустя полчаса зашла к Корягиной проведать девушку. Рита все время бегала в туалет и возвращалась вся в испарине. Она очень злилась на себя и говорила, что заболела так некстати, что хотела бы все-таки собраться с силами и пойти встретить Галину Ильиничну, потому что сейчас, в первых числах марта, началась оттепель, тротуары покрылись льдом и тонким слоем воды, очень скользко, и как бы Галина Ильинична не упала. Однако многоопытная соседка посоветовала ей из дому не выходить и находиться поближе к туалету. Они вместе попили чаю, посмотрели телевизор, а начиная с десяти вечера стали ждать Корягину, которая, по идее, должна была вот-вот вернуться. В половине одиннадцатого Рита забеспокоилась не на шутку и начала звонить ей на мобильник. Никто не отвечал. Может быть, концерт еще не закончился? Кто их знает, эти творческие вечера, на сколько они рассчитаны... Рита в справочной узнала телефон администратора концертного зала, позвонила, и выяснилось, что творческий вечер знаменитой актрисы закончился в девять часов десять минут. От Майской площади до Нагорной улицы пешком минут пятнадцать, это если идти даже неспешным шагом по хорошо освещенной, широкой Профсоюзной улице, а если срезать и пойти дворами между Профсоюзной и Федеративной, то выходишь прямо в торец дома Галины Ильиничны, и занимает такая дорога от силы минут восемь. Иными словами, Корягина уже час как должна была вернуться. Рита разволновалась окончательно, попросила соседку не уходить, потому что ей страшно, и принялась названивать Галине Ильиничне каждые две-три минуты. Так и звонила до тех пор, пока ей не ответил майор Федулов.

Дмитрий провел с Ритой Нечаенко еще полчаса, все выспрашивал, не было ли врагов у ее хозяйки, не угрожал ли ей кто-нибудь, не возникали ли у нее в последнее время какие-нибудь конфликты... Много чего узнал Дима Федулов об убитой женщине, только на личность преступника это не проливало ни капли света. Преступник-то, скорее всего, необычный, и мотив у него эдакий с заворотом, не лежащий на поверхности. Почему Дмитрий так решил? Да потому, что на груди у задушенной теплым шарфом женщины лежало разбитое зеркало, а рядом с трупом валялась на земле вырванная из уха серьга.

Неужели в их тихом восьмидесятитысячном городе завелся маньяк? Ох, не хотелось бы!

* * *

22 сентября 2009 года

Капитан милиции Илья Вторушин на работу почти никогда не опаздывал, наоборот, любил прийти пораньше, пока в здании городского отдела внутренних дел никого, кроме дежурных, нет, посмотреть свои записи, сделать в тишине бумажную работу, составить план на предстоящий день. Планировать Илья любил, он записывал все подробно, нумеровал и по мере выполнения с удовольствием обводил красным кружочком то, что уже сделано. Если к концу рабочего дня красных кружочков оказывалось меньше, чем необведенных пунктов, настроение у Ильи портилось, он был недоволен собой и злился. В удачные же моменты жизни, когда удавалось обвести красной шариковой ручкой все номера, он радовался, как ребенок, и считал, что день прожит не впустую.

Сегодня капитан Вторушин пришел на работу, как ему казалось, рано, однако в кабинете уже сидел старший опер Дима Федулов, с измученным лицом и совершенно больными глазами.

— Аиду убили, — сквозь зубы произнес Федулов вместо приветствия.

— Аиду? — удивленно приподнял брови Вторушин. — Какую Аиду?

— Ах да, ты не знаешь, ты ее не застал, — махнул рукой Дмитрий. — Молодой еще. Она десять лет назад ушла в отставку, я с ней работал. Какая была тетка... Аида Борисовна Павлова, следователь прокуратуры, старший советник юстиции.

Никакой Павловой Илья Вторушин не знал, ему было всего 32 года, и десять лет назад, когда какая-то там Павлова уходила в отставку, он только-только окончил школу милиции и начинал работать в уголовном розыске Костровска, своего родного города, где до сих пор живет его бабушка. Родители Ильи давным-давно переехали из Костровска в Томилин, они были инженерами-химиками и работали на комбинате, и вырос Вторушин здесь, а вот служебную карьеру начинал там, где родился, и только семь лет назад перевелся в Томилин.

Он видел, что Дима Федулов расстроен донельзя, и не знал, как себя вести, — то ли скорбно молчать в знак солидарности, то ли не притворяться и разговаривать, как обычно.

— Илюха, у нас проблемы, — вдруг сказал Федулов совсем не то, что ожидал услышать Илья.

— У нас всегда проблемы, — беззаботно откликнулся Вторушин. — Какие на этот раз?

— У Аиды на груди разбитое зеркало. И сережка из уха вырвана, рядом валялась. Помнишь труп Корягиной?

Еще бы не помнить! Вторушин почувствовал, как сердце в груди пропустило удар. Вот, значит, в чем дело...

— Теперь точно можно утверждать, что в городе маньяк, — продолжал между тем Федулов мрачным голосом. — Нам теперь головы поотрывают.

* * *

Газета «Томилинский курьер» от 17 октября 2009 года

«СТРАСТИ ПО УСАДЬБЕ

Уже три недели жители нашего города не могут спать спокойно: в Томилине поселился ужас, неизвестный маньяк убивает немолодых женщин, посещающих клуб «Золотой век». Случайно ли это? И что стоит за убийствами двух невинных жертв, связанных стоящей на окраине города старинной усадьбой? Обеих погибших женщин объединяло то, что они были членами клуба «Золотой век», открытого два года назад московским олигархом Андреем Бегорским в отреставрированной на его же средства усадьбе. Клуб этот почти сразу завоевал популярность среди томилинских пенсионеров, которые говорят о нем не иначе как с любовью и теплотой, однако выяснилось, что не все там так радостно и гладко, как кажется на первый взгляд.

Мы провели журналистское расследование, открывшее нам немало страшных тайн и проливающее свет на загадки, оказавшиеся не по зубам нашей доблестной милиции.

Вернемся на два с половиной столетия назад и обратимся к истории. Всем мало-мальски сведущим в истории известен, конечно, князь Александр Алексеевич Вяземский, один из ближайших помощников и последователей Екатерины Второй. А вот его дальний родственник, князь Андрей Иванович Вяземский, известен куда меньше. При Екатерине он был действительным тайным советником, нижегородским и пензенским генерал-губернатором, а при императоре Павле стал сенатором. Но наше внимание должно быть приковано не к его политическим заслугам, а к истории его второго брака.

Второй женой князя Андрея в 1786 году стала ирландка Евгения О'Рейли. Князь познакомился с ней во время путешествия за границу, отбил у мужа и привез в Россию. Бракоразводный процесс Евгении был долгим и мучительным, но в конце концов влюбленные соединились и сочетались законным браком. Они любили друг друга и были счастливы, но родственники Андрея Ивановича этот брак не одобрили и его молодую жену не приняли. Супруги Вяземские стали подыскивать уединенный уголок, где они могли бы спрятаться от пересудов и гнева своего окружения. Вот тогда-то князь Андрей и купил усадьбу Никольское-Томилино, которая сегодня стоит на окраине нашего города.

Но Вяземские сюда так и не переехали. Князь привез новоиспеченную супругу в имение, но уже через несколько часов Евгения сказала, что здесь ей не по себе. Она даже не захотела остаться в усадьбе переночевать, сказала, что ей страшно, что в воздухе витает нечто неопределенное, что ее пугает, и она ни за что не хотела бы здесь жить. Никакие уговоры князя не помогали, супруги вернулись домой, а через месяц Андрей Иванович нашел новое место — Остафьево, в семи верстах от города Подольска. Вяземские стали хозяевами Остафьева более чем на 100 лет, а усадьба Никольское-Томилино была продана графу Михаилу Федоровичу Румянцеву.

В середине 50-х годов прошлого века территория имения стала частью вновь построенного города Томилина, и никто не знает, почему так сложилось, что красивую усадьбу на окраине города стали называть «усадьбой Вяземского», который был ее хозяином всего чуть дольше месяца и не прожил в ней ни одного дня. Но факт остается фактом: усадьба Румянцевых при советской власти именовалась «усадьбой Вяземских» и носит это название до сих пор. Однако именно с родом Румянцевых, владевших Никольским-Томилином вплоть до революции 1917 года, и связаны страшные старинные тайны, которые могут пролить свет на тайны сегодняшние.

Итак, у графа Михаила Федоровича была дочь Ольга, красавица, образованная и умная девица, не знавшая отбоя от женихов. Сердце ее было отдано Алексею Лобанову, за которого Ольга Михайловна и вышла замуж в 1808 году. Брак был на редкость счастливым, полным любви и взаимного доверия. К тому моменту, когда молодой граф Лобанов уходил на войну с Наполеоном, Ольга родила Алексею двоих детей. Перед расставанием граф Алексей подарил любимой жене серьги, дорогие и очень красивые, со словами: «Эта пара серег олицетворяет нас с тобой. В них заключена наша с тобой жизнь. Ежели одну потеряешь или сломаешь, вторую не выбрасывай, храни ее, как хранила бы свою и мою жизнь, как хранила бы нашу любовь».

Прошло несколько месяцев, Ольга Михайловна носила подаренные мужем серьги каждый день, даже на ночь не всегда снимала. И вдруг оказалось, что одна сережка потеряна. И на другой день пришло известие о гибели графа Алексея Лобанова. С той поры Ольга Румянцева-Лобанова носила одну серьгу, вдевала ее в левое ухо, ближе к сердцу. Она долго не снимала траур, горюя по любимому мужу и отцу своих детей, и никакие уговоры матери не носить одну серьгу, потому что это против правил, ее не убеждали.

Через полтора года после гибели графа Алексея за Ольгой Михайловной начал настойчиво ухаживать сын владельца расположенного по соседству имения, Петр Большаков. Петр был известен на всю округу своим буйным нравом, невоздержанностью в застолье, склонностью к дебошам и к веселью в обществе цыган или заезжих актрис. Репутация у него была ужасная, и молодая красавица-вдова сторонилась соседа и старалась его избегать. Однако Большаков-младший не отступал, преследовал Ольгу, не давал ей прохода, постоянно наезжал с визитами и всячески демонстрировал свое расположение. В конце концов дело дошло до объяснения, Большаков признался в своих чувствах и стал требовать ответа. Был он в тот день изрядно нетрезв и вел себя агрессивно. Ольга старалась сгладить неловкость и деликатно объяснить Петру, что не разделяет его любви и собирается хранить верность погибшему мужу до самой смерти. Она даже рассказала ему, в надежде смягчить кавалера, о подаренных мужем серьгах и о том, как одна из них потерялась как раз накануне получения известия о его смерти. Большаков же от этого рассказа еще более разгорячился, слова Ольги разозлили его, пробудили бешеную ревность, да и вино, выпитое без меры, сделало свое коварное дело. Он протянул руку и в ярости вырвал серьгу из уха молодой женщины, а затем схватил нож и нанес несколько ударов по ее лицу.

Спустя два дня Петр Большаков был арестован и препровожден в тюрьму. Врач сделал для Ольги все, что смог, однако с того момента все ее прекрасное лицо оказалось изуродованным безобразными шрамами. Когда Ольга посмотрела на себя в зеркало, она пришла в ужас и швырнула зеркало на пол. Осколки разлетелись по всей опочивальне. Ольга потребовала, чтобы во всем доме больше не осталось ни одного зеркала. Она не хотела видеть свое некогда красивое, а отныне обезображенное лицо. Требование молодой хозяйки было исполнено, зеркала сняли и сложили в каморке.

Через некоторое время пользовавший Румянцевых доктор стал замечать в Ольге начальные признаки надвигающегося безумия. Она то становилась задумчивой, все молчала, ни с кем не разговаривала, а то вдруг начинала хохотать, веселиться, затевать шумные игры с детьми, потом снова впадала в печаль и неподвижность. Однажды в холодный зимний вечер Ольга Михайловна в приступе безумия начала бить стекла в окнах и кричать, что они, как зеркала, отражают ее уродство, которое она не хочет видеть. На крик сбежались домочадцы, попытались утихомирить Ольгу, но она принялась рвать на себе волосы и одежду и приговаривать, что все против нее сговорились, даже самовар отражает ее лицо, и все на нее смотрят и видят ее ужасные шрамы. Несчастную удалось связать и через какое-то время успокоить, но рассудок к ней так и не вернулся.

Душевные болезни с той поры стали преследовать потомков Румянцевых, проявляясь через одно-два поколения. Но самым странным было то, что Ольга Михайловна Румянцева-Лобанова оказалась последней действительно красивой женщиной в этом роду. Уже ее дочь, а также все последующие девочки в роду Румянцевых-Лобановых рождались отчаянно некрасивыми. Благодаря немалому состоянию все они рано или поздно выходили замуж и рожали детей, однако ни одна из них не знала истинно любящего мужчину. Всех их брали замуж по расчету.

Но вот в 1898 году, спустя более восьмидесяти лет после трагедии, постигшей графиню Ольгу, оставшаяся от нее сережка была извлечена из шкатулки, в которой бережно хранилась все эти годы, и вдета в ушко Анны Румянцевой-Лобановой. Анна, как и многие ее предки по женской линии, привлекательной внешностью не отличалась, но любви хотела подлинной, на деньгах и расчете не замешенной. В память о несчастной Ольге Михайловне, которую муж любил страстно и преданно, Анна отнесла сережку к ювелиру, заказала ей пару и стала носить. Женихи у нее к тому времени были, однако все они гнались за состоянием, о чем Анна, конечно же, знала.

Вскоре сыскался молодой человек, в которого Анна влюбилась без памяти и, что самое главное, в искренность чувств которого она всей душой поверила. Родители были против: молодой человек был отнюдь не родовит, из мещан, и не сказать чтоб богат, даже напротив того. Анна твердо стояла на своем и говорила, что выйдет за него во что бы то ни стало, даже если ее лишат и наследства, и приданого, что для их любви нет преград и ничто им не помешает стать счастливыми. Слова ее оказались пророческими, отец, узнав, что Анна и ее жених тайно обвенчались, лишил непокорную дочь приданого и наследства и оставил без копейки. В тот же миг молодой супруг из нежного и любящего превратился в злобного ожесточенного мужлана. Анна пыталась уверить его в том, что их любовь выше меркантильных интересов и финансовых обстоятельств, что они станут работать и будут жить скромно, но счастливо. Муж в ответ схватил ее за руку и потащил к зеркалу. «Какая любовь? — кричал он с пеной на губах. — О какой любви ты говоришь? Ты посмотри на себя! Неужели ты думаешь, что такую, как ты, можно всем сердцем полюбить? Да тобой только детей пугать! Ты только в страшном сне можешь присниться! Меня воротит от одного твоего вида! Только ради денег твоего папаши я готов был тебя терпеть! А без этих денег ты мне не нужна. Если ты хочешь, чтобы я остался с тобой, иди к отцу, падай в ноги и проси, чтобы он изменил свое решение». При этих словах Анна схватила хрустальную вазу и изо всех сил запустила в зеркало, в котором отражался ее муж, побелевший от ярости и злобы, и она сама, бледная, с длинным лошадиным лицом, слишком толстыми губами и маленькими блеклыми глазками. В эту секунду она поняла, что самыми красивыми в этом отражении являются серьги в ее ушах. Зеркало от удара разбилось, осколки посыпались на пол. Анна подняла руки, с силой вырвала серьги из мочек ушей и швырнула украшения в угол.

С того дня она слегла, а спустя месяц утопилась в реке, на берегу которой стояла усадьба.

Родная же сестра Анны благополучно вышла замуж, принеся мужу огромное приданое, и родила ему двух дочерей и трех сыновей, один из которых оказался впоследствии помешанным... Родовое проклятие Румянцевых-Лобановых продолжало жить.

В 1917 году обитатели имения Никольское-Томилино эмигрировали в Европу. Но все ли они уехали? Современники утверждали, что не все. И сегодня есть серьезные основания полагать, что потомки обремененного проклятием рода до сих пор живут на нашей земле, которая в последние полвека именуется городом Томилином. Живут, порождая через два-три поколения душевнобольных.

А теперь вернемся к загадочным убийствам, совершенным в нашем городе. Обе жертвы регулярно посещали усадьбу, которую потомки Румянцевых-Лобановых, вероятно, считают своей собственностью, незаконно отнятой у них большевиками. У обеих жертв вырвана серьга из уха. И в обоих случаях на трупах обнаружено разбитое зеркало.

Это ни о чем вам не говорит, уважаемый читатель?

Наталья Малец»

Глава 1

В служебном кабинете Родислава Евгеньевича Романова было сильно накурено, и Бегорский, едва открыв дверь, невольно поморщился: сам он никогда не курил и густой дым переносил с трудом.

— Родька, ну когда ты перестанешь своими руками себя гробить? У тебя тут дышать нечем, — недовольно произнес он.

— В наши с тобой годы уже поздно меняться, — отшутился Родислав Евгеньевич, импозантный и барственно-вальяжный мужчина.

Им обоим было по шестьдесят шесть, и они знали друг друга и дружили с раннего детства, однако были совсем разными, и фразу про «наши с тобой годы» Бегорский немедленно воспринял в штыки. Если Романов полагал, что самое главное в жизни им уже сделано и теперь настало время почивать на лаврах и пожинать плоды праведных трудов, то Андрей Сергеевич Бегорский считал себя достаточно молодым для того, чтобы совершенно не переносить застоя и рваться вперед, к новому и еще не опробованному.

Бегорский был владельцем крупного холдинга, Романов — его другом и заместителем, главная задача которого состояла в том, чтобы «решать вопросы». Так было постановлено с самого начала, когда Андрей Сергеевич много лет назад позвал к себе на работу успешного офицера милиции из Министерства внутренних дел: сам Бегорский в «решении вопросов» был не силен, договариваться с людьми не умел в силу прямоты и отсутствия гибкости, а также не обладал широким кругом нужных знакомств. Все эти качества как раз и были сильной стороной Родислава Романова, который сразу согласился стать его заместителем еще в те времена, когда Бегорский владел только одним заводом, выпускавшим технологическое оборудование для пищевой промышленности. Теперь же оба были сказочно богатыми людьми, но если Родислав Евгеньевич тратил деньги на собственный комфорт и удовольствия, то Андрей Сергеевич вкладывал их в новые проекты, в том числе и не приносящие никакой прибыли, а то и откровенно благотворительные. Выбирая направления инвестирования, он руководствовался не соображениями доходности, а исключительно категориями «мне это интересно» или «мне это скучно».

Клуб «Золотой век» Бегорский придумал несколько лет назад. Придумал, нашел место, где можно опробовать новую идею, купил и отреставрировал старинную усадьбу в городе Томилине и начал эксперимент. И вот теперь этот эксперимент, пошедший так удачно с самых первых месяцев, оказался под угрозой.

— Родька, найди мне толкового частного сыщика.

Родислав Евгеньевич распахнул настежь широкое окно, впуская в кабинет мощную струю ледяного январского воздуха, и демонстративно закурил.

— Что ты еще надумал? — насмешливо спросил он. — Зачем тебе понадобился частный детектив?

— Ну, я неточно выразился, — поправился Бегорский. — Не обязательно частный детектив. У тебя же осталось много друзей в милиции, найди толкового сыщика, которому можно поручить частное расследование. Оплата, как ты понимаешь, будет очень достойной, я никаких денег не пожалею. Я хочу, чтобы с томилинскими делами наконец разобрались. Мой клуб закалялся, среди его членов разброд и шатания, постоянно слышатся разговоры о томилинском маньяке, который убивает пенсионеров, посещающих усадьбу. Семь членов клуба перестали приходить из-за этого, они поверили и испугались. Да что члены клуба! У меня там уже три человека из персонала уволились!

— Как — три? — удивился Романов. — Ты же говорил, что двое.

— Сегодня утром позвонила Вера и сказала, что бухгалтер написала заявление об уходе. Я не могу больше сидеть сложа руки, Родька, я должен что-то предпринять.

— Но ведь в Томилине есть своя милиция, они там ищут убийцу, — попытался возразить Родислав Евгеньевич. — Ищут и найдут рано или поздно, я в этом уверен.

— Так в том-то и дело, что рано или поздно. Для меня их «поздно» — это уже катастрофа, у меня клуб вот-вот развалится, все члены разбегутся вместе с персоналом. Для меня поздно уже сейчас, я жалею, что раньше ничего не предпринял. Родька, я хочу, чтобы в Томилин поехал грамотный, знающий сыщик, который поможет местным операм.

— Так не положено, — улыбнулся Романов. — Никакие частные лица не допускаются к оперативно-розыскной и следственной работе.

— Ты мне будешь рассказывать, что положено, а что не положено! — фыркнул Бегорский. — Так, как положено, я и сам могу сделать. А ты у меня работаешь для того, чтобы организовывать то, что не положено. Позвони начальнику горотдела внутренних дел, а еще лучше — поезжай туда сам и лично договорись, пусть дадут нашему человеку возможность работать. И главное — найди такого человека. За деньгами я не постою, ты меня знаешь.

В принципе, ничего невозможного в задании Бегорского не было, начальник Томилинского ГОВД был кое-чем обязан Родиславу Романову, который интенсивно общался с ним в тот период, когда только велись переговоры о приобретении Бегорским старинной усадьбы и земли под ней. Романов тогда здорово помог милицейскому начальнику, решил некоторые его проблемы в Москве, и теперь вполне можно было обратиться к нему с такой пустячной просьбой, выполнение которой и усилий-то никаких не потребует. Конечно, сама затея Андрея выглядела в глазах Романова совершенно идиотской, но он всегда помнил, что своим нынешним благосостоянием обязан старому другу, и считал своим долгом решать все его проблемы, даже те, которые, по мнению Родислава Евгеньевича, были высосаны из пальца.

Ну что ж, с томилинским начальством он договорится и толкового сыскаря, готового в январе уйти в отпуск, тоже найдет. Не проблема.

* * *

За окном тихо падал мягкий медленный снег, и от этого было уютно и спокойно. Как хорошо, что теперь выходные — это выходные и можно спать, не прислушиваясь сквозь сон к телефону, и не тревожиться, что вот-вот позвонят и прикажут выезжать, потому что где-то кто-то кого-то убил. Можно блаженно вытянуться под одеялом, повернуться на другой бок и снова задремать, а можно дотянуться до пульта, включить телевизор и что-нибудь посмотреть, не вставая с постели. И это не счастливая случайность свободного от преступлений и розыскной работы выходного дня, а закономерность, которую ничто не может нарушить. Теперь Настя Каменская сама хозяйка своему времени.

Эти радостные мысли посещали ее каждое утро, когда она просыпалась. Они зарождались в еще спящем мозгу и приносили несколько мгновений эйфории, но, как только голова стряхивала с себя остатки сна, на Настю наваливалась тоска.

Уже месяц, как она на пенсии. Да-да, она, привыкшая считать себя молодой и не особенно опытной девчонкой, оказывается, выслужила двадцать семь с лишним лет, к которым прибавили половину срока обучения на юридическом факультете университета, так что получилось без нескольких месяцев тридцать лет безупречной службы. Но это не самое главное. Главное — в июне 2010 года ей исполнится пятьдесят, она — полковник милиции, и для того, чтобы продолжать служить, ей нужно будет писать рапорт с просьбой продлить срок службы. Хорошо, если рапорт удовлетворят. А если нет? Настя представила себе, какое унижение ей придется испытать, читая отказную визу на собственном рапорте. Ей официально заявят: «Вы больше не нужны, вы выработали свой ресурс, и вам теперь нет места среди нас, уйдите и уступите дорогу молодым».

При одной мысли об этом Насте Каменской делалось дурно. Она решила не ждать рокового рубежа и уйти раньше, по собственному желанию. Начальник не уговаривал остаться, да и работа с ним особо сладким медом не казалась, прежний начальник — молодой Большаков с умными глазами — давно был переведен с повышением, и на его место пришел обычный средний служака, глубоко убежденный в том, что курица — не птица, а баба — не человек.

Настя уволилась. Вышла в отставку. Получила пенсионное удостоверение. И стала радостно предвкушать, как теперь будет много спать, читать, смотреть телевизор, как будет ухаживать за мужем, варить ему супы и жарить котлеты, стирать, гладить и убираться в квартире. Однако ничего этого не случилось.

Выспалась она за три дня. Читать не хотелось. По телевизору смотреть нечего, одни ток-шоу какого-то кухонного разлива, больше напоминающие базар-вокзал, да сериалы, которые идут уже так давно, что разобраться в запутанном сюжете невозможно. Попытки стать добросовестной домохозяйкой бесславно провалились, потому что Настя, не имея ни опыта, ни навыка, делала все бестолково, неловко и долго, и Лешка терял терпение, отсылал жену «на диван отдохнуть» и доделывал все сам. Ему нужно работать, ему нужен компьютер и тишина, и сидящая дома бездельница-жена ему простонапросто мешала. Разойтись по разным углам было непросто, квартира-то однокомнатная, и чтобы не мешать мужу, Настя забивалась с книжкой в руках на кухню, а Алексей чувствовал себя неловко из-за того, что она сидит на кухне и скучает. Он старался ее развеселить, предлагал вместе посмотреть кино, или сходить погулять, или съездить в гости к Настиным родителям или ее брату, и Настя понимала, что он готов жертвовать работой, только бы ей было хорошо. И от этого делалось еще тоскливее и горше. Она никому не нужна. Она не нужна на Петровке, откуда ее с облегчением спровадили, освободив полковничью должность для более молодого офицера, она не нужна дома, потому что мешает Леше работать. Она — старая и ни на что не годная уработавшаяся кляча.

Настя слонялась по квартире, глотая слезы, все валилось из рук, книги не радовали, безделье угнетало, но в то же время и делать ничего не хотелось, настроение все время было плохим. Опомнилась она только тогда, когда вдруг поняла, что муж стал больше времени проводить в Жуковском, где находился его институт, и все чаще оставался ночевать у живущих там же родителей. Она поняла, что ничего не хочет, кроме той работы, которую делала четверть века и которую так сильно любила. Да она и не умеет ничего другого.

И она позвонила Владиславу Стасову, главе частного детективного агентства, специализирующегося, как выражался сам Стасов, на помощи в обеспечении судебных процессов. Помощь эта выражалась в том, что по заданиям адвокатов, ведущих как уголовные, так и гражданские дела, люди Стасова выискивали свидетелей и доказательства, которые могли бы коренным образом изменить, казалось бы, очевидное и заранее прогнозируемое решение суда или хотя бы заронить сомнение в аргументах противной стороны.

Стасов ужасно обрадовался ее звонку.

— Долго ты телилась, — весело загрохотал он в трубку, — я тебя уже месяц жду. Как ты рапорт написала на увольнение, так и начал ждать. Дождался, стало быть?

— Дождался, — вздохнула Настя. — Возьмешь меня к себе?

— А то! Ты еще спрашиваешь! Я тебе самый лучший насест в своем курятнике выделю, рядом с твоим любимчиком Мишкой Доценко. Будешь с ним ворковать в свободное от работы время.

Михаил Доценко когда-то работал с Настей в одном отделе, и работал хорошо, был одним из лучших оперов, но когда женился и обзавелся ребенком, ему пришлось снять погоны — надо было думать о том, как содержать семью. Теперь он уже несколько лет работал у Стасова и был совершенно доволен жизнью.

— Владик, а ты уверен, что я справлюсь? — осторожно спросила Настя. — Я ведь все больше по убийствам работала, а у вас там другой профиль. Знаешь, я чего боюсь? Ты сейчас меня возьмешь, и очень скоро выяснится, что я ни на что не гожусь, а выгнать меня ты по старой дружбе не сможешь и будешь молча терпеть.

— Не боись, старуха, — оптимистично заявил Стасов, — у нас работа хоть и скучноватая, зато на девяносто пять процентов завязана на информацию, а ведь работа с информацией — это твой конек. И чтобы примирить тебя с горькой действительностью, скажу честно, что доходы у нас весьма и весьма пристойные, так что с голоду не помрешь. Давай, бери ноги в руки и приезжай, напишешь заявление, отнесем кадровичке, покажу тебе твой стол, и приступай хоть завтра, хоть сегодня вечером.

Вид конторы Стасова сильно смутил Настю. За долгие годы работы на Петровке она привыкла к огромному зданию в самом центре Москвы, высоким потолкам, широким лестницам, она привыкла к ощущению могущества, которое давало и само здание, и принадлежность к системе, которая стояла у Насти за спиной. Детективное же агентство Владислава Стасова располагалось в нескольких комнатушках — двух объединенных квартирах на первом этаже обычной многоэтажки где-то в Перово. Да, все было отремонтировано по евростандарту, и офисная мебель куплена явно не в самом дешевом магазине, но все равно это был жилой дом, и окна выходили во двор, по которому носились мальчишки и неспешно прогуливались мамочки с малышами в колясках, и все было обычно, как-то по-домашнему и от этого казалось несерьезным, ненастоящим, игрушечным. На Настю навалилась вторая волна тоски и подавленности. Теперь она годится только для такой скучной, ненастоящей работы, и сама она отныне — никто, и звать ее никак, потому что нет в руках волшебного удостоверения и той силы, которая стоит за спиной.

Но она все равно приступила к работе и старалась изо всех сил, чтобы Владик Стасов не пожалел о том, что взял ее.

* * *

— Вообще-то это не наша специализация, — недовольно произнес Владислав Стасов, выслушав дело, с которым пришел к нему этот вальяжный, хорошо одетый господин с красивой сединой. — Я вас принял только потому, что вас рекомендовал...

— Если бы это было вашей специализацией, уважаемый Владислав Николаевич, мне не нужна была бы рекомендация, я бы пришел к вам просто с улицы, — мягко возразил Романов. — Я понимаю, что прошу в определенном смысле об одолжении. Но я бы не хотел обращаться в другое агентство, потому что мне сказали, что ваши сыщики очень опытны и в известном смысле — самые лучшие.

— В известном — это в каком? — настороженно прищурился Стасов.

— У вас работают, как мне сказали, по меньшей мере два человека, которые раньше служили в убойном отделе на Петровке, то есть имеют большой опыт раскрытия убийств, а ведь мое дело — это как раз дело о двух трупах. Я убедительно прошу вас не отказывать мне, Владислав Николаевич. Гонорар будет более чем просто высоким, мой шеф это гарантирует.

Но Стасов продолжал упираться, он слишком хорошо знал, как могут отреагировать в местной милиции на появление гражданского лица, которое попытается сделать то, что сами они сделать не смогли или, что еще хуже, не захотели. Ведь кто его знает, какой там расклад, в этом тихом провинциальном городе Томилине, может, действительно оперативники смотрят на ситуацию замыленным глазом и не видят очевидного, так часто бывает, когда занимаешься одним делом слишком долго, а может быть, убийца или хотя бы подозреваемый хорошо им известен, но по определенным причинам его не задерживают и не арестовывают. Причин этих хоть отбавляй, начиная от близкого родства с городским или даже областным руководством и заканчивая самыми немыслимыми обстоятельствами. Можно себе представить, как в таком случае отнесутся к незваному гостю из столицы, который только все напортит. Да и в первом случае, если все дело не в умышленном прикрывании злоумышленника, а просто в том, что не могли раскрыть преступление, появление частного сыщика не вызовет ничего, кроме злости, раздражения и вполне справедливого негодования. Не говоря уж о том, что привлечение частных лиц к следственнооперативным действиям выходит за рамки закона и служебных инструкций.

Всеми этими соображениями Стасов немедленно поделился с гостем и получил немедленный же ответ, сопровождаемый чуть виноватой улыбкой:

— Об этом можете не беспокоиться, Владислав Николаевич, начальник городского ОВД окажет всяческое содействие, я с ним уже переговорил. Поверьте мне, я ни за что не стал бы втягивать вас в авантюру и заказывать работу, заранее обреченную на провал. Сперва я решил вопрос с милицейским руководством, заручился их согласием помочь, а уж потом пришел к вам. Ну так как? Что вы мне скажете?

Стасов вздохнул. Ему очень хотелось рассердиться на этого предусмотрительного человека и сказать ему что-нибудь резкое и ехидное, но Владислав чувствовал, что Романов ему нравится. Что-то в нем было такое, не то обаяние, не то харизма какая-то, но отказать ему не было никакой возможности.

— Я рассмотрю ваш заказ и завтра дам ответ, — сказал он.

— Пожалуйста, не отказывайте мне. И поручите эту работу какому-нибудь толковому пареньку.

«Нет, — подумал Стасов, — ты мне, конечно, нравишься, но так просто я тебя не отпущу. Хоть за мизинец, да укушу». Он кинул быстрый взгляд на лежащую перед ним визитную карточку гостя: какое-то имя у него заковыристое, с первого раза не запомнить.

— Уважаемый Родислав Евгеньевич, давайте распределим роли. Вы — заказчик, ваше дело — сформулировать задачу и оформить заказ, а уж мое дело — подобрать исполнителя, который наилучшим образом ваш заказ выполнит. Поэтому вы уж не обессудьте, если вместо толкового паренька я пошлю в Томилин женщину среднего возраста, — злорадно произнес он и воззрился на Романова, предвкушая реакцию.

Реакция, разумеется, не заставила себя ждать. Высокий лоб Родислава Евгеньевича немедленно пересекли две глубокие морщины, которых не было еще секунду назад.

— Женщина средних лет? Вы шутите?

— Отнюдь. Очень толковая, даже более того. Двадцать семь лет работы в убойном отделе на Петровке.

— Хотелось бы все-таки иметь дело с мужчиной, — неуверенно произнес Романов.

— В моем распоряжении нет мужчин с ТАКИМ, — Стасов сделал ударение на последнем слове, — опытом. Вы же хотели самого лучшего работника, так вот самый лучший у меня — это именно женщина и именно средних лет. Если вы согласны на то, что ваш заказ будет выполнять менее опытный сыщик, то я поручу ваше дело молодому мужчине. Я так понимаю, что молодым мужчинам вы доверяете больше, чем немолодым женщинам?

Романов смущенно улыбнулся.

— Честно признаться, я никогда не верил в силу женского ума.

— Просто вам не везло с женщинами, — усмехнулся Стасов. — На моем пути умные женщины попадались довольно часто, одна из них — моя жена, другая — моя сотрудница. Ну так как? Вы готовы передать ваш заказ моей фирме на моих условиях?

— Да, конечно, — рассеянно кивнул Романов. — Вы — руководитель, вам виднее. Если нельзя поручить мое дело мужчине, то... Что ж, пусть будет по-вашему. Но, может быть, вы все-таки еще подумаете над кандидатурой? Может быть, у вас найдется сыщик мужского пола, умеющий раскрывать убийства?

— Найдется, — Стасов уже не скрывал ехидства. — Его зовут Анастасия Павловна Каменская.

На лице Романова отразилось нескрываемое облегчение.

— Каменская? Та самая? Из отдела Гордеева?

— Из бывшего отдела Гордеева, — поправил его Стасов. — Виктор Алексеевич давно на пенсии, после него в отделе сменился уже третий начальник.

— Ну да, ну да, — пробормотал Романов. — Я наслышан о ней, у меня осталось много друзей в милицейских кругах. У нее очень хорошая репутация.

— Да уж, — засмеялся Стасов, весьма довольный. — Ну так как? Против Каменской вы не возражаете?

— Буду счастлив, если она возьмется за мое дело.

— Не она возьмется, а я ей поручу, — снова уколол гостя Стасов. — На том и порешим. Я подумаю над вашим предложением, а вы приходите завтра, и если я приму решение взяться за ваше дело, то оформим заказ.

— Я очень надеюсь, что вы мне не откажете, — обаятельно улыбнулся Родислав Евгеньевич.

— Ничего не могу гарантировать, я подумаю, — уклончиво ответил Стасов, хотя в глубине души уже решил взяться за этот заказ и поручить его Насте. Правда, работа на выезде, а Настюха командировок не любит, тем более с неопределенным сроком, но все равно эта работа — как раз то, что ей надо, что она умеет и любит.

* * *

— Куда? — в ужасе воскликнула Настя. — В Томилин? Это где?

— Восемь часов на машине или семь с половиной на поезде, — спокойно объяснил Стасов. — Чего ты так испугалась? Я же не на Северный полюс тебя посылаю. Тихий приличный город вокруг крупного градообразующего предприятия. И по городу ходит маньяк. Ну чем тебе не работка?

— Владик, я не хуже тебя знаю эти тихие провинциальные городки. Тьмутаракань, гостиница с клопами, горячей воды нет, туалет и душ в коридоре, один на весь этаж, чтобы чаю выпить, приходится воду греть кипятильником в стакане. И куда ты меня посылаешь? В какой-то дом престарелых? Там кругом одни старики, немощь, болезни, страдания, одиночество, нищета. Я и так только-только выбралась из депрессии, в моем состоянии мне только этого всего не хватало! Стасов, ну пожалей ты меня, — взмолилась она. — Пусть кто-нибудь другой поедет.

Но Стасов жалеть ее не собирался.

— Не сгущай краски, это не дом престарелых, а клуб пенсионеров. И создавать тебе льготные условия я не могу. Есть заказ, и его нужно выполнять, а все люди, кроме тебя, сейчас плотно заняты. Тебе надо начинать нормально работать, — строго произнес Стасов. — Ты же не хочешь получать зарплату просто так?

— Не хочу, — удрученно проговорила Настя.

— Ну вот видишь. Если ты сделаешь работу в Томилине, то получишь не просто большой гонорар, а очень большой. Ты его честно заработаешь. Более того, заказчик сказал, что гонорар ты получишь в любом случае независимо от результата, а вот если ты справишься с работой и раскроешь два убийства, то получишь еще и премию.

Настя задумалась. Материальное стимулирование в таком чистом виде было для нее внове, за свою работу она привыкла получать только заплату, и не сказать, чтоб очень уж большую. А заняться тем, что умеешь и любишь, да еще за хорошие деньги... В этом было что-то неправильное, ей даже казалось — порочное и при этом страшно привлекательное. Нешто попробовать? Но гостиница с клопами... И местные оперативники, которые будут ей всячески мешать и унижать незваную гостью при каждом удобном случае... И старики-пенсионеры, одним своим видом напоминающие ей о собственных проблемах...

— Леш, я страшно не хочу ехать в этот Томилин, — говорила Настя мужу, вернувшись домой с работы. — Меня там местные деятели с потрохами съедят и не подавятся. Они начнут мне грубить и хамить, а я буду обижаться и расстраиваться, и это будет не работа, а сплошная борьба с настроением и амбициями. Кроме того, я не хочу этих пенсионеров. Я сама пенсионерка, я до сих пор не смирилась со своим новым статусом, и мне как нож острый их проблемы с одиночеством, ненужностью и невостребованностью.

Чистяков слушал ее и методично резал лук и зелень для салата, не поднимая головы. Настя даже не была уверена, слышит ли он то, что она говорит.

— По-моему, ты драматизируешь, — спокойно сказал он. — У тебя новая работа, тебе нужно научиться ее делать, тебе нужно научиться работать в качестве частного лица, за спиной у которого нет государственной поддержки. Ты никогда этому не научишься, если не начнешь хоть что-то делать. Под лежачий камень, сама знаешь, вода не течет. Ты беспокоишься, что не сложатся отношения с местной милицейской властью? Так учись их строить, эти отношения. Само собой ничего не сделается. Имбирь класть или не нужно?

— Положи, — машинально ответила Настя, думая над словами мужа.

Она была уверена, что Лешка поймет ее мучения, поймет, как ей не хочется ехать в Томилин и заниматься этим странным «стариковским» делом и в то же время ей не хочется, чтобы Стасов подумал, будто она решила воспользоваться их давними дружескими отношениями и выторговать себе особо удобные условия работы. Стасов прав: получать приличную зарплату просто так она не будет, она просто не позволит себе этого. И Лешка тоже прав: если ничего не делать, то ничему и не научишься. Но как же не хочется...

«Лешка хочет, чтобы я уехала, — внезапно поняла Настя. — Я его достала своим нытьем, своим вечно плохим настроением, своим мельтешением перед глазами. Он хочет, чтобы я занялась наконец делом и пришла в себя. Ему не нужен дома моральный урод. Он и так сделал все, что мог, чтобы вытащить меня из депрессии, он потратил на меня кучу сил и времени, и у него кончилось терпение. Он хочет побыть один».

— Ты прав, Лешик, — негромко произнесла она, — мне нужно ехать. Ты совершенно прав.

Она достала из сумки визитку Андрея Сергеевича Бегорского, оставленную Романовым и переданную ей Стасовым, и набрала указанный в ней номер телефона.

— Выезд завтра утром, — деловито заявил Бегорский, — диктуйте адрес, машина будет возле вашего дома в семь утра.

— Хорошо, — послушно ответила Настя и кинулась собираться.

Чистяков вышел из кухни с ножом в руке и с изумлением посмотрел на жену, которая доставала с антресолей большую дорожную сумку.

— Слушай, может, мы все-таки поужинаем для начала? Салат готов, рыба пожарена.

— Леш, мне выезжать завтра утром. — Она спрыгнула с табуретки с сумкой в руках и бросила ее на пол. — Надо собраться. Я ничего не успею.

— Всё ты отлично успеешь. Я тебе помогу. Иди за стол.

Они быстро поужинали и начали прикидывать, что Насте нужно взять с собой. Главная проблема состояла в том, что непонятны были две основные вещи: бытовые условия и сроки пребывания. Например, нужно ли брать махровый халат? Если в гостинице холодно и дует из окон, то нужно, Настя будет в нем спать, но халат занимает много места, поэтому хотелось бы знать точно, понадобится ли он. Нужно ли брать полотенца или в местной гостинице их все-таки дают? Нужно ли класть в сумку большой флакон с хорошим шампунем, к которому Настя привыкла, или в тамошнем магазине его можно купить? И так далее. Вопросов было множество, ответов — ни одного. Они как раз достали из шкафа и рассматривали тонкий хлопковый спортивный костюм, прикидывая, нужен он или нет, когда зазвонил Настин мобильник.

— Это Бегорский, — послышался из трубки голос заказчика. — Садитесь, записывайте.

Настя схватила блокнот и ручку и пристроилась за компьютерным столом в полной уверенности, что Андрей Сергеевич сейчас поделится с ней важной для дела информацией. Но она ошиблась, звонил он вовсе не для этого.

— Возьмите с собой три свитера — тонкий, средний и очень теплый. Тонкий и средний — с высоким горлом, очень теплый — с вырезом. Теплый свитер возьмите на размер, а лучше — на два размера больше, чем тонкий и средний, — мерно диктовал он. — Джинсы или брюки, две пары, узкие, ни в коем случае не расклешенные. Дальше: сапоги на толстой подошве...

Настя обомлела. Это что же получается, тот, кто деньги платит, тот и музыку заказывает? Этот хмырь с миллионами в кармане собирается ей указывать, какие джинсы ей носить, расклешенные или узкие? Может, ему не нравится возродившаяся мода на клеш? Ничего, перебьется.

Она попыталась несколько раз перебить собеседника, но он не слушал ее и продолжал методично диктовать. На шестом пункте Настя перестала записывать и вообще слушать, одной рукой она прижимала трубку к уху, другой доставала и подавала мужу вещи, которые тот аккуратно укладывал в сумку. Наконец ей удалось уловить паузу в речи собеседника, и она тут же встряла:

— Может, вы мне укажете, какой шампунь взять с собой?

Она не скрывала сарказма, но по тону Бегорского не сумела понять, услышал ли он это.

— Шампунь можете взять тот, которым постоянно пользуетесь, но, в принципе, город достаточно хорошо снабжается парфюмерией и косметикой, и в магазинах есть все то же самое, что и в Москве. Или возьмите свой, или купите на месте, на ваше усмотрение. Вы все записали?

— Конечно, я все записала, — соврала Настя, не моргнув глазом.

— Теперь скажите мне, какой системы питания вы придерживаетесь?

— Что?

Она даже не поняла, о чем Андрей Сергеевич ее спрашивает.

— Я спрашиваю: что вы обычно едите? Какую еду? Как она приготовлена?

— Что дадут, то и ем, я не капризная.

— При чем тут капризы? — Бегорский удивился, как Насте показалось, совершенно искренне. — Дело вовсе не в капризах. Любой человек, а особенно в вашем возрасте, должен заботиться о своем здоровье, а не жевать все подряд.

— Знаете, — зло ответила Настя, — когда двадцать пять лет с утра до вечера ловишь преступников, то радуешься любому куску, если вообще находится минутка, чтобы этот кусок сжевать. Вы совершенно справедливо обратили внимание на мой возраст, мне через полгода стукнет пятьдесят, и все свои годы я как-то прожила по собственному разумению, и работала, и ела, и одевалась, и в командировки собиралась. И, как видите, до сих пор жива, не пропала. Так что, вы уж позвольте, я как-нибудь сама решу, что мне носить и как питаться. Вы мне будете платить за работу, а не за то, чтобы я носила брюки того фасона, который вам нравится.

Бегорский расхохотался в трубку, весело и заливисто.

— Знаете, — проговорил он, отсмеявшись, — вы вторая женщина в моей жизни, после моей жены, которая осмеливается мне перечить. Я готов вас уважать уже за одно это. Значит, так: соберетесь по списку, который я продиктовал, и завтра ровно в семь утра я жду вас в машине возле вашего подъезда.

Настя опешила. Она была уверена, что ей просто

предоставляют машину с водителем, чтобы добраться до места, а оказывается, заказчик сам собирается с ней ехать. Что бы это значило? Что он намерен оставаться в Томилине и жестко контролировать ее работу, требуя отчета по каждой ерунде и ежеминутно раздавая ценные указания? Очень похоже, если судить по тому, что он только что диктовал ей список и морочил голову насчет системы питания. Система питания! Надо же такое удумать! Жри, что дают, и скажи спасибо, что вообще дали, а не оставили голодной.

— Вы тоже едете? — осторожно спросила она.

— Конечно. По дороге я вам все расскажу, чтобы не терять времени на месте. Вы приедете и будете уже в курсе, будете владеть информацией. До завтра, Анастасия Павловна. Да, и обязательно плотно позавтракайте, первая остановка для приема пищи будет не раньше полудня.

Черт бы его взял, этого Бегорского! Настя с раздражением швырнула трубку на диван и вернулась к сборам.

— Что он хотел? — спросил Чистяков, укладывая в сумку пакет с флаконами шампуня и кондиционера для волос. — Фен берешь?

— Беру, — вздохнула она, — зима все-таки, страшно на улицу с непросохшей головой выходить, а ждать, пока волосы сами высохнут, долго. Что он хотел? Он хотел, чтобы я плясала под его дудку. Вот посмотри теперь, что такое заказчик на моей новой работе: он платит деньги и считает возможным диктовать мне, как одеваться и чем питаться, как будто я слабоумная. И так теперь будет всегда, между прочим. На Петровке я была человеком, а теперь я — никто и ничто, и каждый, у кого есть деньги, будет считать возможным мной помыкать. А ты так уговаривал меня идти работать к Стасову! Да я на этой работе превращусь в прислугу, в девочку на побегушках.

Она разволновалась и не заметила, что повышает голос и говорит все более раздраженно и агрессивно.

— Леш, слушай, а может, мне уйти от Стасова, пока не поздно? Вот взять сейчас и позвонить ему, отказаться и от этой работы в Томилине, и от работы вообще. Буду сидеть дома, и никто не будет мне указывать...

Чистяков обнял ее, прижал Настину голову к своему плечу, погладил по волосам.

— Ну что ты, что ты, успокойся, Асенька, не горячись. Ну что такого особенного случилось? Подумаешь, позвонил какой-то идиот и продиктовал тебе список. Ну и что? Выброси ты этот список и забудь про него, соберись в поездку по собственному разумению, возьми только то, что считаешь нужным, и ни на что не обращай внимания. Ты — специалист, профессионал, и тебе будут платить деньги именно за то, что ты умеешь и любишь делать, вот об этом ты должна помнить. А кто, о чем и каким тоном с тобой поговорил — это дело двадцатое. Твоя задача — раскрыть преступление, а не завоевать любовь заказчика. Плюнь и разотри. Мало ли у кого какие причуды. У тебя у самой вон полна голова тараканов, а я тебя, дурочку, все равно люблю.

— Правда? — Она подняла голову и сквозь слезы посмотрела на мужа. — Правда любишь?

— Конечно, правда, — подтвердил Алексей.

— Даже с тараканами?

— Не «даже», а «тем более», — с улыбкой поправил он. — Тараканы придают тебе особую прелесть. Без них ты была бы скучной и пресной.

Настя успокоилась, и через пятнадцать минут сумка для поездки была полностью готова. В рамках терапии Чистяков предложил посмотреть какой-нибудь фильм на диске, они выбрали американскую комедию «Любовь зла», которую Настя очень любила и могла смотреть без конца, и устроились, обнявшись, на диване.

Но предварительно Настя порвала недописанный список, продиктованный Бегорским, и с наслаждением выбросила в мусорное ведро.

Глава 2

Первое впечатление от Андрея Сергеевича Бегорского сложилось у Насти странное. Если судить по вчерашнему телефонному разговору, заказчик должен был бы быть человеком с большими, мягко говоря, особенностями. Настя ожидала увидеть чудаковатого, нелепо одетого и почему-то неопрятного мужчину, обалдевшего от собственного непонятно откуда свалившегося на него богатства и обставившего себя многочисленной охраной, хамоватого, занудного и противного. Однако все оказалось совсем не так. Рядом с ней на заднем сиденье дорогой машины представительского класса сидел хорошо одетый человек, ухоженный, подтянутый, с неправильными чертами некрасивого лица, но при этом очень привлекательный. Впереди рядом с водителем расположился рослый плечистый охранник. Всего один. Правда, водитель тоже был парнем немелким, так что вполне мог сойти за второго охранника, но все равно картина оказалась совсем не такой, какую Настя нарисовала в своем воображении накануне. Она была уверена, что Бегорский первым делом поинтересуется, собралась ли она по его списку, а то еще и проверит содержимое сумки, но Андрей Сергеевич отчего-то никаких вопросов о списке не задал и даже не удостоил взглядом ее спортивную сумку, которую водитель уложил в багажник. Другую сумку, в которой лежал компьютер, Настя взяла с собой в салон и аккуратно уместила на коленях.

Андрей Сергеевич Бегорский, по-видимому, действительно не любил терять время зря, потому что, едва поздоровавшись с Настей, начал рассказывать.

Клуб «Золотой век» он открыл два года назад, но придумал его гораздо раньше, нашел место — старинную заброшенную усадьбу, которую все называли «усадьбой Вяземских» и в которой при советской власти располагался туберкулезный санаторий. Санаторий давно закрыли, а усадьбой никто не занимался, никому она не была нужна, потому что требовалось вложить деньги, а денег у городских властей не было. Бегорский выкупил усадьбу вместе с землей, восстановил ее и открыл клуб, главной задачей которого было распространение компьютерной грамотности среди населения старшей возрастной группы.

— Это люди, которые уже заканчивали трудовую деятельность, когда началась компьютеризация, они не успели ничему научиться и теперь фактически оторваны от жизни, а ведь владение компьютером позволило бы им вернуться к активному общению, которого пенсионерам обычно так не хватает. Они могли бы переписываться по электронной почте и друг с другом, и с родственниками в других городах, да даже с собственными внуками, живущими на соседней улице. Внуки-то к бабушке с дедушкой не больно приходят, а вот переписываться по «мылу» будут с удовольствием, потому что дети любят компьютеры и готовы сидеть за ними часами. Кроме того, широчайший выход в мир дает Интернет, можно найти любую информацию и друзей по любому хобби и в любой сфере интересов. Найти, начать переписываться, потом, может быть, встречаться. В общем, я понял, что компьютерная грамотность старикам совершенно необходима, — с горящими глазами объяснял Бегорский. — Но тут возникают две проблемы: людей нужно научить пользоваться компьютером, учитывая возрастные особенности, плохое зрение, плохой слух, ограниченную подвижность пальцев, низкую скорость действия, и людям надо дать доступ к компьютерам, потому что далеко не каждый пенсионер имеет возможность его купить. Вот в решении этих задач и была суть моего клуба. Я начал его с двух компьютерных классов и компьютерного зала. В классах я организовал обучение по специально разработанной программе, рассчитанной на пожилых людей, консультировался с геронтологами, офтальмологами, лор-врачами, в общем, задействовал кучу специалистов. А в компьютерном зале сделал что-то вроде интернет-кафе, где люди, уже умеющие обращаться с компьютерами, могли бы работать. Обучение бесплатное, пользование интернет-кафе — платное, но плата чисто символическая, мизерная.

— И что, проект окупается? Дает прибыль? — поинтересовалась Настя.

— Да бог с вами! — Бегорский весело рассмеялся. — Это же не коммерческий проект, это чистая благотворительность, которую я, к счастью, могу себе позволить.

Постепенно клуб «Золотой век» расширял направления деятельности, посещающие его пенсионеры уже занимались не только компьютерами, а на обучение стали приезжать люди из соседних городов и даже из областного центра. Бегорский заранее позаботился о том, чтобы таким гостям было где остановиться.

— Впрочем, все это детали, которые вы увидите на месте, я сейчас не буду на них останавливаться, вам все покажут. Перейду к главному. Почти год назад была найдена убитой одна дама, посещавшая мой клуб, а спустя полгода — еще одна. У обеих на груди найдено разбитое зеркало, из одного уха вырвана серьга, и обе задушены, одна — шерстяным шарфом, другая — шелковым, то есть картина убийства абсолютно одинаковая. Преступления не были раскрыты, зато в местной газете появилась совершенно дурацкая статья, которая спутала мне все карты. Вот, прочтите, я специально захватил. Вы почитайте, а я потом продолжу.

Он протянул Насте тонкую зеленую папку, в которой лежала вырезанная из газеты статья. Настя достала из сумочки очки для чтения и углубилась в текст. Читать было неудобно, серый тяжелый январский свет едва проникал через тонированное стекло автомобиля, Настя морщилась, щурилась, подносила текст поближе к окну и наконец одолела душераздирающую историю рода Румянцевых-Лобановых. Она вернула папку Бегорскому, убрала очки в сумку и приготовилась слушать дальше.

Оказалось, статье многие поверили и, что еще хуже, сделали далеко идущие выводы: в усадьбе или где-то совсем рядом с ней находится психически больной потомок бывших владельцев усадьбы, который недоволен тем, что в ней теперь находится клуб, и хочет добиться того, чтобы клуб развалился и в конце концов закрылся. Число членов клуба, переставших приходить в усадьбу, стало расти, три человека из персонала уволились, и не почему-нибудь, а именно из-за страха стать жертвой сумасшедшего убийцы. Сам Бегорский насчет маньяка из рода Румянцевых не очень уверен, он склонен думать, что у этих событий может быть совсем другое объяснение. Некоторое время назад ему стали поступать предложения закрыть клуб или перевести его в другое место и продать усадьбу, которая после реставрации стала весьма лакомым куском. У него есть информация, что на усадьбу нацелились люди, связанные с семьей мэра города. Эти люди хотят сделать в усадьбе не то элитный бордель, не то дом приемов с шикарным рестораном и гостиницей, короче, зарабатывать деньги. Предложения о продаже Бегорский отверг, после чего были предприняты несколько попыток запугать его. Андрей Сергеевич и вообще-то не из пугливых, но вдобавок человек предусмотрительный и оформил все таким образом, что его смерть ни на что не влияла: он составил завещание, в соответствии с которым усадьба в случае его смерти переходит в собственность холдинга, а не родственников, а у холдинга ее отобрать крайне затруднительно, так что убивать Бегорского нет никакого смысла. Завещание было открытым, и Андрей Сергеевич постарался, чтобы о его содержании знало как можно больше людей. Именно поэтому заинтересованные в покупке усадьбы люди и добиваются того, чтобы он отказался от усадьбы добровольно.

— Так что я не исключаю, что оба этих убийства организованы теми, кто хочет развалить мой клуб и вытеснить меня из усадьбы и из Томилина. Тем более имели место еще кое-какие события, вам о них расскажут на месте очевидцы, — закончил он повествование.

— Вы должны отдавать себе отчет, что найти преступника в чужом городе мне будет очень сложно, — предупредила Настя. — Ведь томилинская милиция наверняка сделала все возможное, чтобы найти убийцу, а у них средств и возможностей куда больше, чем у меня. Вся ваша затея кажется мне, вы уж простите, весьма сомнительной.

— Уточняю задачу: я не жду, что вы найдете убийцу и в наручниках приведете в милицию. Мне нужно, чтобы вы развеяли слухи о том, что эти убийства связаны непосредственно с усадьбой и моим клубом. Мне нужно, чтобы люди перестали бояться, чтобы персонал не увольнялся, а члены клуба продолжали его посещать и привлекали новых гостей. Если вы решите эту задачу, я буду вполне удовлетворен. Мне рекомендовали вас как хорошего профессионала, и я не собираюсь лезть к вам с советами, вы сами придумаете, что и как надо делать. В усадьбе предупреждены о вашем приезде, и вам будут оказывать всяческую помощь.

Очень интересно! И о чем же предупреждены в усадьбе? О том, что хозяин привезет частного детектива, который будет искать убийцу? Умно, ничего не скажешь, особенно если учесть, что убийца вполне может оказаться среди персонала или членов клуба.

— И что конкретно вы сказали? — спросила Настя.

— Как мы и договорились с вашим шефом: вы — социальный психолог, изучающий проблемы социальной адаптации после окончания трудовой деятельности. Вы сможете общаться со всеми, с кем пожелаете, задавать любые вопросы, смотреть любые документы.

Ну, слава богу, ума хватило. Настя с облегчением перевела дух. Но Стасов тоже хорош, мог бы и предупредить ее, а не договариваться с заказчиком за ее спиной.

И снова в ней поднялась волна какого-то тошнотворного, вялого негодования: вот он, хлеб негосударственной службы, сколько же унижений надо нахлебаться, чтобы съесть свой законный кусок!

— Кто-нибудь в усадьбе знает, кто я на самом деле?

— Только два человека, кроме меня.

— Кто они? Ваши заместители?

— Мои жены, — ответил Бегорский с легкой улыбкой, значения которой Настя в первый момент не поняла.

Она решила, что ослышалась. Или это у Бегорского юмор такой специфический?

— Ваши... кто, простите?

— Мои жены, — терпеливо повторил он. — Вера Алексеевна Бегорская, моя первая жена, работает у меня кадровиком и одновременно главным бухгалтером. Я, видите ли, большой поклонник совместительства, это позволяет не раздувать чрезмерно штаты, и в то же время при относительно небольшом объеме работы люди не сидят и не скучают без дела. Безделье я считаю злейшим врагом человека. А Тамара Николаевна Виноградова — моя четвертая жена.

— И кем она работает в усадьбе?

— А никем, — Бегорский беззаботно махнул рукой. — Тамара — прекрасный парикмахер, победитель международных конкурсов, кроме того, она занимается дизайном одежды, разрабатывает модели, кроит, шьет. У нее в усадьбе парикмахерский салон.

«Все понятно, — с некоторой брезгливостью подумала Настя. — Четвертая жена! Это ж надо! Наверняка путь от первой жены к четвертой шел по возрастной нисходящей, каждая следующая жена была моложе и красивее предыдущей. Знакомая картинка. Многие стареющие богачи, теряя мужскую силу, пытаются взбодрить ее влечением ко все более молодому телу. И разумеется, последняя жена, в отличие от первой, может позволить себе не зарабатывать на жизнь. Первая жена Вера Алексеевна сидит на зарплате, а четвертая — молодая длинноногая красотка с грудью и аппетитной попкой — держит салон и занимается исключительно женской привлекательностью: прически, наряды. Небось еще и маникюр с педикюром, и эпиляция. Зачем пенсионерам эпиляция? Просто насмешка какая-то».

Возникшая было симпатия к Андрею Сергеевичу мгновенно улетучилась, сменившись легким презрением. Он такой же, как большинство богачей, ничего в нем нет необыкновенного. Рядовой олигарх, опупевший от денег.

Ровно в полдень машина остановилась возле придорожного ресторанчика, стилизованного под русскую избу. На крыльцо выскочил молодой, бритый налысо мужчина кавказской внешности, подбежал к машине, распахнул дверь со стороны Бегорского.

— Андрей Сергеевич! Рады вас видеть! Вы, как всегда, точны, ровно в двенадцать приехали, как и предупреждали. А у нас уже все готово, прошу-пожалуйста.

Ишь ты, у него и ресторан свой, прикормленный, в котором он всегда обедает, когда едет в Томилин. Неприязнь к Бегорскому стала еще чуть-чуть сильнее.

Их проводили в дальний уголок зала, где были накрыты два стоящих рядом стола, каждый на две персоны. За один стол сели Бегорский и Настя, за другой — водитель и охранник. Немедленно появились официанты, поставившие перед гостями тарелки с половинками грейпфрута, который оказался таким кислым, что у Насти скулы свело. «Похоже, Андрей Сергеевич питается лепестками роз, — подумала она. — Половинка грейпфрута и чашка кофе, на этом обед будет завершен. То-то он спрашивал про систему питания! Сам небось следит за фигурой и считает каждую калорию, которых в таком обеде — ноль целых ноль десятых. И что мне теперь, с голоду удавиться?»

Однако за грейпфрутом последовал салат из свежих овощей, заправленный оливковым маслом с лимоном, и к нему — хлеб из темной муки грубого помола. Настя слегка повеселела. Так еще ничего, жить можно! После салата принесли нечто желтенькое с цветными вкраплениями, которое на вкус оказалось просто замечательным.

— Что это? — спросила Настя с набитым ртом, забыв о приличиях.

— Это кус-кус и овощи «имам бяльды».

Из сказанного Настя опознала только слово «овощи», про кус-кус она слышала, но никогда не ела, как-то не доводилось, а про «имама» вообще представления не имела. Оказалось, что название загадочных овощей переводится как «имам в обмороке» — до того вкусным некоему имаму показалось это блюдо на основе баклажанов и помидоров.

К моменту, когда подали кофе, Насте уже казалось, что она объелась и не проголодается по меньшей мере неделю. Она по привычке положила в чашку два кусочка сахару и бросила ломтик лимона. Бегорский пил кофе без сахара и без молока.

— Горько же, — удивилась Настя.

— Я привык, — скупо улыбнулся Андрей Сергеевич.

— А зачем надо было привыкать? Вам нельзя сладкого?

— Сладкого никому нельзя. Все это понимают, только не все с этим считаются. Вы сыты?

— Более чем. Честно признаться, я была уверена, что люди вашего масштаба едят на обед какое-нибудь изысканное мясо или дорогую рыбу.

— Мясо и рыба — это белок, равно как творог и яйца, их можно есть только вечером, на ужин. На обед углеводы с овощами, на ужин белок с овощами. Только так.

— Да? — Настя изумленно приподняла брови. — Впервые об этом слышу.

— Ну вот, не зря я вас спрашивал, какой системы питания вы придерживаетесь. Я так и знал, что никакой системы у вас нет. Это очень плохо.

— Да мне вроде не нужно худеть, — усмехнулась Настя. — Лишний вес мне не грозит.

— При чем тут вес? — Бегорский недовольно нахмурился. — Дело не в весе, а в нормальном самочувствии и высокой работоспособности. Это не блажь и не дань моде, это необходимое условие функционирования любого механизма, будь то производство или отдельно взятый человек. Когда человек питается правильно, он может хорошо и продуктивно работать и долго не уставать. Когда он питается неправильно, у него появляется учащенное сердцебиение, тошнота и прочие неприятные вещи, его клонит в сон, он никуда не годится и не может работать. Вот и все. Я категорически настаиваю на том, чтобы вы, пока работаете на меня, питались так, как я предписываю, и хорошее самочувствие вам будет гарантировано. Я, в конце концов, плачу деньги за работу, а не за то, чтобы нанятый мною работник плохо себя чувствовал, болел и не работал.

— А если я не захочу есть то, что вы мне предписываете? — поинтересовалась Настя. — Если мне не понравится ваша еда?

— Вы будете есть то, что вам дадут, а если вам не понравится, вы пойдете в городское кафе и наедитесь всякой дряни, после которой у вас будет тяжесть в желудке и изжога. Или купите в магазине молока и плюшек, наедитесь у себя в комнате до отвала, так, что вздохнуть не сможете, и уснете. И в том, и в другом случае вы поймете, что в конечном итоге я прав.

Настя достала сигареты и закурила. Она не курила с момента отъезда из дома и с нетерпением ждала момента, когда можно будет сделать первую затяжку.

— У меня такое ощущение, что вы вообще всегда правы. Вы, кажется, говорили, что никто, кроме жены, не смеет вам перечить и говорить «нет». Вы какую жену имели в виду? Первую или последнюю?

— Последнюю, Тамару. Но я чувствую, что вы собираетесь примкнуть к ее движению, — Бегорский улыбнулся широко и радостно. — Так что вас будет двое.

В машине они снова вернулись к разговору об усадьбе и клубе. Настю интересовала статья, которую Бегорский давал ей прочесть.

— Как вы думаете, откуда журналистка взяла эту историю? — спросила она. — Не может так оказаться, что все это — правда?

Бегорский пожал плечами.

— Может, все может. Но мне-то от этого не легче. Люди от меня уходят — вот что меня волнует в первую очередь. Если маньяк ходит по городу, то вы его, конечно, в одиночку поймать не сможете, я это понимаю. Но если он есть и сидит у меня в клубе, то вам вполне по силам его вычислить. Либо найти его, либо доказать, что в клубе его нет и для персонала и гостей не существует никакой опасности. А насчет журналистки этой, Натальи Малец, я справки наводил. Девятнадцать лет, наверняка сопливая амбициозная дура, которая решила прославиться, напридумывать высосанных из пальца ужасов и сделать горячий материал. Ну что ж, ей это в общем-то удалось, в городе нет ни одного человека, который не прочел бы эту статью. Более того, статью перепечатали в местных газетах Костровска и нашего областного центра.

Настя вздрогнула.

— Костровска?

— Да, это в шестидесяти километрах от Томилина. А в чем дело? Вы там бывали?

— Бывала, — рассеянно кивнула она.

Да уж. Лучше бы не бывала. Сколько лет прошло? Пятнадцать? Нет, кажется, шестнадцать. Она поехала в Костровск лечиться в санатории и вляпалась в историю с убийствами и производством подпольных порнофильмов. Именно в Костровске она познакомилась с Эдуардом Петровичем Денисовым, местным «крестным отцом», который уговорил ее принять участие в расследовании... Интересно, его бывший начальник службы безопасности Старков все еще живет там же или куда-нибудь переехал? Сколько лет они не виделись? Кажется, с девяносто шестого года. Или с девяносто седьмого. Правда, Старков до сих пор каждый год поздравляет ее с Днем милиции, ни разу не забыл. Можно попробовать позвонить ему, если, конечно, он не сменил номер мобильного. Позвонить, приехать в Костровск, встретиться. А зачем, собственно говоря? Зачем ей Старков, который всегда относился к ней уважительно и даже как-то трепетно? Для того чтобы лишний раз убедиться: люди стареют и меняются, и не всегда в лучшую сторону, и нельзя дважды войти в одну реку?

Она встряхнула головой и вернулась к разговору с Бегорским.

— Как вы думаете, не может ли быть, что статью проплатили те, кто пытался на вас наехать?

— Может, — согласился он. — Убийство двух дам из моего клуба оказалось им на руку, и они постарались выжать из ситуации максимум возможного. Очень не хочется думать, что два убийства организовали тоже они, но и этого нельзя исключать.

Настя смотрела на покрытые снегом ветви деревьев, стоящих вдоль трассы. Деревья, деревья, одни деревья, глазу не за что зацепиться. И что за удовольствие ездить в такую даль на машине? Стасов же сказал, что можно добраться поездом.

— Вы всегда ездите в Томилин на машине? — спросила она.

— Если еду с Тамарой, то на поезде, она не любит так долго сидеть в машине.

— А вы любите? — с недоверием произнесла Настя.

— Поезд идет ночью, а в поездах я не могу нормально спать, и весь следующий день я неработоспособен. Ради Тамары я терплю определенные неудобства, но если еду без нее, то делаю так, как мне удобно. По дороге занимаюсь делами, решаю вопросы по телефону, работаю с бумагами. Это я сегодня отключил телефон, чтобы никто не мешал мне работать с вами, а так он обычно разрывается.

«Работать с вами»! Ишь ты! То есть этот разговор Андрей Сергеевич рассматривает как часть работы. Ну что ж, деловой человек, ничего не скажешь.

— По-моему, здесь не очень удобно работать с бумагами, — скептически заметила Настя, вспомнив, с каким трудом ей удалось одолеть набранную мелким шрифтом статью в газете.

— Согласен, — весело кивнул Бегорский. — Но в этой машине я с документами не работаю. Для дальних поездок, требующих много времени, у меня оборудован другой автомобиль, мини-вэн, в нем переделанный салон, хорошее освещение, факс и все, что нужно для работы.

Он извинился, включил телефон и углубился в бесконечные переговоры, а Настя откинула голову на подголовник и прикрыла глаза, стараясь систематизировать все, что услышала полезного. Основных версий две: убийства организованы противниками Бегорского, и убийства совершены сумасшедшим, возможно, находящимся в старинной усадьбе. Первая версия показалась ей сомнительной, ведь если бы убийства двух женщин были запланированы с целью посеять панику среди персонала и гостей клуба, то временной промежуток между ними был бы куда меньше, от пары недель до нескольких дней. А тут полгода прошло. Нет, не получается. Значит, все-таки маньяк.

* * *

К Томилину подъехали около половины четвертого. Спина у Насти ныла, ноги затекли, смертельно хотелось курить и выпить чашку кофе. По мере передвижения по городу Бегорский давал пояснения, которые показались Насте совершенно не интересными и даже лишними.

— Мы подъезжаем к Костровскому водохранилищу, на нем стоит химкомбинат, вокруг которого, собственно, и был в свое время построен город, — говорил Андрей Сергеевич. — Первоначально город строили на берегу реки Томинки, справа и слева от комбината, потом правая часть, если стоять лицом к реке, оказалась замороженной, и основное строительство велось влево, вдоль реки, и вглубь. Наша усадьба стоит на краю города. Центр города оказался смещен к реке, а в сторону от реки, вглубь, сейчас находятся районы современной застройки. Это я к тому рассказываю, что одну из женщин убили в центре, а другую — в районе многоэтажек. Вот смотрите, сейчас мы проехали дамбу, слева водохранилище и комбинат, а мы поедем направо по проспекту Победы... теперь мы сворачиваем направо на улицу Радищева... а теперь налево, и мы с вами выехали на Парковую улицу, которая выведет нас прямо к усадьбе...

Настя слушала вполуха, эти топографические подробности были ей малоинтересны, она понимала, что при необходимости возьмет карту города и найдет все, что ей будет нужно, не потеряется. Парковая улица показалась ей мало чем отличающейся от трассы, по которой они ехали из Москвы: те же заснеженные деревья по сторонам, только проезжая часть поуже. Наверное, летом здесь и вправду красиво, но зимой совсем смотреть не на что.

— А где здесь отдел внутренних дел? — спросила она, вспомнив, что завтра с утра должна туда явиться.

— На Федеративной улице. Если бы мы с проспекта Победы не свернули на Радищева, а проехали бы еще вперед, то доехали бы до пересечения Победы и Федеративной и там налево. Длинное такое здание, в нем еще с советских времен располагаются ГОВД, прокуратура и суд. Еще и горотдел КГБ там размещался. Да вы не беспокойтесь, вам будет предоставлена машина с водителем, вас будут возить, куда скажете, водитель хорошо знает город и всю область. Вот мы и приехали.

Машина въехала в ажурные кованые ворота, и Бегорский снова заговорил возбужденно и даже радостно. Насте показалось, что глаза у него заблестели ярче, — настолько любил он свое детище и гордился им:

— Здесь очень красивый курдонёр, но зимой это почти незаметно, вот если бы вы приехали летом, вы бы сами увидели. Здесь сажают цветы, у нас даже проводятся конкурсы на самую оригинальную клумбу.

Настя напрягла память, стараясь извлечь из нее все, что там было по архитектурной части, и вспомнила, что курдонёром называют парадный двор перед усадебным домом, обычно ограниченный с боков флигелями или крыльями этого здания. Да, Бегорский прав, укрытый толстым слоем снега парадный двор не производил ровно никакого впечатления.

Машина остановилась, Настя вышла и оглянулась по сторонам. Типичный образец классицистической архитектуры с четкостью и ясностью форм и сдержанностью декора. Декор настолько сдержанный, что граничит с суховатостью. Единственным украшением гладкой плоскости стен являются вертикальные выступы. Кажется, они называются лопатками, но Настя не очень в этом уверена. От главного дома в обе стороны отходят галереи-колоннады, заканчивающиеся парой флигелей, по одному с каждой стороны.

— Посмотрите, какие бельведеры, — с почти детским восторгом говорил Бегорский, — а на главном доме еще и световой барабан. А когда вы увидите парковый фасад, то поймете, как здесь было красиво когда-то.

— Да я уж вижу, — несмело заметила Настя, бросая взгляд на самый обычный, как ей показалось, вход в главный дом.

Бегорский перехватил ее взгляд и от души расхохотался.

— Куда вы смотрите, Анастасия Павловна? Парковый фасад не здесь, а с противоположной стороны. Парковый фасад всегда выходит на парк, а не на въездные ворота.

— Да? — Настя не на шутку удивилась. — А я думала, где парадный двор, там и парковый фасад. Мне казалось, что парадный двор — это своего рода парк.

— Ну что вы, настоящий парк дальше, за главным домом, а курдонёр — это так, визитная карточка усадьбы. Идемте, я покажу вам, где разместиться.

Водитель вытащил из багажника Настину сумку и понес к правому флигелю.

— Я буду жить здесь?

— А где же? — удивился в свою очередь Бегорский.

— Я думала, в гостинице.

— Еще чего не хватало! Вы будете работать в клубе и должны находиться поблизости. У нас в главном доме есть гостиничные номера для тех, кто приезжает на обучение из других городов, но вы будете жить во флигеле, в апартаментах. Прошу.

Он поднялся по ступеням и распахнул перед Настей дверь. Она вошла следом и оказалась в прямоугольном холле, в который выходили четыре двери. Бегорский открыл одну из них ключом и пропустил Настю в маленькую прихожую, из которой вели три двери. Бегорский по очереди открывал каждую из них.

— Здесь гостиная и мини-кухня, можете приготовить себе что-нибудь несложное или просто чайку попить, здесь спальня, здесь санузел. В гостиной есть подключение к Интернету, можете пользоваться.

Настя едва сдерживалась, чтобы не расхохотаться. В спальне стояла кровать с балдахином, под окном, задекорированным гардинами с ламбрекенами, очаровательная оттоманка с резной спинкой, у стены — консоль с выдвижными ящичками, обои в цветочек цвета старого золота. В гостиную она даже боялась заходить.

— Вам смешно? — нахмурился Бегорский. — Что-то не так?

— Нет-нет, все в порядке, — давясь от смеха, проговорила она. — Просто я вспомнила, как вчера вечером представляла себе гостиницу с клопами и без горячей воды и думала, брать мне махровый халат или нет, потому что в комнате может оказаться очень холодно. Жаль, что вы заранее не предупредили меня, в каких условиях я буду жить, я бы привезла кружевной пеньюар, а то в спортивном костюме ходить по такой красоте как-то неприлично.

Бегорский, против ожидания, отнесся к ее словам вполне серьезно.

— Если вам чего-то не хватает, предупредите мужа, что к нему заедет водитель и возьмет. Вам все привезут.

Настя смутилась.

— Что вы, я пошутила. И в самом деле очень красиво. Я никогда не жила в таких апартаментах.

Она вышла из спальни и робко протиснулась мимо Андрея Сергеевича в гостиную. Угловой диван, довольно длинный, на нем даже спать можно, два кресла, низкий широкий стол, еще один стол у окна, высокий, рабочий, на стене — панель телевизора. Все функционально, красиво, удобно, ничего лишнего и в то же время всего вроде бы хватает.

— Здорово! — искренне сказала Настя, впервые почувствовав нечто вроде расположения к Бегорскому.

— Вы хотите прямо сейчас разложить вещи? — спросил он.

— А какие есть варианты?

— Можете разложить их сейчас, я зайду за вами через некоторое время, или можете оставить сумку и заняться ею потом, тогда прямо сейчас мы с вами поднимемся к Тамаре, я вас представлю, и дальше вами будет заниматься уже она. Она тут всё и всех знает.

Опять пресловутая Тамара, ради которой олигарх Бегорский готов терпеть даже бессонные ночи на неудобной полке в поезде. Четвертая жена, молодая красотка с длинными ногами и крашеными волосами, может быть, даже с силиконовым бюстом и искусственно увеличенными ресницами. Но деваться некуда, придется иметь с ней дело.

— Пойдемте знакомиться с вашей женой, — решительно произнесла она.

Они вышли в холл, и только тут Настя заметила лестницу на второй этаж.

— На первом этаже у нас апартаменты для гостей, на втором — мои и Тамары, — пояснял Андрей Сергеевич, энергичным шагом поднимаясь по ступенькам.

— Вы с женой живете не вместе? — уточнила на всякий случай Настя.

— Мы пока не женаты. Я считаю Тамару своей женой, а она меня своим мужем назвать не спешит. Но я надеюсь, это ненадолго.

Он толкнул одну из дверей на втором этаже, и тут же навстречу им выбежала маленького роста, худенькая женщина лет шестидесяти пяти с короткой стрижкой и в каком-то невероятно экстравагантном наряде. Бегорский обнял ее и поцеловал.

— Знакомьтесь, это Тамара Николаевна Виноградова, моя почти жена, а это Анастасия Павловна Каменская.

— Как бы социолог, — уточнила Тамара, с улыбкой глядя на Настю.

— Ну да, вроде того, — растерянно пробормотала Настя.

Сказать, что она была шокирована, — это не сказать ничего. Она была в остолбенении. Надо же, сколько всего она уже придумала про четвертую жену Бегорского, а выяснилось, что попала пальцем в небо. Нет, прав был Виктор Алексеевич Гордеев, ее бывший начальник, нет у нее чутья. Нет и никогда не было.

Она придумала себе молодую красавицу со всеми прилагающимися к модельной внешности прелестями, а перед ней стояла обыкновенная женщина, ровесница Бегорского, с некрасивым лицом, длинным носом, тонкими губами, седыми волосами. Женщина необыкновенно привлекательная своей открытой улыбкой и задорным блеском глаз, стильной стрижкой и платьем, не похожим ни на один висящий в витринах магазинов наряд. При всей своей обыкновенности Тамара Николаевна была совершенно необыкновенной.

— Всё, Тамара, передаю тебе Анастасию Павловну, веди ее в клуб, все показывай, отвечай на вопросы, если что нужно — я буду в кабинете.

С этими словами Андрей Сергеевич еще раз поцеловал Тамару и легко сбежал вниз по лестнице.

Тамара прислушалась к удаляющимся шагам и лукаво улыбнулась:

— Есть хотите, Анастасия? Ничего, что без отчества? Вы ведь моложе меня.

— Конечно.

— И вы ко мне обращайтесь как-нибудь попроще. Так как насчет выпить чайку с пирожными? Я примерно представляю себе, чем Андрей вас кормил в дороге. Можете не волноваться, вас здесь будут кормить нормально, но только когда Андрей уедет. Пока он здесь, вам придется кушать то, что он скажет. Но вы не волнуйтесь, у меня вы всегда сможете перекусить нормальной едой.

Настя с облегчением рассмеялась. Кажется, эта Тамара — хорошая тетка.

— А вы не придерживаетесь системы питания Андрея Сергеевича?

— Кто? Я? Да боже упаси! Еще не хватало, чтобы я шла у него на поводу. Я всегда жила так, как считала нужным, ни под кого не подлаживалась.

Настя благодарно улыбнулась.

— Спасибо, Тамара, я учту, что вы можете меня спасти от голодной смерти. Но если вы не возражаете, я бы хотела осмотреть усадьбу, а потом мы с вами попили бы чайку и поговорили. Вопросы всегда легче формулировать, когда представляешь себе место, в котором придется искать преступника.

— Хорошо. Одну минуту, я только оденусь.

Тамара накинула короткий меховой жакет, сунула ноги в высокие сапоги на плоской подошве, и они вышли из флигеля.

— А что находится в другом флигеле? — спросила Настя.

— Тоже апартаменты, но попроще, для сотрудников, которые постоянно проживают в усадьбе, — объяснила Тамара.

— И такие есть? — удивилась Настя. — То есть клуб предоставляет им жилье?

— Именно. Не совсем бесплатно, конечно, но сумма оплаты мизерная, им вполне по карману. В любом случае это на порядок дешевле, чем снимать жилье в городе, и от работы близко.

— И много человек там живет сейчас?

— Сейчас — двое. А вообще-то флигель рассчитан на восемь человек.

Значит, два человека из персонала постоянно находятся в усадьбе. Может быть, начать с них? В конце концов, надо же с чего-то начинать.

— И кто именно? — спросила Настя.

— Наш компьютерный гений Костя Еремеев и наш мастер на все руки Валерий Васильевич Полосухин.

— Почему у них нет собственного жилья в городе? Они приезжие?

— Да. У каждого из них своя драма. У Кости прямо на глазах машина сбила насмерть жену и дочку, и он решил уехать подальше от того места, а тут узнал про наш клуб и про то, что мы предоставляем жилье, и приехал наниматься. Сказал, что специально выбрал место, где минимальное количество молодых женщин и совсем нет детей, не хочет, чтобы хоть что-то напоминало ему о трагедии.

— Понятно, — кивнула Настя. — А Полосухин?

— Они вместе с женой эмигрировали в Германию, прожили там несколько лет, потом жена умерла, и он вернулся. А жилья нет, они перед отъездом квартиру продали. Вот приткнулся к нам, помогает всем, кому может, хоть починить, хоть сделать заново. Руки у него хорошие, он — главный помощник нашего завхоза Сани. Ну и еще одно дело делает: возглавляет общество любителей вышивки.

— Да вы что? Правда?

— Честное слово. Он очень хорошо вышивает и любит этим заниматься. Собрал вокруг себя таких же любителей, и они вышивают целые картины и панно, которыми мы украшаем стены в усадьбе. Вполне в стиле эпохи, — улыбнулась Тамара. — Вот мы и пришли. Входите, Анастасия.

Они вошли в просторный холл, справа Настя увидела гардероб и стойку администратора, за которой стояла приятная дама явно пенсионного возраста и разговаривала по телефону.

— Это наш администратор, — негромко сообщила Тамара. — К ней можно обратиться за любой справкой, записаться на курсы или на прием к врачу, через нее можно найти любого сотрудника или члена клуба.

— Знаете, — удивленно протянула Настя, — я как-то привыкла, что на такую работу берут молодых привлекательных девушек.

— Это ноу-хау Андрея. Он вполне справедливо рассудил, что пожилые люди зачастую стесняются общаться с молодежью, им кажется, что они уже старые, глухие, слепые, беспомощные, бестолковые. Пожилому человеку куда легче обратиться с просьбой или с вопросом к кому-то поближе возрастом, чем к молодой симпатичной девчонке или к парню с длинными волосами и с блютусом в ухе. Весь персонал по возможности соответствует этому критерию. Преподавателей Андрей нанимает только возрастных, никакой молодежи. И компьютерщики, постоянно дежурящие в компьютерных классах и в зале, тоже не пацаны.

— А ваш компьютерный гений? Кажется, Костя?

— Он — одно из редких исключений, но и он не мальчик, ему хорошо за тридцать. Идемте вот сюда. — Тамара повела Настю налево в широко открытую дверь. — Здесь у нас гостиная. Мы ее называем «зеленой гостиной».

«И вправду зеленая, — подумала Настя, оглядываясь и рассматривая обои, шторы, ковры и обивку многочисленных кресел и диванчиков, представляющих собой всю гамму бирюзовых и малахитовых тонов, разбавленных несколькими оттенками кремового. — Действительно, красиво. Я бы здесь сидела часами, болтала, если бы было с кем, или читала. Здесь уютно и спокойно».

На стенах висели картины в резных багетах, а в креслах вокруг столиков сидели две группы гостей и что-то обсуждали. Обстановка показалась Насте вполне мирной и даже идиллической. Трудно представить себе, что эти люди поверили в «желтую» статью про маньяка и теперь боятся находиться в клубе. Никаких признаков беспокойства и страха Настя на их лицах не заметила.

Они снова вышли в холл, который теперь Настя оглядела более внимательно. Впереди виднелась широкая лестница на второй этаж, вдоль стен — банкетки, стулья и зеркала. Это разумно, подумала она, ведь основной контингент — люди пожилые, нужно, чтобы всегда нашлось место, где можно присесть. Тамара повела ее по уходящему влево коридору.

— Вот здесь у нас кафе, в нем можно и плотно покушать, и просто выпить чаю с чем-нибудь вкусненьким. Меню рассчитано на разные карманы, ведь сюда приходят и совсем малообеспеченные гости, и нужно, чтобы они не чувствовали себя обделенными. Есть совсем простенькие десерты, и можно попить чайку с десертом буквально за копейки. А можно и роскошный обед закатить. Впрочем, — Тамара усмехнулась, — вы сами это прочувствуете за ужином. Но ничего, не забывайте: когда Андрей не видит, вы всегда можете расслабиться.

По другую сторону от «зеленой» гостиной и кафе располагались помещение под названием «музыкальный салон» и костюмерная. В «музыкальном салоне», оборудованном как небольшой концертный зал с невысокой сценой, проходили тематические вечера, коллективные просмотры фильмов с последующим обсуждением, а также давались спектакли клубного самодеятельного театра. Предназначение костюмерной было и так понятно.

— С левым крылом мы разобрались, — сказала Тамара, снова ведя Настю в холл. — Теперь пойдемте направо.

С одной стороны коридора располагались два компьютерных класса и зал интернет-кафе, с другой — библиотека, комната любителей вышивания, парикмахерский салон Тамары и кабинет, где по два раза в неделю проводили консультации врач-психотерпевт, врач-геронтолог и терапевт. Ради любопытства Настя попросила разрешения заглянуть в один из классов и увидела на стенах выполненные крупным шрифтом схемы компьютерных страниц.

— Андрей специально заказывал разработчикам эти схемы, — с гордостью пояснила Тамара. — И вообще, весь процесс обучения разработан по заказу Андрея с учетом особенностей наших учеников.

Закончив с первым этажом, они поднялись по лестнице на второй. Здесь была сохранена та же идея разделения на левое и правое крыло. Слева от лестницы — приемная, из которой можно попасть в кабинет Бегорского и в кабинет Веры Алексеевны, его первой жены, которая заведовала в клубе кадрами и бухгалтерией. Напротив — шесть кабинетов сотрудников и преподавателей. Справа — семь гостиничных номеров и помещение горничных.

— В этих номерах сейчас кто-нибудь живет? — спросила Настя, всматриваясь в длинный, через весь этаж коридор и представляя себе, как будет в этих бесконечных помещениях выискивать таинственного маньяка.

— Три человека. Дама-профессор из областного центра, она уже двадцать лет на пенсии и процесс компьютеризации в своем институте не застала, и еще два старых друга, очаровательные старички. У одного из них сын — предприниматель, он оплатил проживание и для своего отца, и для его товарища. Гостиница у нас не бесплатная, но тоже не очень дорогая. Андрей предпочитает за многое платить сам, только бы его клуб процветал. Ну, теперь я покажу вам нашу гордость — зимний сад.

Они снова вернулись на первый этаж и прошли через холл к противоположной от входной двери стороне. За стеклянной двустворчатой дверью оказался широкий полукруглый выступ, превращенный в зимний сад. Уже стемнело, но Насте удалось разглядеть сложенную из больших каменных плит и окруженную мощными вековыми деревьями лестницу, пологими уступами спускающуюся в парк.

— Летом здесь очень красиво, — сказала Тамара, — и липы так цветут! В парке у нас часовня, старинная ротонда, оранжерея и приют для бездомных животных. И еще гараж. Это все вы увидите завтра, когда выйдете прогуляться. Сейчас уже темно. Да вы и устали, наверное, Андрей ведь вас поднял ни свет ни заря, знаю я его манеру выезжать в шесть утра.

— В семь, — поправила Настя.

— Это вас он забрал в семь, а из своего дома выехал в шесть. Ранняя пташка. Ой, — она спохватилась и посмотрела на часы, — уже десять минут седьмого, долго я вас мучаю своей экскурсией. В шесть часов Андрей велел приходить на ужин.

— Куда приходить? — испугалась Настя.

Мысль о «правильной» еде отчего-то повергла ее в ужас, хотя воспоминания об обеде были вполне приятными.

— В кафе. Будете есть рыбу с вареными овощами.

И Тамара звонко расхохоталась.

— А вы? Разве вы не будете есть рыбу?

— Кто? Я? Да ни за что на свете! Андрей знает, что со мной воевать бесполезно. Я все равно буду жить так, как привыкла. А вот с вами он еще попытается повоевать и перевербовать в свои ряды. Впрочем, он вчера мне сказал по телефону, что вы ухитрились ему отказать в чем-то. Было?

— Я не помню, — смутилась Настя. — Он что-то такое говорил, но я не обратила внимания.

— Продолжайте в том же духе, — посоветовала Тамара, ведя ее в сторону кафе. — Не уступайте ему, не позволяйте собой помыкать. Ничего с вами не случится, он вас не убьет. Побушует немножко и смирится, это я вам по собственному опыту говорю. С ним на самом деле очень легко справиться, просто до меня никто не пробовал.

Тамара оказалась права: Насте и Бегорскому подали паровую рыбу с отварной капустой брокколи, которую Настя терпеть не могла. Ее тошнило от одного только вида ярко-зеленых соцветий. Она уныло поковыряла безвкусную, как ей показалось, рыбу, съела одну треть куска и на вопрос Бегорского соврала, что не голодна. Тот укоризненно покачал головой, но промолчал, а сидящая напротив Насти Тамара улыбнулась и подмигнула ей, дескать, помни, я тебя всегда выручу чаем с пирожным.

Мысль о чае с пирожными показалась весьма привлекательной, и после ужина Настя уже собралась было обратиться к Тамаре с просьбой посидеть вместе и поговорить за десертом, но вдруг почувствовала, что смертельно устала. Она не может ни о чем разговаривать, не может формулировать вопросы, касающиеся двух убитых женщин, ей нужно переварить и обдумать все то, что сказал ей за восемь часов, проведенных в машине, Бегорский, ей нужно мысленно закрепить в памяти план усадьбы со всеми ее помещениями, ей нужно составить хотя бы приблизительную программу сбора информации. Завтра с утра ей предстоит встреча с начальником городского отдела внутренних дел, потом с его заместителем по криминальной милиции, потом с начальником розыска, потом с оперативниками, которые вели дела об убийствах женщин, посещавших клуб «Золотой век». И все это требует ясной и отдохнувшей головы.

Она хотела есть, кусочка вареной рыбы оказалось явно недостаточно, но еще больше Настя Каменская хотела принять душ и лечь в постель. И помолчать. И хорошо бы еще вещи разложить, она как бросила сумку в своих апартаментах, так и забыла о ней. И еще нужно позвонить Стасову, доложиться. И Лешке позвонить, он тоже волнуется, как там проходит ее первая командировка на новой работе.

«Я стала совсем старой, — с грустью подумала она. — Еще только половина восьмого, а я уже полумертвая. Конечно, я встала в пять утра, но когда такое было, чтобы к восьми вечера я хотела лечь спать? Раньше я могла сутками не спать и работать, а теперь... Зря я пошла к Стасову, не будет от меня никакого толку, я состарилась и гожусь только для того, чтобы тихо сидеть дома и никому не мешать».

Глава 3

Выйдя из салона «Релакс», Илья Вторушин подошел к своей машине, завел двигатель и позвонил бабушке. Он точно знал, что она его ждет, но все равно позвонил. Он так привык. Во всем должен быть порядок: едешь в дом — позвони, предупреди хозяев, даже если это дом, в котором ты родился и вырос, и даже если хозяйка — твоя родная, горячо любимая бабушка, единственная родная душа, оставшаяся у Ильи после смерти родителей.

Дорогу к дому бабушки Илья выбрал, как обычно, подлиннее, ему хотелось, чтобы дух салона «Релакс» окончательно выветрился из его одежды и даже из тела. Услугами салона он пользовался регулярно, раз в неделю, когда приезжал из Томилина к бабушке в Костровск, хозяйка салона Татьяна давно его знала и считала постоянным и одним из любимых клиентов — Вторушин выбирал одних и тех же девушек, был предсказуем, спокоен, никогда не являлся пьяным, не устраивал скандалов и безобразных сцен, платил строго по счету, оставляя девушкам вполне приличные чаевые, не требовал никаких изысков и не наносил увечий. Одним словом, был идеальным клиентом, о каком только можно мечтать. И бабушка Римма Петровна знала о том, что внук посещает «Релакс», у Ильи не было от нее тайн, хотя сама Римма Петровна предпочла бы, чтобы мальчик наконец женился, обзавелся семьей и жил, как все люди. Из этих соображений она даже отказывалась переехать из Костровска в Томилин и жить с внуком, на чем Илья давно уже настаивал.

— Мне неспокойно, когда ты так далеко, — говорил он, — для меня было бы лучше, если бы мы жили вместе. Ты не хочешь переезжать в Томилин — ладно, я готов перевестись на службу в Костровск, но ты ведь и этого не хочешь.

— Не хочу, — улыбалась в ответ Римма Петровна, — мы не должны жить вместе, это помешает тебе вести нормальную личную жизнь.

Но с «нормальной личной жизнью» у Ильи Вторушина никак не складывалось, женщин он боялся почти панически, строить отношения с ними не умел, не знал, как подойти, как заговорить, как повернуть разговор в нужное русло, не говоря уже о том, как сделать так, чтобы его не отбрили при первом же поползновении к телесному контакту. Был Илья слишком громоздким, полным, отечным — в мать и бабушку, — неуклюжим и искренне считал себя совершенно непривлекательным и не могущим рассчитывать на доброе отношение со стороны молодых женщин. У него, конечно же, за тридцать два года жизни случались романы, но все они заканчивались тем, что его бросали, и это еще больше подкрепляло его уверенность в собственной непригодности к этой самой «нормальной личной жизни», о которой так мечтала Римма Петровна.

Римма Петровна, такая же полная и грузная, как ее внук, ждала Илью к ужину. Она с удовольствием готовила и всегда старалась побаловать внука обильной вкусной едой, такой, какую он сам себе не приготовит и ни в каком общепите не попробует.

— У Татьяны был? — спросила она вполне доброжелательно, не допуская ни единой нотки осуждения.

Илья молча кивнул в ответ.

— Ну, как она? Убийство матери так и не раскрыли?

Хозяйка салона «Релакс» Татьяна Корягина была дочерью той самой Галины Ильиничны Корягиной, труп которой с разбитым зеркалом на груди и с вырванной из уха серьгой был найден в марте прошлого года в Томилине, о чем бабушка Ильи Вторушина была, конечно же, осведомлена. Сам массажный салон «Релакс» на деле был обыкновенным борделем, правда, очень и очень приличным и недешевым, а его владелица, в прошлом проститутка, — «мамкой», но это обстоятельство отнюдь не мешало добросердечной Римме Петровне сочувствовать Татьяне по поводу трагической гибели ее матери. Сказать, что Татьяна Корягина очень уж переживала, было никак нельзя, к смерти Галины Ильиничны она отнеслась более чем равнодушно, во всяком случае, так казалось любому стороннему наблюдателю. Она не рвала на себе волосы, не билась в истерике, не плакала и не посещала кладбище в Томилине, ограничившись лишь присутствием на похоронах.

После ужина занялись фотографиями. Римма Петровна достала пухлый конверт с отпечатанными в фотоателье снимками, сделанными во время их последней поездки: перед самым Новым годом они с Ильей ездили на три дня в Амстердам, гуляли вдоль каналов и наслаждались в музее полотнами великих голландцев. Несмотря на комплекцию, возраст и многочисленные болезни, Римма Петровна была заядлой путешественницей, ей хотелось посмотреть и египетские пирамиды, и Вестминстерское аббатство, прогуляться по Елисейским Полям, притронуться к камням Колизея, увидеть знаменитую Ронду и посидеть на лавочке в парке Гуэль, и Илья готов был возить свою любимую бабулю всюду, куда ей хотелось. Он никогда не отпускал ее одну, сопровождал на каждой экскурсии, а если поездка оказывалась трудной — брал напрокат машину: у Риммы Петровны были больные ноги. Еще в те времена, когда денег у Ильи было совсем мало, они ездили в самые дешевые туры, на автобусах, и он сидел рядом с бабушкой, ни на минуту не испытывая раздражения или неудовольствия. Красоты и достопримечательности его совсем не интересовали, путешествовать он не любил, но сама мысль о том, что бабушке это нравится, что она получает удовольствие и радуется, делала его счастливым.

Они принялись раскладывать фотографии на большом столе и группировать их тематически, затем из каждой группы выбирали самые удачные снимки и вставляли в альбом, формулировали надписи, сверяясь с блокнотом, в который Илья заносил пояснения экскурсоводов, чтобы потом ничего не забыть и не перепутать, потом Илья четким красивым почерком, почти печатными буквами вписывал в альбом рядом с фотографией дату, место и комментарии. На каждое путешествие они заводили отдельный альбом, и не беда, если в нем оставались пустые страницы, зато в фотографиях всегда царил идеальный порядок, и легко можно было найти при необходимости любой снимок. Но, надо заметить, пустые листы в альбомах оставались редко: они действительно очень много фотографировали, стараясь запечатлеть каждую деталь, каждую мелочь, передать каждое впечатление. Глядя на Римму Петровну, склонившуюся над разложенными на столе снимками, Вторушин с нежностью думал о том, как ему повезло, что у него есть такая замечательная бабушка — самая лучшая женщина на свете, и если бы ему довелось встретить такую женщину, он бы непременно на ней женился.

— Илюшенька, тебе пора собираться. — Римма Петровна посмотрела на часы и направилась в сторону кухни. — Я тут ничего трогать не буду, приедешь в следующий раз — и мы вместе доделаем альбом. Одевайся, а я пока соберу тебе покушать, чтобы ты утром позавтракал.

Уезжать Илье не хотелось, он любил бывать в этом доме, любил ночевать здесь, среди мебели и предметов, окружавших его в раннем детстве. И вообще, он любил бабушку и старался проводить рядом с ней как можно больше времени. Он представил себе заснеженную дорогу из Костровска в Томилин, шестьдесят километров одиночества, темноты, стоящих вдоль обочины деревянных убогих домишек и голых деревьев, свою холостяцкую квартиру, стерильно чистую, педантично прибранную и уныло пустую, и невольно поежился. Здесь так хорошо, тепло, уютно, фотографии на столе напоминают о недавней поездке и о том счастье, которое он всегда испытывал, видя горящие от возбуждения и восторга глаза Риммы Петровны, и бабушкин мягкий голос журчит, внося в его душу успокоение.

— Я останусь, — сказал он, заполняя очередную страницу альбома, — поеду завтра с утра.

— Ты не выспишься, — мягко заметила Римма Петровна, подходя к нему поближе. — У тебя тяжелая работа, тебе нужно как следует высыпаться.

— Рядом с тобой я сплю лучше.

— Рядом со мной ты спишь мало, — засмеялась она. — Мы же с тобой как маньяки, все разговариваем, разговариваем, не можем остановиться. Если ты останешься, мы опять проболтаем часов до двух, а то и до трех, я же знаю. А тебе нужно отдыхать.

Илья взял ее за руку, поднес мягкую, пухлую, покрытую пигментными пятнами кисть к своей щеке, прижался губами к пальцам.

— Римуля, я тебя обожаю. Мне так хорошо здесь, я душой отдыхаю. Я останусь, а утром ты меня накормишь вкусным горячим завтраком, и я поеду на работу совершенно счастливым.

Тут Вторушин несколько покривил душой. Завтра он ни при каких обстоятельствах не поедет на работу в хорошем расположении духа. Вчера начальник уголовного розыска предупредил его и Диму Федулова, что из Москвы приезжает какая-то фифа, которая собирается учить их, как надо раскрывать преступления. И ладно еще, если бы она была мужиком, знающим и опытным опером из министерства, который помог бы им в деле о двух таинственных трупах, но ведь это не мужик, а баба, и вовсе не из министерства, а вообще из частного агентства. Можно себе представить! Что эта баба будет здесь делать? Совать нос во все подряд? Давать «дельные», с позволенья сказать, советы? Нарядами сверкать? У нее небось одни только часы, как три автомобиля, стоят. Будет разговаривать с ними сквозь зубы, глядеть свысока и нести такую ахинею, что уши завянут.

Конечно, два трупа в тихом Томилине — это серьезно, тем более что убийца до сих пор не найден. Но баба — частный детектив — это уж слишком. Неужели нельзя было без нее обойтись? Начальник розыска сказал, что получил команду от заместителя начальника ГОВД по криминальной милиции, а тот, в свою очередь, от Самого, то есть от начальника. Кто уж там надавил на Самого — неведомо, но, вероятно, надавили сильно, потому что подпускать частных гражданских лиц к расследованию и тем более к оперативной работе и не принято, и нельзя. Да и что эти гражданские лица могут расследовать, если между томилинскими оперативниками и следователем и то согласия нет по поводу версий, каждый в свою дуду дует и на себя одеяло перетягивает. Димка Федулов, например, на сто процентов уверен, что поработал маньяк, псих ненормальный, для которого убить пожилую даму — верх удовольствия. А Илья с ним не согласен, он отстаивал совсем другую версию и до сих продолжает ее придерживаться. Илья считает, что Корягину убили те, кто пытается выдавить владельцев усадьбы из города, развалить их клуб и перекупить отреставрированное строение за бесценок, а Аиду Борисовну Павлову приговорили за какое-нибудь дело, которое она вела, когда работала следователем прокуратуры. А в том, что оба дела похожи, как близнецы-братья, никакой загадки нет: Корягину убили специально таким устрашающим манером, чтобы посеять панику среди членов клуба и жителей города в целом, отвратить народ от усадьбы, а тот, кто запланировал убить Павлову, не знал, что никакого маньяка нет и убийство Корягиной — обычная инсценировка, и скопировал манеру совершения преступления, чтобы замаскировать собственные личные мотивы и дать оперативникам возможность списать и второе убийство на того же маньяка. Вот как все просто. С этой идеей Илья Вторушин выступал постоянно, но Дима Федулов его не слушал, стоял на своем: маньяк — и все тут. А мысль о маньяке Илье не нравилась. Ну просто совсем не нравилась. Напрочь. Хотя и тут были свои сложности. Дело в том, что городское милицейское руководство маньяк тоже не сильно устраивал, ведь это же кошмар какой-то: по городу ходит сумасшедший, убивает пенсионерок, кладет им на грудь разбитое зеркало, вырывает сережку из уха, а милиция ничего не может сделать, демонстрируя свою полную беспомощность и не предпринимая никаких усилий для того, чтобы погасить тревожные разговоры и панические настроения среди населения. Маньяк — это серьезно, а непойманный маньяк — это повод для неутешительных оргвыводов. Поэтому руководство уголовного розыска и криминальной милиции в целом соглашалось с доводами Ильи Вторушина, но именно поэтому и несильно давило на подчиненных по поводу нераскрытых преступлений, особенно это касалось первого убийства, жертвой которого стала Галина Ильинична Корягина. Расклад был очевиден и ни для кого не составлял секрета. Если Корягину действительно убили те, кто нацелился на усадьбу, то очень не хочется с ними связываться, потому как они — лица, приближенные к мэру и администрации города Томилина, и кто знает, каким боком выйдет милицейское рвение по поиску виновного. А то, что выйдет именно боком, ни у кого сомнений не вызывало. Пока можно списывать все на маньяка, милицейское начальство в относительной безопасности. Хотя со стороны областного руководства, а, не приведи господь, еще и из министерства в любой момент могут начать поступать недоуменные вопросы, дескать, что-то у вас, господа хорошие, неладно в вашей консерватории, если вы маньяка как-то вяло ищете или даже не ищете вовсе. Но пока верхнее милицейское руководство не спохватилось, можно чувствовать себя более или менее спокойно. Эдакий хрупкий баланс между интересами криминальной группировки, связанной с мэром, и интересами собственно службы.

Вторушин радовался, что начальство разделяет его точку зрения и не ищет маньяка. Раздражало, однако, что старший опер майор Федулов такого же мнения не придерживается и нет-нет да и примеряет какого-нибудь попавшегося на глаза психопата к двум нераскрытым убийствам. Ужасно злило это капитана Вторушина.

А теперь вот еще дамочка столичная припожаловать собирается. Димка, конечно, тут же кинется ее обрабатывать и на свою сторону перетягивать, у него получится, от него бабы млеют, хоть он и не красавец, но, видно, есть в нем что-то такое, да в избытке. А вот от Ильи женщины не млеют, они его вообще не замечают, считают пустым местом, и ему приходится прилагать гигантские усилия, чтобы на него хотя бы обратили внимание, не говоря уж о том, чтобы принимать его всерьез. А ему обязательно нужно, чтобы его с его версией приняли всерьез. Обязательно. Он должен постараться.

* * *

После допущенных накануне излишеств голова у Федулова была тяжелой и гулкой, очень хотелось спать и очень не хотелось работать, но он все равно поднялся ни свет ни заря, надел толстый свитер поверх шерстяной футболки с длинными рукавами и вышел из дома, чтобы расчистить от нападавшего за ночь обильного снега дорожки от крыльца коттеджа к воротам и к навесу, под которым стояла его машина. Все, что касалось дома и участка, он готов был делать сутки напролет и в любом состоянии, с похмелья ли, с высокой ли температурой.

Этот дом был пределом Диминых мечтаний — деревянный, похожий на чайный домик, малиново-красный, украшенный яично-желтой резьбой, с ярко-синей пластиковой черепичной крышей, а на башенке красуется петушок, тоже яично-желтый. Краску Федулов выбирал сам: когда он купил коттедж, тот был просто деревянным, натурального теплого бежевого цвета, но Дмитрий хотел именно темно-красный дом, и резьбу он хотел, и чтобы непременно ярко-желтую. И петушка на крыше. Резьбу он заказывал в соседней деревне у местного умельца, который взял за работу совсем не дорого, всего несколько бутылок водки. Теперь дом казался Федулову совершенством, он обожал его и старался как можно чаще приглашать гостей, словно компенсируя долгие годы жизни в тесноте, когда не то что гостей пригласить было некуда — самому хорошо бы найти, куда приткнуться.

В новый дом он перевез не только двоих дочек и беременную сыном жену, но и родителей, а в старой «двушке» осталась младшая сестра с мужем и ребенком. Вместе с матерью, энергичной и неутомимой Зоей Михайловной, бывшей медсестрой, Дима обустроил не только дом, но и участок вокруг него, посадил декоративные кустарники, разбил клумбы, разметил дорожки, замостил их недорогой, но очень симпатичной плиткой, построил навес для машины. Участок-то не бог весть какой большой, всего шестнадцать соток, но Федулову хотелось, чтобы он выглядел таким же сказочно нарядным, как и дом. И дом, и участок поддерживались в порядке исключительно усилиями Дмитрия и Зои Михайловны, потому что жене Светлане не до того, она целиком погружена в детей — десятилетнюю Ксюшу, семилетнюю Вареньку и трехлетнего Ванюшку, родившегося через три недели после переезда из квартиры в коттедж, а об отце, Вадиме Александровиче, и говорить нечего, он в свои семьдесят три года уже совсем больной, слабенький, боится гулять один, даже из дому выходит редко, если никого нет рядом. У него типичная фобия сердечника — страх внезапного приступа, и вообще Вадим Александрович вбил себе в голову, что у него болезней куда больше, чем есть на самом деле, и ему уже ничего нельзя: ни ходить, ни носить, ни с внуком повозиться, ни даже уроки с внучками делать. Сидит целыми днями перед телевизором или читает газеты, которые Дима ему привозит с работы каждый день, что уж говорить о помощи по дому. Но Дима не в претензии, они и вдвоем с матерью отлично справляются, да и в радость им заботы и хлопоты о собственном доме.

Нынешняя зима оказалась на редкость холодной и снежной, но он с удовольствием работал, оставляя по обе стороны дорожек аккуратные сугробики, из-под которых торчали голые трогательные веточки молодого кустарника, и наслаждаясь звуком вгрызающейся в снег лопаты. Это напоминало детство, когда зимы были не такими теплыми, как в последние годы, и он просыпался по утрам не от звонка будильника, а именно от таких вот доносящихся с улицы звуков, издаваемых сгребающими снег дворниками.

Он закончил чистить дорожки и вернулся в дом, чтобы покормить собак. Дик и Джерри сладко спали в холле перед дверью в спальню родителей, они выбрали себе это место сами и менять на подстилку у входной двери, положенную Федуловым, не собирались. Дмитрий взял их в прошлом году щенками, их кто-то подобрал на улице и принес в приют для бездомных животных, устроенный в клубе «Золотой век». Беспородные, бездомные, голодные и грязные, они были такими жалкими, что сердце Федулова дрогнуло. Он забрал обоих. Это было как раз тогда, когда убили Корягину, и он приходил в усадьбу, чтобы опросить людей, близко знавших убитую. Тогда ему и показали приют, где он увидел двух прижавшихся друг к другу найденышей. Конечно, к тому моменту их уже отмыли, накормили и вывели глистов, но когда какая-то энтузиастка из числа членов клуба показала ему фотографии щенков, сделанные в тот день, когда их привезли, Дмитрий не выдержал. Несмотря на тяжелое детство и всяческие лишения и невзгоды, а может быть, как раз благодаря им, Дик и Джерри ненавидели холод и боялись недостатка сна, они любили поспать подольше, а вот бегать по глубокому снегу, да еще в пятнадцатиградусный мороз, не любили совсем.

— Рота, подъем, — шепотом, чтобы никого не разбудить, скомандовал Федулов, запуская правую руку в шерсть на холке Дика, а левой легонько шлепнув по спине Джерри. — Команда питаться.

Собаки зевнули и лениво поднялись. И почти сразу же открылась дверь в спальню родителей и в холл вышла Зоя Михайловна, полностью одетая и причесанная. Судя по всему, вожаком стаи псы выбрали почему-то именно ее, а вовсе не спасшего их из приюта Федулова, потому что морды их немедленно оживились, хвосты завиляли, глаза заблестели. Зоя Михайловна направилась в кухню, Дик и Джерри радостно потрусили за ней, а замыкал процессию Федулов.

— Митя, иди прими душ, ты весь потный, — велела Зоя Михайловна. — Вернешься — и завтрак будет готов.

— А... — начал было он, но мать перебила его:

— Твоих драгоценных псов я как-нибудь сама покормлю, не беспокойся. И девочек поднимай, пора уже, а то в школу опоздают.

Дмитрий послушно направился сначала в комнату к дочерям, потерся носом об их теплые, пахнущие детством шейки, добился, чтобы они встали, потом долго и с удовольствием принимал горячий душ, перемежая его с холодным обливанием, и брился. К тому моменту, когда он вернулся в просторную кухню, девочки уже сидели за столом и с аппетитом наворачивали запеканку с вареньем и молочную рисовую кашу.

— Пап, купи мне новый мобильник, — попросила десятилетняя Ксюша.

— У тебя же есть, — удивился Федулов. — Я сам тебе отдал свой телефон, хороший, со всеми наворотами, как раз к первому сентября. Неужели сломался?

— Да ну, — девочка презрительно наморщила носик, — твоя мобилка — полный отстой. Я хочу розовый, с камушками, как у Натки Кузовлевой. Он такой прикольный, такой модненький! И сумочку к нему, такую красивенькую, с сердечками, на ремешке, чтобы на шее носить. Ну купи-и, ну пожалуйста-а-а!

— Перебьешься, — строго ответил Федулов, отодвигая в сторону пустую чашку и вставая из-за стола. — Мала еще за модой гнаться.

Ксюша насупилась, губы задрожали, но Дмитрия это не испугало и не тронуло. Он умел считать деньги и хорошо знал, каким трудом они достаются. Лишнюю копейку ни за что не истратит, лучше лишит себя нужного, чем приобретет то, без чего можно обойтись.

Мать вышла следом за ним и молча смотрела, как сын одевается.

— Митя, купил бы ты ей телефон, — проговорила она, когда Федулов уже взялся за ручку двери. — Ну что тебе, жалко?

— Если бы на дело надо было — никаких денег не

жалко, а вот так, на блажь, я деньги выбрасывать не стану, — отрезал он.

— Господи, — вздохнула Зоя Михайловна, — ну в кого ж ты такой жлоб, а? Ведь ребенок же, для нее новый мобильник — это такая радость! Ей ведь не хочется быть хуже других, она от этого страдает. Ты же знаешь, какие теперь дети: если у тебя не новое и не модное, то с тобой и водиться не будут. С твоим жлобством она всех подружек растеряет. Что тебе стоит порадовать девочку? Ты отец или кто?

— Я — мент и живу на зарплату, а она не резиновая. Нечего девку баловать, пусть знает свое место в этой жизни, пусть с малолетства привыкает к мысли, что деньги с неба не падают, их надо зарабатывать.

— Ну да, конечно, — мать сухо поджала губы, — телефон ты ей купить отказываешься, а на водку-то тебе денег не жалко. Сколько ты вчера выпил со своими дружками? А в прошлое воскресенье? А в позапрошлое? Как выходной — так в баню, а у вас там складчина, бесплатно тебе никто не наливает. На эти безобразия тебе, стало быть, тратиться не жалко.

— Мать, не дави на мозг, у меня работа тяжелая, — отмахнулся Федулов. — Мне нужно хоть как-то расслабляться, а то я на людей кидаться начну.

Он вышел из дома, сел в машину и поехал на работу. Настроение, ставшее таким радужным, когда на свежем морозном воздухе начали проходить симптомы тяжелого похмелья и голова прекратила болеть и начала проясняться, испортилось. Еще и баба эта из Москвы, о которой накануне предупредил начальник... Вот же напасть! С другой стороны, спасибо, что она не из министерства, полномочий проверять их работу у нее нет, а если откроет пасть и посмеет что-нибудь вякнуть, то он, майор Федулов, быстро эту самую пасть ей прикроет, да так, что баба из Москвы не токмо высказываться — она даже «мяу» сказать не посмеет. Понятное дело, у Бегорского денег — куры не клюют, а клуб-то уже на последнем издыхании, старики бегут от него, как черт от ладана, даже персонал начал увольняться, вот до чего их всех томилинский маньяк напугал. Да и то сказать, сам Федулов из-за этого маньяка в последнее время стал больше пить, неспокойно у него на душе, ведь мать тоже в усадьбе бывает, стричься ходит к любовнице Бегорского, или кем там она ему приходится. На все эти глупости с компьютерами и самодеятельными театральными постановками у Зои Михайловны, понятное дело, времени нет, да и не интересно ей это, у нее с домом и тремя внуками забот выше головы, но вот выглядеть она привыкла на все сто, следит за собой, даже дома ходит с накрашенными глазами, вот и стрижется у Тамары, говорит, что лучше нее в Томилине парикмахера нет. Может, это и так, но только Дима Федулов предпочел бы, чтобы мама выглядела не так привлекательно, зато не ходила бы в усадьбу эту проклятую. Ведь ей шестьдесят девять, а тут маньяк, убивающий связанных с усадьбой пенсионерок как раз такого возраста. Хорошо Вторушину, у него бабка в Костровске живет и клуб «Золотой век» не посещает, он может себе позволить забить на маньяка, строить умную физиономию, заглядывать начальству в рот и твердить, что никакого маньяка нет. Ему-то беспокоиться не о ком. А Дмитрий места себе не находит, за мать волнуется. Может, эта, из Москвы, и подскажет чего дельного, посмотрит на ситуацию свежим глазом — да и увидит какую-никакую мелочь, которую они со Вторушиным и со следователем проглядели. Хорошо бы... Выловить бы уже наконец эту гниду психическую — и гора с плеч.

* * *

Из кабинета начальника Томилинского городского отдела внутренних дел Настя Каменская вышла совершенно успокоенной. Вчера, уже лежа в постели, она пыталась представить себе, как пройдет эта встреча, что скажет начальник, что ответит она сама, и как ни крути — выходило, что какие бы грубые по сути и холодно-вежливые по форме слова он ни произнес, все равно ничего страшного не случится, небо не разверзнется, пол не провалится, а сама Настя останется при всех даже самых неприятных вариантах жива и здорова. Разговор с начальником ГОВД прошел в точности так, как она придумала, ничего нового и выходящего за рамки здравого смысла она не услышала. Общий пафос сводился к тому, что начальник не в восторге от всей затеи, но поскольку он очень обязан Родиславу Евгеньевичу Романову, то готов пойти ему навстречу и дать команду уголовному розыску ознакомить Каменскую с теми материалами, которые есть у оперативников. Материалы уголовного дела, которые находятся у следователя, ей, разумеется, не покажут, но на словах изложат все, что сочтут возможным. И вообще, у них в Томилине хорошие сыщики, и если уж они с одним убийством провозились без малого год, со вторым — почти полгода и так и нс раскрыли, то нет никаких оснований полагать, что приедет московская барышня — и сразу все сделается. О том, что «московская барышня» имеет за плечами звание полковника милиции и двадцать семь с половиной лет безупречной службы, начальник как-то очень вовремя не вспомнил. Одним словом, все это бредятина какая-то, но если уж сам Романов попросил — то уж ладно, так и быть. Именно это Настя и ожидала услышать, поэтому обрадовалась и мысленно похвалила себя. Главное — цель достигнута.

Тут же в кабинет к начальнику был вызван его заместитель по криминальной милиции, которому поручили представить Каменскую начальнику уголовного розыска и дать ему соответствующее указание. Каменская плавно переместилась в кабинет заместителя, куда вызвали уже начальника розыска, Настя еще раз выслушала гневную балладу о том, какие у них хорошие оперативники и нет никаких оснований думать, что она сумеет сделать то, чего не сумели они, и, наконец, ее провели по длинному казенному коридору в маленький кабинетик и познакомили с капитаном Вторушиным и майором Федуловым.

Федулов ей понравился сразу, был он плечистым, коренастым, выглядел очень крепким и сильным, с прекрасной мускулатурой и красивым торсом, обтянутым тонкой шерстяной водолазкой. Даже бритая голова не делала его похожим на банального бандюка, напротив, придавала мужественности и брутальности, а глаза, правда, небольшие, чтобы не сказать маленькие, отнюдь не портили грубо вылепленное лицо. Зато улыбка у Федулова оказалась на редкость приятной, и вообще он не выказывал Насте ни малейшего недоверия, не демонстрировал сомнений в ее способностях, напротив, не скрывал надежды на то, что еще одна голова может принести большую пользу, а еще один глаз, бог даст, заметит что-нибудь интересное и важное. Кроме того, он расположил Настю к себе еще и тем, что сразу сказал:

— У меня к этому делу личный интерес, даже двойной. Во-первых, я хорошо знал убитую Павлову, мне посчастливилось несколько раз работать с Аидой Борисовной, и я многому у нее научился, за что ей бесконечно благодарен. Во-вторых, у меня мама, которой шестьдесят девять лет и которая периодически посещает усадьбу. Я не могу спать спокойно, пока знаю, что по улицам нашего города ходит опасный сумасшедший убийца. Так что в поисках маньяка можете на меня рассчитывать, если что надо — я сделаю, информацию собрать, съездить куда-нибудь, установочку сделать. Дело, правда, приостановлено, но со следователем я всегда договорюсь, так что любой запрос, бумага из суда или еще что — всё сделаем в лучшем виде.

А вот другой оперативник, Илья Вторушин, отчего-то вызвал у Насти неприязнь. Тучный, краснолицый, с большими выпуклыми глазами, бледно-голубыми и какими-то водянистыми, он напоминал ей жабу, а то обстоятельство, что одет он был не в джинсы и водолазку, как Федулов, а в костюм с рубашкой, галстуком и запонками, только усиливало впечатление, словно Вторушин пытался замаскировать свое уродство демонстративно официальной одеждой, вместо того чтобы смириться с собственной непривлекательной внешностью и перестать ее прятать. Правда, Настя не смогла не отметить хорошие густые волосы и красивой формы руки с длинными пальцами и ухоженными ногтями, но и это легло в ее восприятие как лыко в строку: жаба с красивыми руками — это такое же уродство, такое же издевательство над гармонией, как какофония, исполняемая на скрипке Страдивари.

У Вторушина была собственная точка зрения на убийства, противоположная точке зрения Федулова, но зато полностью совпадающая с позицией руководства, о чем майор Федулов не преминул сообщить Насте, даже не пытаясь скрыть презрительную усмешку.

— Капитан у нас еще молодой, — сказал он, пододвигая к Насте пепельницу, — и в силу молодости весьма озабочен карьерным ростом, а посему не смеет иметь мнение, отличное от начальственного. Да, Илюха? Ты на чье место метишь, признавайся? На мое? Или сразу берем выше и замахиваемся на начальника отдела? Ты гляди, не перестарайся, а то с твоим рвением угодить руководству у нас раскрываемость вообще до нуля упадет.

Вторушин же был невозмутим и подчеркнуто вежлив, всеми силами демонстрируя, что не забывает и о Настином звании, которое она носила до недавнего времени, и о ее немалой выслуге.

— Анастасия Павловна, я никогда не скрывал, что считаю версию о маньяке бесперспективной, — спокойно ответил он. — И руководство со мной согласно. Другое дело, что отработка моей версии может обернуться определенными неприятностями для всех нас. Но я все равно продолжаю на ней настаивать.

— Почему? — спросила Настя. — Ведь и вы, и майор Федулов, и следователь располагаете одной и той же информацией, так почему же так вышло, что вы делаете из нее совершенно разные выводы? Или вам известно что-то еще, что вы не рассказали?

— Мне известно все то же, что и другим. Просто я так чувствую.

— О, — встрепенулся Федулов, — слышали? Он так чувствует. У него чутье. У нас у всех тут чутья нет, мы вообще с улицы пришли и в сыскном деле не петрим, а он у нас Шерлок Холмс вперемешку со Штирлицем.

— Погодите, — остановила его Настя, — у меня вопрос. Оба убийства схожи во всех деталях?

— Абсолютно, — кивнул Дмитрий. — Никаких сомнений, что это дело рук одного и того же человека.

— Тогда как можно полагать, что второе убийство было имитацией почерка по первому эпизоду? Нужно, чтобы нашелся человек, который знает все детали первого убийства и может их в точности воспроизвести. Откуда он знает эти детали? У вас что, принято информировать общественность в подробностях? То есть вы нарушаете общепринятую практику? Или ему рассказал кто-то из сотрудников милиции?

Вопрос был не праздным. Давно известно, что, как только появляется преступник, совершающий одинаковые по почерку преступления, и об этом становится известно населению, немедленно появляются и подражатели, и те, кто приходит с повинной и берет на себя ответственность за преступления, которых не совершал. Во избежание таких подражателей и мнимых преступников детали совершения преступлений обычно не разглашаются. Как же тому человеку, который убил Аиду Борисовну Павлову, стали известны детали убийства Галины Ильиничны Корягиной?

— Ничего мы не нарушали, — буркнул Федулов, — после убийства Корягиной в средства массовой информации просочились только сведения о ее возрасте и о том, что она была активным членом «Золотого века». Ни про зеркало, ни про серьгу не говорилось ни слова. Про это написали только после второго убийства. Кстати, вы читали статью?

— Читала, — вздохнула Настя. — Очень интересно, очень страшно, но совершенно неправдоподобно.

— Почему вы так считаете? — горячо возразил Дмитрий. — Я, например, думаю, что это вполне вероятно. Знаете, сколько времени я провел в этом клубе, пытаясь вычислить потомка рода Румянцевых? Мне кажется, я уже про всех все знаю вплоть до кличек их домашних животных.

— Но ведь, насколько я понимаю, вы так никого и не вычислили, — заметила Настя. — А мой вопрос так и остался без ответа. Илья, объясните мне, как исполнитель второго убийства смог так точно скопировать первое преступление, если информация о деталях не разглашалась?

Вторушин внимательно посмотрел на нее и чуть заметно усмехнулся:

— Вы сами знаете ответ, Анастасия Павловна. Или вы хотите, чтобы я его озвучил?

— Нет, вы только послушайте его! — повысил голос Федулов. — Ты на что намекаешь, Илюха? На то, что маньяк затесался у нас в розыске? Или в следствии? Или в дежурке? Ты вообще соображаешь, что несешь?

Вторушин пожал плечами.

— Ты сам это сказал. Я не считаю, что среди нас есть маньяк. Я считаю, что первое убийство совершено конкретно против Бегорского, а второе — конкретно против Павловой, а у Павловой как у следователя вполне могли быть враги в нашей среде. Почему нет?

— Потому что я не верю, что среди нас...

— А чем мы отличаемся от всех остальных людей? Мы такие же люди, и у нас тоже есть мозги, нервы, психика, и среди нас тоже есть преступники, это ни для кого не секрет. Так почему в других отделах могут быть оборотни, а у нас нет? Чем мы лучше?

— Да ты...

— Так, — твердо сказала Настя, — мне все понятно. Пожалуйста, расскажите мне все, что сможете, про потерпевших.

Оперативники полезли за блокнотами и стали рассказывать.

* * *

Вернувшись в усадьбу, Настя открыла ноутбук и принялась методично заносить в компьютер все, что узнала от Федулова и Вторушина, попутно обдумывая информацию.

Итак, Галина Ильинична Корягина, шестидесяти восьми лет, обнаружена задушенной ее же собственным шерстяным шарфом в проходном дворе по пути из концертного зала домой. Проживала в собственной квартире вместе с некоей Маргаритой Нечаенко, не то приживалкой, не то квартиранткой, которая за жилье не платила, но активно помогала Корягиной по хозяйству. Маргарита собиралась встретить свою хозяйку после концерта, но у нее внезапно разболелся живот и начался понос, она буквально не могла отойти от унитаза. Соседи это подтверждают, девушка обращалась к ним за лекарством, безвылазно сидела в квартире и переживала, что не может выйти и встретить Галину Ильиничну. То есть у Нечаенко твердое алиби. Можно было предположить, что она вступила в сговор с исполнителем убийства и специально симулировала болезнь, чтобы оставить Корягину одну в темное время суток в пустынном проходном дворе, но эта версия была отметена как несостоятельная. Зачем ей это? Мотива для убийства Корягиной у нее нет и быть не могло: пока жива Галина Ильинична, у девушки есть крыша над головой, а после ее смерти Рите придется снимать жилье, что существенно скажется на ее доходах, и без того невысоких — она работает приемщицей в химчистке.

Убийство из корыстных побуждений, имея в виду получение наследства, тоже не проходило, несколько лет назад Корягина завещала свою квартиру и все находящееся в ней имущество Томилинскому краеведческому музею. У Корягиной есть дочь Татьяна, которую Галина Ильинична таким образом лишила наследства. Но актом мести со стороны дочери убийство тоже вряд ли было. Во-первых, у Татьяны Корягиной есть алиби, она в течение довольно длительного периода никуда не выезжала из Костровска, в котором проживает уже много лет. Во-вторых, даже если предположить сговор Татьяны с убийцей или банальный заказ, то непонятно, почему с актом мести нужно было ждать столько лет? Галина Ильинична поставила дочь в известность о своем завещании тотчас же, как только оно было составлено, то есть в 2002 году. Прошло семь лет — и вдруг месть? С чего бы? В-третьих, Татьяна Корягина по поводу матушкиной квартиры вообще не сильно переживала, потому как является она хозяйкой элитного борделя, замаскированного под массажный салон, и зарабатывает столько, что может в год покупать по две, а то и по три такие квартиры. Собственно, именно это обстоятельство и послужило причиной того, что Корягина отписала наследство музею, а не оставила дочери: Галина Ильинична весьма болезненно относилась в свое время к тому, что ее дочь занимается в Костровске проституцией, сказала, что отныне на порог ее не пустит, отреклась от Татьяны и считала, что дочери у нее больше нет. Мать и дочь не общались ко времени убийства лет двадцать, писем друг другу не писали и не перезванивались. Единственным исключением как раз и стал тот эпизод, когда Корягина взяла у соседки адрес Татьяны и написала ей письмо, в котором сообщила, что составила завещание в пользу краеведческого музея и дочери «ничего не обломится, пусть не надеется». (Оказалось, что Татьяна все-таки о матери беспокоилась и оставляла свои координаты соседке с просьбой непременно сообщить, если понадобится помощь или что-нибудь случится.)

Что же до других возможных наследников, которым могло не понравиться, что Галина Ильинична их обделила, то таковых не нашлось. Был у Корягиной племянник, проживающий в Иркутске, но с теткой он отношений не поддерживал и при наличии наследников первой очереди, то есть дочери Татьяны, ни на что претендовать не мог. Одним словом, версия об убийстве ради получения наследства или из мести за составление столь странного завещания никак не проходила.

Корягина окончила в свое время областной пединститут, имела диплом учителя истории, впоследствии она прошла обучение в университете марксизма-ленинизма и работала инструктором отдела пропаганды Томилинского горкома КПСС. После 1991 года, когда деятельность коммунистической партии была прекращена и партийные органы почили в бозе, Галина Ильинична вернулась к своей профессии по диплому и до самого выхода на пенсию преподавала историю в вечерней школе.

Соседи и знакомые характеризуют Галину Ильиничну как особу лживую и недоверчивую, привыкшую командовать и в отсутствие реальной власти превратившуюся в мелкого манипулятора, который всеми правдами и неправдами добивается того, чтобы вышло «по ее». Она уже никому не может приказать, ее никто не боится, но она идет к цели при помощи глупого обмана, мелких смешных интриг и притворства. Соседи по дому, например, рассказали такую историю: их дочка встречалась с парнем, который после свиданий провожал ее до подъезда, курил, бросал окурки на асфальт рядом с входной дверью, да еще и сплевывал. Галина Ильинична сделала ему замечание, парень ответил ей что-то грубое и продолжал демонстрировать дурные манеры. Корягина попыталась поговорить с девушкой, но та лишь отмахнулась и попросила не лезть не в свое дело. Но с непорядком у двери подъезда Галина Ильинична смириться не захотела, поэтому пошла к соседям и рассказала, что их дочка встречается с очень нехорошим мальчиком и что она видела этого мальчика в городе с другой девицей, которую означенный паренек обнимал пониже талии, тискал и вообще вел себя совершенно недвусмысленно, а еще она о нем слышала, что он связан с бандитами. «Вы уж остерегите свою девочку, — говорила она перепуганным родителям, — я ведь за нее душой болею, а то как бы чего не вышло». Соседи устроили дочке скандал и велели с нехорошим мальчиком не водиться. Дочка, однако, водиться со своим ухажером не перестала, он продолжал ее провожать, только теперь уже не до самого подъезда, юная парочка минут по двадцать прощалась за углом, так что бросал окурки и плевал парень уже в другом месте, не у двери, а именно это и было нужно Галине Ильиничне. Через какое-то время правда выяснилась, никакую другую девицу паренек никогда не тискал и с бандитами связан не был, но все равно он уже не стоял с девушкой у подъезда. Корягина своего добилась.

Жажда власти, пусть хоть самой маленькой, хоть крошечной, и стремление командовать были так сильны в Корягиной, что на собрании жильцов она сама вызвалась быть старшей по дому. Народу на собрание пришло мало, никому ничего не нужно, все заняты собственными проблемами, вот ее и выбрали, не сильно вникая. Галина Ильинична с удовольствием ходила по квартирам, собирала деньги то на озеленение, то на детскую площадку, то на домофоны, то созывала всех на субботник по уборке придомовой территории, то призывала подписывать коллективные письма в ДЭЗ о том, что уборщица плохо моет лестницу и ее надо уволить, или обращение в милицию, чтобы немедленно арестовали и обезвредили всех подростков, которые тусуются в подъезде, шумят и мусорят. Она бесцеремонно врывалась в квартиры, указывала, как надо воспитывать детей, грузить мебель и пользоваться лифтом, она ругалась с владельцами собак, потому что собаки гадят на газонах и рядом с детской площадкой, и с владельцами автомобилей, потому что те ставят машины под окнами, фырчат моторами, хлопают дверьми и мешают спать. Он нее житья не было. Жильцы не знали, куда деваться от Корягиной, но покорно терпели, потому что быть старшим по дому больше никто не хотел.

Ну и чем же подобная особа могла вызвать такую ненависть убийцы, что он ее задушил и обставил ее смерть как ритуальную? Или маньяк ничего не имел против конкретно Галины Ильиничны, просто поджидал в темном дворе первую попавшуюся пожилую даму, потому что внутренний голос настойчиво твердил ему: «Убей! Получи свое удовольствие»?

Вторая потерпевшая, Аида Борисовна Павлова, семидесяти лет, была найдена на неохраняемой стройке рано утром, когда пришли первые рабочие. Задушена шелковым шарфом, по свидетельству знавших ее людей ей же и принадлежавшим. По заключению судмедэксперта, смерть наступила около 22 часов предыдущего дня.

Аида Борисовна образование имела высшее юридическое и работала в Томилине следователем прокуратуры, вышла в отставку в звании старшего советника юстиции. В городе у нее родных не было, вдова, младший брат давно уехал в Канаду, где владеет каким-то лакокрасочным производством. Несколько лет назад он пригласил к себе и сына Аиды Борисовны, тоже химика, работавшего на Томилинском химкомбинате. Сын уехал к дядюшке на ПМЖ вместе с женой и двумя детьми. Отношения с сыном и его семьей у Аиды Борисовны были прекрасные, они активно перезванивались, а впоследствии, когда Павлова овладела компьютерной грамотностью и купила себе компьютер, и переписывались. Сын, ставший весьма состоятельным, постоянно посылал матери деньги, причем немалые, и Аида Борисовна ни в чем не знала отказа, могла позволить себе любые траты и чувствовать себя совершенно свободно. Один раз она слетала в Канаду, прожила там месяц, после чего сказала сыну, что будет счастлива в любой момент принять у себя и его, и невестку, и внуков, но к нему в гости больше не приедет, не понравилась ей заграница, было там скучно, и неуютно, и вообще как-то неинтересно. Из всего этого можно было сделать вывод, что если Павлову и убили по личным мотивам, то мотивы эти совершенно точно лежат вне семейного круга. Наследство Аиды Борисовны — однокомнатная квартирка в районе современной застройки, и цена ее такова, что по сравнению с доходами сына выглядит просто смешной. Других же наследников у нее нет.

Характеризовали Аиду Борисовну как человека жесткого и принципиального, но при этом очень терпимого к чужому мнению, к чужой позиции и в целом к чужой жизни. Ее кредо формулировалось примерно так: «Я не могу делать определенных вещей и не буду, но лично вас это ни к чему не обязывает, вы вольны поступать, как считаете нужным». То есть своего мнения она никому не навязывала и никогда ни на чем не настаивала, но при этом собственную точку зрения не скрывала и ни на какие уступки и компромиссы не шла.

Была она жизнерадостной, жизнелюбивой, с удовольствием и азартом предавалась всему, чем занималась, во все вкладывала душу. Переписывалась по Интернету с цветоводами, с любителями и знатоками кулинарии, изыскивала новые рецепты, готовила сама, угощала соседей по дому, делилась приобретенными знаниями с шеф-поваром кафе в клубе «Золотой век», весной и летом активно занималась посадками в усадьбе и круглый год что-то делала в зимнем саду и в оранжерее.

Отдельной страницей ее повседневной жизни были отношения с детьми. Одним из первых начинаний Андрея Бегорского была разработка сайта «Мои родные», на котором должны были размещаться анкеты пенсионеров и детей из детского дома. Задумка оказалась удачной, между некоторыми ребятами и членами клуба завязались устойчивые отношения, пенсионеры познакомились с детдомовскими питомцами сначала по переписке, потом лично, начали встречаться, ходить на прогулки, есть мороженое в кафе и развлекаться на аттракционах в парке. И Аида Борисовна свою анкету разместила, но неожиданно получила письмо из детского дома не с предложением переписываться, а с просьбой прийти и рассказать что-нибудь интересное про преступления. Она пришла, рассказала несколько историй из своей практики и произвела на ребят такое сильное впечатление, что желающих стать названными внуками оказалось чуть ли не полтора десятка. И Павлова взяла над ними шефство, водила их целой группой на прогулки и экскурсии по городу, рассказывала об истории и архитектуре, учила переходить улицу и правильно вести себя в общественных местах, читала им вслух и подробно обсуждала прочитанное, кормила сладостями и покупала подарки. Кроме того, ее постоянно приглашали выступать перед школьниками с лекциями о личной безопасности, о том, как не стать жертвой хулиганов, грабителей и половых психопатов. Аида Борисовна относилась к этой части своей деятельности очень серьезно и перед лекциями обязательно консультировалась с педагогами и школьными психологами на предмет того, как лучше подать тот или иной материал, чтобы не напугать и не смутить детей.

А еще Аида Борисовна Павлова сочиняла философские сказки, которые с удовольствием рассказывала детдомовским ребятам, а потом начала шить куклы, изображающие персонажей этих сказок, и давать импровизированные представления, которые дети обожали и в которых сами участвовали. Нашелся спонсор, предложивший в качестве благотворительной акции издать крохотным тиражом сказки Аиды Борисовны и подарить весь тираж детскому дому и школьным библиотекам города. Идея была принята с энтузиазмом, Павлова подготовила тексты, написала еще несколько новых сказок, а Тамара Николаевна Виноградова сделала иллюстрации. Тираж вышел, книги были подарены, Аида Борисовна светилась от счастья.

Могли ли у нее быть враги, пожелавшие убить бывшего следователя, прикрываясь пока не пойманным маньяком? Могли. А мог ли ее убить тот самый маньяк? Мог.

Что касается сходства деталей по обоим преступлениям, то оно заключалось в способе убийства (удушение шарфом потерпевшего), в оставлении разбитого зеркала на груди трупа и в вырванной из уха и валяющейся рядом серьге. Зеркала самые обыкновенные, в пластмассовых корпусах, одно овальное, другое круглое, одно синее, другое красное, одно бывшее в употреблении, другое совсем новое. Такие зеркала продаются во всех супермаркетах. Оба зеркала тщательно протерты спиртом или водкой, никаких следов рук на них нет. Получалось, что в первый раз преступник взял зеркало из дома, свое, а во второй раз купил специально. Оперативники сделали все возможное, чтобы выяснить, где было куплено второе зеркало, но ни в одном магазине покупателя не вспомнили, потому что продавцов там нет, а кассиры смотрят не на лица тех, кто расплачивается, а на транспортер, на котором лежит товар, и где уж там обратить внимание на простенькое зеркальце, спрятавшееся в общей куче среди йогуртов, консервов, сыра, фруктов, упаковок зубной пасты и рулонов бумажных полотенец. Таким образом, путь с зеркалом никуда не привел.

Серьги у потерпевших были разные: у Корягиной — дешевая бижутерия на длинных крючках, у Павловой — золотые с аметистами и английским замком, потому и следы на мочках ушей не были одинаковыми: крючок легко разогнулся, и у Корягиной осталась лишь царапина, а у Павловой английский замок оставил рану. Но и в том, и в другом случае серьги вырывали с явным усилием.

Оперативники проделали поистине гигантскую работу по отработке материалов психоневрологического диспансера и областной психиатрической больницы, они опросили всех (!) живущих в городе и в радиусе ста километров от него частнопрактикующих врачей-психиатров, психоневрологов и невропатологов, пытаясь найти хоть кого-нибудь, чье заболевание могло бы привести к столь опасным и печальным последствиям. Все безрезультатно. Претенденты на роль маньяка периодически находились, и Вторушин с Федуловым ими занимались, проверяли, крутили-вертели и каждый раз вынуждены были признать, что это опять пустышка. То есть если маньяк и был на самом деле, то официального психиатрического диагноза ему не ставили, по крайней мере в медицинских учреждениях Томилинского и Костровского районов. Костровск тоже попал в сферу поиска, поскольку находится всего в шестидесяти километрах от Томилина: на машине час езды, на автобусе — полтора. Нет, никак нельзя сказать, что по делам об убийствах Корягиной и Павловой ничего не сделано или сделано мало, а ведь у оперов в производстве не одно дело, их много, и всеми надо заниматься.

Илья Вторушин, помимо работы по поиску маньяка, упорно гнул свою линию и пытался найти следы того, что убийство Корягиной было заказано теми, кто хотел уничтожить клуб «Золотой век» и выжить Бегорского из усадьбы. Его чрезвычайно смущал тот факт, что квартирантка Корягиной Маргарита Нечаенко так внезапно и так кстати заболела, и он всеми силами старался нарыть хоть что-нибудь, что связывало бы девушку с людьми, приближенными к мэру и городской администрации. Но никаких порочащих связей у простой приемщицы из химчистки так и не нашел. Родом она была из поселка Петунино Костровского района, после окончания школы приехала в Костровск поступать в институт, но провалилась, какое-то время даже бомжевала, жила с бездомными, потом как-то выправилась, нашла работу, но с личной жизнью не сложилось, уж больно невзрачна и неказиста она была. Домой возвращаться побежденной не хотелось, Рита врала матери, что у нее хорошая работа и есть надежный и добрый парень, который вот-вот станет женихом, а там, глядишь, и мужем, в родной поселок наведывалась крайне редко. Случайно набрела в Интернете на сайт «Мои родные», познакомилась с Корягиной, описала ей свою неудалую долюшку, а та предложила приехать в Томилин и жить у нее в качестве домработницы-компаньонки и с работой обещала помочь. С какой стороны ни посмотри — не тянула Рита Нечаенко на роль пособницы в убийстве.

Но настойчивый капитан Вторушин этим не ограничился, он задействовал все свои «источники», чтобы выявить связи людей, заинтересованных в покупке усадьбы, с криминальными элементами и проверить каждый такой «элемент» на возможную причастность к убийству Корягиной. Он потратил много сил и времени на эту работу, но так ничего и не добился. Конечно, ему было трудно заниматься этим в одиночку, ведь Дима Федулов его точку зрения не разделял, исступленно искал сумасшедшего убийцу и в отработке других версий почти совсем не участвовал. Следователь же, как Настя поняла из обтекаемых формулировок капитана и майора, занял пассивную нейтральную позицию. Он милиции не подчинялся, проходил по другому ведомству, и его карьере разгуливающий по городу маньяк никак не угрожал, а вот мэр и городская администрация являли собой серьезную угрозу. И хотя в глубине души он был согласен с мнением Вторушина, версия Федулова казалась ему безопаснее. Профессионал боролся в нем с чиновником, результат же борьбы вылился в вялость и отсутствие инициативы в расследовании.

* * *

Настя перечитала написанное, закрыла компьютер и поднялась на второй этаж к Тамаре. Теперь она готова к тому, чтобы формулировать свои вопросы. Дверь была заперта. Пришлось одеваться и идти в главный дом усадьбы искать Тамару Николаевну.

Тамару она обнаружила в парикмахерском салоне, та как раз заканчивала укладывать волосы приятной пожилой женщине. Настя присела в уголке и принялась терпеливо ждать. Наконец клиентка ушла, рассыпавшись в благодарностях искусному мастеру. Настя с удивлением отметила, что денег с нее Тамара не взяла. Может быть, члены клуба расплачиваются за услуги у стойки администратора? Кажется, Настя видела там кассовый аппарат...

— Вы работаете бесплатно? — спросила она.

— Для членов клуба — да, — кивнула Тамара, складывая инструменты в красивый кожаный футляр. — А с тех, кто приходит сюда, как мы говорим, «из города», я беру деньги по тарифу.

— И много этих, «из города»? — поинтересовалась Настя.

— Нет, единицы.

— На что же вы живете? Или вы здесь на зарплате?

— Еще чего! — фыркнула Тамара. — Буду я у Андрюши зарплату получать, только этого не хватало. Мы с ним знакомы больше пятидесяти лет и не считаем возможным вступать в финансовые отношения. У меня есть деньги, вполне достаточно, чтобы достойно и спокойно жить. У меня, видите ли, был свой бизнес когда-то, потом я его продала и переехала к отцу, он стал к тому времени слишком старым и уже не мог жить один. Пошла работать, хорошо зарабатывала, а деньги от проданного бизнеса так и лежали. Потом папа умер, и когда я решила приехать в Томилин, я и московскую квартиру продала. Так что на собственные не бог весть какие нужды мне хватит до самой смерти и без зарплаты. А стригу я исключительно ради удовольствия, я всю жизнь любила свою работу, с самого раннего детства о ней мечтала. Ну что, Настя, чайку? Или кофейку?

— Кофейку, — улыбнулась Настя.

— С пирожным?

— А Андрей Сергеевич как на это посмотрит? В его систему питания мучное, жирное и сладкое наверняка не вписывается.

— Так он же уехал, — рассмеялась Тамара. — Еще рано утром. Сейчас он уже, наверное, в Москве. Так что и кофе, и пирожные, которые он запрещает, и человеческий ужин я вам гарантирую. И вообще, я вам обещаю нормальное вкусное питание, но ровно до того дня, как Андрей снова приедет. Тогда вам придется или вступать в открытый бой, или есть то, что будет есть он сам. Пойдемте.

Они зашли в кафе и заняли мягкий угловой диванчик, обитый тканью цвета бордо. Принесший кофе и пирожные официант выглядел так, словно работал не в провинциальном недорогом кафе для пенсионеров, а по меньшей мере в ресторане на Рублевке. Перехватив Настин удивленный взгляд, Тамара улыбнулась:

— Это тоже идея Андрея. Собственно, главная его идея состоит в том, чтобы доказать, что с выходом на пенсию жизнь не только не заканчивается, она во многом только начинается. У человека начинается тот самый золотой век, когда жизненного опыта УЖЕ достаточно, чтобы научиться радоваться всему и не обращать внимания на ерунду, а физических сил ЕЩЕ достаточно для того, чтобы было, чему радоваться.

— А при чем тут внешний вид официанта? — не поняла Настя.

— Ну как же! Пенсионеры крайне редко ходят в рестораны, если живут только на пенсию, это для них слишком дорого, а ведь поход в ресторан — это определенный символ, понимаете? Символ того, что ты включен в общую жизнь, что ты выходишь в свет, что ты можешь себе что-то позволить. Ходить в рестораны надо обязательно, если не хочешь состариться раньше времени. Поэтому он устроил в клубе это кафе, где можно поесть или просто выпить чаю за чисто символические деньги, но весь антураж будет соответствовать первоклассному ресторану. Вы обратили внимание на официанта, а на меню вы взглянули?

— Ну... да, — растерянно ответила Настя. — Я прочитала, что здесь есть и сколько это стоит.

— Да я не об этом! Я об обложке. Вы обратили внимание, в какие корочки помещено меню? Кожа, золотое тиснение, виньетки. Здесь все, кроме цен, по высшему разряду. Ведь в советское время как было? Старикам — то, что похуже. Если удобная для старческой ноги обувь, то такая, что без слез не взглянешь. Одежда — вообще караул. Оправы для очков — жуть впотьмах! Понятно, что пенсионеры, если им никто не помогает, не могут позволить себе дорогие покупки, но кто сказал, что дешевое непременно должно быть уродливым? Пусть оно будет из недорогих материалов, но пусть будет красивым. Впрочем, Настенька, вы меня останавливайте, а то я вас совсем заговорю: как только речь заходит о клубе и об идеях Андрея, я начинаю фонтанировать. Вы ведь не просто кофе хотели выпить, вы же хотели о чем-то спросить. Спрашивайте.

Настя ложечкой отломила кусочек пирожного и попробовала. Да, наверное, его сделали из дешевых продуктов, но оно было вкусным и — что самое главное — невозможно красивым, продуманно-разноцветным, с украшениями из ягод и жидкого шоколада.

— Я хотела в первую очередь узнать ваше личное мнение о Корягиной и Павловой.

— А во вторую?

— Я попросила бы вас назвать мне членов клуба, которые лучше всего были знакомы с убитыми и могли бы о них рассказать.

— Ясно. Что касается меня, то я, конечно, расскажу вам все, что знаю, только знаю-то я не особо много, я ведь здесь всего полгода, с августа. А Аиду Борисовну убили в конце сентября, так что знакомы-то мы были только полтора месяца. Но кое-чем, конечно, поделюсь. А Корягину я вообще не застала, ее ведь убили в марте, кажется, да?

— Жаль, — огорченно протянула Настя, — а я так на вас рассчитывала.

Тамара утешающим жестом похлопала Настю по руке и хитро улыбнулась:

— Настенька, я, конечно, многого не видела сама, но зато мой салон — это место, где можно все узнать из третьих рук. Уж всеми сплетнями, которые ходили и ходят по клубу, я вас обеспечу в избытке. А вы потом сами разбирайтесь, что там правда, а что — выдумки.

Из рассказа Тамары Настя узнала, что в клубе «Золотой век» образовалась небольшая компания из трех женщин и одного мужчины. Эдакий четырехугольник, только не равносторонний. Входили в компанию Галина Ильинична Корягина, Аида Борисовна Павлова, вернувшийся из эмиграции мастер на все руки Валерий Васильевич Полосухин и еще одна дама по имени Елена Станиславовна Муравьева. Как ни странно, центром этой компании стал невзрачный и не особо образованный Полосухин, постоянно проживающий в усадьбе во флигеле для персонала. Дело в том, что он был тихо влюблен в Аиду Борисовну и осторожно и неумело ухаживал за ней. То есть там, где появлялась Павлова, немедленно нарисовывался Полосухин. А следом тут же подтягивались Корягина и Муравьева, которые сами положили глаз на вдового, не старого еще и непьющего мужичка — большую редкость по нынешним временам. Понятно поэтому, что Аиду Борисовну ни та, ни другая не любили, видели в ней соперницу и бешено ревновали. Кроме того, Корягина и Муравьева друг друга тоже считали соперницами и не упускали случая сказать друг о друге гадость, особенно за глаза.

Из того, что говорили клиентки парикмахерского салона, можно было сделать вывод, что Корягина побаивалась Аиду Борисовну и считала ее в известном смысле ровней себе, потому как Павлова занималась серьезным делом и вышла на пенсию «в чинах». Открыто вступать в конфронтацию с «соперницей» Галина Ильинична не осмеливалась, однако за спиной порой давала себе волю и от души, что называется, отрывалась, истово критикуя бывшего следователя за слишком, на ее взгляд, молодежную манеру одеваться, за яркие блузки, джемпера и непременные шарфики, за узкие облегающие брючки и обильно украшающую одежду дорогую бижутерию. Елену же Станиславовну Муравьеву Корягина не боялась вовсе и открыто поносила ее за приверженность западной культуре и вообще «капиталистическому образу жизни». Особенно старалась она со своей критикой в присутствии Валерия Васильевича Полосухина, тут уж она в выражениях не стеснялась и высказывала свое мнение громким начальственным голосом.

— А что, Аида Борисовна действительно одевалась не по возрасту? — с интересом спросила Настя.

Тамара бросила на нее странный взгляд, немного помолчала.

— Аида Борисовна была красивой женщиной, — ответила она негромко, — высокой, худощавой, примерно вашего типа. Моложавое лицо, мало морщин, седые густые волосы, она их не красила, и ей седина очень шла. Она у меня один раз стриглась, следила за собой. Мне нравилось, как она одевается, если бы у меня была ее внешность, я бы одевалась точно так же. Аида Борисовна говорила: «Пока я работала, я не имела ни права, ни возможности носить такое, а мне всегда очень хотелось. Теперь я наконец могу себе это позволить».

— Почему вы на меня так посмотрели? — не удержалась от вопроса Настя. — Я спросила что-то не то?

— Знаете, Настенька, давайте вернемся к этому разговору в другой раз. Не будем отвлекаться. Вам ведь нужно узнать как можно больше про Корягину и Павлову. Корягину, как я уже сказала, я не застала, поэтому не знала ее лично, а вот один эпизод с Аидой Борисовной мне запомнился. Как раз за несколько дней до ее смерти...

...Аида Борисовна записалась к Тамаре на стрижку. Назначенное время подошло, а Павловой все не было, и Тамара отправилась ее искать. Администратор в холле сказала, что Аида Борисовна зашла в кабинет, где вели прием врачи.

— Там сегодня Алла Ивановна принимает, — сообщила администратор. — Они с Аидой Борисовной столкнулись прямо у моей стойки и пошли в медкабинет.

Алла Ивановна Ярцева была врачом-психотерапевтом, консультировала членов клуба два раза в неделю, и пенсионеры охотно ходили к ней поговорить о тревогах, бессоннице, плохом настроении и отчаянии одиночества, а также о том, почему же так получилось, что дети совсем их забыли и внуки не приезжают.

Медицинский кабинет находился прямо рядом с салоном Тамары, за стеной. Тамара прошла по коридору до своей двери, подумала немного и решила все-таки постучаться, заглянуть к доктору и спросить, когда Аида Борисовна освободится и имеет ли смысл ее ждать. Она сделала шаг в сторону медкабинета и услышала возбужденные голоса Павловой и доктора Ярцевой.

— Вы не понимаете... — говорила Алла Ивановна.

— Нет, — перебила ее Павлова, — это вы не понимаете, какие могут быть последствия. Вы же психотерапевт, вы специалист по человеческим душам, кому, как не вам, понимать...

Тамара отступила в сторону и собралась было вернуться к себе в салон, не решаясь прервать столь эмоциональный разговор, когда дверь медкабинета распахнулась и в коридор буквально вылетела Аида Борисовна, которая выглядела одновременно расстроенной, сердитой и озабоченной.

— Третий акт, сцена у реки... — бормотала она, быстрым шагом проходя мимо Тамары в сторону холла и не замечая ее.

— Аида Борисовна! — окликнула ее Тамара. — У нас с вами стрижка, вы не забыли?

Павлова на мгновение остановилась, обернулась к Тамаре.

— Простите, Тамарочка, придется отменить. Мне нужно... срочно... извините меня, дорогая, пострижемся в другой раз...

И ушла...

— Третий акт, сцена у реки, — задумчиво повторила Настя. — Не знаете, что это означало?

— Понятия не имею, — покачала головой Тамара. — Я так растерялась, что не сразу зашла к себе в салон, а тут из медкабинета вышли Алла Ивановна и ее муж, который там, оказывается, тоже был. Они меня увидели и как-то, по-моему, смутились. Я спросила, что случилось у Аиды Борисовны и почему она отменила стрижку. Алла Ивановна объяснила, что выписала Павловой легкий антидепрессант, а той показалось, что дозировка неправильная, слишком большая, знаете, есть больные, которые очень внимательно читают прилагаемые к лекарствам инструкции и начинают спорить с врачами из-за дозировок и возможных побочных эффектов. Вот из-за этого они слегка поспорили. Вот, собственно, и все. Но я подумала, что нужно вам это рассказать, потому что с трудом представляю себе, каким образом неправильно назначенное лекарство может быть связано со сценой у реки в третьем акте.

— Я тоже с трудом представляю, — призналась Настя. — Но я буду иметь это в виду. А что, муж вашей Аллы Ивановны тоже врач?

— Нет, он бизнесмен, правда, в прошлом врач, а сейчас торгует лекарствами.

— Мне бы встретиться с ними...

— Это трудно, Настенька, вскоре после смерти Аиды Борисовны Алла Ивановна уволилась и вместе с мужем переехала в областной центр, он перевел туда свой бизнес.

— Насколько вскоре? — встрепенулась Настя. — Сразу же?

— Нет, примерно через месяц.

— Что так вдруг?

— Да это не вдруг, они давно это планировали. Когда я в августе приехала сюда, уже ходили разговоры о том, что Алла Ивановна собирается уезжать.

«Нет, не получается, — подумала Настя. — Конечно, очень соблазнительно связать внезапный отъезд четы Ярцевых с гибелью Аиды Павловой, но отъезд оказался вовсе не внезапным. Да и зачем им убивать пенсионерку Павлову? Может быть, она что-то раскопала о махинациях с лекарствами, в которых замешан муж Аллы Ивановны? И именно поэтому в том разговоре на повышенных тонах принимала участие не только врач-психотерапевт, но и ее супруг? Возможно, он торговал некачественными, поддельными или просроченными препаратами, а Павлова об этом узнала...»

Надо попросить Федулова или Вторушина что-нибудь разузнать в этом направлении.

— Вы покажете мне Елену Станиславовну Муравьеву? — спросила она.

— Конечно. Она обычно приходит часов в шесть, пьет чай в кафе, потом идет на репетицию спектакля. А Валерия Васильевича Полосухина после семи можно найти в комнате, где у нас собирается общество любителей вышивания, это рядом с моим салоном.

«Очень хорошо, — сказала себе Настя. — Сейчас я позвоню Федулову, озадачу его насчет мужа Аллы Ивановны и пойду знакомиться с Муравьевой. А после нее займусь Полосухиным».

Телефон Федулова оказался «вне зоны действия сети», вероятно, майор был в каком-то подвальном помещении без окон. Она набрала номер Вторушина, и капитан ответил сразу же.

— Муж Ярцевой? — удивленно спросил он. — Хорошо, я узнаю и вам перезвоню.

Тамара ушла в свой салон, а Настя решила пройтись еще раз по главному дому, уже без сопровождения, осмотреться и проверить, хорошо ли она запомнила расположение помещений. Это может оказаться полезным, если именно здесь, в этой усадьбе, ей придется искать таинственного убийцу.

Глава 4

Елена Станиславовна Муравьева, невысокая пухленькая особа с тщательно уложенной прической из светлых крашеных волос, с готовностью согласилась побеседовать с социологом из Москвы. Уже через несколько минут Настя поняла, что интересовала Елену Станиславовну главным образом возможность найти свободные уши, а вовсе не желание помочь в исследовании проблем социальной адаптации после прекращения трудовой деятельности. Ну что ж, решила Настя, это и лучше, можно разговорить ее на любые темы, она и не заметит ничего.

Так и вышло, что прежде чем приступить к осторожным вопросам о Корягиной и Павловой, Насте пришлось выслушать все, что Елена Станиславовна сочла необходимым сообщить о себе, любимой.

Муравьева, как выяснилось, позиционировала себя потомком графа Николая Николаевича Муравьева-Амурского, самого известного представителя младшей ветви рода Муравьевых, который в 1847 году по решению царя стал губернатором Восточной Сибири. До этого он был губернатором Тульской губернии и подавал царю записку о необходимости отмены крепостного права, царю такой либерализм отчего-то не пришелся по вкусу, и было принято решение отправить графа подальше от центральной власти. Граф Николай Николаевич содействовал экспедиции Невельского по освоению устья Амура и выхода к Тихому океану, осваивал Уссурийский край, стал основателем Владивостока, Хабаровска, Находки и Благовещенска. Он вел последовательную и продуманную политику, в результате которой удалось мирно присоединить к Российской империи территории Приамурья и Приморья. Своим предком Елена Станиславовна гордилась безмерно.

— Николай Николаевич был женат на француженке, Екатерине Ришмон, — понизив голос до заговорщического шепота, сообщила она Насте, — они были очень счастливы в браке, но, к сожалению, Господь не послал им детей. Последние годы жизни граф провел вместе с супругой в Париже, и там у него случился внебрачный сын от француженки. Граф признал его и дал свою фамилию. Это и был мой предок. Вы можете себе представить? Во мне течет не только кровь Муравьевых, но и французская кровь. У меня западноевропейские гены, а где-то во Франции живет моя родня, которую я могла бы разыскать, если бы захотела. Неудивительно, что во мне так сильны западничество и дух познания и свободы, — Елена Станиславовна горделиво улыбнулась, — это было свойственно всем Муравьевым. И вообще, все Муравьевы были тесно связаны с наукой, образованием, культурой и передовыми идеями переустройства общества. Вот взять хоть Михаила Никитича Муравьева. Вы слышали о нем?

Настя вздрогнула. Опять ее экзаменуют. Вчера Бегорский грузил архитектурными терминами, заставляя рыться в памяти, а сегодня ее проверяют на знание истории. Пришлось снова напрягать память.

— Кажется, Екатерина Вторая сделала его наставником своих старших внуков, — неуверенно произнесла она. — Я правильно помню?

— Совершенно верно, — радостно закивала Муравьева. — Его обширные познания в области словесности, истории и философии просто потрясли императрицу. Так вот, после его смерти вдова сделала их дом на Фонтанке в Петербурге открытым для многих писателей, поэтов и художников, которые там подолгу жили. Вокруг вдовы и сыновей Михаила Никитича собирались лучшие умы Петербурга, с ними дружили Пушкин, Вяземский, Тургенев. Я особо обращаю ваше внимание, деточка, на фамилию Вяземского. Вы ведь слышали, наверное, что эту усадьбу называют «усадьбой Вяземских»?

Настя молча кивнула, об этом было написано в той статье, которую давал ей прочесть Бегорский. Она терпеливо ждала, когда Елена Станиславовна закончит хвастаться своими именитыми предками. И вообще, она была уверена, что к «тем самым Муравьевым» пухленькая дамочка имеет весьма призрачное отношение.

— Тогда вы должны понимать, что судьба отнюдь не случайно привела меня в эту усадьбу, коль она так или иначе связана с родом Вяземских. Это связь поколений, если вы понимаете, что я имею в виду.

— Я понимаю, — снова послушно кивнула Настя.

Она вспомнила, что Тамара называла Муравьеву закоренелой прозападницей. Елена Станиславовна каким-то образом ухитрилась прожить месяц в Италии и с тех пор считала себя белой костью. Именно поэтому она полагала, что Валерий Васильевич Полосухин должен достаться именно ей, поскольку он тоже жил за границей и умеет ценить европейский стиль жизни и европейскую культуру. Тамара даже процитировала одну свою клиентку, которая якобы своими ушами слышала, как Муравьева говорила:

— Валерий Васильевич ровня мне, а не этим двум провинциалкам, которые слаще морковки ничего в жизни не пробовали.

Под двумя провинциалками, естественно, подразумевались Корягина и Павлова. Себя же, родившуюся в областном центре и пятьдесят лет прожившую в Томилине, Елена Станиславовна провинциалкой, разумеется, не считала, ведь месяц, проведенный в Италии, с лихвой перекрывал все географические нюансы ее жизни. Поездка Павловой в Канаду в расчет отчего-то не принималась, вероятно, потому, что Канада — это все-таки не старушка-Европа.

Наконец-то дело дошло до тех вопросов, которые интересовали Настю. Она еще раз обозначила тему своего исследования и осторожно начала спрашивать про жизнь Елены Станиславовны после выхода на пенсию, а приложив минимум ловкости и обходительности, довольно быстро вывела Муравьеву на рассказы о других членах клуба, в том числе и о тех, которые перестали посещать «Золотой век» после публикации в «Томилинском курьере».

— Лично я ни в какие привидения не верю, — категорично заявила Елена Станиславовна. — Какие-то маньяки, какие-то легенды... Это все полная чушь, деточка. Ну, я бы еще понимала, если бы речь шла о Старой Англии или замках Луары, но у нас-то какие могут быть легенды и маньяки? Откуда им взяться? У нас жизнь такая обыденная, такая серая. Нет, нет и нет, и Галя, и Аида сами виноваты в том, что их убили, вероятно, они кому-то очень насолили. А чему удивляться? Они были такими... конфликтными, если вы понимаете, что я имею в виду. Вот помяните мое слово, они наверняка чем-то кого-то сильно обидели. А те, кто волнуется и верит в глупые легенды, — это просто быдло, которому нечем занять мозги. Но мы-то с вами интеллигентные женщины, деточка, мы-то с вами понимаем, что к чему. Вы бывали за границей? А где? В Италии? И в Германии? Ну, тогда вы тем более должны меня понимать.

После этого разговор самым естественным образом свернул непосредственно на Галину Ильиничну и Аиду

Борисовну, потому что должна же была Елена Станиславовна объяснить, какими такими «конфликтными» были убитые и чем они могли кого-то обидеть.

К Галине Ильиничне Корягиной Елена Станиславовна испытывала неприкрытое презрение, которое даже не пыталась как-то закамуфлировать.

— Жуткая особа, просто жуткая, — говорила она. — Привыкла всеми командовать, а сама необразованная, тупая, за всю жизнь ни одной приличной книги не прочла. Такая, знаете ли, горластая, на крик брала, на демагогию, ну, как они там в своей партии привыкли. И всюду лезла, все время тянула одеяло на себя и совершенно не давала вздохнуть нормальным интеллигентным женщинам, если вы понимаете, что я имею в виду. Что с нее взять: плебейка — она плебейка и есть. Вся ее сущность была в ее речи, она через слово повторяла: «А все равно по-моему вышло...», «Вот раньше...», «Вот при советской власти...», «Сталина на вас нету, он бы навел порядок!», «Жалко, у нас нет сто первого километра, как в Москве, выслать бы вас, блудниц».

— Блудниц? — переспросила Настя. — Это кого же?

— Ну как кого? Нас с Аидочкой. Аидочку она порицала за европейскую манеру одеваться.

— А вас за что?

— За любовь к европейской культуре, — фыркнула Муравьева. — Гале, видите ли, казалось, что вся европейская культура — это одна сплошная порнография. Хотя что она понимала? У нее на все была одна присказка: «Вот в русской живописи все целомудренно, никаких голых баб, а у этих ваших Рубенсов один блуд на уме». Да она ни одного имени, кроме Рубенса, не знала! И такая вот недалекая бабенка умудрилась влюбиться в нашего Валерия Васильевича. Просто прохода ему не давала, стоило ему появиться — и Галя тут как тут. Не знаю, как он, бедненький, это терпел. Вы только подумайте, он такой спокойный, вежливый, надежный, порядочный, вдовец, приличный во всех отношениях человек, если вы понимаете, что я имею в виду, он умеет ценить европейский образ жизни и европейскую культуру, а что Галя про него говорила?

— И что же? — живо заинтересовалась Настя.

— Что у него есть темное пятно в виде эмиграции, он Родину предал и променял на сладкий заграничный пирожок, но осознал, что черный русский хлебушек ему милее, значит, еще не все потеряно и его можно перевоспитать. Вы можете себе представить? Она, понимаете ли, имела на него виды и считала, что из нашего Валерия Васильевича может слепить для себя подходящего мужа. Тоже мне, невеста! Где Валерий Васильевич и где — Галя! Их даже на одну доску ставить нельзя.

«Ну конечно, — подумала Настя, быстро записывая за Муравьевой, — Корягину на одну доску с Полосухиным ставить нельзя, а тебя, значит, можно».

— Чем же она могла так сильно кого-то разозлить, что ее убили?

— Ой, я вас умоляю! — Муравьева картинно воздела руки к потолку, попутно поправив кокетливым жестом прядь волос над ухом. — Галя была обманщицей и интриганкой. Знаете, у нее была квартирантка, так Галя уверяла, что не берет с нее денег, а я уверена, что она врала. Брала она деньги, а перед нами прикидывалась бескорыстной, чтобы Валерию Васильевичу понравиться. Она ведь и серьезных людей обмануть могла. Вот я вам один случай расскажу...

...Собирались праздновать день рождения Елены Станиславовны, которая организовала угощение, надела свой лучший наряд и записалась к парикмахеру на прическу. Тамарочка-то работает в усадьбе всего полгода, а парикмахерская здесь с самого начала была, только другой мастер работал, попроще, конечно, чем Тамарочка, но тоже очень приятная была женщина. Так вот, Елена Станиславовна сделала все для того, чтобы в день своего рождения поразить окружающих своей красотой и элегантностью. И вдруг к ней подошла Галина Ильинична и сказала, что Муравьеву ищет сам Андрей Сергеевич. Муравьева переполошилась, она была уверена, что Бегорский ищет ее, чтобы лично поздравить и вручить подарок. Она помчалась на второй этаж к его кабинету, но дверь была заперта. Она кинулась к Верочке, главному бухгалтеру, но Верочка сказала, что Андрей Сергеевич минут двадцать назад уехал в Москву. Елена Станиславовна не поверила и решила, что Верочка что-то путает, потому что Галина Ильинична всего десять минут назад сказала, что Бегорский ее ищет. Она истово металась по всей усадьбе, заглядывала во все помещения, спрашивала о Бегорском всех, кого встречала на своем пути. Наконец, она догадалась добежать до боковых ворот, через которые въезжали и выезжали машины, и задать вопрос охраннику, который изумленно поднял брови и вполне авторитетно подтвердил информацию Верочки, дескать, хозяин действительно уехал. К тому времени — уже час назад. Тут взмыленная Елена Станиславовна вспомнила про запись к парикмахеру, метнулась в салон, но в кресле гордо восседала Галина Ильинична, которой уже делали прическу. Парикмахер растерянно стала объяснять, что у нее на сегодня полная запись, даже журнал показывала Елене Станиславовне, и в другое время она именинницу принять никак не сможет, а Галину Ильиничну она взяла на стрижку и укладку только потому, что Муравьева вовремя не пришла. Так и вышло, что на своем дне рождения Елена Станиславовна была без прически, с непрокрашенными и неуложенными волосами, а «эта гадина» красовалась с новой стрижкой и нарядной укладкой.

— Но это ее, конечно, не спасло, — продолжала свою горестную повесть Елена Станиславовна, — даже с новой стрижкой она выглядела чудовищно, если вы понимаете, что я имею в виду. Ну вы только представьте себе мордастую, грудастую бабищу, крупную, с огромной задницей, горластую. Это же ужас какой-то! А прическа? Это она назло мне сделала стрижку и укладку, а так-то она ходила с сединой, волосы не красила, заколет их на затылке пластмассовой гребенкой — и вперед. Пластмассовой гребенкой! И где она только ее откопала, по-моему, эти гребенки носили во времена наших бабушек. А как она одевалась? Пиджаки с юбками и блузками, вы можете себе представить? И совершенно ужасные туфли, больше похожие на галоши.

— Может быть, у нее болели ноги? — осторожно предположила Настя, желая хоть чем-то защитить несчастную, безжалостно убитую женщину.

— А у кого они не болят в нашем возрасте? — возразила Муравьева. — И у меня болят. Но я все-таки соблюдаю приличия и слежу за собой, в отличие от Гали, которая считала, что советской женщине не пристало следить за внешним видом, она должна следить за моральным обликом, как за своим, так и за чужим.

Что же касается Аиды Борисовны Павловой, то тут рассказ Елены Станиславовны оказался не в пример более скупым. Видимо, ничего плохого она поведать не могла, а говорить хорошо о сопернице, пусть и мнимой, не умела. Настя поняла только то, что Аида Борисовна «была высокомерной, слишком много о себе понимала, одевалась не по возрасту и задирала нос». Муравьева ненавидела Аиду Борисовну куда сильнее, чем Корягину, и это было очень заметно.

— Вы так много говорили о Валерии Васильевиче, что мне не терпится с ним познакомиться, — сказала Настя. — Похоже, это и в самом деле очень интересный человек.

— Он изумительный, — горячо подхватила Муравьева. — Вы сами увидите. Он вам непременно понравится. Пойдемте, я вас представлю и побегу, мне пора на репетицию. Сколько вы пробудете у нас?

— Это зависит от многих обстоятельств, — уклончиво ответила Настя. — Я собираю материал для научного исследования, и никогда не знаешь, сколько времени это займет.

— Ну, если вы задержитесь у нас подольше, то как раз попадете на спектакль. Мы ставим «Странную миссис Сэвидж», уже костюмы почти готовы.

— С удовольствием приду, если сложится, — пообещала Настя.

Муравьева неожиданно легким для ее комплекции шагом пошла по коридору, ведя за собой Настю. Они миновали холл, вошли в противоположный коридор, и Елена Станиславовна толкнула дверь комнаты, которую Тамара накануне назвала библиотекой. Это действительно была библиотека, только не в том виде, в каком Настя привыкла видеть общедоступные культпросветучреждения, а в другом, классическом. Высокие, под потолок, застекленные книжные шкафы, уставленные разнокалиберными томами и томиками, мягкие кресла и низкие столики на фигурных ножках. Множество светильников, а два окна задрапированы тяжелыми темными гардинами.

В двух креслах сидели дамы, одна читала, другая листала журнал, а возле одного из шкафов возился, починяя дверцу, невысокий крепкий мужчина с темными с проседью волосами и грубоватым простым лицом.

— А вот и наш Валерий Васильевич, — весело и звонко произнесла Муравьева. — Прошу любить и жаловать. Валерочка, познакомься, это Настя, она социолог, хочет с тобой побеседовать. Ты уж ответь на ее вопросы, будь так добр.

Полосухин разогнулся, машинально положив ладонь на поясницу, и приветливо кивнул.

— Здравствуйте.

— Если вы заняты, то я попозже... — торопливо начала было Настя, но Полосухин перебил ее:

— Дверь не убежит, она деревянная. Я с удовольствием сделаю перерыв. Только давайте пройдем в гостиную, чтобы не мешать нашим гостьям читать.

Читающие дамы как по команде подняли головы и дружно произнесли:

— Что вы, вы нам совсем не помешаете.

Их желание поприсутствовать при разговоре и послушать было таким очевидным, что Настя невольно улыбнулась.

Муравьева умчалась на репетицию спектакля, а Настя и Валерий Васильевич прошли в гостиную, которую Тамара назвала «зеленой». Здесь народу было куда больше, чем в библиотеке, но Насте и Полосухину удалось занять целый уголок, состоящий из диванчика, двух кресел, столика и торшера. Настя еще раз пропела песню о социологическом исследовании проблем адаптации пенсионеров и попросила Валерия Васильевича рассказать о своей жизни после выхода на пенсию.

Рассказ Полосухина был краток и горек. Жили с женой в Германии, она — этническая немка, оба пенсионеры, жили на социальное пособие, оно достаточно большое, чтобы не работать и вполне прилично жить. Жена очень болела желудком, ей нужна была строгая диета, но она уж так любила покушать, уж так любила, просто сердце радовалось смотреть, как она кушает. Прожили они в Германии восемь лет, и жена умерла. А куда Валерию Васильевичу одному деваться? Язык он не выучил, ему было вполне достаточно того, что немецким прекрасно владеет жена, и если нужно было решать какие-то вопросы с чиновниками, то они шли вместе, и жена все объясняла и переводила. А без нее он даже в магазин сходить не может — не понимает ничего. По телевизору Полосухин смотрел одни лишь российские каналы, он не только говорить по-немецки не научился, но даже на слух простейшие фразы не понимал. Друзей в Германии они не завели, родственников не было. Вот он и вернулся. А с женой они хорошо жили, целыми днями дома сидели, он вышивать любит, она телевизор смотрела, гулять ходили в лесок, квартиру-то они снимали подешевле, на самой окраине города, вышел из подъезда — и сразу лес, жалко только, что в нем наши русские грибы не растут, уж он так любил всю жизнь грибы собирать, уж так любил...

— Сколько лет вы прожили со своей женой? — сочувственно спросила Настя.

— Так восемь же, — с каким-то детским удивлением ответил Полосухин. — Как поженились — так сразу и уехали.

— Это ваш первый брак?

— Первый. Знаете, в молодости как-то не собрался жениться, в тридцать лет влюбился в замужнюю женщину и долго-долго с ней встречался, все ждал, что дети у нее вырастут и она бросит своего мужа. А потом как-то не сложилось. Вот я Эльзу встретил и женился.

— А чем вы занимались, когда жили в России? Кем работали?

— Да ничего особенного, — Полосухин смущенно пожал плечами, — слесарил, в автосервисе работал. У меня жизнь простая, как три копейки.

— А как вы нашли клуб «Золотой век»? Как вернулись?

— А это меня старый приятель сосватал, — улыбнулся Валерий Васильевич. — У нас же в России ничего не осталось, мы с женой все продали, когда уезжали, и жилье, естественно, тоже. В Германии мне плохо, а в Россию возвращаться — куда? Жить-то негде, а вернуться очень хотелось, я как Эльзу похоронил, так сразу стал о возвращении думать. И тут приятель мой давний мне по телефону говорит: у нас, мол, в городе открылся клуб, благотворительный, там можно жить и работать за жилье. Я списался с ними, все обсудил и решился. Мне здесь комнату дали, во флигеле, видели там два флигеля? В одном начальство живет, в другом работники вроде меня. Я у Сашки Белякова, нашего завхоза, на подхвате, сантехником или прибить что, починить, руки-то у меня как надо приделаны. Ну и кружок веду.

— Какой кружок?

Полосухин порозовел и опустил глаза, потом поднял их, и Настя увидела на его лице вызов.

— Вышивание. Я же говорил вам, что люблю вышивать. Вот и веду кружок. А что? Вы считаете, что для мужчины это стыдно?

— Да ну что вы, что вы, — поспешно разуверила его Настя, — ничего подобного я не думаю.

Валерий Васильевич оказался далеко не таким любителем поговорить, как его приятельница Муравьева, и потребовалось куда больше времени, чтобы вывести беседу в нужное русло и перейти к обсуждению убитых женщин.

Про Аиду Борисовну Полосухин рассказывал с восхищением и восторгом: и красавица она была, и умница, и характер золотой. Много знала, много умела. А какие сказки она сочиняла! А какие блюда готовила! А каких кукол шила! И с детишками общаться умела, они в ней души не чаяли. Единственный ее недостаток, по мнению Полосухина, состоял в том, что она не любила и боялась собак. К кошкам в приют для бездомных животных ходила, навещала их, даже, если надо, могла сама уколы им делать, а к собакам даже не подходила. Вот об этом Валерий Васильевич очень сожалел, он сам собак любит, и если бы у него было свое жилье, он бы непременно из приюта парочку взял бы, а то и трех.

Он признался, потупив глаза, что был влюблен в Аиду Борисовну, но безответно. Аидочка была очень приветливой и доброжелательной, но дистанцировалась от Полосухина, знаки внимания принимала, но не поощряла его, жалела, сочувствовала. Валерий Васильевич ситуацию оценивал трезво и понимал, что он ей не нужен.

— Куда мне до нее, — со вздохом заключил он. — Я все понимал. Но ведь сердцу не прикажешь, правда? Очень я по ней горевал. Очень. Но что поделаешь, надо пережить и идти дальше.

Что касается Галины Ильиничны Корягиной, то Настя ничего нового не услышала, рассказ Полосухина практически полностью дублировал слова Елены Станиславовны Муравьевой, только был более сдержанным и без ярких эпитетов. Полосухин подтвердил, что Аиду Борисовну Корягина не любила.

— Может быть, она ревновала? — спросила Настя.

Полосухин ужасно смутился, покраснел и забормотал, что так говорить с его стороны нескромно... неприлично... но, кажется, так оно и было. Настя решила идти напролом, в конце концов, чего стесняться? У нее есть задание, это ее работа, и работу надо выполнить.

— Валерий Васильевич, а вам не показалось, что Елена Станиславовна тоже ревновала вас к покойным дамам?

Полосухин не знал, куда девать глаза.

— Можно подумать, что я какой-то... Вы не думайте... Я же ничего... Но, кажется, она тоже... Это слишком самоуверенно с моей стороны...

— Да перестаньте, Валерий Васильевич, — Настя улыбнулась и махнула рукой, — вы интересный мужчина в расцвете сил, одинокий, чего удивляться тому, что на вас положили глаз одновременно несколько женщин? Это нормально, и не нужно этого стесняться. Я уже подробно разговаривала с Еленой Станиславовной и знаю ее мнение о покойных. А не можете ли вы мне сказать, как они сами относились к Елене Станиславовне?

— А вам зачем? — вдруг насторожился Полосухин. — Вы же социолог, вам про адаптацию нужно...

— Так это и есть про адаптацию, — очень серьезно ответила Настя. — Трудовая деятельность закончилась, и все интересы человека переходят в межличностную сферу. Теперь самым главным становится, кто что сделал, кто что сказал, кто как посмотрел. И мне важно выяснить, как меняется при этом отношение к другим людям.

Она врала наобум святых, надеясь только на то, что ее уверенность и напор не позволят Полосухину ни в чем усомниться.

Выяснилось, что Галина Ильинична называла Муравьеву прозападницей и говорила, что по ней плачут сталинские лагеря, что она не любит свою Родину, а любит западную культуру, где один сплошной разврат и растление, и называла старой блудницей. А Елена Станиславовна, в свою очередь, за глаза называла Корягину кондовым продуктом советской системы, которая сделала карьеру по партийной линии, привыкла всем очки втирать и командовать, привыкла, что ее все боятся и все получается, как она хочет, потому что связываться с ней и перечить — себе дороже. Что она тупая и необразованная и одевается как кикимора. Когда она допускала подобные высказывания при Аиде Борисовне, та миролюбиво отвечала: «Оставьте Галю в покое. Она несчастный человек. Единственное, что приносит ей радость, это власть и возможность подчинять себе людей. Она не умеет получать удовольствие ни от чего другого. Ее можно только пожалеть».

Об Аиде Борисовне Муравьева тоже ничего доброго не говорила...

— Вот вы знаете, например, что Аидочка ездила в Канаду? — спросил Валерий Васильевич.

Настя, конечно, знала, но сделала вид, что слышит впервые. И в самом деле, откуда бы ей об этом знать, если она социолог?

— Так вот, — продолжал Полосухин, — она никогда по собственной инициативе про Канаду не рассказывала, не кичилась этим, не то что Леночка, которая при каждом удобном случае вспоминала, что жила в Италии. Леночка, бывало, начнет расписывать прелести западного образа жизни и обязательно к Аидочке апеллирует, мол, Аидочка, согласись, что там лучше. Ты же своими глазами видела, подтверди, что я права.

— А Аида Борисовна что отвечала?

— Она говорила: «Ах, Леночка, людские страсти и пороки везде одинаковы».

— А Елена Станиславовна что?

— А она обижалась, поджимала губы и говорила: «Конечно, Аидочка, тебе виднее, ты всю жизнь только с пороками и людской грязью дело имела, откуда тебе знать, что такое настоящая культура». Вот так они и собачились постоянно.

Разговоры с Муравьевой и Полосухиным оставили у Насти странное ощущение гадюшника. Надо же, пенсионеры развели между собой такое варево из взаимной неприязни! И при этом называли друг друга Леночкой, Галочкой и Аидочкой. Куда там молодым до них!

Что же касается самого Валерия Васильевича, то Настя по некотором размышлении пришла к выводу, что он — обыкновенный прилипала. Женился на женщине аккурат накануне ее отъезда в Германию, ясно ведь, что не просто так женился, а исключительно ради того, чтобы жить на вполне достойном социальном пособии и не работать. Трудно поверить, что он ее по-настоящему любил, если знал, что она тяжело больна, и при этом позволял ей медленно и неуклонно убивать себя, то есть не просто равнодушно взирал на нарушения диеты, но еще и поощрял, и радовался. На диване полеживал, вышивал и смотрел телевизор. Ему что, в голову не приходило, что она может умереть от такой жизни? Он что, не думал, как будет жить, когда ее не станет? Одним словом, этот «замечательный, спокойный, вежливый и достойный во всех отношениях» Валерий Васильевич Полосухин просто-напросто инертный, безынициативный, ленивый и не особенно умный человек. Надо же, а Елене Станиславовне он так нравится! Неужели она всего этого не понимает?

Настя вернулась во флигель, разделась, открыла компьютер, чтобы записать новые сведения, и обнаружила на консоли тонкую, большого формата книгу в яркой обложке. Она взяла ее, повертела в руках. Это был сборник сказок Аиды Павловой. Рядом лежала записка от Тамары: «Настенька, извините, что зашла без разрешения. Я подумала, что вам это может быть любопытно. Т.В.».

Действительно, любопытно. Насте хотелось как можно больше узнать о двух погибших женщинах, чтобы как можно лучше представлять себе их характер. В конце концов, даже маньяк вполне может ориентироваться не на внешность, а на личностные особенности жертвы, а уж если оба убийства были совершены по личным мотивам, то понимание характера потерпевших просто обязательно.

Она с неприязнью посмотрела на пейзаж, светящийся на экране включенного компьютера, и решила, что успеет еще все записать. А сейчас она заберется с ногами на оттоманку, накроется пушистым пледом, который обнаружила на полке шкафа, подсунет под спину подушку и почитает сказки Павловой. Ну пусть не все, пусть хотя бы одну. Настя наугад открыла книгу. Вот эту. Сказку про фарфорового гуся.

СКАЗКА ПРО ФАРФОРОВОГО ГУСЯ

Когда-то давно в густом баварском лесу жила-была Цапля. Была эта Цапля очень красивой, серая с белым, изящная, со стройной гибкой длинной шеей и желтым клювом. Ночевала она на большом дереве с пышной кроной, а кушать прилетала на реку, где ловила рыбку. Рядом, на берегу, стоял дом, и в одном из окон на подоконнике виднелся Фарфоровый Гусь. Цапля его очень любила.

Она часто садилась на подоконник со стороны улицы, а когда наступало лето и окна открывались настежь, она залетала в дом и стояла рядом со своим возлюбленным.

— Здравствуй, милый, — говорила она Гусю.

Но он молчал и даже не поворачивал голову в ее сторону.

— Я так рада тебя видеть, я скучала без тебя, — говорила Цапля.

Но Гусь молчал и не произносил ни слова.

Цапля трогала его крылом, гладила перышками его белоснежную голову, прикасалась клювом к холодному красному клюву Гуся, но ни разу он не ответил на ее ласку. Гусь был неживым.

Шло время, и Цапле надоело любить Гуся безответно. Она полетела к Волшебнице и попросила ее о помощи.

— Пожалуйста, сделай так, чтобы Фарфоровый Гусь ожил, — умоляла она. — Я хочу, чтобы он видел меня, слышал мои слова, разговаривал со мной. Я очень его люблю, и я уверена, что он тоже меня полюбит и мы будем очень-очень счастливы. Мы улетим ко мне на дерево и будем жить вместе долгие годы.

Волшебница нахмурилась.

— Ты хорошо подумала, Цапелька? — строго спросила она. — Ты уверена, что хочешь именно этого? Ты уверена, что будет лучше, если Фарфоровый Гусь оживет?

— Я уверена, уверена, — горячо говорила Цапля. — Что же может быть плохого, если встретятся два любящих сердца? Фарфоровый Гусь уже много лет стоит на подоконнике и не видит ничего, кроме комнаты и своих хозяев. А со мной он увидит и реку, и траву, и деревья, и солнышко, и снег, он узнает, что такое ветер и дождь, он подружится с другими птицами и животными. Он увидит мир! Этот прекрасный многообразный чудесный мир! Он будет жить, а не прозябать!

— А ты уверена, что сам Фарфоровый Гусь этого хочет? Может быть, ему нравится быть фарфоровым и он совершенно не собирается оживать? Ты об этом не подумала?

— Да что мне об этом думать! Как можно хотеть быть мертвым, когда есть возможность стать живым? Тут и обсуждать нечего!

— Но, может быть, все-таки сначала ты спросишь у него?

— Как же я спрошу, если он меня не слышит и не может разговаривать? — удивилась Цапля. — А я убеждена, что нет ничего лучше жизни. Жизнь — это самое главное. И уж точно жизнь лучше смерти, а жить — лучше, чем быть неподвижной статуэткой на окне в доме у двух стариков.

— Ты точно это знаешь? — спросила Волшебница.

— Точно! Точно!

Волшебница покачала головой.

— Имей в виду, Цапелька, делать что-то для другого, не зная, хочет ли он этого, очень опасная затея. Все может получиться совсем не так, как ты ожидаешь. И может статься, ты пожалеешь о своем решении.

— Ну что ты, Волшебница, — воскликнула Цапля, — я никогда не пожалею, если Фарфоровый Гусь станет живым! Мы с ним будем очень счастливыми.

— Ну смотри, — произнесла Волшебница загадочную фразу, — если что не так — пеняй на себя. Я сделаю, как ты просишь. Но помни: я тебя предупредила.

А в том доме на берегу реки, на окраине густого баварского леса, жили Марта и Гюнтер. Жили они бедно, едва сводили концы с концами, но были они людьми добрыми и очень порядочными, и вся округа их уважала, поэтому кто чем мог помогали им. Были у Марты и Гюнтера дети и внуки, которые жили в далеком городе и приезжали очень редко. Каждый их приезд был для стариков праздником.

В тот год дети и внуки собрались приехать к ним на Рождество. Гюнтер отправился в лес за хворостом, чтобы растопить печь, и еловыми ветками, чтобы украсить дом, а Марте нужно было приготовить угощение. В кладовке было совсем пусто, и она пошла к соседям за помощью. У одного взяла луковичку, у другого две морковки, у третьего пару картофелин, а живший в самом дальнем доме мясник Фридрих подарил ей сахарную косточку, на которой было немного мяса. Марта вернулась домой радостной: теперь есть из чего сварить похлебку. Конечно, на Рождество полагается ставить на стол более сытное угощение, но они же с Гюнтером не виноваты, что живут в бедности и единственное их богатство — Фарфоровый Гусь на подоконнике, белоснежный, с красным клювом, украшение всего дома.

Гюнтер вернулся из леса, растопил печку, Марта сварила вкусную похлебку, они украсили дом еловыми ветками и сели у окна ждать родню. Вскоре приехали две их дочери с мужьями и детьми, привезли небогатые, но приобретенные с душой и любовью подарки и стали собираться за стол. Марта уже стояла на пороге с котелком похлебки в руках, когда Фарфоровый Гусь взмахнул крыльями и сделал несколько неуверенных шагов по подоконнику.

— Бабушка, смотри, наш гусь стал живым! — закричал младший внук.

— Правда, бабуля, — подхватила старшая внучка, — он ожил! Вот это настоящее рождественское чудо! Теперь его можно зажарить, и у нас будет взаправдашний праздничный стол, как у богатых!

Марта растерялась и чуть не выронила из рук котелок с обжигающе горячей похлебкой, а Гюнтер вскочил со своего места, схватил гуся, отнес на кухню и одним ловким движением свернул ему шею. Марта и ее дочери, придя в себя от изумления, выбежали из комнаты и быстро ощипали гуся, нафаршировали привезенными в качестве гостинцев яблоками и поставили в печку. Через два часа в доме Марты и Гюнтера шел настоящий праздничный пир, и вся их большая семья радовалась, что у них Рождество не хуже, чем у других, и дети наконец поедят досыта.

Они веселились, пели рождественские гимны, праздновали и не видели, что за окном, на заснеженном холодном подоконнике, стоит красивая бело-серая Цапля и плачет. Неужели именно об этом говорила Волшебница? Неужели именно об этом предупреждала ее? Как же так получилось? Ведь она, Цапля, хотела сделать как лучше, для Гуся. Ну и для себя, конечно, тоже. Она совсем не хотела, чтобы вышло так, как вышло. Она хотела жизни для Фарфорового Гуся, жизни, полной любви, радости, путешествий и открытий, а получилось, что она своим решением принесла ему мучительную смерть. Ну почему, почему так вышло?

Цапля взмахнула крыльями и полетела к Волшебнице.

— А я знала, что ты вернешься ко мне, — хмуро проговорила Волшебница. — Наверняка все получилось совсем не так, как ты рассчитывала.

— Это правда, — горестно вздохнула Цапля. — Получилось все очень плохо. Даже ужасно. Ты не можешь вернуть все обратно? Пусть Гусь снова станет фарфоровым, лучше я буду любить его безответно, чем знать, что его вообще нет больше на свете.

— Так не получится, — грустно улыбнулась Волшебница. — Ничего нельзя вернуть назад. Во всяком случае, я этого не умею. И на нашей планете я не знаю ни одного волшебника, который бы это умел.

— Тогда объясни, что я сделала не так, — попросила Цапля. — В чем я ошиблась? Почему все вышло так плохо?

— Потому что у каждого существа, живого и неживого, есть свой путь, которым он идет и который ему предназначен. У твоего Гуся было предназначение — стоять на подоконнике в доме и радовать двух нищих стариков, у которых нет ни гроша и ни корки хлеба, зато есть красивая фарфоровая статуэтка, на которой отдыхали их глаза и при виде которой грелась их душа. Именно для этого твой Гусь был послан судьбой на землю, а вовсе не для того, чтобы быть твоим мужем и летать с тобой вдоль реки. Быть твоим мужем — не его судьба. Ты не захотела с этим считаться, и вот результат.

С той поры Цапля никогда больше не прилетала ловить рыбку в то место, где стоял дом Марты и Гюнтера: вид пустого окна напоминал ей о страшной ошибке. Она улетела далеко-далеко, нашла себе новое дерево для ночлега и новую реку для ловли рыбы, а в густом баварском лесу ее больше никто не видел.

* * *

Настя закрыла книгу и откинулась назад, уперевшись затылком в стену. Вот, значит, какие сказки сочиняла покойная Аида Борисовна Павлова... Что же она была за человек? Кому могла перейти дорогу? В ком вызвала страстное желание убить? Или никакую дорогу она никому не переходила, а просто стала жертвой сумасшедшего потомка рода Румянцевых, которому все равно, кого убивать, лишь бы это был человек, связанный к клубом, разместившимся на территории его родового имения? Или этот сумасшедший вообще никакого отношения к Румянцевым не имеет, просто такой сам по себе псих? Тоже более чем вероятно.

А может быть, это происки пухленькой западницы Елены Станиславовны, решившей устранить соперниц? А что? Неплохая версия. Мотив есть, да еще какой: любовь, ревность. Правда, Валерий Васильевич Полосухин не смотрится мужчиной, ради обладания которым имеет смысл идти на такие, с позволенья сказать, подвиги, не миллионер, не гений и не красавец. Но кто их знает, этих женщин... Да и возможностей у Елены Станиславовны маловато, чтобы совершить такие замысловатые убийства, не выглядит она достаточно сильной, а ведь для того, чтобы задушить шарфом, к примеру, массивную и боевую Галину Ильиничну, силушка нужна немалая, мужская нужна силушка. Но Муравьевой совсем не обязательно было совершать оба убийства самой, она могла выступить организатором и заказчиком. То есть нанять убийцу и велеть ему обставить оба убийства как ритуальные, пусть, дескать, милиционеры ищут сумасшедшего. Однако на это нужны деньги, за просто так никто убивать соперниц Елены Станиславовны не пойдет. Есть у нее деньги? А вот это вопрос. И вопросом этим никто пока не занимался. Надо бы поспрашивать Тамару.

Настя нехотя поднялась с оттоманки и вернулась к

ноутбуку. Быстро записала все, что узнала от Тамары, Муравьевой и Полосухина, сформулировала вопросы, ответы на которые нужно будет постараться получить в ближайшее время, и принялась составлять письмо Стасову: он обязал ее отчитываться ежедневно.

Писать отчет для Стасова было скучно, и Настя устроила себе перерыв и позвонила Леше.

— Чем занимаешься? — спросила она, когда муж ответил.

— Скучаю.

— Я тоже, — призналась она.

— Ну, я-то по тебе скучаю, а ты по кому?

— А я от работы скучаю. Пишу донос своему новому шефу. Знаешь, как будто и не уходила с Петровки, за каждый чих требуется письменный отчет.

— А как твои старички? Унылые?

Настя расхохоталась.

— Ты что! Тут такие страсти кипят — куда нам, молодым. Впрочем, я ненамного моложе, всего-то лет на двадцать. Скоро и мы с тобой такими станем. Тут у нас любовь, ревность, старинные легенды, призраки и наследственные графья с отклонениями в психике. Ты там не голодаешь?

— Ну ты даешь! — хмыкнул в трубку Чистяков. — Когда это я голодал? Всю жизнь сам себе готовлю и тебя кормлю. А ты как? Чем питаешься? Ты вчера говорила, что твой наниматель очень правильный в еде и трепетно относится к проблемам пищеварения. Он тебя и сегодня доставал?

— Нет, сегодня обошлось, — Настя улыбнулась. — Он уехал, а без него тут никто никаких правил не соблюдает.

Ей очень не хотелось заканчивать разговор, болтать с Лешкой было уютно и спокойно, как уютно и спокойно было находиться в этой стилизованной под классицизм комнате, и так хорошо было знать, что за окном темно и морозно и никуда не нужно бежать, а можно вот так сидеть в кресле или даже валяться на широкой удобной кровати поверх атласного покрывала, и можно даже вскипятить чайник и сделать себе кофе, а можно подняться этажом выше и выпить кофе в компании приятной немолодой женщины, которая обещала пирожные и прочие вкусные вещи. А можно не ходить к Тамаре, а с чашкой кофе устроиться поудобнее и еще почитать какие-нибудь интересные сказки Аиды Борисовны Павловой.

Наконец она распрощалась с мужем и вернулась к отчету. А что, если за всеми этими убийствами стоит не кто иной, как Полосухин? Корягину он убил, потому что она была навязчивой и настырной, Павлову — за то, что не отвечала на его чувства. Вполне логично было бы убить и Муравьеву, потому что она за глаза говорила гадости об обожаемой Павловой. Может быть, Елена Станиславовна — следующая жертва? Предположим, Полосухин и есть тот самый потомок Румянцевых с нарушенной психикой. Если он выработал такой дьявольский план, то вполне логично, что жертвы он выбирает из своего ближайшего окружения, то есть из дамочек, с которыми больше всего общается. Почему? Да потому, что он о них больше знает, и ему легче подстроиться под их график, они ему рассказывают, когда и где бывают, куда собираются пойти. Тогда снова получается, что следующей жертвой должна стать Муравьева. Мог Полосухин сам совершить оба убийства? Вполне. Он здоровый и не старый еще мужчина, полный сил. Производит он впечатление психически неадекватного? Нет. Но это ни о чем не говорит. Вон Чикатило тоже оголтелым психом не выглядел, а сколько наворотил...

Она как раз закончила отчет и отправила его Стасову, когда позвонил Вторушин.

— Извините, что так долго выполнял вашу просьбу, — сухо произнес он, — дел много.

— Ничего, — спокойно сказала Настя. — Я понимаю.

Она действительно все понимала и заранее была готова к тому, что ее просьбы местные сыщики будут выполнять в самую последнюю очередь.

— По поводу мужа Аллы Ивановны Ярцевой: он действительно когда-то начинал свой бизнес с торговли медицинскими препаратами, но уже больше двух лет этим не занимается. Теперь он торгует сантехникой. Я могу узнать, почему вас это интересует?

Настя решила не темнить. Какой в этом смысл? Чем быстрее будет найден преступник — тем лучше, а кто первым успеет его поймать — значения не имеет.

— Я подумала, что Павлова могла узнать о каких-то его махинациях, и это стало мотивом для убийства. Вы помните показания Тамары Виноградовой о ссоре между Павловой и супругами Ярцевыми?

— Что-то припоминаю, но смутно, — недовольным тоном ответил Илья. — Мне это не показалось существенным и интересным.

— А мне показалось, — Настя невольно заговорила резко и тут же осеклась. — Во всяком случае, я подумала, что надо бы проверить. Махинации с лекарствами — это серьезная штука.

— Ладно, — голос Вторушина неожиданно смягчился, — я поговорю с ребятами из отдела по экономическим преступлениям, может быть, у них было что-то на Ярцева еще с тех времен, когда он торговал препаратами. У вас все?

— Пока все. Спасибо.

Она, конечно, хотела еще спросить Вторушина про доходы Елены Станиславовны Муравьевой, но поняла, что это уж слишком. Такую информацию они совершенно точно раньше не собирали, а теперь Настя и сама справится.

Задумчиво поглядев на отключенную трубку мобильника и все еще включенный компьютер, Настя решила все-таки подняться к Тамаре. Время вполне приличное, без четверти десять, можно много чего успеть.

* * *

Апартаменты Тамары Виноградовой были просторными и яркими. Если на первом этаже флигеля помещались четыре двухкомнатных номера, то на втором — всего два, и в каждом было где развернуться. Гостиная у Тамары оказалась куда больше, чем у Насти в номере, и была еще одна комната, которую Тамара называла мастерской. Что это за мастерская, Настя спросить постеснялась. И кухня здесь была не «мини», как в гостевых номерах, а вполне полноценная.

Тамара обрадовалась, увидев Настю, и тут же кинулась ставить чайник.

— Вы нашли книгу? — спросила она, разливая в тонкие фарфоровые чашки желтовато-зеленый чай, от которого исходил запах горячего молока.

— Да, спасибо, я даже кое-что прочла.

— И как вам? Интересно?

— Очень, — совершенно искренне ответила Настя.

— Я тоже очень любила сказки Аиды Борисовны, — призналась Тамара. — Они такие необычные, заставляют думать, даже пересматривать свою жизнь.

— Это правда, — согласилась Настя, — только я не уверена, что мораль таких сказок понятна детям. Мне кажется, для них это слишком сложно.

— Ну что вы! Дети куда умнее, чем принято о них думать. Я тоже сначала считала, что сказки слишком сложны для подростков, а потом поняла, что впадаю в типичное заблуждение бездетной женщины, у которой никогда не было своих детей. А у вас есть дети?

Настя отрицательно покачала головой.

— Ну, стало быть, мы с вами два сапога — пара, — заключила Тамара. — Я рада, что вы пришли, мне нужно кое-что вам рассказать.

Настя вообще-то собиралась порасспрашивать Тамару о Муравьевой и Полосухине, но подумала, что успеется. Пусть лучше Тамара сперва расскажет то, что хотела.

— Скажу сразу: ни в какие привидения и легенды я не верю, — начала Тамара. — И не примите то, что я расскажу, за бредни пустоголовой дамочки.

Настя невольно улыбнулась. Уж на кого — на кого, а на пустоголовую дамочку Тамара Николаевна Виноградова походила меньше всего.

Как-то в ноябре Тамара пришла утром в свой салон и обнаружила, что зеркало на стене разбито. Рама так и висела на месте, из нее торчали невыпавшие части стекла, остальные осколки разбросаны по полу.

— Я не обратила особого внимания, хотя кое-что показалось мне странным. Если бы зеркало просто упало, что вполне могло случиться, то рама лежала бы на полу, а она осталась на стене. Значит, его разбили специально. Но кто? Ума не приложу, — говорила Тамара. — К тому времени статья в «Курьере» уже была, и я ее читала, но одно с другим как-то не связала.

— А дверь? — с интересом спросила Настя. — Она была открыта?

— В том-то и дело, что закрыта. Я ее отпирала своим ключом, я это отчетливо помню. Конечно, в статье имелись пассажи про разбитые зеркала и что дверь заперта, но я не склонна верить в мистику.

— Вы Андрею Сергеевичу рассказывали об этом?

— Ну а как же, обязательно. Он только плечами пожал, но нахмурился. Не обращаться же из-за такой ерунды в милицию, правда? Я попыталась своими силами узнать, кто мог ночью войти в мой салон и разбить зеркало, но, конечно, ничего не узнала.

— А у кого хранятся запасные ключи?

— У нашего завхоза, Сани Белякова. Это зять Андрея.

— Зять? — переспросила Настя.

— Ну да, муж Лены, дочери Андрея от первого брака.

— Погодите, — Настя наморщила лоб, стараясь уяснить сложные родственные связи сотрудников клуба. — Вы говорили, что первая жена Андрея Сергеевича работает здесь главным бухгалтером.

— Да, и по совместительству кадровиком. Вера Алексеевна Бегорская. Лена — ее дочь. Вернее, ее и Андрея, она в клубе отвечает за связь с внешним миром. Осуществляет представительские функции, ходит по чиновникам, обивает пороги, общается со спонсорами, пишет тексты для сайтов. А наш завхоз Саня Беляков — муж Лены.

— Всё, усвоила. Значит, ключи только у Сани, так?

— Так. Он хранит их на стенде в своей комнате на втором этаже, помните, я вам показывала?

— Помню. А кто убирает в помещениях клуба?

— Уборщицы. Вы имеете в виду ключи, которыми они открывают двери?

— Совершенно верно, — кивнула Настя.

— Есть еще один комплект всех ключей, он находится в помещении охраны, и именно этот комплект берут уборщицы, когда работают. Точнее, это происходит таким образом: в шесть утра приходят уборщицы, дежурный охранник проходит вместе с ними в главный дом, отпирает все помещения, кроме гостиничных номеров, а когда уборщицы заканчивают, охранник приходит снова, осматривает помещения и запирает их.

— А что с гостиничными номерами? — поинтересовалась Настя. — Их убирают в другое время?

— Естественно. Их убирают те же самые уборщицы, только днем, когда в номерах никого нет. Ключи берут у Сани.

— А во флигелях кто убирает?

— Тоже уборщицы и тоже днем. Но только в тех номерах, где живут гости. Сотрудники убирают у себя сами, ведь это их дом. Кстати, если вы не хотите, чтобы в ваше отсутствие в ваш номер кто-то заходил, вы не стесняйтесь, скажите мне. Я придумаю, как организовать уборку, чтобы вы не нервничали.

— Кстати, как вы вошли ко мне? — спросила Настя. — У вас есть ключи от всех гостевых номеров?

— У меня — нет, — засмеялась Тамара. — Я у охраны

взяла. Вы же понимаете, у охраны должны быть ключи от любого помещения, мало ли, пожар случится или человеку плохо станет.

Вот так, пошла и взяла у охраны ключ от помещения, в котором живет гость. Очень интересно.

— Охрана что, всем по первому требованию ключи выдает? И кто угодно может их взять?

— Да нет же, — Тамара попыталась развеять Настины сомнения, — охрана у Андрюши дисциплинированная. Но для меня делается исключение, потому что я — это все равно что Андрей. Я тогда, в ноябре, спрашивала у них, не просил ли кто-нибудь ключ от салона или от комнаты завхоза, они сказали, что никто ничего не просил.

— А уборщица? Вы с ней поговорили?

— Конечно, — кивнула Тамара. — Она клялась и божилась, что, когда в седьмом часу пришла убирать в салоне, зеркало было цело, иначе она убрала бы осколки. Значит, зеркало разбили уже после того, как уборщица закончила работу и охранник осмотрел и запер главный дом. Где-то между половиной девятого и одиннадцатью утра. Я пришла в начале двенадцатого.

Еще одно происшествие имело место в декабре, когда члены клуба активно занимались организацией новогодней вечеринки. За два дня до праздника в холле главного дома весь пол оказался усыпан обрезками волос. Клуб открывается для гостей в десять утра, тогда же начинается и рабочий день для всех сотрудников, кроме тех, кто работает в кафе. Повара и официанты, естественно, приходят раньше. И администратор, который сидит в холле за стойкой, приходит чуть пораньше, чтобы к моменту появления первого гостя быть полностью готовым к работе. Те, кто работает в кафе, проходят не через главный вход и холл, у них есть отдельная дверь, так что в холле они не были. Усыпанный волосами пол первой увидела именно администратор. Она совершенно растерялась и впала в такой ступор, что не догадалась быстренько все убрать, и к приходу гостей волосы все еще устилали пол. Тут же послали за Тамарой, которая в отсутствие Андрея Сергеевича Бегорского считалась в клубе главным человеком на правах его «почти жены». Тамара прибежала из флигеля, схватила веник и совок и стала убирать, попутно разглядывая обрезки волос. Волосы были явно взяты из ее салона, причем брали их в течение нескольких дней: Тамара увидела пряди свекольно-красного цвета и узнала их, это были волосы одной дамы, которая в целях экономии решила покраситься дома, купила бог знает где какую-то паленую, некачественную краску, да еще и передержала ее по неопытности, в результате волосы оказались ужасающего свекольного цвета, и ей пришлось идти к Тамаре, платить деньги, поскольку дама не была членом клуба и права на бесплатное обслуживание не имела, и перекрашиваться, а заодно и стричься. Случилось это дней за семь-восемь до происшествия. А вот светлые чуть вьющиеся волосы принадлежали Лене Беляковой, дочери Бегорского, которая стриглась у Тамары накануне.

— Получается, что кто-то захаживал ко мне в салон и подбирал волосы. Или вытаскивал их из мешков, в которые уборщицы ссыпают мусор. Но в любом случае, он делал это не один раз, то есть готовился и планировал.

— Он или она, — заметила Настя. — И что вы думаете по этому поводу?

— Я думаю, что это направленная акция, — твердо ответила Тамара. — Я готова согласиться с тем, что где-то в нашей усадьбе окопался маньяк, который хочет всеми правдами и неправдами выжить отсюда клуб, поскольку его оскорбляет, что на территории рода Румянцевых теперь находятся посторонние. Он в силу своего заболевания не может оценивать ситуацию адекватно и считает, что если клуб закроется, то усадьба снова будет принадлежать ему. И его акции направлены именно против меня, потому что против Андрея ему действовать трудно, Андрей приезжает и уезжает, и невозможно в отношении его ничего спланировать. А я всегда здесь, со мной проще. Если у меня сдадут нервы, я испугаюсь и уеду, то и Андрей здесь не останется, это всем понятно. Нужно всего лишь выжить отсюда меня — и клуб закроют.

— То есть в легенду вы все-таки верите, — насмешливо проговорила Настя.

— Я — нет, но сумасшедший потомок Румянцевых вполне может в нее поверить, как вы считаете? Смотрите, в легенде есть упоминание и о разбитых зеркалах, и о клочьях волос. Конечно, в данном случае у нас получились не клочья, а обрезки, но все равно...

Тамара налила себе еще чаю и выпила горячий напиток залпом. Потом забралась с ногами на диван, на котором они обе сидели, схватила мягкую подушечку, прижала к груди и слегка наклонилась к Насте.

— Он где-то совсем близко, — тихо заговорила она. — Он ходит рядом с нами. Я уверена, что он или работает в клубе, или даже живет в усадьбе, или является активным членом «Золотого века», во всяком случае, он бывает здесь постоянно. И все знает. Он прекрасно ориентируется и в помещениях, и в наших порядках, и в наших мероприятиях. Новогоднюю вечеринку он чуть не сорвал, ведь многие испугались тогда и не пришли. Согласитесь, Настя, спокойствия и оптимизма все это не прибавляет. Андрюша, конечно, в сумасшедшего потомка не очень-то верит, он посмеивается надо мной и моими страхами, но мое беспокойство в целом разделяет. Клубу грозит несомненная опасность, а ведь клуб — это Андрюшино детище.

— Я понимаю, — так же тихо ответила Настя. — Вы считаете, что убийства совершил тот же человек, который устроил эти шуточки с зеркалом и волосами?

— А как еще я могу считать? Тут ведь каждое лыко в строку. И неважно, потомок ли Румянцевых все это устраивает, как думаю я, или люди, которые наезжали на

Андрея, как думает он сам. Важен результат: гости покидают клуб, и сотрудники увольняются. Это нужно остановить во что бы то ни стало. Именно поэтому вы здесь.

— Я понимаю, — повторила Настя. — Ничего, если я еще кое-что у вас спрошу? Вы еще не ложитесь спать?

— Конечно, спрашивайте все, что нужно, — с готовностью отозвалась Тамара. — Кстати, почему вы не ходили ужинать? Я справлялась в кафе, мне сказали, что вы не приходили. Или вы ужинали в городе?

— Заработалась, — смущенно призналась Настя, именно в этот момент ощутившая острый приступ голода.

Она и в самом деле забыла поесть, потому что сначала беседовала с Муравьевой и Полосухиным, потом читала сказку, потом заносила в компьютер информацию и составляла отчет, а потом кинулась к Тамаре, пока не стало до неприличия поздно. Конечно, Тамара угостила ее домашним печеньем и маленькими профитролями, но сладкого Насте почему-то сегодня совсем не хотелось. Хотелось, как ни странно, отварной картошки с квашеной капустой и черным хлебом. Такая странная гастрономическая блажь.

— У меня есть блинчики с творогом и с мясом, хотите? — предложила Тамара.

Блинчиков Насте не хотелось. Но не ложиться же спать голодной... И про картошку спрашивать неудобно, это уж совсем как-то нахально получится. Пришлось соглашаться.

Но жалеть не пришлось, блинчики оказались на удивление вкусными.

— Тамара, я хотела вас спросить насчет Елены Станиславовны Муравьевой, — сказала Настя, откладывая в сторону салфетку. — Вы не знаете, у нее есть деньги?

— В каком смысле? — не поняла Тамара. — В смысле состояния? Наследства? Или на повседневные траты?

— Я имею в виду, есть ли у нее деньги для того, чтобы заплатить наемному убийце.

Тамара нахмурилась, ее лоб прорезали глубокие морщины.

— А это сколько? Я не очень в курсе подобных расценок.

— Ну, в условиях Томилина и с учетом личности жертв, я думаю, тысяч пять долларов. Может, чуть меньше или чуть больше. Но не тысяча и не двадцать тысяч.

— Пять тысяч долларов, — пробормотала задумчиво Тамара. — Всего-то... Надо же, как дешево можно купить...

— Ну, это для вас дешево, — возразила Настя. — Вы — человек состоятельный. А для меня, например, это непосильно, у меня таких денег нет. А у Муравьевой?

— Не знаю, — Тамара покачала головой. — Если судить по тому, как она одевается и что берет в нашем кафе, ее доходы существенно выше, чем одна только пенсия. Но у нее есть дети, которые о ней заботятся. С другой стороны, ведет она себя так, словно всю жизнь прожила в высоком достатке. Кто знает, возможно, от прошлой жизни у нее остались немалые сбережения. Или есть драгоценности, которые можно продать.

— А вы сами видели на ней дорогие украшения?

— Видела. Не каждый день, но она их надевала. А что, вы думаете, что это она убила Галину и Аиду?

В голосе Тамары не было ни испуга, ни негодования, только совсем детское любопытство.

— Я обязана рассмотреть все возможности, это моя работа, — уклончиво ответила Настя. — Припомните, пожалуйста, кто из членов клуба и сотрудников наиболее активно продвигает мысль о том, что по усадьбе разгуливает маньяк и оставаться здесь опасно.

Тамара снова наморщила лоб и стала перечислять имена, которые Настя тут же записывала в блокнот.

Они проговорили почти до полуночи. На прощание Тамара предупредила:

— Завтра с утра за вами зайдет наш системный администратор Костя Еремеев и покажет территорию усадьбы. Рабочий день начинается в десять, то есть в десять он должен быть в компьютерном зале, поэтому к вам он зайдет около половины девятого, чтобы успеть все вам показать и ответить на все вопросы. Не проспите.

— Постараюсь, — уныло кивнула Настя.

В половине девятого она должна быть готова к выходу на длительную экскурсию, значит, ей следует не только встать и умыться, но еще и позавтракать. Это во сколько же надо проснуться? В семь, не позже. А уже без пяти двенадцать. Нет, это не дело, женщине в ее возрасте надо спать не меньше восьми часов, а то будет выглядеть как раненая черепаха и чувствовать себя соответственно. «Если работа не позволяет вставать попозже, то я возьму себя в руки и буду так планировать день, чтобы ложиться пораньше, — уговаривала себя Настя Каменская, спускаясь по лестнице к себе на первый этаж. — Сегодня последний раз, когда мне грозит недосып. Больше этого не повторится. Почему они решили, что меня можно поднимать в семь утра и в половине девятого выводить на работу? Потому что так решил Бегорский, ранняя пташка, который привык вставать в пять часов и в шесть уже выходить из дому и который считает, что все должны жить по его правилам? А почему я не возразила, не сказала, что для меня это слишком рано? Не посмела? Постеснялась? Черт знает что! Сменила одних начальников на других. Шило на мыло... Спасибо Тамаре, она хотя бы догадалась, что я не купила себе ничего на завтрак, и сунула пакет с печеньем. Будет с чем утром кофе выпить».

Она зашла в свой номер, высыпала печенье в красивую вазочку, которую откопала в шкафчике на мини-кухне, полюбовалась на будущий завтрак, приняла душ и рухнула в постель. Как странно: практически ничего не делала весь день, только разговоры разговаривала да в креслицах посиживала, даже передвигалась по городу она на машине, а устала так, словно отпахала полноценный рабочий день на Петровке. С чего бы это?

Глава 5

Системный администратор Константин Еремеев, высокий худой мужчина лет тридцати пяти — тридцати восьми, произвел на Настю впечатление странное и почти отталкивающее. Длинноногий, длиннорукий, угловатый, с тонким невыразительным лицом, впалыми щеками и длинным костистым носом, он носил стянутые на затылке в хвост волосы и был весь какой-то острый. Черная, облегающая голову шерстяная шапочка была надвинута низко на лоб и почти закрывала глаза, поднятый воротник черной куртки не давал возможности как следует рассмотреть лицо, открывая взгляду в основном нос и скулы. Он зябко прятал кисти рук в рукава, сильно сутулился и вообще казался нервным и дерганым. «Наркоман, что ли?» — с неприязнью подумала Настя, двигаясь вслед за ним от флигеля через курдонёр по расчищенной от снега тропинке.

— Здесь у нас оранжерея, — глуховато сказал Костя. — Наши гости имеют возможность круглый год экспериментировать с растениями или просто ухаживать за ними.

Настя с любопытством оглядела постройку, оценив обилие больших высоких окон.

— А там что? — спросила она, указывая на массивное кирпичное строение.

— Это гараж, там у нас один большой автобус, два микроавтобуса и три разгонные легковушки.

— А зачем вам столько автобусов? — удивилась Настя.

— Большой автобус для коллективных выездов, например, на экскурсии или на пикник. А микроавтобусы клуб посылает за теми, кто по состоянию здоровья не может добраться до усадьбы самостоятельно.

Настя вспомнила, что Бегорский говорил ей об этом, но за обилием полученной за последнее время информации она все позабыла. От гаража вела широкая дорожка, по ней машины выезжали через боковые ворота. Вообще территория усадьбы была обнесена забором и имела двое ворот: основные, через которые люди входили с улицы, и боковые, для автотранспорта.

Рядом с гаражом Настя увидела еще одну постройку, не такую внушительную и в отличие от гаража с окнами.

— А здесь располагается приют для бездомных животных, — пояснил Костя.

Про приют Настя помнила. Бегорский рассказал ей, что бездомными животными в клубе занимаются серьезно и вдумчиво, несчастных потеряшек лечат, выхаживают и стараются пристроить «к рукам», то есть найти каждому хозяина, для чего создан специальный сайт «Кот и пес. Томилин», на котором размещается и постоянно обновляется информация о найденышах, об их состоянии здоровья и ходе лечения, а также фотографии и подробные сведения обо всех, кто оказывает помощь деньгами ли, кормом, лекарствами или просто волонтерской работой. Посетителей у сайта «Кот и пес» великое множество, и не только из Томилина, но и из Костровска, и из областного центра, и из близлежащих поселков, и довольно часто удается пристроить кошку или собаку к доброму хозяину.

— Можно зайти внутрь? — спросила Настя.

Ей не так интересны были бездомные животные, как хотелось погреться. Она жутко мерзла в своей модной коротенькой курточке и новых ботиночках. Вчера ей удалось не ощутить холод, она либо ехала в теплой машине, либо совершала короткие перебежки между флигелем и главным домом, а сегодня ее уже двадцать минут водили по парку, и мороз дал себя прочувствовать в полный рост. Облегающие сверху джинсы, под которыми были только тонкие колготки, снизу были расклешенными, как требовали современные тенденции в моде, и широкие штанины быстро намокли от снега. А ведь Бегорский ей диктовал по телефону: надеть теплую куртку с капюшоном. Она, дура, фыркала и обижалась, искренне не понимала, зачем эти сложности, ведь у нее есть одежда, в которой она прекрасно передвигается по Москве. Оказалось, что одно дело — быстрым шагом дойти до автобуса и на нем доехать до метро, в котором вообще никакая непогода не страшна, и совсем другое дело — неспешно прогуливаться по территории, примыкающей к реке, от которой веет холодом и сыростью, а с неба в это время падает густой пушистый снег, ужасно красивый, если смотреть на него через оконное стекло, и ужасно неудобный, когда оказывается у тебя на шее под воротником куртки. Вот в капюшоне сейчас было бы самое оно! И ноги в подаренных Лешкой ботильонах отмерзают напрочь, пальцев она уже почти не чувствует. Говорил же Бегорский: узкие брюки! Теперь понятно, почему: узкие брюки не мешают надеть высокие теплые сапоги, а куда Настя теперь денет обилие ткани на своих «клешах»? Даже если купить сапоги, нога в таких джинсах не влезет в голенище. Придется еще и джинсы новые покупать. И насчет свитеров разного размера и с разной горловиной она быстро все поняла, едва ощутила первые признаки озноба и попыталась мысленно прикинуть, как бы ей в следующий раз одеться. Оказалось, что как ни крути, а тепло одеться все равно не удастся, все три свитера, которые Настя взяла с собой, были облегающими, по фигуре и с высоким горлом, то есть надеть один на другой никак не получится. А вот если бы она послушалась Бегорского и не разорвала список, то... А, ладно, чего теперь кулаками махать, после драки-то.

Костя достал из кармана ключ, отпер замок, толкнул тяжелую дверь и пропустил Настю вперед. Она машинально подумала о том, что у системного администратора оказался ключ от зверинца. Интересно, это всегда так или Костя взял ключ только сегодня, специально для того, чтобы привести сюда Настю, если она захочет? Впрочем, к проискам таинственного маньяка бездомные животные отношения не имеют. Пока не имеют. Кто знает, что он удумает завтра? Правда, в легенде ни про кошек, ни про собак не было ни слова, но как знать...

В довольно просторном, светлом и очень теплом помещении вдоль стен располагались вольеры, в которых лежали, сидели, бродили или играли кошки и собаки всех мыслимых мастей и пород и разного возраста.

— Тут смотровая, — Костя показал на одну из двух дверей прямо у входа, — в этой комнате ветеринар работает с животными, а вот тут кладовая, корм, лекарства и все такое.

Настя могла разобрать то, что говорит системный администратор, только сильно напрягая слух и фантазию: дикция у компьютерного гения была не очень, во рту каша, фразы он бросал короткие, рваные, их приходилось додумывать прямо по ходу, а те слова, которые он все-таки удосуживался произнести, тонули в недрах поднятого воротника и толстого шарфа, которым была обмотана его шея.

— А почему у вас некоторые животные по одному в вольере, а некоторые по двое, а то и по трое? — поинтересовалась она.

— Смотря как их нашли, — не очень понятно объяснил Костя. — Если одного нашли, то он один и сидит. Мало ли как он с другими... А если их было сразу несколько в одном месте, то их держат вместе, чтобы не скучали. Они друг к другу привыкли, не подерутся, играть будут. Особенно если из одного помета.

— То есть новорожденные тоже бывают?

— Всё бывает, — философски заметил Костя. — Если их разлучить, они сильно скучают, даже плачут. Хорошо, если всех вместе возьмут.

— А такое случается?

— Было один раз. В прошлом году мужик из милиции взял двух щенков из одного помета, их в подвале нашли. Сука от голода умерла, и еще двое щенков тоже умерли, всего четверо было в помете, а двое остались, вот их и взяли.

— Надо же, — пробормотала Настя, — и в милиции добрые парни попадаются.

— Ага, — охотно подтвердил Костя, — у нас тут в прошлом году старушку убили, так этот, из милиции, приходил, все выспрашивал про нее, помещения осматривал, в приют зашел, ну и увидел этих щенков. Аж в лице переменился — до того ему их жалко было. Вот и взял.

Значит, либо Вторушин, либо Федулов, подумала Настя. Интересно, кто из них оказался таким добросердечным?

— А как его звали, не помните?

— А вам зачем? — внезапно ощерился Костя.

Его глаза недобро блеснули, и Настя в первый момент даже испугалась: что она спросила такого, чтобы вызвать внезапную злобу? Действительно, зачем ей знать имя милиционера, который взял щенков? Она в этом городе впервые, никого из местной милиции не знает, и вообще она — социолог и милицией интересоваться априори не должна. А вот убийством старушки поинтересоваться будет вполне уместно. Надо только как-то аккуратно вырулить из дурацкой ситуации, в которую Настя сама же себя и загнала по неосторожности. А у Кости этого с головой все в полном порядке, он несоответствие сразу уловил и заподозрил Настю во лжи, вот и разозлился. Или он чего-то боится, поэтому в каждой невинной мелочи видит угрожающий подвох? Или он действительно наркоман и у него просто внезапные перепады настроения? Или не наркоман, а психически ненормальный? Час от часу не легче!

— Понимаете, Костя, — мягко начала она, — забота о братьях наших меньших — это один из способов психологической адаптации к прекращению трудовой деятельности, и это как раз та тема, которой я занимаюсь. Поэтому мне интересно, чем может руководствоваться достаточно молодой мужчина, когда берет сразу двух щенков. Ведь это забота лет на пятнадцать. Щенки были крупной породы?

— Дворняги, — буркнул Костя. — Судя по матери, здоровенные.

— Ну вот видите. Может быть, этому милиционеру грозило увольнение? Он знал, что в скором времени потеряет работу, и готовился заменить ее заботой о двух собаках. Или он чувствовал опасность для себя и своей семьи и приобретал охранников? В общем, это очень интересно, и я бы с удовольствием побеседовала с ним в рамках своего исследования.

— Не помню я, как его звали. — Костя отвернулся и пошел вдоль вольеров.

Настя шла следом за ним, вглядываясь в животных. Ее внимание привлекла крупная лохматая собака, грустно лежащая в глубине вольера, уткнув морду в лапы.

— Как ее зовут? — спросила она непонятно зачем.

— Пока никак, не назвали еще, — голос Еремеева доносился глухо, как из подпола. — Ее только на днях привезли, сняли с электрички. Новенькая.

— Девочка?

— Сука, — подтвердил Костя. — Старая уже, ветеринар сказал, лет тринадцать-четырнадцать. Трудно будет пристроить, если только на дожитие.

— На... что? На дожитие?

— Ну да. Ясно же, что она долго не проживет, так что те, кто берет собаку, чтобы иметь верного друга, ее не возьмут. Зачем нужен друг, которого вот-вот хоронить придется? Только лишние переживания. Но есть люди, которые сознательно берут на дожитие, понимают, что скоро конец, но хотят, чтобы животина провела последние дни в тепле и сытости. Таких мало. Но встречаются.

— Понятно, — протянула Настя. — А у этой собаки есть шанс?

— Маловато. На дожитие в основном берут старики, а она слишком большая для стариков. Наверное, здесь будет доживать.

— Какой она породы?

— Никакой. Помесь дворняги и русского терьера, так ветеринар сказал.

— Наверное, умная.

— Дворняги все умные, — усмехнулся Костя. — Вот отдохнет пару дней, поест от пуза, согреется, мы ее сфотографируем, разместим фото на сайте, текст пожалостливей сочиним, может, ей повезет, найдется добрая душа. Хотя вряд ли.

Настя еще раз остановилась, на этот раз возле вольера, в котором возились трое пятнистых черно-белых котят.

— Какие хорошенькие!

— Ну, с этими-то проблем не будет, — махнул рукой Костя, — их вмиг разберут, хорошие, здоровые, их даже особо лечить не нужно, только блох вывести и проглистогонить.

— Что сделать? — не поняла она.

— Глистов выгнать.

Они вернулись к двери и собрались уже было выходить наружу, но Настя внезапно остановилась и оглянулась на вольер со старой собакой.

— Подождите минутку, — попросила она и пошла к вольеру.

Собака без имени по-прежнему лежала, положив морду на лапы, но, когда Настя подошла, подняла голову и посмотрела ей прямо в глаза печальными темно-ореховыми глазами. «Зачем ты здесь? — словно спрашивал этот взгляд. — Чтобы дать мне надежду, которой не суждено сбыться?» Насте вдруг стало неловко, и она быстро отошла.

От зверинца тропинка вела к аллее, начинающейся от паркового фасада главного дома и тянущейся до самой реки.

— Здесь летом красиво, — голос Кости стал чуть оживленнее, — липы такие густые. Отсюда зимний сад хорошо виден. И ступеньки каскадом. Иногда я пытаюсь представить себе, как дамы в кринолинах спускались по ступенькам и шли по аллее к ротонде, а потом вспоминаю, что здесь все отреставрировали и вообще переделали при советской власти.

— Ну, ступеньки-то, наверное, те самые, — неуверенно предположила Настя. — А здесь и ротонда есть?

— Да, мы как раз к ней идем.

Они медленно шли от дома в сторону реки, и воздух буквально с каждым шагом становился все более холодным и сырым.

— Вот, слева ротонда, а справа часовня. При советской власти ее полностью разрушили, а теперь восстановили.

— А зачем? Разве Андрей Сергеевич верует?

— Этого не знаю, — сухо ответил Костя, — а многие наши гости сюда захаживают. Кто помолиться, кто просто в благостной тишине постоять.

— Костя, а вам не скучно здесь работать? — спросила Настя. — Ведь кругом одни пенсионеры. Неужели вы не смогли найти работу повеселее, чтобы вокруг были ваши ровесники, чтобы вам было с кем пообщаться?

— Мне и здесь неплохо, — буркнул он.

Но такой скупой ответ Настю Каменскую устроить не мог. Ей нужно было вывести разговор на гостей клуба, чтобы постараться собрать еще какую-нибудь информацию, которая, возможно, ускользнула от Тамары, ведь Тамара здесь не так уж давно, всего несколько месяцев, а Костя — старожил. И при этом следовало строго держаться легенды о том, что Настя — социолог, то есть изобретать для своих вопросов благопристойные предлоги.

— Ну да, здесь тоже, наверное, не скучно, — изображая задумчивость, проговорила она. — Вот вы упомянули, что у вас в прошлом году старушку убили, а мне вчера рассказывали, что у вас тут не одну, а двух старушек убили. Интересно, за что?

— Всем интересно. — Костя никак не демонстрировал готовность разговориться. — Только никто так и не знает, за что их убили и кто это сделал. В часовню будете заходить?

— Буду, — решительно кивнула Настя, которая уже снова успела основательно промерзнуть. — Я, правда, ничего в церковных правилах не понимаю. Шапку надо снять?

— Только мужчинам. Женщины должны быть с покрытой головой.

— А ничего, что я в брюках?

— Ничего. Зима, холодно. Господь простит.

Настя с интересом взглянула на него.

— Вы воцерковлены?

— Я? — Костя, казалось, страшно удивился. — С чего вы взяли?

— Ну, вы так сказали: «Господь простит»...

Он смутился и отвел глаза.

— Нет, я тоже мало что понимаю. Просто захожу сюда часто, свечку поставить, помолчать. Я...

— Да, — поспешно сказала Настя, — я в курсе, мне рассказывали, что у вас несчастье.

— Тогда вы тем более должны понимать, почему я здесь работаю. — Он вошел в часовню первым и остановился прямо у входа, прислонившись к стене. — Здесь нет детей и практически не бывает молодых женщин, здесь ничто не напоминает мне... Ну, вы понимаете.

— Да, — повторила она, — конечно.

Настя надеялась здесь отогреться, но ничего не вышло: ей очень быстро стало не по себе, как всегда бывало, когда она заходила в храмы, и захотелось уйти. «Наверное, это оттого, что я некрещеная, — подумала она. — Если бы меня крестили, мне было бы в храме хорошо и спокойно, а так я чувствую себя воровкой, забравшейся в чужой дом. Я не имею права здесь находиться. А может, дело в том, что я не верую? Или верую, но как-то не так?»

Они снова оказались на аллее и продолжили движение в сторону реки. Воздух делался все более промозглым, и у Насти начало перехватывать дыхание при каждом вдохе.

— А вообще в городе есть чем заняться, помимо работы? — спросила она.

Костя пожал плечами.

— Не знаю, мне это не интересно.

— Вы что же, нигде не бываете? — искренне удивилась Настя.

— Нет, я все время провожу здесь, в усадьбе. Мне не хочется выходить, там нормальная жизнь, там женщины, дети, семьи... Мне тяжело на это смотреть. А здесь я работаю, читаю, вожусь с компьютерами, смотрю телик или кино какое-нибудь скачаю. Мне нормально. Да и свободного времени, в общем-то, немного, клуб открыт с десяти утра до десяти вечера, и работа у меня всегда есть. Я постоянно нахожусь или в компьютерном зале, или в кабинете на втором этаже, и все время у кого-то проблемы, затруднения, что-то не получается, кто-то забыл, как надо делать...

— И что, вы один на всех?

— Да нет, я — старший, у меня еще три человека в подчинении, чтобы в каждом помещении, где работают на компьютерах, был консультант.

— Значит, вы — главный по компьютерам? — уточнила Настя.

— Нет, главный у нас Михаил Львович, он отвечает за то, чтобы компьютеры приобретались, ремонтировались, чтобы покупались и устанавливались программы и все такое. В общем, главный — он, а я ему подчиняюсь. К закупкам и оплате счетов я отношения не имею, мое дело — обеспечить возможность членам клуба и обучающимся нормально пользоваться машинами, помогать, подсказывать, показывать. К ротонде пойдете?

Настя поежилась. Ей хотелось поскорее закончить прогулку, оказаться в тепле своего номера, принять горячий душ и выпить кофе.

— Я отсюда посмотрю, мне хорошо видно. А там что? — Она указала влево, где у самого забора виднелось еще одно небольшое строение.

— Там второй пункт охраны и боковой въезд, я же вам говорил, — в голосе Кости прозвучала досада. — Вы меня совсем не слушаете?

— Простите, — виновато проговорила она, — я не сообразила. Далеко до реки?

— Минуты две-три. А что, устали?

— Замерзла, — призналась она. — Просто до обморока.

Костя критическим взглядом окинул ее одежду и хмыкнул.

— Ну да, ну да... Ну, если не хотите, можем до реки не ходить, повернем обратно.

— Нет уж, — решительно произнесла Настя, — давайте дойдем до конца. Только темп чуть прибавим, ладно?

Они дошли до конца территории и повернули назад. Обратный путь показался Насте короче и веселее, ведь впереди маячила приятная перспектива тепла. Когда они дошли до главного дома и стали огибать его, Настя вдруг попросила:

— А можно еще раз зайти к собаке?

Костя молча пожал плечами и кивнул. Они зашли в зверинец, и Настя чуть не кинулась к дальнему вольеру со старой собакой.

— Ты будешь моей подружкой, пока я здесь, ладно? — ласково заговорила она, просовывая пальцы сквозь прутья вольера. — Вот такое у тебя теперь будет имя: Подружка. Я буду приходить к тебе каждый день и рассказывать про свою жизнь, а ты мне расскажешь про свою. Только ты не умирай, пока я не уеду, ладно?

Собака медленно встала, сделала пару шагов в сторону дверцы и лизнула Настины пальцы. У Насти в горле стоял ком, она едва сдерживалась, чтобы не расплакаться от умиления и жалости к этой дряхлой, никому не нужной собаке.

— Костя, чем ее можно порадовать? Что ей можно?

— Старым собакам уже можно всё, — негромко ответил тот. — В этом преимущество старости. Нет никаких ограничений. Только с костями ничего не приносите, у нее зубы уже плохие, слабые совсем. Котлетку можно, колбаску, сосиску, пирожок, печенье. А вообще-то, если вы хотите сделать для нее что-нибудь полезное, то лучше водите ее гулять. Движение всегда полезно, да и воздух свежий тоже.

— А она не убежит?

— Так вы возьмите ее на поводок. Там в кладовой висят поводки специально для таких случаев, у нас гости постоянно выводят собак на прогулки. Вы разве не видели?

Ничего такого Настя не видела, но она ведь и не ходила вчера в парк, первую половину дня провела в компании оперативников, вторую — с Тамарой, Муравьевой, Полосухиным и собственным компьютером. Когда ей было это заметить?

Она твердо решила, что, как только придумает, как утеплиться, сразу же придет и возьмет Подружку на прогулку.

* * *

Журналистка Наталья Малец, написавшая ту самую статью «Страсти по усадьбе», оказалась, против ожиданий, очень славной и симпатичной девушкой, совсем молоденькой, всего девятнадцать лет, но производящей впечатление основательности и серьезности. И хотя одета она была так, как принято одеваться в молодежной среде, то есть в растянутый, сползающий с плеч свитер, потертые джинсы и тяжеленные ботинки на толстой подошве, ее внимательные глаза за стеклами очков смотрели вдумчиво, а речь была на удивление правильной и не замусоренной сленгом и новоязом. Она охотно согласилась встретиться с Анастасией Павловной Каменской — социологом, которую заинтересовал феномен внезапного отказа ряда членов клуба от посещений «Золотого века».

— Вы допускаете, что всему виной — ваша статья, которая посеяла панику не только среди пенсионеров — членов клуба, но и среди сотрудников, которые начали увольняться? — строго спросила Настя.

— Но я ничего этого не хотела, — испуганно проговорила Наталья. — Я не подумала о последствиях. Просто материал показался мне интересным, и я не была бы журналисткой, если бы пропустила такое.

К ней обратился некий ученый из Петербурга, историк, доктор наук, у которого есть многолетнее хобби — семейные истории и предания русского дворянства. Историю рода Румянцевых-Лобановых он знает давно и, услышав, что в Томилине произошли два убийства, косвенно связанные с их бывшей усадьбой, приехал, чтобы выяснить подробности. В ОВД с ним, разумеется, разговаривать не стали бы, и он решил туда не соваться, а обратиться к журналистке, которая давала в газете короткую информацию об этих преступлениях. Наталья рассказала ему все, что знала, а историк, в свою очередь, поделился знаниями о семейных трагедиях рода Румянцевых и о том, что не все они уехали во время революции. Кто он такой? Как его зовут? Наталья фамилию запамятовала, вообще-то он оставлял свою визитку, но девушка ее куда-то засунула или даже выбросила. Конечно, это не очень-то профессионально — выбрасывать или терять визитные карточки источников информации, но... А зовут его Аркадием Вольдемаровичем, это Наталья Малец помнила совершенно точно.

— Имя достаточно яркое, — задумчиво проговорила Настя, — можно попытаться его найти.

— А зачем? — Наталья удивленно посмотрела на Настю поверх узеньких очков. — Вы мне не верите? Вы думаете, что всю эту историю я сама выдумала? У меня есть диктофонная запись, вы можете сами прослушать.

— Да нет же, я верю, что вам все это рассказали.

— Значит, вы думаете, что эта история — неправда? Что Аркадий Вольдемарович меня обманул?

— И снова нет. Мне неважно, правдива ли сама по себе история, важен тот факт, что в городе живет наследник Румянцевых, который может быть психически неадекватным и верить в свое право на усадьбу, и вот этот факт нуждается в обязательной проверке. Возможно, Аркадий Вольдемарович знает что-то более точно. Может быть, ему известна нынешняя фамилия этого наследника или еще какая-то информация о нем.

— А почему вы этим так интересуетесь? — нахмурилась девушка. — Тоже проводите журналистское расследование, хотите попробовать раскрыть два убийства в пику нашей милиции?

«Ты расслабилась, Каменская, — сердито одернула себя Настя. — Увидела перед собой молоденькую девочку и решила, что можно не напрягаться, что она еще глупенькая и ничего не соображает. Да, ей еще нет двадцати, но кто сказал, что это мало? Вполне достаточно, чтобы разобраться в твоем вранье».

— Я не журналистка, — примирительно улыбнулась Настя, — но я, как и все женщины, страдаю излишним любопытством. Я же вам сказала, что занимаюсь социальной психологией, но в процессе сбора материала в клубе «Золотой век» я столкнулась с паническими настроениями, и мне стало ужасно интересно, насколько они оправданны. А поскольку у меня множество связей в Москве и Питере, я могла бы попытаться разыскать Аркадия Вольдемаровича, вот и все. Ну а уж если его рассказ даст ключ к раскрытию преступлений, то могу вам обещать: вы будете первой, кто обо всем узнает. Мне слава не нужна, я обычный научный работник, а вы сможете сделать потрясающий материал.

Нет, все-таки Наташа Малец, несмотря на очевидную остроту ума и серьезность, была очень молоденькой и на слова о журналистской славе купилась. Она стала старательно вспоминать Аркадия Вольдемаровича: тонкое интеллигентное лицо без особых примет, роста среднего, стройный, симпатичный, примерно пятидесяти лет, в очках, внешность располагающая.

— И что, никаких особенностей? — разочарованно спросила Настя, выслушав описание, подходящее к каждому четвертому жителю России мужского пола.

— Никаких. Хотя нет, — спохватилась девушка, — погодите, я вспомнила. Его речь...

— А что с речью? — насторожилась Настя.

— Во время нашей беседы ему позвонили по мобильному, он стал разговаривать, а я стала думать о своем, подслушивать не хотела и вдруг поймала себя на ощущении, что Аркадий Вольдемарович говорит не по-русски. Прислушалась — нет, слова русские. А мелодика речи похожа на немецкую, интонации в конце фразы уходили вверх. Не всегда, не постоянно, только иногда, но слух резало. Так мог бы говорить человек, у которого русский язык родной, но который много лет прожил за границей и давно уже говорит в основном на национальном языке. Я тогда очень удивилась, стала вслушиваться, когда он продолжил свой рассказ о Румянцевых, и поняла, что пока слушаешь слова, то особенности интонации незаметны. Чтобы услышать эту его особенность, надо слушать не слова, а именно мелодику. Ну, я и спросила у него, набралась нахальства.

— И что он ответил? — с интересом спросила Настя.

— Он рассмеялся и объяснил, что готовится к длительной работе по контракту в Австрии, его пригласили читать курс лекций по истории, и сейчас он интенсивно занимается немецким, каждый день по несколько часов, и индивидуально с преподавателем, и в группе, наверное, это сказывается, он слишком погрузился в языковую среду.

Наблюдательность юной журналистки приятно удивила Настю, но, к сожалению, больше ничего любопытного о питерском историке девушка не вспомнила.

— Он не говорил, где остановился? В гостинице?

— Не говорил. Как-то ни к чему было.

Конечно, было бы идеально, если бы Аркадий Вольдемарович останавливался в гостинице, тогда выяснить его фамилию и адрес не составило бы никакого труда. Но Настя Каменская не привыкла надеяться на удачу, вот и теперь она была уверена, что ни в какой гостинице он не останавливался и с установлением личности доктора исторических наук еще придется повозиться.

Выйдя из кафе, где она встречалась с Натальей Малец, Настя села в ожидавшую ее машину и направилась в усадьбу. По дороге вытащила телефон и позвонила Федулову. Почему-то он был ей более симпатичен, чем показушно-вежливый Илья Вторушин. На этот раз Дмитрий ответил сразу, но по его голосу Настя поняла, что он очень занят чем-то срочным.

— Вы можете говорить, или мне перезвонить позже? — спросила она.

— Я на разбое, — сердито ответил майор. — Место осматриваю.

Ну да, теперь ему точно не до Насти и уж тем более не до какого-то мифического историка из Петербурга. Разбойное нападение — дело серьезное, и осмотр места происшествия — тоже не шуточки. Настя вздохнула и позвонила Вторушину, который, судя по безмятежным интонациям, спокойно сидел у себя в кабинете.

— Скажите, Илья, вы не пытались установить, откуда у журналистки та информация, которую она опубликовала в статье? — начала она издалека.

— Нет, нам это не нужно. Какая разница, откуда она все это взяла? Я, например, на сто процентов уверен, что она это выдумала, из пальца высосала, прогреметь захотелось. Важно то, что люди поверили и испугались.

— Но потомок Румянцевых...

— Чушь, — оборвал ее Илья. — Не верю я ни в какого сумасшедшего потомка. Я узнавал про журналистку, это сопливая девица, только-только со школьной скамьи, фантазия буйная, славы хочется. Не хватало еще ее всерьез принимать.

— И тем не менее, — голос Насти стал жестче, — я бы попросила вас сделать запрос в Петербург и поискать доктора исторических наук по имени Аркадий Вольдемарович. Он может располагать интересными для нас сведениями.

— Интересными для вас, — язвительно уточнил Вторушин.

— Для нас, — повторила Настя. — Пожалуйста, сделайте то, что я прошу.

Н-да, со Вторушиным каши не сваришь. Впрочем, кажется, с Федуловым тоже, он то занят по горло, то вообще к телефону не подходит, то находится «вне зоны». Похоже, и майор, и капитан получили негласное указание делать вид, что помогают Насте, но ничего на самом деле не делать, не надрываться и не стараться. Что ж, их можно понять и их руководство тоже. Только что совершенное разбойное нападение гораздо важнее, чем убийство почти годичной давности.

А ведь если сумасшедший потомок Румянцевых имеет место быть на самом деле, то он действительно должен крутиться в непосредственной близости от клуба, то есть быть или постоянным его членом, или работать в усадьбе. Надо бы разузнать побольше о сотрудниках.

* * *

По дороге в усадьбу Настя попросила водителя остановиться возле продуктового магазина и купила для Подружки сыру и пирожков с мясом. Она хотела еще купить колбасы, но вид лежащего в витрине мясного изделия не показался ей внушающим доверие.

У себя в номере она постаралась одеться потеплее, с трудом натянула один свитер поверх другого, долго, чертыхаясь, расправляла высокие горловины, которые так и норовили свернуться или нещадно давили на горло, а вместо шапочки обмотала голову и шею длинным толстым шарфом, сунула в карман фотоаппарат, чтобы сфотографировать Подружку и потом показать Чистякову, взяла пакетик с сыром и пирожками и отправилась в зверинец.

Подружка по-прежнему лежала в дальнем углу вольера, однако при виде Насти поднялась и, неуверенно повиливая хвостом, медленно подошла к решетке. Настя просунула пальцы сквозь прутья и коснулась густой свалявшейся шерсти.

— Привет, — тихонько сказала она, — как дела?

Собака притиснулась поближе к руке и подняла голову.

— Понятно, — вздохнула Настя, — значит, не очень. У меня тоже не очень. А я тебе сырку принесла и пирожков с мясом. Ты сыр любишь?

Она достала ломтик сыра и показала Подружке. Глаза у собаки заблестели, черный кожаный влажный нос показался между прутьями.

— Слушай, а если я открою вольер, ты не убежишь? Давай договоримся: я открою дверцу, угощу тебя, поглажу, а ты за это не будешь выскакивать, чтобы мне не пришлось тебя ловить. Как тебе такой вариант?

Вариант, похоже, Подружку устроил, потому что сперва она постаралась протиснуть нос как можно ближе к вожделенному кусочку, а потом вдруг сделала шаг назад и остановилась. Настя осторожно откинула засов и присела на корточки, протягивая вперед руку с зажатым в ней сыром. Собака медленно приблизила голову и аккуратно взяла угощение, после чего лизнула Настину руку.

— Значит, договорились, — удовлетворенно констатировала Настя.

Подружка доедала последний пирожок, когда за спиной у Насти послышались шаги. Она обернулась и увидела системного администратора Костю Еремеева, в руках у которого была дорогая фотокамера.

— В гости зашли? — спросил он.

Вопрос подразумевал добрую улыбку, но никакой улыбки у него на лице не было и в помине. «Все-таки он очень странный», — неприязненно подумала Настя.

— Вы же сами разрешили навещать, угощать и выводить на прогулку.

— Да ради бога. Поводок можете взять в кладовке.

— Спасибо, я помню.

Настя молча закрыла вольер, зашла в кладовку, забитую пакетами с сухим кормом и упаковками лекарств, нашла поводки, висящие на вбитом в стену крючке, выбрала самый, на ее взгляд, подходящий. На полке лежали ошейники, Настя взяла один, побольше, и вернулась к собаке. Та послушно дала надеть на себя ошейник и стояла спокойно, пока Настя пристегивала поводок. Костя в это время открыл другой вольер и выпустил в проход страшного на вид гладкошерстного пса с обожженными боками. Пес неподвижно стоял посреди прохода и дрожал, глядя на Костю, Настю и Подружку испуганно и затравленно.

— Господи! — ахнула Настя. — Что с ним? Кто это его так изуродовал?

— Похоже, кислотой облили, — глухо пояснил Костя. — Сегодня утром привезли. Ветеринар уже смотрел, сказал: лечение будет долгое и дорогое. Я вот пришел фотографию сделать, чтобы на сайте разместить, может, найдутся добрые люди, подкинут на лечение. А вы гулять?

— Гулять, — подтвердила она.

Прогулка получилась короткой, два свитера не спасали, у Насти сильно мерзли ноги в тонких ботиночках и руки в тонких кожаных перчатках, и ей казалось, что собака тоже околевает от холода. Подружка дисциплинированно шла рядом, ни на что не отвлекаясь, кроме мест, которые она использовала в качестве туалета. Они быстрым шагом дошли до ротонды, где Настя сделала несколько очень красивых снимков собаки на фоне сугробов и заснеженных кустов, и вернулись в зверинец, где компьютерный гений Костя продолжал сражаться с фотообразом нового найденыша.

— Понимаете, нужно сделать, с одной стороны, жалостливо, чтобы давали деньги на лечение, а с другой стороны, чтобы было видно, какой это будет после лечения красивый пес, — посетовал он, когда Настя завела Подружку в вольер и несла в кладовку поводок и ошейник. — А у меня все снимки получаются такие, что жуть берет. Раны видны, а красоты никакой. Ума не приложу, какой ракурс выбрать.

Настя посмотрела на раненого пса, и ей вдруг показалось, что она знает, как нужно его снять, чтобы получилось одновременно красиво и жалостливо. Она достала фотоаппарат.

— Можно я попробую?

Костя насмешливо хмыкнул.

— Ну, пробуйте, если хотите.

Она несколько раз щелкнула камерой, меняя ракурс, при этом постоянно что-то говорила несчастной собаке. Та слушала, склоняя голову набок и следя за Настей глазами.

— Вот, посмотрите, — Настя протянула Константину свою камеру. — По-моему, что-то получилось.

Тот посмотрел внимательно и присвистнул.

— Ничего себе! Вы что, учились этому? Занимались фотографией?

Настя скупо улыбнулась. Фотографированием она занималась в университете на занятиях по криминалистике, но это было, во-первых, тридцать лет назад, а во-вторых, носило, мягко говоря, весьма специфический характер. Объектовая съемка, узловая, панорамная — то, что нужно уметь для осмотра места происшествия. Делать выразительные портреты, а уж тем более портреты животных, ее никто не учил.

— У вас просто дар! — продолжал восхищаться Костя. — Божий дар! Вы не имеете права его не использовать. Это большой грех — не пользоваться тем, что тебе дано свыше.

Глаза его лихорадочно заблестели, на губах блуждала странная улыбка, и все это Насте очень не понравилось. Да и разговоры эти про то, что «дано свыше», «грех» и «божий дар»... Нет, определенно, у компьютерного гения с головой не все в порядке. Или он типичный наркоман с внезапными перепадами настроения и неадекватной реакцией, или он... А что? Почему не может этого быть? Очень даже может. Кто сказал, что сумасшедший потомок Румянцевых должен быть непременно в солидных годах и обладать гуманитарной профессией? Он вполне может оказаться молодым компьютерщиком.

Костя между тем продолжал горячо рассуждать о предназначении каждого человека, о каких-то неведомых Насте путях и космических силах. Общий пафос его выступления сводился к тому, что человек должен прислушиваться и присматриваться к этим самым силам, которые подсказывают ему, каково его предназначение и каким путем ему следует идти. Она слушала вполуха, одновременно делая снимки всех животных подряд прямо через решетку вольера.

Костя наконец остановился и, кажется, немного успокоился.

— Покажете, что получилось? — в его голосе прозвучали просительные нотки.

— Пожалуйста, — Настя протянула ему камеру.

— Здорово! Просто потрясающе! Зачем вам социология? Ваша прямая дорога — фотография. Вы и прославитесь, и денег заработаете, и людям радость принесете.

Вступать в дискуссию ей не хотелось.

— Я подумаю, — уклончиво ответила она, разглядывая огромного пушистого кота, которого еще не успела сфотографировать.

Кот был невероятной красоты, серо-голубой, с яркими апельсиновыми глазами и поистине королевским выражением округлой морды. Однако как только Настя поднимала камеру, он немедленно отворачивался и делал вид, что происходящее его ни капельки не интересует. Несколько попыток его сфотографировать оказались неудачными, на снимке во весь кадр красовалась либо его широкая спина, либо толстая пушистая шея и одно ухо с изящной кисточкой, торчащей изнутри.

— Можно открыть вольер? — спросила она. — Я хочу запечатлеть эту красоту. Возьмите кота на руки, пожалуйста.

— Это кошка, а не кот, — буркнул Костя, открывая засов.

Глаза его снова стали тусклыми, лихорадочный блеск погас, голос звучал монотонно и невыразительно. Кошка, которая оказалась не котом, немедленно отреагировала на возможность выйти и царственной степенной походкой выдвинулась из вольера.

— Снимайте.

Настя предприняла еще несколько попыток, но животное упорно не желало позировать и все время двигалось, не давая возможности снять себя так, чтобы была видна его красота.

— Костя, возьмите, пожалуйста, ее на руки, — повторила Настя.

Костя неохотно выполнил просьбу.

— Ну зафиксируйте ее как-нибудь, чтобы она не вертелась.

Настя снова начала искать удобный ракурс и вдруг обратила внимание на то, что Костя пытается скрыть лицо от камеры. Он либо отворачивается, либо опускает голову так низко, что все лицо оказывается скрытым высоко поднятым воротником куртки и низко надвинутой на глаза шапочкой. Странно... Впрочем, может быть, и не странно, если учесть другие аномалии его поведения. Ведь только что он был оживленным, увлеченно, с горящими глазами говорил о чем-то, а теперь в нем как будто рубильник опустили и ток выключили.

Ей удалось наконец сделать хорошие снимки красавицы с апельсиновыми глазами, и кошку благополучно вернули в вольер.

— Анастасия Павловна, вы мне свою флэшку не дадите? — попросил Костя.

— Зачем? — удивилась она.

— Я в свой комп снимки перекачаю, а потом на сайте размещу. Ваши фотки намного лучше тех, которые мы сами делали.

— Ну, возьмите.

Настя вынула флэшку и протянула ему. Интересно, он действительно думает только о более эффектных снимках животных или хочет убедиться в том, что его лицо ни в каком виде не попало в кадр? И если попало, то принять соответствующие меры. Ладно, пусть берет и принимает эти свои меры, Настя все равно успела перегнать все снимки с флэшки в память камеры. Так оно надежнее.

Выйдя из зверинца, Настя немедленно отправилась искать Тамару. Она хотела поподробнее поговорить с ней о Косте.

Тамару она обнаружила в костюмерной, примыкающей к «музыкальному салону». Невеста Андрея Сергеевича Бегорского стояла, склонившись над столом, и конструировала выкройку.

— Вы шьете? — не сдержала удивления Настя.

— А почему вас это удивляет? Я много лет была замужем за мастером по пошиву одежды, причем мастером высочайшего класса. Шить меня еще бабушка в свое время научила, а с мужем я уже прошла курсы повышения квалификации.

— И что это будет?

— Это будет платье для нашего спектакля, — улыбнулась Тамара. — А конкретно — для Елены Станиславовны, вернее, для ее героини. Наша Елена Станиславовна так носится со своими европейскими корнями, что спит и видит выйти на сцену в чем-нибудь не русском и не советском. Очень ей хочется почувствовать себя живущей в Европе. Ну, пусть почувствует, порадуется. А вы почему меня искали? Что-нибудь нужно?

— Я хотела про Костю спросить.

— Про Костю? А что не так? Он был с вами невежлив?

Любопытно, откуда у Тамары Николаевны мог появиться такой вопрос? Неужели компьютерный гений давал повод так о себе подумать?

— Предельно вежлив, — заверила ее Настя. — Но он производит очень странное впечатление. Как будто у него не все в порядке с психикой. Мне даже показалось, что он может быть наркоманом. Нет?

Тамара разогнулась, сняла очки и положила их на кальку, на которой строила выкройку.

— Вроде бы я не замечала, — задумчиво протянула она. — Хотя я тот еще специалист. Во времена моей молодости наркоманов было так мало, что они мне как-то не попались на пути, а сейчас, когда их пруд пруди, я уже в том возрасте, когда с молодежью не пересекаются. Не знаю, возможно, вы и правы. А знаете, вам имеет смысл разыскать Аллу Ивановну и поговорить с ней.

— Аллу Ивановну? — переспросила Настя. — Ту самую?

— Ну да, Ярцеву. Во-первых, она все-таки специалист, а во-вторых, она очень дружила с Костей.

— Дружила? — недоверчиво повторила вслед за ней Настя.

— Настенька, вы прекрасно поняли, что я имею в виду. Ну да, они были любовниками, и об этом знал весь клуб и все работники усадьбы. На первый взгляд, эти отношения были очевидным мезальянсом, но если вдуматься, то все достаточно закономерно.

— Расскажете?

— Я почти ничего не знаю точно, я ведь совсем мало наблюдала их вместе, я приехала в августе, а в начале ноября Алла Ивановна уже уволилась, но разговоров я наслушалась достаточно, наши гости любят посудачить и посплетничать.

Тамара приложила ладони к пояснице, прогнулась назад и вздохнула.

— Ладно, пора сделать перерыв, спина затекает. Давайте присядем.

Она показала на два креслица, незаметно пристроившиеся между окном и длинным кронштейном с уже готовыми театральными костюмами.

— Неужели вы сами все это сшили? — с восхищением спросила Настя, перебирая яркие платья старинных фасонов и более современные модели.

— Ну что вы, куда мне справиться с таким объемом! — рассмеялась Тамара, забираясь в кресло с ногами. Она была такой миниатюрной, что легко помещалась в этом небольшом пространстве. — У нас тут есть мастера-умельцы. Я только придумываю фасон и в самых сложных случаях строю выкройку, а все остальное делают участники спектакля и добровольные помощники. Причем помощники у нас не только из числа членов клуба, но и волонтеры, как мы говорим, «из города». Вы не представляете, какое количество находящихся на пенсии людей умеют хорошо шить и совершенно не знают, куда с пользой приложить свое умение. А тут они и при деле, и при обществе и потом приходят на спектакль и чувствуют себя причастными. Мы их даже на сцену приглашаем, они выходят вместе с актерами и режиссером. Цветы, овации, в общем, у них тоже есть своя минута славы. Ну, слушайте.

Летом 2007 года Алла Ивановна Ярцева потеряла дочь: двенадцатилетняя Алиса утонула, когда купалась в реке Томинке. В то время Алла Ивановна еще не работала в клубе, потому что реконструкция усадьбы не была закончена и никакого клуба пока не было, но, как только клуб «Золотой век» открылся, а это произошло весной 2008 года, Алла сразу пришла на работу по договору и консультировала два раза в неделю. В то время она могла говорить только о дочери, хотя с момента гибели девочки прошел без малого год. Она до такой степени была поглощена своим горем и желанием о нем говорить, что большинство гостей и сотрудников даже стали ее сторониться. А когда осенью 2008 года в усадьбе появился Костя Еремеев, они словно нашли друг друга. Он тоже при трагических обстоятельствах потерял близких и с пониманием отнесся к Алле, во всяком случае, он готов был ее слушать и поддерживать разговор. Наверное, и она для него стала единственным человеком, с которым он мог делиться своим горем, потому что больше он ни с кем об этом не говорил и не говорит до сих пор. Они много времени проводили вместе, и неудивительно, что их отношения стали совсем близкими. Вероятно, муж Аллы Ивановны ее стремления к обсуждению и воспоминаниям не разделял, а тут она нашла родственную душу. Так что, если кто и разбирается в изгибах Костиной психики, так только Алла Ивановна Ярцева.

— А почему вы сказали, что их отношения были очевидным мезальянсом? — спросила Настя.

— О, Настенька, если бы вы видели нашу Аллу Ивановну, вы бы не спрашивали! — Тамара весело улыбнулась и хитро подмигнула. — Вы же видели Костю, правда? Назвать его красавцем или даже просто интересным и видным парнем ни у кого язык не повернется.

— Не знаю, — призналась Настя, — мне так и не удалось разглядеть его лицо. Шапку видела, поднятый воротник видела, а лица в целом — нет. Только нос. По-моему, он длинный и костистый.

— Совершенно верно. Когда вы увидите нашего Костю в помещении, без шапки и без куртки, вы поймете, что и все остальное в его внешности такое же. А Алла... Она очень красивая, яркая, стройная, очень женственная. Такая, знаете, с выразительными формами, высокой грудью, тонкой талией, длинными ногами. Губы хорошие, пухлые, четко очерченные. В общем, конфетка. Правда, в неподходящей обертке.

— Что вы имеете в виду?

— А вы представьте себе то, что я вам описала, да с длинными белыми крашеными волосами, да с яркой губной помадой, да в облегающем свитере с множеством стразов, да еще в юбке с высоким разрезом. Ну как?

Настя представила. Получилось довольно пошло и даже вульгарно, о чем она и сообщила Тамаре.

— Вот именно, — кивнула Тамара с довольным видом. — И это еще мягко сказано. Ей бы попасть в руки хороших стилистов — она бы стала писаной красавицей. Особенно меня как парикмахера бесили ее волосы, вытравленные до белизны, а когда они отрастали, то виднелись темные корни. Алла не всегда следила за волосами и вовремя не красилась. Почему-то она ко мне на краску не ходила, вероятно, у нее было какое-то предубеждение, что мое мастерство годится только для стариков-пенсионеров. Впрочем, ее манера одеваться — это отражение ее вкуса, а этот вкус в городе разделяют многие мужчины. У меня вкус другой, и все это ни о чем не говорит. Просто я всегда исхожу из того, что человек одевается так, как себя ощущает. Но если человек искренен, то он и ведет себя так, как себя ощущает, то есть одежда в норме должна соответствовать поведению. А если они друг другу не соответствуют, меня это царапает, как будто я столкнулась с прямой ложью или коварством. Понимаете, о чем я говорю?

— Не очень, — сказала Настя.

Ей все более интересной становилась эта маленькая худенькая женщина, такая энергичная, такая открытая и такая ни на кого не похожая.

— Постараюсь объяснить. Алла вела себя как человек, погруженный в свое горе, а одевалась, как женщина, ищущая приключений. Одно не соответствовало другому. Впрочем, Косте, наверное, все это нравилось. А может быть, там и не было никакой любви, а была просто тяга одной раненой души к другой, такой же израненной. Не любовь, а взаимопонимание и взаимная поддержка в горе — это ведь тоже немало, а может быть, это даже больше, чем общепринятое понимание любви. В любом случае, их роман закончился даже до того, как Алла с мужем уехала в областной центр.

— Они с Костей поссорились?

Тамара развела руками.

— Ну, этого никто не знает, свечку над ними не держали. Но их взаимное охлаждение было всем заметно. Костя перестал заходить в кабинет Аллы, когда у той были приемные дни, и они больше не гуляли вместе по нашему парку. Кстати, Настенька, по поводу одежды. Я хотела вас спросить: что вы хотите сказать окружающим своими затертыми джинсами, хотя они модные и очень дорогие? Что вам пятнадцать лет?

Настя растерялась от такого неожиданного поворота. Что она хочет сказать? Да она сроду об этом не думала, когда одевалась! Просто одевалась, как ей удобно и привычно, вот и все. Для того чтобы что-то сказать, есть язык, а одежда предназначена совсем для другого.

— Да нет...

— Может быть, вы хотите сказать, что вы — бедная студентка?

— Нет, — улыбнулась Настя.

Ей становилось любопытно, и она с удовольствием продолжила предложенную Тамарой игру.

— Что вы — молодящаяся пенсионерка?

— Тем более нет.

— Что вы ищете молодых любовников?

— Вот это уж точно нет, — Настя звонко расхохоталась. — У меня прекрасный муж, и меня все устраивает. Никакие приключения мне не нужны.

— Вы хотите устроиться на работу, куда берут только молоденьких девочек?

— Тоже нет. У меня есть работа, и другую я пока не ищу.

— Тогда что, что вы хотите сказать своей одеждой? Почему вы так одеваетесь? Вы — красивая женщина, прожившая большую часть своей жизни, так почему вы пытаетесь своей внешностью сказать окружающим неправду о себе? Вам нравится обманывать, вводить в заблуждение?

— Да что вы, Тамара! Я никого не обманываю, я просто живу так, как мне живется, так, как я привыкла за много лет. Что в этом плохого?

— Плохого — ничего. Глупого и неправильного — много. Помните, я рассказывала вам про Аиду Борисовну? Она в силу профессии и должности вынуждена была всю жизнь одеваться строго и неброско, и это можно понять. Но когда Аида вышла в отставку, она получила уникальную возможность стать самой собой и выглядеть ровно так, как она себя ощущала. И Аидочка эту возможность не упустила. У вас была особенная работа, и вы одевались в соответствии с ее спецификой. Но теперь-то вы тоже в отставке, и теперь перед вами открывается волшебный мир создания образа женщины. После стольких лет службы вы наконец можете себе позволить носить все что угодно, так пользуйтесь этой возможностью! Тем более здесь вы не сыщик, а социолог, научный работник. Будьте красивой, будьте элегантной, яркой, и вы сами увидите, как изменится ваше настроение, ваше мироощущение. Красивая одежда — это искусство, это целый пласт культуры, который проходит мимо вас. Красивая и разнообразная одежда даст вам ощущение полноты и радости жизни, и пренебрегать этим преступно и непозволительно. Хотите, я вам сошью необыкновенный туалет? Я работаю быстро, и к вашему отъезду у вас будет такой наряд, что вы почувствуете себя другим человеком. Хотите?

Ничего этого Настя не хотела. И вообще рассуждения Тамары ей не понравились. Она всегда была настроена на работу, на дело, на результат, и заботы о том, какую юбку с чем надеть и какой бижутерией украсить, казались ей проявлением чего-то бабьего в самом худшем смысле этого слова. Настя вспомнила Дашеньку, жену брата, и ее вдохновенные рассуждения об одежде и искусстве одеваться. Но Дашке тогда было едва двадцать лет, совсем девчонка, поэтому неудивительно, что у нее в голове были одни мысли о красивой одежде, но Тамара-то! Ей уже хорошо за шестьдесят, а она туда же...

Настя взглянула на Тамару и вдруг поняла, что испытывает удовольствие, глядя на нее. Всем своим видом, прической, одеждой Тамара Николаевна Виноградова производила впечатление немолодой, любящей и любимой женщины, для которой слова о радости и полноте жизни — не пустой звук. Разве это плохо? Это и само по себе хорошо, и замечательно, что это видят все вокруг. Это красиво, это вызывает уважение и восхищение.

Впрочем, Тамара — это Тамара, а она, Настя Каменская, другая, и все это не для нее. Ей это неинтересно. И уж тем более ей неинтересно какое-то там новое невероятное платье. Она и в джинсах и в джемпере отлично себя чувствует. Только мерзнет. Но новое платье ее совершенно точно не согреет.

* * *

Оставшуюся часть дня Настя провела в главном доме усадьбы, беседуя с членами клуба «Золотой век». В качестве социолога она начинала свои расспросы с того, как изменилась их жизнь после выхода на пенсию, затем переходила непосредственно к клубу, к занятиям, компьютерам, хобби, кругу общения, и оттуда уже рукой подать было до Галины Ильиничны Корягиной и Аиды Борисовны Павловой, а заодно и до скандальной статьи в местной газете. Судьбы и характеры у людей были разные, а вот интересующая Настю информация получалась до обидного одинаковой и ничем не отличалась от того, что ей и так уже было известно. Корягина, громкая и противная, Павлова, яркая и интересная, по поводу статьи и возможности наличия потомка рода Румянцевых мнения разделились: одни считали, что все это вполне возможно и есть основания для тревоги, другие полагали, что никакого потомка нет и в помине и бояться им совершенно нечего. Про разбитое зеркало в салоне у Тамары никто, к счастью, ничего не знал, Тамара не стала поднимать бучу вокруг этого события, а вот разбросанные по полу в холле волосы действительно произвели впечатление, однако никаких догадок о том, кто мог это сделать, ни у кого не оказалось.

Вконец отупевшая от бесконечных разговоров об одном и том же, Настя отправилась в зверинец, она хотела взять Подружку и прогуляться по свежему воздуху. Несколько часов, проведенных в тепле, заставили ее забыть о том, как она мерзла, и ей казалось, что уж прогулку продолжительностью в час она всяко одолеет, однако стоило ей с собакой на поводке выйти в парк и двинуться по заснеженной аллее в сторону реки, как она все вспомнила, причем вспомнила отнюдь не добрым словом. Пришлось развернуться и двинуться обратно.

— Идем домой, — со вздохом сообщила она Подружке. — Иначе я свалюсь с простудой.

Насколько Подружка разумела человеческую речь, сказать трудно, но, похоже, ориентировалась она в людских фонемах очень даже неплохо, потому что встала намертво прямо посреди аллеи и идти вперед отказалась категорически. Вес у собаки был внушительным, и, как Настя ни тянула поводок, толку не было, сдвинуть упрямую псину с места ей никак не удавалось. Она не упиралась и даже не рычала, она просто стояла и смотрела на Настю укоризненными и грустными глазами.

— Эй, — окликнула Настя недоуменно, — ты чего? Пошли домой, холодно. Ну пойдем же, ну Подружка, миленькая, пойдем.

Не помогали ни сила, ни уговоры, ни лесть, ни угрозы. Подружка стояла как каменное изваяние. Настя подумала немного, приняла решение, достала из кармана куртки мобильник и нашла в нем номер Тамары.

— Как вы думаете, ничего, если я собаку из вашего зверинца приведу к себе в номер?

— Да ради бога! — рассмеялась Тамара. — Только не оставляйте ее на ночь, иначе ее потом в вольер будет не вернуть.

— Не оставлю, — радостно пообещала Настя. — А зверинец в котором часу закрывается?

— В десять его запирают. Но ключи есть у охраны на боковом въезде, они вам всегда откроют, если вы не успеете вернуть собаку вовремя. Кого вы выбрали?

— Такую большую, лохматую, из новеньких.

— А-а, знаю, о ком вы говорите. Она крупная, ей нужно много гулять.

— Да я понимаю, — виновато проговорила Настя, — я и хотела с ней погулять, но мне ужасно холодно. Я как-то неправильно оделась. А расставаться с ней жалко. У нее такие глаза...

— Понимаю, понимаю. Приводите ее в гости, все в порядке.

Настя убрала телефон и снова потянула за поводок.

— Пошли ко мне в гости, я тебя угощу сыром и пирожками, у меня еще остались. Пошли?

На этот раз собака беспрекословно подчинилась и бодро потрусила рядом с Настей. Они быстро дошли до флигеля и оказались наконец в тепле. В номере Настя обтерла собаке лапы тряпкой, обнаруженной в ванной комнате, и устроилась в гостиной. Собака съела предложенное угощение и растянулась на полу у ее ног, положив голову на лапы.

— Значит, смотри, что мы имеем с гуся, — начала вслух Настя. — У нас получается несколько версий. Первая: оба убийства совершил маньяк, и он имеет отношение к клубу «Золотой век». То есть он или член клуба и является постоянным гостем, или сотрудник, или кто-то из волонтеров, кто часто здесь бывает. С этой версией все понятно, она целиком лежит на мне, я тут внутри ситуации, и моя прямая задача — с этим разобраться. Сколько времени это займет — неизвестно, но понятно, что круг людей хоть и достаточно большой, но все равно ограниченный, и рано или поздно я этого психа вычислю. Согласна?

Собака чуть приподняла голову, едва слышно вздохнула и снова приняла прежнее положение.

— Стало быть, согласна, — констатировала Настя. — Идем дальше. Вторая версия: оба убийства совершил маньяк, но к клубу он никакого отношения не имеет, просто выбирает пенсионерок и творит свое черное дело, а то, что они обе посещали «Золотой век», — не более чем простое совпадение. По этой версии местные сыщики провернули огромный объем работы, мне к нему добавить нечего, потому что если наш маньяк не обращался ни к какому врачу и ни у кого не стоял на учете, то фиг мы его таким способом найдем. В общем, эта версия — самая тухлая в том смысле, что раскрывать трудно. Тут чем больше эпизодов, тем больше шансов его вычислить, а пока эпизодов всего два, шансов практически никаких нет. Работа с источниками ничего не дала и не даст, если наш псих вообще не из Томилина, а из какого-то другого места, пусть и не очень отдаленного, но в этом месте у томилинских оперов нет агентуры. Слышь, Подружка, ты небось не знаешь, что такое агентура? Ну и правильно, не надо тебе этого знать.

Настя встала, принесла из прихожей сумку, достала сигареты, закурила и словно бы посмотрела на себя со стороны. Сидит и разговаривает с собакой. Идиотка. Психически ненормальная. А туда же, маньяка искать затеялась.

Она усмехнулась, потянулась рукой к собачьей спине, запустила пальцы в густую шерсть. Подружка радостно заворчала, подняла морду и облизнулась.

— Чего ты облизываешься? Я же не конфету тебе даю, я тебя всего лишь глажу. Ты что, разницу не усекаешь?

Собака ловко вывернулась, села и лизнула Настину

руку. Потом встряхнулась, потопталась на месте и снова улеглась.

— А, теперь поняла, — кивнула Настя. — Ладно, продолжим нашу лекцию. Версия третья: первое убийство совершил маньяк, поймать которого шансов никаких нет, а второе — имитация, подражание. Эта версия делится на две подверсии. Первая подверсия: Павлову убили случайно, просто какому-то идиоту пришло в голову скопировать убийство Корягиной. Сама Павлова ему неинтересна и ничем не досадила, она попалась на его пути в удобное время и в удобном месте. Зачем он это сделал? На пари, например, поспорил с кем-нибудь, что «не слабо завалить старушку». Из желания показать свою удаль и способность обмануть милицию. Из стремления к славе, пусть и анонимной, потому что об убийстве будут много писать в прессе и говорить в городе. Из синдрома Раскольникова, то есть из желания проверить самого себя, способен ли он на убийство. Конечно, все виды этой мотивации, кроме пари, чисто психопатологические, но все равно преступник вменяем и на учете нигде, скорее всего, не стоит. Есть еще вариант, что убили просто из хулиганских побуждений, но это мы отнесем к категории «пари». Для проработки этой подверсии нужна агентура, сама я тут ничего не сделаю. Значит, этим должны заниматься Вторушин и Федулов, но предварительно мне придется долго и протяжно убеждать их. Ты как думаешь, Подружка, дадут они себя убедить?

Собака по этому вопросу собственного мнения, очевидно, не имела, потому что даже ухом не повела в ответ на Настин вопрос.

— Вот и я так думаю, — вздохнула Настя. — Переходим ко второй подверсии: некто очень хотел убить конкретно Павлову Аиду Борисовну и решил воспользоваться ранее совершенным убийством Корягиной, чтобы имитировать второе преступление маньяка. Пусть второе убийство повесят на исполнителя первого убийства. Если, конечно, его когда-нибудь найдут. А не найдут — так даже и лучше. В этом случае надо копаться в личной жизни Павловой, и заниматься этим придется уже мне, потому что основная масса ее связей и контактов — здесь, в усадьбе. Копаться в ее служебной деятельности смысла нет, она слишком давно на пенсии, если бы с ней хотели свести счеты из-за чего-то такого, что связано с ее работой следователем, то сделали бы это уже очень давно, не ждали бы столько лет. Согласна?

С этим Подружка, как ни странно, была согласна, о чем недвусмысленно поведал ее хвост, проделавший плавное движение из стороны в сторону.

— Идем дальше. Версия четвертая: первое преступление совершено конкретно против Корягиной, но замаскировано под совершенное маньяком. А второе убийство, жертвой которого стала Павлова, совершено сумасшедшим имитатором. Или не сумасшедшим, но тоже порядочной сволочью. Если ты забыла, дорогая Подружка, то я тебе напоминаю перечень мотивов из первой подверсии третьей версии. Синдром Раскольникова и все такое. Ну, ты сама все помнишь. Корягина, как и Павлова, давно на пенсии, следовательно, мотив для ее убийства лежит в плоскости ее личных дел за последнее время. И опять это мой участок работы. Тебе меня жалко, Подружка? Смотри, как много работы мне придется тут переделать. И еще не факт, что вся эта работа даст хоть какой-нибудь результат.

Подружке, разумеется, было очень жалко Настю, она немедленно высунула язык и попробовала достать им до Настиной руки. Не получилось, и собаке пришлось удовольствоваться ногой, одетой в колготки и джинсы и обутой в тапочку. Вкус джинсовой ткани собаке вряд ли понравился, но она виду не показала и даже не поморщилась.

— Продолжим наши игры. Есть еще одна версия, пятая, самая дурацкая и самая маловероятная, но я как честная женщина обязана и ее принять во внимание. По крайней мере, я должна ее хотя бы поверхностно рассмотреть. Оба преступления совершены разными лицами, при этом оба убийства замаскированы под совершенные маньяком. Это, конечно, полный бред с точки зрения теории вероятностей, но я привыкла работать добросовестно и ничего не упускать. Значит, первый преступник сводит счеты с Корягиной, имитируя психопатологию, а второй преступник искренне верит в то, что Корягину убил маньяк, и, убивая по личным мотивам Павлову, просто копирует первое убийство, чтобы потом и второе списали на маньяка. Логично?

В этом пассаже Подружка никакой логики не усмотрела, о чем красноречиво свидетельствовали ее уши, которые перестали шевелиться и словно опустились.

— Ну все правильно, — вздохнула Настя, — у тебя уши вянут оттого, что я несу. Но имей в виду, моя дорогая, что по этой версии работать тоже придется мне. Впрочем, вышеуказанная работа уже предусмотрена по версиям три и четыре. Так что ничего нового... И, наконец, шестая версия, она же и последняя: оба убийства совершены одним и тем же лицом по личным мотивам и весьма удачно замаскированы под совершенные психом. А вот тут работу придется делить с нашими доблестными оперативниками. Допустим, я смогу вникнуть в клубные дела Корягиной и Павловой и посмотреть, где их интересы могли пересечься с интересами какого-нибудь третьего лица. Например, я могу отработать Елену Станиславовну Муравьеву. Или еще кого-нибудь. Но если Корягина и Павлова как представители органов власти в советское время кого-то обидели еще тогда, то тут мне не потянуть. Это епархия Вторушина и Федулова. В рвение Федулова я что-то не очень верю, хоть он и говорил какие-то слова насчет того, что спать спокойно не может, пока маньяк по городу ходит, и мама его клуб посещает, и он за нее боится, но на деле он мало что предпринимает, и все в основном ляжет на меня. Ты чувствуешь, как работы у меня все прибавляется и прибавляется?

Подружка совершенно точно это чувствовала, потому что на сей раз сняла вкусовую пробу с Настиных вельветовых тапочек и тонких колготок.

— Ты мне сочувствуешь, добрая ты душа, — благодарно проговорила Настя. — Но мы с тобой упустили еще одну очень важную вещь, с которой я никак не смогу разобраться и которую тоже придется отдать на откуп операм. Если оба преступления совершены разными людьми, то откуда второй преступник узнал про детали первого убийства? Здесь вариантов только два, но один другого хуже в смысле объема работы. Вариант первый: второй убийца находился в числе тех, кто видел первый труп. Может быть, это тот самый прохожий, который обнаружил тело Корягиной и вызвал милицию. Может быть, он просто шел мимо и остановился, ждал вместе с другими прохожими милицию, наблюдал за осмотром места происшествия. Конечно, место оцепили и близко посторонних не подпускали, но ведь пока милиция приехала, к трупу мог подойти кто угодно и все рассмотреть. Как искать этого человека? В милиции есть данные на того, кто вызвал наряд, и на понятых, а данные на остальных, на тех, кто стоял рядом и все видел? И второй вариант: информация о деталях убийства Корягиной ушла от кого-то, кто имел отношение к следствию. Следователь, оперативники, техник-криминалист, эксперты, в том числе и судебный медик, сотрудники дежурной части, руководство уголовного розыска, руководство следствия — да всех не перечислишь. И каждый из них мог что-нибудь рассказать дома, в кругу семьи или друзей. В общем, оба варианта гадкие, работы чертова уйма, и не факт, что Вторушин с Федуловым за нее возьмутся, тем более что Федулов ясно дал понять: в причастность «своих» он не верит и готов за корпоративную честь глотку перегрызть любому, кто на нее покусится. Я у них что-то вообще интереса к раскрытию этих убийств не усмотрела. Висяк — он и есть висяк, и пусть себе висит, потому что каждый день совершаются новые преступления, и по ним тоже нужно работать, а если еще все висяки на себе тянуть, так никакой жизни не хватит. А уж что лично от меня зависит, то я, конечно, сделаю, хотя и совершенно непонятно, как и в какие сроки. Вот же я вляпалась! А ведь есть еще версия о том, что оба убийства совершены людьми, которые стремятся отнять у Бегорского усадьбу. Но я ее не рассматриваю, потому что уж больно велик интервал между преступлениями. И вообще, мне ясно дали понять, чтобы я в это не совалась, с этим они сами разберутся, если захотят, а мне еще пожить хочется. И черт дернул Стасова меня в это втравить!

Видно, столько отчаяния и мольбы было в ее голосе, что собачья душа не выдержала. Подружка плавно поднялась на ноги, поставила передние лапы Насте на колени и принялась вылизывать ей лицо. Настя от умиления чуть не расплакалась.

— Спасибо тебе, добрая моя Подружка, ты меня жалеешь, ты меня понимаешь, — приговаривала она, гладя собаку по шее и спине. — В этом городе у меня никого нет, кроме тебя. Давай я угощу тебя сарделькой, и пойдем домой, ладно? Честно говоря, я эту сардельку стащила в кафе, чтобы тебя завтра побаловать, но ты сегодня безропотно выслушала такой поток бредятины, что тебе полагается премия за терпение. А вообще-то ты мне очень помогла, у меня в голове был полный сумбур, а так я проговорила все вслух, и вроде мысли както стали на места вставать. Пойдем на кухню, у меня там сарделечка для тебя спрятана, такая вкусная сарделечка, такая толстенькая, такая сочненькая!

Сарделька была уничтожена с чавканьем, подскуливанием и очевидным удовольствием, после чего Подружка послушно позволила прицепить поводок к ошейнику и отвести себя в зверинец. Настя успела до десяти вечера, так что к охране за ключами идти не пришлось.

— Ложись спать, Подружка, — ласково сказала она собаке, задвигая засов вольера. — Я завтра опять приду. Сходим погуляем, потом я приглашу тебя в гости и угощу какой-нибудь вкусняшкой.

Собака стояла возле решетки и спать идти не намеревалась. Она прижималась боком к прутьям и пыталась лизнуть Настину руку.

— Господи, это ж какое сердце надо иметь, чтобы уйти от тебя, — простонала Настя. — Ты из меня все душевные силы высасываешь. Ну Подружка, ну миленькая, отпусти меня, мне тоже надо спать, и тебе надо спать. Давай разойдемся до завтра.

Собака жалобно заскулила и робко гавкнула, глядя на Настю преданными печальными глазами. Настя не выдержала, открыла засов, распахнула дверцу, и Подружка со всей доступной ее преклонному возрасту прытью выскочила в проход и радостно завертелась возле ног, поднимая морду вверх и ловя Настин взгляд. Настя присела на корточки и обняла собаку за шею.

— Я тоже тебя люблю. Но я не могу остаться здесь до утра. И тебя не могу взять к себе. Мы должны считаться с предлагаемыми обстоятельствами. Давай, солнышко, будь умницей, иди к себе и ложись спать. Я завтра прибегу прямо с утра, обещаю.

Подружка, видимо, все-таки неплохо ориентировалась в человеческой речи. Дворняги вообще сообразительнее своих породистых собратьев, ведь им приходится выживать порой в поистине невообразимых условиях. Она вздохнула, в последний раз лизнула Настю в лицо и поплелась на место, всей своей фигурой выражая печаль и покорность.

Настя смахнула навернувшиеся на глаза слезы, закрыла вольер и вышла из зверинца. Она уже сделала несколько шагов по тропинке в сторону флигеля, когда внезапно заметила возле расположенного неподалеку гаража какие-то тени. Ей стало любопытно, и она крадучись направилась к массивному кирпичному строению. Подойдя поближе, она спряталась за толстым стволом дерева.

Возле гаража стояли три человека и о чем-то тихо разговаривали. Как Настя ни напрягала слух, ей удавалось различить только отдельные слова, да еще то, что два голоса были мужскими, а третий принадлежал женщине.

— ...милиция... узнают... никому не говорите... хорошо... катастрофа...

Слышала Настя лучше, чем видела, и ей пришлось рискнуть и подобраться поближе, чтобы хоть что-то рассмотреть. К счастью, рядом оказалось еще одно дерево, за которым можно было спрятаться, и теперь ей удалось заметить, что женщина передала одному из мужчин какой-то пакет, который тот немедленно спрятал под курткой. С более близкого расстояния Настя все-таки узнала его: это был Костя Еремеев.

Троица начала расходиться, Костя остался стоять возле гаража, прижавшись к стене, а двое других прошли по тропинке в сторону аллеи, ведущей от главного дома к воротам. Настя буквально вжалась в дерево, потому что шли они как раз мимо нее, почти вплотную. Теперь Настя и их узнала, это была пожилая пара супругов Путилиных, с которыми она сегодня уже разговаривала о жизни вообще и об усадьбе в частности. Костя некоторое время не появлялся, и Насте пришлось подождать еще минут десять, трясясь от холода, пока от стены гаража не отделится его фигура и не исчезнет в темноте.

Все это было очень непонятным и даже пугающим. Какие секретные дела могли быть у системного администратора Кости с супругами Путилиными? Несекретных дел можно было придумать сколько угодно, но ведь они встречались поздно вечером, в темноте, возле гаража, а не в гостиной главного дома и говорили вполголоса, порой вообще переходя на шепот, и Путилина передала Косте какой-то пакет... Нет, определенно, с Костей что-то не так. Надо бы заняться этим вплотную. Может быть, кто-то из Путилиных и есть тот самый потомок рода Румянцевых, а Костю они завербовали себе в помощники? Или наоборот, потомок — именно Костя, а Путилины ему помогают?

Когда Настя добралась до своего номера, то оказалось, что стоять у одного, а потом и у другого дерева ей пришлось в сугробе, чего она в пылу сыщицкого азарта ухитрилась не заметить, и теперь ее чудесные, такие модные и дорогие джинсы промокли до колен, а ноги заледенели и почти потеряли чувствительность. Только этого ей сейчас не хватало! Пришлось пристраивать джинсы на батарею и немедленно наливать полную ванну горячей воды. А ведь ей еще отчет писать... Черт, ну что за жизнь!

Глава 6

Утро началось с приятной неожиданности. Сперва все было, как водится, не очень хорошо — джинсы на батарее не просохли до конца, потому что Настя их неправильно уложила, а в комнате из-за открытой форточки воздух был по-уличному влажным, и пришлось потратить некоторое время на то, чтобы досушить их при помощи фена. Но зато потом, когда Настя, устроившись в уютном кресле, пила вторую чашку кофе и ела купленную накануне в клубном кафе аппетитную слоеную булочку с творогом, случился сюрприз.

В дверь постучали, и в номере появился Дмитрий Федулов с коробкой пирожных в руках.

— Вы простите нас, Анастасия Павловна, — виновато произнес он, снимая теплую куртку-пуховик и высокие тяжелые ботинки, — мы вас совсем забросили. Вы не думайте, что мы про вас забыли, просто текучки много. Чаем угостите?

И Настя сразу перестала сердиться и на него, и на Вторушина, который, кстати, так и не отзвонился по поводу прошлых бизнес-конфликтов Романа Ярцева. Неужели ему понадобилось столько времени, чтобы просто связаться с коллегами из ОБЭПа и навести простейшую справку? Однако Дмитрий не дал ей возможности разгуляться в своем праведном негодовании.

— Илья просил вам передать, что он справлялся у обэповцев по поводу мужа Ярцевой. У них на него ничего нет. Вел свой бизнес честно, никаких нареканий или даже просто подозрений в его адрес никогда не было. Так что вряд ли Аида Борисовна могла что-то такое про него узнать, там и знать-то нечего. Он весь был на виду, совершенно прозрачен. Знаете, я удивляюсь, как он вообще может заниматься бизнесом при своей патологической честности. Но как-то может, раз до сих пор не прогорел.

«Вот именно, — подумала Настя. — Как-то может. Интересно как? Возможно, именно тут собака и зарыта».

Она подала гостю чай и открыла коробку из кондитерского магазина. Пирожные были крохотными, как говорится, на один укус, но зато их было много, и они были разными. Здорово! Хоть что-то приятное за сегодняшнее утро.

— А я к вам, собственно, вот почему зашел, — продолжал майор. — Я все насчет маньяка думал... Знаете, время прошло, текучки много, каждый день что-нибудь случается, ну, мысль и отвлекается от одного, и переключается на другое, так что есть вещи, которые сразу и не сообразишь. А тут вы приехали, начали про те два убийства спрашивать, мысль снова на них настроилась. И я вот что подумал: мы же искали маньяка среди живых и находящихся в Томилине, агентуру поднимали. А если он уже умер? Например, в приступе безумия покончил с собой. Или просто умер от какой-нибудь болезни. Или загремел на зону за какое-нибудь преступление. Или не на зону, а в спецбольницу на принудительное лечение. Или его вообще убили, мало ли, бытовой конфликт и все такое... Как вы думаете?

— Разумно, — не могла не согласиться Настя.

Вообще-то об этом следовало подумать уже давно, но Федулов прав, это только в крупных городах есть «убойные» отделы, а в восьмидесятитысячном городе отдел уголовного розыска занимается всеми преступлениями «по линии розыска». И невозможно настроить голову специально на поиск серийного убийцы, если у тебя каждый день то кражи, то грабежи с разбоями, то изнасилования, то хулиганка, то драки на бытовой почве, то еще что-нибудь столь же изысканное.

— Я собираюсь вплотную этим заняться, — сказал Федулов, беря из коробки очередное пирожное. — И я подумал, что вы как специалист по раскрытию убийств могли бы мне что-нибудь посоветовать, подсказать. Имейте в виду, Анастасия Павловна, я — существо чрезвычайно корыстное, я привык извлекать выгоду из всего, что попадается под руку, и если уж судьба мне послала случай поработать со столичным спецом, да еще с таким стажем, я этот случай ни за что не упущу. Мне в свое время повезло с Аидой Борисовной Павловой поработать, я у нее многому научился, а теперь вот у вас поучиться хочу. Как вы на это смотрите?

Насте стало не по себе. Этот здоровенный плечистый мужик с мощными бицепсами и крепкими руками, майор, у которого, наверное, стажа лет пятнадцать, не меньше, собирается у нее чему-то учиться? Кошмар! Чему она может его научить? Она, в своей жизни не раскрывавшая ничего, кроме убийств и изнасилований, будет учить его, съевшего собаку на половине статей уголовного кодекса! Да курам на смех. Может, он просто издевается?

— Я смотрю на это отрицательно, — строго произнесла Настя. — Я сюда приехала не для того, чтобы кого-то поучать и рассказывать, как надо раскрывать преступления, вы все это и сами не хуже меня знаете, а может, даже и лучше. Я приехала сюда исключительно потому, что меня наняли для раскрытия двух убийств, и я очень надеюсь на вашу помощь, поскольку это и в ваших интересах тоже. Вот и все.

— Да ладно вам, Анастасия Павловна, — рассмеялся Федулов, сверкая белыми, крепкими, но не очень ровными зубами. — Что вы, в самом деле? Обиделись, что мы с Илюхой в первый же момент не ринулись с вами сотрудничать? Так вы и нас поймите, у нас текущих дел выше крыши, и по каждому делу сроки, следователь давит, начальство трясет, терпилы пороги обивают и слезами исходят. Да будто вы сами не знаете.

— Знаю, — примирительно улыбнулась Настя. — Я не в обиде. А что же Илья с вами не пришел? Занят? Или учиться у столичного спеца не желает?

Федулов помрачнел и отвел глаза. Все ясно, с Ильей Вторушиным какие-то проблемы. Вероятно, он столичную штучку за человека не считает. Хотя просьбы Настины выполняет исправно... Что же с ним не так?

— Понимаете, — начал Федулов медленно, глядя в свою чашку, — Илюха со мной в корне не согласен. Я ищу маньяка. И мне наплевать, что по этому поводу думает мое начальство. Я человек здравый и понимаю, что руководству маньяк в городе не нужен, его больше устроят убийства по личным мотивам, это как-то проще, да и нареканий за плохую профилактическую работу не будет. А Илья идет на поводу у начальства, он карьеру делает и начальству в рот смотрит, поэтому по версии о маньяке он напрягаться не станет. Ему это неинтересно. Ему интересно поднести в кабинет шефа на блюдечке одного или двух вполне вменяемых убийц. И в этом смысле я бы на его помощь особо рассчитывать не стал. Вы уж не обессудьте.

Ничего нового Настя не услышала, о противостоянии двух точек зрения у двух оперативников ей уже сказали в первый же день, при знакомстве. Однако она не думала, что это противостояние зашло так далеко.

— Я понимаю, вы не могли до меня дозвониться, поэтому обращались к Илюхе, — продолжал Дмитрий, — но я вам обещаю: я всегда буду с этой минуты доступен контакту, и если вам хоть что-нибудь понадобится, сразу звоните, обращайтесь, приказывайте. Я все сделаю в лучшем виде. И, честное слово, я очень рад, что вы приехали. Мне этот маньяк уже почти год покоя не дает, я сплю плохо, все о нем думаю. У меня мама...

— Да, — кивнула Настя, — вы говорили, я помню.

— Ну, тогда вы должны меня понять. И у моей Светки, у жены, мама тоже в Томилине живет. Нет мне покоя, пока он по улицам разгуливает, понимаете?

Он поднял на Настю глаза, которые в этот момент показались ей больными и какими-то умоляющими. Неужели он и в самом деле так переживает? Надо же, с виду такой брутальный тип, а у него, оказывается, тонкая чувствительная натура.

— Скажите, Дмитрий, вам что-нибудь говорит имя Константина Еремеева? — спросила она.

— Константин Еремеев, — задумчиво повторил он. — Что-то знакомое... Кажется, это кто-то из сотрудников клуба, нет? Вроде бы я это имя встречал среди свидетелей.

— Совершенно верно, — подтвердила Настя. — Это системный администратор в клубе «Золотой век».

— Точно! — радостно воскликнул Федулов. — Теперь вспомнил. Он еще меня в зверинец водил, я там двух щенков брал. Такой худой, молчаливый. А что с ним?

— Вот я и хотела бы узнать, что с ним. Он мне не нравится.

— Чем именно? — насторожился майор. — Можно, я закурю?

— Конечно. — Настя пододвинула ему пепельницу и тоже потянулась за сигаретой. — Он производит впечатление наркомана, вам не показалось?

Федулов пожал плечами.

— Да вроде нет... Впрочем, я не особо присматривался, он же шел как свидетель, а подозревать его у меня не было никаких оснований. А что вас насторожило?

— Перепады настроения, невнятная речь, попытки спрятать лицо... Трудно передать словами, просто на уровне ощущений, понимаете?

— Понимаю, бывает. Так вы что, думаете, что это он — убийца?

— Да ничего я не думаю, — с досадой проговорила Настя. — Вы посмотрите, какая получается картина. Некто считает себя потомком рода Румянцевых, имеющим право на старинную усадьбу. Примем это как допущение и будем танцевать отсюда. Он хочет, чтобы клуб закрыли и усадьбу освободили. Почему-то он считает, что ликвидация клуба решит его проблему. Человек в здравом уме так никогда бы не подумал, но у нас человек явно не в здравом уме, так что он вполне мог нарисовать себе такую перспективу. Итак, он решает нанести сокрушительный, на его взгляд, удар по клубу и убивает Галину Корягину, клубную активистку, причем убивает демонстративно таким образом, чтобы ее смерть напрямую оказалась связана со старинной легендой. Разбитое зеркало, вырванная из уха серьга. Понимаете?

— Да, — кивнул Федулов, — продолжайте.

— Эффект получился нулевой, убийство прогремело, но на репутации клуба никак не сказалось. Он выждал полгода и совершил еще одно убийство, жертвой которого стала Аида Павлова. И снова демонстрация связи с легендой, зеркало и серьга. Но теперь он пошел дальше. Каким-то образом он делает так, что легенда становится достоянием общественности.

— Каким? — тут же перебил ее Федулов. — Девчонка Малец сама все выдумала, это же очевидно. Или вы думаете, что они в сговоре?

— Возможно, — согласилась Настя. — Во всяком случае, я этого не исключаю. Я встречалась с Наташей Малец, а вы?

Федулов угрюмо опустил голову.

— Вот именно, — констатировала она. — Вы не удосужились, вы же были уверены, что и так все знаете. А Наташа рассказала мне любопытную историю про некоего Аркадия Вольдемаровича, историка из Санкт-Петербурга, который услышал об убийствах Павловой и Корягиной и приехал специально, чтобы собрать материал и заодно рассказать о старинной легенде рода Румянцевых. Вы сами об этой легенде что-нибудь знали?

— Нет, только из статьи узнал.

— Вот видите. И никто из тех, с кем я разговаривала, о легенде слыхом не слыхивал, пока не появилась статья. Из чего я делаю вполне обоснованный вывод о том, что никакой легенды не было, что все это — часть вполне продуманного плана, хотя и с элементами натурального сумасшествия. Сначала совершается первое убийство, и преступник придумывает для него признаки ритуальности, которые соответствовали бы легенде. Другое дело, что, согласно этому плану, легенду следовало бы обнародовать сразу после убийства Корягиной. Однако почему-то этого не произошло.

— И почему? — вскинул глаза Дмитрий.

— Да кто ж знает, — Настя улыбнулась. — Скорее всего, все дело в Аркадии Вольдемаровиче, который должен был приехать и встретиться с журналисткой. А он почему-то не смог. Может, заболел, может, какие-то обстоятельства помешали. Но факт есть факт: после первого убийства он не появился. Прошло время, клуб «Золотой век» процветает, о его ликвидации речь не идет. Что делает наш сумасшедший потомок?

— Совершает еще одно убийство.

— Совершенно верно. Но при этом он предварительно убеждается в том, что теперь-то уж Аркадию Вольдемаровичу ничто не помешает приехать и выполнить свою миссию. Кстати, я не исключаю, что наш псих и этот историк могут быть родственниками или близкими друзьями. Я сперва было даже подумала, что Аркадий Вольдемарович и есть убийца, но потом сообразила, что это могло бы быть возможным в рамках многомиллионной Москвы, а в вашем восьмидесятитысячном городе риск оказаться узнанным слишком велик. Если убийца связан с клубом, то он не станет представляться журналистке историком из Питера хотя бы потому, что она в любой момент может прийти в усадьбу, чтобы уточнить какие-нибудь детали для своей статьи, и там нарваться на него.

— Согласен. А дальше?

— А дальше снова ничего не происходит. Народ гудит, некоторые члены клуба перестают посещать усадьбу, но в целом на деятельности клуба это не сказывается. И вдруг хозяйка парикмахерской клуба обнаруживает в своем салоне разбитое зеркало.

— Что?! — вытаращил глаза Федулов. — Что вы сказали?

— То, что вы слышали. Тамара Николаевна Виноградова пришла утром в свой салон, открыла дверь и обнаружила, что висящее на стене зеркало разбито. Она не стала поднимать шум, тихонько поинтересовалась у уборщицы, не она ли разбила. Оказалось, что не она.

— Черт, я ничего об этом не знал, — сердито проговорил Дмитрий. — Почему она не обратилась в милицию?

— Ну вы сами себя послушайте, Дима! — расхохоталась Настя. — Как бы вы отреагировали, если бы к вам стали обращаться по поводу разбитых зеркал? Вы же сразу всех посылаете, вам ли не знать.

— Тоже верно, — удрученно пробормотал он. — Но здесь ведь особый случай, здесь маньяк, и каждое свидетельство...

— Дима, вы поймите, о том, что вы искренне хотите найти маньяка, знаете только вы один. Для всех остальных вы, оперативники, да и вся милиция в целом — взяточники и бездельники, которые ненавидят народ за то, что народ мешает им отдыхать. Мы не будем сейчас обсуждать, кто виноват в том, что люди так думают, но они думают именно так, и это факт, с которым нам придется считаться. Вернемся к нашим баранам, потому что дальше тоже кое-что происходило.

— Что еще?

В голосе Федулова зазвучало настоящее отчаяние. Ну еще бы, улики и факты проходят мимо него, а он ничего не знает. Обидно, понимаешь.

— В декабре, почти перед самым Новым годом, кто-то разбросал в холле главного дома усадьбы клочья волос. Вернее, обрезки, украденные все в той же парикмахерской у все той же Тамары Николаевны Виноградовой. Вспомните легенду, там фигурируют вырванные волосы.

— Елки зеленые! Да что ж это такое-то, а? Почему я ничего об этом не знаю? Теперь совершенно ясно, что маньяка надо искать именно в клубе или вокруг него. Это что же получается, наш псих сначала совершил два убийства, а потом начал додавливать ситуацию мелочами?

— Ну, примерно так, — кивнула Настя. — Хотя это и нелогично, обычно начинают с мелочей и потом постепенно переходят к более серьезным вещам, но здесь мы не можем апеллировать к обычной логике, поскольку имеем дело с сумасшедшим. Он мог совершить два убийства и понять, что больше не может, слишком тяжело. Или слишком опасно. Или вообще не нужно, двух трупов вполне достаточно, чтобы потом по-тихому, по мелочи добиться своего. Обратите внимание, оба этих мелких эпизода прямо или косвенно связаны с Тамарой Николаевной.

— А это что, важно? — не понял Федулов.

— Очень важно. Она — любовница Бегорского, владельца клуба.

— Ну да, я помню, что-то такое мне говорили.

— А вы не обратили внимания, — поддела его Настя. — Так вот, Бегорский очень привязан к Тамаре, он очень ее любит, и если она уедет из Томилина, он тоже здесь не останется, он закроет клуб и больше сюда не вернется. Так что злоумышленнику есть прямой смысл творить свои безобразия поближе к Тамаре, чтобы у нее нервы не выдержали. А теперь скажите мне, годится Константин Еремеев на роль такого злоумышленника?

Настя специально не стала ничего рассказывать Федулову о таинственной встрече у гаража. Пусть подумает и даст ответ на основании того, что она рассказала, потому что ее рассказ построен исключительно на домыслах, а вчерашняя встреча с супругами Путилиными — это уже факт, который невозможно оспорить.

— Да кто его знает, — медленно произнес Дмитрий. — Может, и годится. Если бы он показался мне сумасшедшим, я бы еще тогда, год назад, обратил на него внимание. А раз не обратил, значит, ничего такого мне не показалось. Может, вы ошибаетесь?

— Наверняка, — вздохнула Настя. — Наверняка ошибаюсь. Но проверить надо. Впрочем, надо проверять все, Дима. Меня начальник много лет учил, что очень опасно увлекаться одной версией и не проверять остальные. Я, собственно, к чему все это рассказала вам: мне нужна Алла Ивановна Ярцева.

— Ярцева? — Майор наморщил лоб, вспоминая. — Кто это?

— Врач-психотерапевт, она консультировала в клубе два раза в неделю, несколько месяцев назад переехала с мужем в областной центр. Дима, что с вами? Вы же сегодня утром первым делом сообщили мне сведения о Ярцеве, а теперь спрашиваете, кто это?

— Так это его жена, что ли? — догадался Федулов. — Черт, а я сразу и не связал одно с другим. Илюха мне сказал, что вы интересовались каким-то Романом Ярцевым в связи с Аидой Борисовной, и попросил передать... Да я и не вникал, он попросил — я передал.

«Вот поэтому вы и убийства не раскрываете, — с тоской подумала Настя. — Вы не вникаете, не связываете одно с другим, ничего не запоминаете и ничем не интересуетесь».

— Мне стало известно, что Алла Ивановна была близка с Еремеевым, — сухо сказала она. — И кроме того, она в силу профессии должна неплохо разбираться в психопатологии, если таковая у Еремеева имеется. Поэтому мне нужно обязательно с ней поговорить. Вы можете помочь ее найти и связаться с ней?

— Да, конечно, — удрученно пробормотал Дмитрий, — я ее найду.

Насте вдруг стало жалко его, такого большого, сильного и такого смущенного и словно раздавленного собственной оплошностью. Наверное, именно этим провинциалы и отличаются от столичных сыскарей: тех в чем ни уличи, хоть в оплошности, хоть в преступлении, — им по барабану, будут смотреть ясными глазами и улыбаться как ни в чем не бывало.

Они выпили еще по две чашки чаю, прикончили коробку с пирожными, обменялись кое-какой информацией, поделились друг с другом соображениями и расстались вполне довольные. Так, во всяком случае, показалось Насте Каменской.

* * *

Она спохватилась, что обещала Подружке с утра зайти, а теперь уже почти полдень. Спохватилась — и тут же осеклась. Господи, о чем она думает? Разве собака может понимать человеческую речь настолько, чтобы ждать Настю с самого утра? Она наверняка только чувствует интонацию, не более того. Но все равно ей было стыдно за невольный обман, и она решила все-таки сбегать в зверинец хотя бы на несколько минут. «Я только поглажу ее, — твердила себе Настя, судорожно натягивая куртку и ботинки, — только поглажу — и сразу займусь делами».

На улице валил снег. Он стоял перед глазами кружевной пеленой, мешал смотреть, оседал на ресницах, стекал мокрыми каплями по щекам и не закрытым шарфом участкам шеи. Настя шла из флигеля по аллее, думая о том, что только в детстве видела так много белого, пушистого и чистого снега. В Москве почему-то всегда грязно, даже если снега много, и нет ощущения настоящей зимы, а только тягостное ощущение неубранности и захламленности, а еще настойчивые мысли о том, что теперь из-за пробок никуда не проедешь. В Москве Настя не любит снегопадов и боится их, а здесь, в тихом провинциальном городе, в старинной усадьбе, кажется, что нет ничего прекраснее бесшумно и мягко падающего снега.

Подружка ждала ее, стоя у решетки вольера. Увидев Настю, собака завиляла хвостом, и Насте даже показалось, что она улыбнулась. Впрочем, собаки ведь не умеют улыбаться. Наверное, просто показалось.

— Прости, — покаянно сказала Настя, выпуская Подружку в проход, — я заработалась, заболталась и не успела к тебе вовремя. А ты меня ждала, да? Ты меня ждала, хорошая собака, умная собака, самая лучшая собака на свете...

Собака ластилась, терлась об ноги и норовила лизнуть присевшую на корточки Настю в лицо. В кармане куртки зазвенел мобильник, звонил Вторушин, который сообщил, что в Санкт-Петербурге никакого доктора исторических наук по имени Аркадий Вольдемарович не обнаружилось.

— Почему-то я так и думала, — пробормотала Настя. — Спасибо. А в томилинских гостиницах вы его поискали?

— Естественно, — в голосе Вторушина зазвучало высокомерие. — У нас всего две гостиницы, так что это было нетрудно. Ничем не могу порадовать. Вероятно, ваш Аркадий Вольдемарович останавливался дома у своих знакомых. Или у него паспорт совсем на другое имя.

Настя собралась было уходить из зверинца, но Подружка так крепко прижималась к ней горячим лохматым телом, что невозможно было оторваться. Ладно, все равно надо позвонить, можно и отсюда. Пусть несчастное животное еще минутку порадуется.

Она позвонила Чистякову.

— Лешик, ты все еще член ВАКа?

— Пока не выгнали, — усмехнулся муж. — А что, у кого-то проблемы с диссертацией?

— Нет, это у меня проблема со свидетелем. Ты можешь получить доступ к базе данных?

— Легко. А что нужно?

— Некий доктор исторических наук по имени Аркадий Вольдемарович, фамилии не знаю.

— Ну ты даешь! Он что, страшный убийца и растлитель малолетних?

— Нет, он, скорее всего, пособник. Леш, ты мне поможешь?

— Да куда ж я денусь, помогу, чем смогу. А ты почему так тяжело дышишь? У тебя одышка? Ты простудилась?

В голосе Алексея зазвучала тревога, и Настя улыбнулась. Как хорошо, что он есть, такой любимый, такой родной, такой заботливый и такой надежный.

— Я сижу на корточках, мне неудобно, — объяснила она. — Поэтому и дышу тяжело.

— А почему ты сидишь на корточках? — строго допрашивал Алексей.

— Потому что я играю с собакой.

— С собакой? Это что-то новенькое. Откуда пес?

— Он бездомный, я его развлекаю. И вообще, это не он, а она.

— А, ну тогда ладно, — успокоился Чистяков. — Если она — тогда совсем другое дело. И как срочно тебе нужна информация?

— Чем скорее, тем лучше. Если честно, то я уверена, что никакого историка Аркадия Вольдемаровича нет в природе, но мне нужно быть уверенной на сто процентов.

— Ладно, я понял. Хотел сегодня поваляться на диване с книжкой, но, видно, придется складывать себя в штаны и тащиться в ВАК.

— Спасибо, Леш, ты настоящий друг.

Она усилием воли заставила себя распрощаться с Подружкой, которая уныло поплелась в угол вольера и оттуда смотрела на Настю с немым укором, и отправилась в главный дом: на сегодня Настя запланировала встречу с главным бухгалтером и по совместительству кадровиком Верой Алексеевной Бегорской.

Кабинет Веры Алексеевны находился рядом с кабинетом Бегорского, у них была общая приемная, в которой никакого секретаря не было, судя по всему, никогда. Мягкие кресла для тех, кто ждет приема, много растений в горшках и никаких столов и сейфов.

Вера Алексеевна оказалась очень приятной женщиной, но больше всего Настю удивило то, что она выглядела значительно моложе Тамары и самого Андрея Сергеевича. Она почему-то думала, что первая жена всегда должна быть старше четвертой.

Вера знала все и про всех, она работала в клубе с самого первого дня, поэтому могла подробно отвечать на все Настины вопросы. Да, после публикации статьи в «Томилинском курьере» уволились три человека: бухгалтер, уборщица и повариха. Вера была убеждена, что все направлено против Бегорского, что его пытаются выжить из усадьбы и оба убийства связаны именно с этим, а вовсе не с попытками вернуть усадьбу законным наследникам. Те трое сотрудников, которые уволились, боялись, что скоро начнут убивать не только членов клуба, но и тех, кто работает в «Золотом веке». Они поверили в статью и в содержащийся в ней прозрачный намек на наследника, воюющего за свою усадьбу. Сама же Вера Алексеевна в маньяка не верила и считала все произошедшее единым планом, направленным против ее бывшего мужа.

Настя задала ей много вопросов, ответы старательно записала в блокнот и собралась уходить.

— А вам нравится наша усадьба? — неожиданно спросила Вера.

— Очень, — искренне ответила Настя. — Здесь очень красиво и очень удобно.

— Теперь — да, — с довольным видом кивнула Вера. — Видели бы вы, во что ее превратили при советской власти! Просто уму непостижимо, как можно было так изуродовать старинную архитектуру. Кстати, знаете, кто проводил реставрацию? Второй муж третьей жены Андрея Сергеевича.

Настя смотрела на Веру Алексеевну в полном обалдении, плохо понимая сказанное. Какой второй муж? Какой третьей жены? Вера заметила выражение Настиного лица и рассмеялась.

— Да-да, у нас тут так, все вокруг жены, мужья, родственники. А вам Тамарочка разве не рассказывала?

— Она говорила, но без подробностей.

— Так вот вам подробности. Я — первая жена Андрея, а Тамарочка у нас старшая жена.

— В смысле — по возрасту? — уточнила Настя.

— В смысле — по уму, — поправила ее Вера Алексеевна. — Тамарочка — единственная из всех женщин Андрея, которая умеет держать его в узде и говорить ему «нет». Ни я, ни две следующих жены этого не умели, мы очень любили Андрея и продолжаем его уважать и прекрасно к нему относиться, но жить с ним ни я, ни они не смогли. Кто-то из нас продержался дольше, кто-то сломался быстрее, но мы все от него ушли сами, добровольно.

— А почему? Или об этом неприлично спрашивать? — поинтересовалась Настя, не скрывая любопытства.

— Он всех нас запарил своим руководством. Он считал, что мы сами ничего не соображаем и не знаем, как делать правильно, вплоть до того, как готовить, какой сковородкой пользоваться и какую одежду надевать, когда стоишь у плиты. Это было ужасно! Хотя во всем остальном жить с Андреем было очень комфортно, он — отличный муж, не изменял, не пил, решал все проблемы. Ума не приложу, как у Тамарочки Николаевны хватает характера и душевных сил на то, чтобы с ним справляться! Но, видно, как-то ей это удается. Дай бог, чтобы хоть с ней он пожил подольше. Это если вообще она за него замуж выйдет, — уточнила Вера.

— А что, может не выйти?

— Да запросто! Передумает — и все. Но если она передумает, мне будет жаль, я искренне хочу, чтобы Андрей был счастлив, он этого заслуживает, он очень хороший человек, очень честный и порядочный.

— Как же так получилось, что и вы здесь работаете, и Тамара Николаевна?

— А Андрюша собирает вокруг себя команду единомышленников, — объяснила Вера Алексеевна. — Ему нужны в окружении люди, которым он может доверять, поэтому он взял на работу и меня, и нашу с ним дочь Лену, и ее мужа Саню, моего зятя, стало быть. И Тамарочку сюда выманил.

— А где же остальные жены? — в шутку спросила Настя. — Вы же сказали, что жен было три.

— Вторая жена с новым мужем за границей, а третья, Анечка, регулярно здесь бывает. Вот как раз ее второго мужа Андрей и пригласил реставрировать усадьбу, у него своя строительная компания. У Андрея с Анечкой есть сынишка, Филипп, такой чудесный мальчишка — вы не представляете! Раньше Анечка Андрею даже видеться с сыном не давала, боялась, что Андрюша его своим руководством вконец затуркает, как ее саму, а теперь Филиппа сюда часто привозят, и Анечка с ним приезжает.

— Да, большая у вас семья, — улыбнулась Настя. — Или это еще не все?

— Куда там! — Вера весело махнула рукой. — Летом сюда еще Денис с Юлей приедут.

— А кто это такие?

— Денис — внебрачный сын Родислава Евгеньевича, так что почти член семьи.

— А что, — удивилась Настя, — Родислав Евгеньевич тоже родственник?

— Ну а как же! Он был мужем сестры Тамарочки Николаевны.

— Почему был? Они в разводе?

— Что вы, сестра Тамарочки Николаевны умерла, Родислав Евгеньевич у нас вдовец. Так что видите — мы все друг с другом повязаны и все друг за друга горой.

А вот это уже плохо, подумала Настя. Когда все друг с другом повязаны и друг за друга горой, правды не найдешь. Сплошное взаимное покрывательство. Омерта. Закон молчания. Хорошо хотя бы то, что Костя Еремеев никому не приходится родственником. Но на всякий случай надо спросить...

— Нет, — покачала головой Вера, — Костик в этом смысле здесь чужой. Хотя ему, конечно, все очень сочувствуют и любят его, как родного. Он ведь и вправду очень хороший, добрый, никому худого слова не сказал за все время. И старики наши его любят, у него терпения — море. Вы же понимаете, какими бестолковыми люди могут становиться с годами, а Костик всегда все терпеливо объяснит, покажет, подскажет, поможет и никогда не раздражается, голос не повысит. Нет, он — золотой. Но если вам опять нужны подробности, то вам лучше поговорить с Леной, с моей дочкой.

— Она дружит с Костей? — заинтересовалась Настя.

— Что вы, Костя ни с кем особо не дружит, но Ленка с ним много работает, у них большой общий участок деятельности.

— А где сейчас Лена? Я могу с ней встретиться?

— Увы, — Вера Алексеевна развела руками, — сегодня не получится, Ленка уехала в Костровск встречаться со спонсорами, она у нас по этой части, ей никто не может отказать. Умеет убеждать, — на лице первой жены Бегорского промелькнула улыбка гордости за своего ребенка. — А завтра она будет здесь. Ее кабинет напротив, через коридор. Найдете?

— Найду, — заверила Настя.

Ну что ж, с Еленой Беляковой, женой завхоза Сани, она встретится завтра, а сегодня можно продолжить ненавязчиво общаться с членами клуба и строить из себя великого социолога. Впрочем, есть варианты...

Настя вытащила телефон и быстро нашла в нем номер журналистки Натальи Малец.

— Наташа, вы говорили, что у вас осталась диктофонная запись интервью с Аркадием Вольдемаровичем.

— Да, — подтвердила девушка, — осталась. Вы хотите послушать?

— Если можно.

— То есть вы мне все-таки не верите? Вы думаете, что никакого интервью не было и все это я выдумала сама?

Наталья говорила сердито, в ее словах явственно сквозила обида.

— Я вам верю, Наташа, но мне хотелось бы услышать самой. Не обижайтесь, пожалуйста.

— Ладно, — вздохнула журналистка, — давайте встретимся через два часа в том же кафе.

Через два часа. Ехать на машине от усадьбы до кафе минут пятнадцать, значит, есть время, чтобы прогулять Подружку. Холодно, конечно, и снегу за ночь и с утра навалило столько, что придется гулять по сугробам, но собаке нужно выйти на улицу, она же не может терпеть до бесконечности.

Настя заглянула в кафе, купила несколько бутербродов с отварным мясом и помчалась к зверинцу, схватила в кладовке поводок и ошейник, открыла вольер Подружки и с удивлением обнаружила, что у той мокрая шерсть на лапах и брюхе.

— Ты что? — строго спросила она. — Ты почему мокрая? Ты описалась?

Собака радостно повизгивала, уперевшись передними лапами Насте в грудь и облизывая ее подбородок.

— Ты гуляла! — догадалась Настя. — Ну конечно, тебя выводили на прогулку! Ну, слава богу. А то я уже беспокоилась за тебя.

В самом деле, как можно было подумать, что если Настя не прогуляет собаку, то она так и будет сидеть в вольере? Наверняка здесь все предусмотрено и дежурят волонтеры, которые по очереди выгуливают собак, попавших в приют. Правда, странно, что Настя никого из них не видела... Впрочем, ничего странного, не так уж много она тут гуляла, все больше бегала от главного дома до флигеля и обратно, а с животными гуляют в парке по ту сторону дома. А может быть, и вовсе за территорию с ними выходят. Не зря же в кладовке висят поводки и лежат ошейники всех размеров.

— Ну так что, гулять-то пойдем? — спросила она у Подружки. — Или ты уже нагулялась и больше не хочешь?

Судя по поведению старой собаки, она была готова и гулять, и не гулять, лишь бы Настя была рядом.

— Или, может, пойдем в гости, если ты писать не хочешь, — предложила Настя. — Пойдем, я поработаю, мне надо кое-что записать, а ты посидишь со мной, потом я выпью кофе, а тебя угощу бутербродом с вареным мясом, я специально для тебя купила.

Такой вариант Подружку вполне устроил, и она бодро потрусила рядом с Настей в сторону флигеля.

Глава 7

Настя проснулась ни свет ни заря и в недоумении уставилась на часы: еще нет семи, а сна ни в одном глазу. Она повертелась в мягкой кровати под балдахином, попыталась задремать, но ничего не получалось, в голову лезли мысли одна другой страннее и причудливее, и все насчет маньяка, окопавшегося в усадьбе Румянцевых-Лобановых. «Я скоро совсем рехнусь с этими семейными преданиями. Так и до психушки недолго, — испуганно подумала Настя, поймав себя на выстраивании очередной версии, в которой главную роль играла Елена Станиславовна Муравьева в качестве потомка Румянцевых. — Экий, право слово, бред в голову лезет».

Она прикинула, не одеться ли и не выйти ли погулять с Подружкой, раз уж все равно не спится, но сообразила, что зверинец открывают только в десять утра. Конечно, Тамара сказала, что можно взять ключ у охраны... Да, решила Настя, так и надо сделать: встать, умыться, выпить кофе, одеться и пойти погулять. И собаке радость, и здоровью польза. Только очень холодно. «Все-таки я дура, — самокритично рассуждала Настя, стоя под горячим душем. — Я же вчера ездила в город, встречалась с журналисткой, так почему не зашла в первый попавшийся магазин и не купила себе теплую длинную куртку? Правда, Бегорский предупреждал, что по доступным ценам здесь можно купить только китайскую подделку, а на вещи, которые продаются в бутиках, у меня нет денег, я их пока не заработала, но можно же было и китайскую подделку купить, пусть она плохого качества, но уж на пару недель-то ее хватит, а дольше я здесь вряд ли задержусь. Надо постараться сегодня съездить и купить хоть что-нибудь. Вообще-то надо бы и ботинки купить потеплее или какие-нибудь простенькие сапоги, а то у меня все время ноги мокрые, снегу много, а ботиночки коротенькие. И свитер какой-нибудь типа лыжного, толстой вязки. Видок у меня во всем этом будет, конечно, не столичный, ну и плевать, здоровье дороже. А насчет сапог я, похоже, погорячилась, мой роскошный клеш на джинсах в голенище не влезет. Говорил же мне Бегорский: три пары джинсов, и обязательно узких, по ноге. Теперь понятно почему. А я, дура дурой, его не послушалась и список порвала. С одной стороны, я понимаю, почему от него ушли три жены, но, с другой стороны, он ведь дело говорит».

Она уже подходила к домику охраны у бокового въезда, когда ворота медленно распахнулись, и с территории усадьбы выехала машина. В темноте Настя не сумела разглядеть цвет, но заметила, что это старенький «Форд». На то, чтобы уточнить модель, ее познаний не хватило. Кто бы это уезжал из усадьбы в такую рань?

— Доброе утро, — поздоровалась она с охранниками, один из которых смотрел телевизор, другой листал какую-то затрепанную книжку. — Мне бы с собакой погулять. Ключики от зверинца не дадите?

Любитель литературы оторвался от книги и потянулся к ящику стола за ключами.

— А вы, наверное, социолог, да? Нас Тамара Николаевна предупреждала. Вот, возьмите.

— Спасибо, — поблагодарила Настя. — А кто это так рано уехал?

— Это Саня.

— Беляков? — удивилась она. — Разве он здесь ночует? Я думала, он дома живет.

— Дома-то дома, — второй охранник приглушил звук телевизора, потому что началась реклама, — только пришлось его вызвать. У нас тут ЧП среди ночи приключилось.

— Какое ЧП?

— Кто-то разбил два окна в главном доме. Мы не сразу заметили, а как в шесть утра пошли обход делать, так и увидели. Сразу Саньке позвонили, разбудили, он примчался, посмотрел, что к чему, и поехал на строительный рынок за стеклами.

Так, начинается. Вернее, продолжается. Два окна. Разбитые стекла. А в стеклах — отражение... Снова точь-в-точь по легенде.

— Но вы же охраняете территорию, как сюда мог проникнуть посторонний?

— А вы нас не допрашивайте, — огрызнулся книголюб, — у нас свое начальство есть. Вот начальник охраны придет — мы ему и отчитаемся, что да как.

Ну да, конечно, почему они должны отвечать на вопросы какого-то непонятного социолога. Ладно, попробуем пойти другим путем.

— Интересно посмотреть, — заискивающе произнесла Настя. — Может, покажете?

— Нечего там смотреть. Разбитое окно — оно и есть разбитое окно.

— Но чем хоть разбили-то?

— Камнем, чем же еще. Вернее, двумя камнями. Там и валяются.

Поняв, что толку от ее расспросов не будет, Настя отправилась к Подружке. Собака крепко спала и в первые несколько мгновений, проснувшись, смотрела на Настю мутными непонимающими глазами: в такое время ее никогда здесь не будили. Потом поняла, что пришел праздник, зевнула и завиляла хвостом.

— Пошли? — Настя потянула за поводок. — Пойдем пописаем, а заодно и разбитые окошки посмотрим. Нам их не хотят показывать, но мы и сами с глазами, найдем как-нибудь.

Они прогулялись до ротонды, а когда собака решила все свои мелкие и серьезные проблемы, вернулись к главному дому и пошли вдоль фасада. Со стороны парка все окна были целы, а вот со стороны курдонёра Настя обнаружила два разбитых окна. Это были окна «зеленой гостиной». Интересно, откуда бросали камни, снаружи внутрь или наоборот?

— Давай камни поищем, — предложила она Подружке. — Может, их изнутри бросали.

Искать какие-то там камни собаке было неинтересно, она предпочла изучать два соседних окна, выходящие из кафе. Вероятно, там пахло чем-то привлекательным. Уже начало светать, но видно все равно было плохо, и Настя, как ни силилась, так и не нашла камни, которыми были разбиты стекла. Вообще-то это странно, на белом снегу они должны быть хорошо заметны. Но это в том случае, если их бросали изнутри. А если снаружи? Тогда камни должны лежать на полу в гостиной. Настя приблизила лицо к торчащим кускам невыпавшего стекла и попробовала просунуть голову внутрь, чтобы хоть что-нибудь рассмотреть. Но внутри гостиной было совсем темно, предрассветного освещения все-таки не хватало.

Она перевела взгляд на подоконник и увидела их, те самые чудесные камни. Булыжники. Они лежали рядышком, аккуратно положенные чьей-то заботливой рукой. «Наверное, завхоз их сюда положил», — решила Настя. Ладно, сейчас ей все равно ничего не выяснить, придется подождать, пока вернется Беляков.

Она привела Подружку к себе, выпила две чашки кофе, угостила собаку припасенным с вечера бутербродом, написала длинное письмо мужу и отправила по электронной почте, периодически выглядывая в окно, из которого хорошо просматривался главный дом. Увидев наконец в освещенном проеме одного из разбитых окон мужскую фигуру, Настя быстро собралась, отвела Подружку на место и направилась общаться с завхозом.

Зять Бегорского и Веры Алексеевны, Саня Беляков, был высоким симпатичным парнем с прямыми темнорусыми волосами и открытым лицом. У него не было верхнего левого клыка, но отсутствие зуба не портило его широкую улыбку, а наоборот, придавало даже какой-то шарм.

— Ой, а что тут случилось? — Настя изобразила святую наивность. — Я думала, клуб только в десять утра открывают, а тут смотрю — кто-то работает.

— Доброе утро, — весело поприветствовал ее Беляков. — А я знаю, кто вы. Вы — социолог, с нашими старичками беседуете, мне вас Ленка показала.

— Ленка? Это кто? — продолжала придуриваться Настя.

— Это моя жена, она тоже здесь работает. А я — Саня, я тут вроде завхоза, а на самом деле на все руки мастер — и слесарь, и плотник, и электрик, и водителем могу, если надо. Все могу построить, все могу починить. И швец, как говорится, и жнец, и на дуде игрец. Вот теперь стекла вставляю. Какая-то гнида ночью постаралась.

— Что вы говорите! — охнула Настя. — Как же это случилось?

— Да откуда ж мне знать? Я в это время дома спал. Но камни бросали изнутри, я их снаружи на снегу подобрал.

— Вы хотите сказать, что кто-то проник на территорию и забрался в дом?

— Наверное, — Саня пожал плечами. — А как иначе?

Как, как... очень даже просто. В главном доме на втором этаже расположены гостиничные номера, и в них, насколько Настя помнила, проживают, а стало быть, и ночуют трое гостей. Любой из них мог спуститься на первый этаж и разбить окна. Кроме того, ключи есть у охраны, и никакого труда не составит открыть дверь главного дома и войти внутрь. Тем более что у охраны есть все ключи, в том числе и от «зеленой гостиной», тогда как иногородним гостям ключ от гостиной еще надо раздобыть. А еще на территории усадьбы ночью находятся те, кто спит во флигелях: Тамара Виноградова, Настя Каменская, Константин Еремеев и Валерий Васильевич Полосухин. У Насти ключей нет, и вообще она точно помнит, что ночью спала и никаких окон не разбивала. Тамара? У нее есть доступ в принципе ко всем ключам, но зачем ей бить стекла? Какой резон? Она любит Андрея Бегорского и хочет, чтобы у него все было хорошо, она не заинтересована в ликвидации клуба «Золотой век». Остаются Еремеев и Полосухин. Итого — семь человек: двое охранников, трое гостей, компьютерщик и знатный вышивальщик-эмигрант. Кстати, мысль об охранниках весьма неплоха, и почему Насте раньше она в голову не пришла? Если исходить из того, что убийца крутится вокруг усадьбы, то почему надо ограничиваться членами клуба и сотрудниками, работающими в главном доме? Почему это не может быть охранник? И, между прочим, она совсем забыла про пост охраны у главных ворот, там ведь тоже два человека дежурят, значит, под подозрением не двое охранников, а четверо. Хотя нет, ключи хранятся только у охраны на боковом въезде. Но все равно об охранниках надо подумать серьезно, Настя совсем упустила их из виду.

А вот Сане Белякову такая мысль, похоже, вообще в голову не приходит, он считает, что окна мог разбить только злоумышленник, пробравшийся на территорию усадьбы снаружи, одним словом, кто-то чужой.

— Где же этот негодяй камни взял? — задумчиво спросила Настя. — Столько снегу кругом, булыжников днем с огнем не найдешь, они на улице под ногами не валяются.

Саня кинул взгляд на лежащие на подоконнике камни и улыбнулся.

— Я, кажется, знаю, откуда они. Такими же камнями выложена альпийская горка в нашем зимнем саду. Такими же или очень похожими.

— Проверим? — живо подхватилась Настя.

— А давайте! — тут же откликнулся Саня.

Они быстрым шагом направились в зимний сад, и Саня показал Насте альпийскую горку. Горка была небольшой, очень аккуратной, и отсутствие двух крупных камней сразу бросалось в глаза.

— Вот видите, я правильно угадал. — Беляков был очень доволен своей наблюдательностью. — Как в воду смотрел. Надо камни на место положить, а то вид у нашей горки какой-то ущербный.

Они отправились обратно в гостиную, Саня продолжил заниматься окнами, а Настя, как бы между прочим, толклась рядом и поддерживала легкую беседу. Чем больше она общалась с завхозом, тем больше он ей нравился своей открытостью, веселостью и какой-то позитивностью. Однако чем больше он ей нравился, тем меньше вызывал доверия. По законам жанра тот, кто вызывает наибольшее доверие, в конце концов оказывается жестоким убийцей. Почему этот чудесный веселый Саня, зять самого Бегорского, не может быть тем самым потомком Румянцевых, мнимым или настоящим? Или просто психом ненормальным? Или банальным подельником истинного злоумышленника? Да, он не бил стекла, хотя и это под большим вопросом, ведь ему позвонили, когда с момента происшествия уже прошло некоторое время, и кто знает, какое именно, может, двадцать минут, а может, и два часа, и он вполне мог успеть вернуться домой и ответить на звонок. А если ему звонили на мобильный, так он вообще мог находиться в трех метрах от ворот усадьбы. Но у Сани есть доступ ко всем без исключения ключам, он и сам может войти куда угодно и в любое время, и ему не составило бы ни малейшего труда понаделать копий хоть по десять штук с каждого образца и снабдить этими копиями заинтересованное лицо. Чего не сделаешь за большие деньги-то! И про альпийскую горку он сообразил подозрительно быстро, как будто заранее знал. В общем, Беляковым тоже надо заняться. Если сосредоточиться на маньяке, то главным подозреваемым, конечно, является Костя Еремеев со своими странностями и неадекватными реакциями, а вот если вспомнить про версию о целенаправленном давлении на Бегорского, то тут лучше Сани Белякова никто не справится. Серьезные люди с психом связываться не будут, а вот такой, как Саня, уравновешенный, симпатичный, внушающий доверие, нуждающийся в деньгах, имеющий доступ во все помещения усадьбы, им очень даже подойдет.

* * *

О Лене Беляковой Тамара говорила, что та взяла от своих родителей все самое лучшее, а недостатки оставила за бортом. Например, Андрей Сергеевич — человек целеустремленный, с прекрасными мозгами, инициативный и энергичный, но резкий, даже грубоватый, совершенно не умеет договариваться, идти на компромиссы и уступать. Кроме того, он не считает нужным объяснять свои решения, просто ставит о них в известность, и это обижает людей. А Лена при всех тех же положительных качествах договариваться умеет, она умеет толково объяснить, чего хочет и как это можно устроить, она умеет слушать, вникать, становиться на сторону собеседника и понимать его. От матери, Веры Алексеевны, Лена взяла мягкость, безграничное терпение и выдержку, которых так не хватает самому Бегорскому.

Лена Константина Еремеева не любила и неприязнь свою даже не пыталась скрыть. Настя помнила, что на вопрос о том, кто в усадьбе знает о ее настоящем задании, Бегорский ответил: «Мои жены», то есть Лена должна быть не в курсе и считать ее социологом, поэтому к вопросам о Косте старалась подобраться как можно более незаметно.

— Он мне не нравится, — Лена виновато улыбнулась, но голос ее звучал при этом твердо. — Он двуличный какой-то.

— Почему вы так решили?

— Понимаете, папа собирал для работы в клубе команду единомышленников, и мама как кадровик очень следила за этой политикой, она с каждым, кто приходил устраиваться на работу, подолгу беседовала, чтобы здесь работали только те, кто разделяет папину точку зрения о том, что после выхода на пенсию у человека должен начинаться настоящий золотой век. Это значит, что она и с Костей долго разговаривала, и если она приняла решение его взять, значит, он ей понравился, произвел хорошее впечатление. А он на самом деле стариков не любит.

— Вы уверены? — спросила Настя, быстро записывая ее слова в блокнот.

— Конечно. Я бы не стала говорить, если бы не была

уверена. Я это точно чувствую. Он позволяет себе и пренебрежительные высказывания, и очень жестокие шутки в их адрес. Но, заметьте, только в разговорах со мной. А с нашими гостями он белый и пушистый. То есть притворяется. А старики — они же как дети, они доверчивые, все принимают за чистую монету и Костю обожают. Особенно Путилины. Они вообще без него обходиться не могут.

Ага, вот и Путилины забрезжили на горизонте. Интересно, что их связывает с Еремеевым?

— Путилины? — Настя сделала вид, что впервые слышит о них. — Кто это?

— Члены нашего клуба. Костя постоянно вокруг них вьется. И они его все время подзывают: «Костя, наладь нам, Костя, покажи, Костя, у нас не включается, у нас не выключается, у нас вирус, у нас не получается», и так далее.

— Ну и что? — удивилась Настя. — Разве это свидетельствует о чем-то плохом? Наоборот же, хорошо, что у них не получается, но они не бросают заниматься компьютером, продолжают, проявляют настойчивость.

— Наверное, хорошо, — задумчиво кивнула Лена. — Но я, знаете, что заметила? По поводу этих Путилиных Костя никогда не позволяет себе никаких сомнительных высказываний. О ком угодно, только не о них. Похоже, он метит куда-то.

— Куда именно? — не поняла Настя.

— Например, в наследники, — усмехнулась молодая женщина. — Путилины — люди небедные, деньги у них есть, вот Костя и подмазывается к ним. Уж не знаю, на что он там рассчитывает, на наследство или просто на вспомоществование, но это очень заметно и очень противно. Не удивлюсь, если узнаю, что они ему уже сейчас подкидывают деньжат.

«Или деньжат, или какие-то загадочные пакеты», — мысленно дополнила Настя.

А что, если конструкция чуть более сложная? Кто-то

из супругов Путилиных — потомок Румянцевых, а Костя — их сообщник? Вопросов все больше, а ответов все меньше.

Напоследок Настя спросила у Лены о гостях, проживающих на втором этаже главного дома, в гостиничных номерах. Оказалось, что все трое — два друга и дама-профессор — заехали в усадьбу уже после Нового года, стало быть, к разбитому зеркалу и разбросанным волосам отношения иметь не могли. Ну и ладно, больному легче, значит, остаются охранники, Еремеев, эмигрант Полосухин и завхоз Беляков.

* * *

— Заходите, — донесся из-за двери голос Тамары, — не заперто.

Настя вошла в апартаменты Тамары и огляделась. Хозяйки не было видно.

— Идите сюда, — раздалось откуда-то справа, — я здесь, в мастерской.

В этой комнате Настя еще не была, до этого Тамара принимала ее в гостиной. Дверь направо из прихожей была распахнута настежь. Тамара стояла перед мольбертом и писала акварелью. Комната была на удивление светлой, угловой, с четырьмя окнами, выходящими на юг и на восток.

— Вы еще и рисуете?! — не сдержала восхищения Настя. — Можно посмотреть?

— Да ради бога.

Тамара отступила назад и полюбовалась на свою работу. Настя подошла ближе, рассматривая незаконченный рисунок женщины в старинном платье и с замысловатой прической.

— Красиво, — сказала она искренне.

— Спасибо, рада, что вам нравится. Это эскиз к новому спектаклю, который мы будем ставить.

— А шить тоже вы будете?

— Конечно.

— Просто удивительно, вы и шьете, и рисуете...

Настя оглянулась и заметила на стенах вышивки в рамках.

— ...и вышиваете. Как вас на все хватает?

Тамара посмотрела на нее с удивлением и недоверием.

— Ну а как же, Настенька, нельзя жить только профессией. Вы сами разве ничего не делаете такого, что выходило бы за рамки вашей работы?

— Нет, — призналась Настя со смехом, — я только пользовалась иностранными языками, переводила за деньги во время отпусков, да и то уже много лет этого не делаю.

— Почему?

— Потому что переводчиков и без меня достаточно, сейчас знание языков — не проблема, не то что в начале девяностых.

— Ну а шить? — продолжала допытываться Тамара. — Вышивать? Вязать? Готовить? Вы хоть что-нибудь делаете для собственного удовольствия?

— Нет, — Настя покачала головой, — я всю жизнь для собственного удовольствия работала, больше я ничего не умею.

— Ну а теперь, когда ваша работа закончилась?

— Я нашла себе другую, почти такую же.

— А когда и она закончится? Вы не можете раскрывать преступления до самой смерти, существует предел физических и интеллектуальных возможностей человека, который никто не отменил. Да, вы можете еще много лет сохранять прекрасную форму, и дай бог, чтобы так оно и было, но мало ли что может случиться? И вы не сможете больше заниматься тем, что вы любите и умеете. Что вы станете делать?

Действительно, что она станет делать, если нельзя будет заниматься любимой работой? Хороший вопрос. А ответ на него звучит очень грустно.

— Наверное, я тогда умру, — тихо сказала Настя.

Тамара аккуратно поставила кисти, вытерла руки тряпкой.

— А вот это неправильно, — строго произнесла она. — Вы, Настенька, живете на одной ноге.

— На одной ноге? — в изумлении переспросила Настя. — Это как?

— А так, что ваша единственная нога, ваша единственная подпорка в этой жизни — это ваша работа сыщика. Отними у вас эту работу — и вы рухнете, как будто из-под вас выдернули опору. Всегда надо иметь как минимум две ноги, тогда вы не упадете, а лучше три или четыре. Вам надо обязательно чем-то заниматься, помимо своего сыщицкого дела.

— Чем, например? Крестиком вышивать?

Настя сама не заметила, как в ее голосе зазвучало легкое пренебрежение.

— А хотя бы и так. Что в этом плохого? Вам кажется, что это мещанство? Я, знаете ли, тоже так думала, когда была совсем юной. Мне в те годы почти все казалось мещанством, кроме чтения, рисования и парикмахерского дела. Но я прожила долгую жизнь и поняла, что шить, вышивать, вязать, готовить, фотографировать — это замечательно. Можно писать стихи или прозу, можно рисовать, можно заниматься музыкой, играть в самодеятельном театре, петь в хоре, работать волонтером в любой организации, начиная от хосписа и заканчивая приютом для бездомных животных. Занятий тьма-тьмущая, было бы желание. А желание у вас должно быть, и очень плохо, что его нет. Только чем-то занимаясь, можно сохранить себя, если нет возможности остаться в любимой профессии. Вы же знаете, у любимых профессий есть одно неприятное свойство: они, как правило, жестоки и всеми силами стараются отделаться от тех, кто слишком сильно их любит, слишком сильно к ним привязан. Любимая профессия не терпит кумирства и обычно жестоко мстит тем, кто сотворил из нее кумира. Вот такая у нее особенность. Вы только представьте себе, как это замечательно: вы приходите домой, готовите вкусную еду, кормите мужа... Кстати, что любит ваш муж?

— В каком смысле? — опешила Настя.

— Ну, что он любит кушать? Какие блюда? Что вы обычно ему готовите такого вкусненького, что он ест с удовольствием?

— Ой, я не знаю, — Настя растерялась. — Я вообще-то не готовлю... Как-то не умею...

— Кошмар! — Тамара всплеснула руками. — Как же вы живете?

— У меня муж сам готовит, — пояснила Настя, внезапно впервые в жизни ощущая всю нелепость того, что она произносит. — Что он приготовит, то я и ем, я не капризная.

— Да вы можете быть хоть сто раз не капризная, но знать, какую еду любит ваш муж, — ваша прямая обязанность как жены и спутницы жизни.

— Ну не умею я готовить! — в отчаянии воскликнула Настя. — Что меня теперь, повесить за это? Не всем дано.

Тамара вдруг рассмеялась.

— Да вы не сердитесь, Настенька, я же не про готовку говорю, ну не умеете — и не умеете, и бог с ним. Но знать вкусы и пристрастия своего любимого мужа вы просто обязаны, если он действительно любимый.

— Действительно любимый, — вздохнула Настя. — Просто я, наверное, плохая жена.

— Ну ладно, не вы ему приготовили, он вам приготовил. Вы с удовольствием съели то, что он вам приготовил, порадовались, что он умеет так вкусно готовить, убрали со стола, помыли посуду... Посуду-то вы мыть умеете?

— Умею, — улыбнулась Настя. — У меня неплохо получается. Меня даже хвалили.

— Уже хорошо, — удовлетворенно кивнула Тамара. — Так вот, вы помыли посуду, сели на диван, включили телевизор, взяли корзинку для рукоделья и начали вышивать...

Тамара обвела глазами висящие на стенах вышивки и озорно хихикнула.

— ...начали вышивать зайца с морковкой. Заяц такой серо-голубоватый, пушистый, глаза большие, хитрые, хвостик кругленький, пупочкой, помпончиком таким, ушки длинные, а морковка оранжевая, сочная, сладкая, большая, с ярко-зеленой ботвой. Муж сидит рядом, читает, или смотрит телевизор, или работает с документами, или тоже что-то мастерит руками, или просто рассказывает вам об общих друзьях, с которыми он сегодня встречался, или про нерадивых коллег по работе, или пересказывает вам статью из газеты, а вы вышиваете... И такой мир вокруг, такой покой, такой уют! Неужели вам не хочется, чтобы так было? А потом, когда вы закончите зайца с морковкой, вы простирнете вышивку, прогладите ее, вставите в рамку и повесите на стенку, и ваша стенка заиграет новыми красками, и в вашей квартире появится еще одно новое яркое пятнышко, которое вы сотворили своими руками. И каждый раз, глядя на это пятнышко, вы будете вспоминать тот мир, покой и уют, и в душе у вас будут расцветать цветы. Поверьте мне, Настенька, в рукоделье и во всяческих хобби нет ничего мещанского, или смешного, или неприличного, или постыдного. Все, что позволяет человеку чувствовать себя спокойным и счастливым, — все благо. А я смотрю, вы поскучнели, — заметила она. — Я вас заговорила, да? Вы, наверное, не просто так ко мне зашли, а по делу, а я вам тут прописные истины втолковываю. Пойдемте пить чай, я испекла замечательное печенье по рецепту моей бабушки. Вам понравится.

Настя прошла следом за ней в другую комнату и уселась на диван. Кажется, это уже стало ее привычным местом. Тамара принесла чай и большое блюдо с печеньем, которое действительно оказалось на редкость вкусным, нежным, рассыпчатым и таяло во рту.

— Хотите, научу вас печь? — весело предложила Тамара.

— Как-нибудь в другой раз, — улыбнулась Настя. Перспектива удариться в кулинарные изыски ее не вдохновляла. — Скажите мне лучше, как завхоз Беляков относится к своему тестю.

— Саня? — удивленно переспросила Тамара. — К Андрюше?

— Ну да, к Бегорскому.

— Прекрасно относится. А в чем дело?

— Да ни в чем, — Настя решила уклониться от прямого ответа. — Просто выясняю все, что в голову приходит. Мало ли, пригодится. Я понимаю, что, если вы выйдете замуж за Андрея Сергеевича...

— Вот именно, если, — перебила ее Тамара.

— ...то Саня автоматически перейдет в разряд ваших родственников. Может быть, вам неловко о нем говорить? Меня Вера Алексеевна предупредила, что вы здесь все друг за друга горой. Тамара, поймите, мне не нужна ложь или полуправда. Если вы не считаете для себя возможным сказать мне все, как есть, то будем считать, что я ни о чем не спрашивала. И без всяких обид. Я все равно узнаю то, что меня интересует, но при этом не стану ставить вас в неловкое положение.

Тамара съела еще одно печенье и задумчиво посмотрела на Настю.

— Вы знаете, я вот слушала вас и впервые задумалась: а есть ли мне что скрывать по поводу Сани или, к примеру, Леночки или Веры. Нечего. Не-че-го, — повторила она раздельно. — Я вам скажу чистую правду. Но начать надо все-таки не с Сани, а с Андрюши, тогда вам многое станет понятнее. Видите ли, Андрей вырос в большой семье, у него были четыре старших сестры, которых он ужасно не любил еще в детстве и не любит до сих пор.

— Не любит? Почему?

— Он считает их тупыми, примитивными и корыстными. Они никогда ничем не интересовались, кроме замужества и благосостояния, которое это замужество должно было им принести. В общем, отношения не сложились практически с самого рождения. Когда Андрей вырос, он материально помогал родителям, а с сестрами контакты сократил до минимума, а все их намеки и прямые просьбы насчет устройства на хорошую работу пропускал мимо ушей, он точно знал, что хороших работников из его сестер и их мужей и детей не выйдет. В общем, дистанцировался от семьи, а после смерти родителей общение с сестрами сошло на нет. Кстати, не все сестры до сих пор живы, две из них уже умерли. Но это к делу не относится. Как вам известно, у Андрея было три брака, и все они закончились разводом. И вот несколько лет назад наступил момент, когда Андрюша понял, что вокруг него нет семьи, что он со своим жестким и прямолинейным характером растерял всех близких, и у него остались только друзья детства — Родик и мы с сестрой, ну и еще одна наша общая подруга.

— Родик — это Родислав Евгеньевич?

— Ну да, он был женат на моей родной сестре. И вот тут Андрюша решил, что надо собрать всех «своих» и снова встать во главе семьи. Денег у него было уже очень много, и он думал, что это даст ему возможность начать устраивать жизнь всех его бывших жен и их общих детей, а уж как именно эту жизнь устраивать, он знал совершенно точно, вы ведь уже поняли, что наш Андрей Сергеевич всегда знает, как правильно, а как неправильно.

— Да уж, — усмехнулась Настя, снова вспомнив злосчастный разорванный и выброшенный список. — И что было дальше? Он придумал клуб и начал собирать семью под свои знамена?

— Не совсем так. Сначала он поехал к Верочке, приехал сюда, в Томилин, а она его вежливо отправила по всем известному адресу. Она больше не хотела жить на его деньги и под его диктовку, она этого накушалась досыта. Ленка уже была взрослая, училась в полиграфическом институте, женихалась с Саней, и им такой властный папаша-диктатор тоже как-то не улыбался, у них жизнь была хоть и трудной, но устоявшейся, и менять ее они не собирались. В тот момент, — уточнила Тамара с улыбкой, — Андрюша был совершенно обескуражен их отказом жить по его указке и под его диктовку, долго бродил по городу и набрел на полуразрушенную усадьбу Вяземских. Его в тот момент одолевали мысли о том, что ему стало скучно заниматься своим холдингом, который он выстроил своими руками буквально с первого документа, с первой детальки. Холдинг мощный, работает эффективно, приносит огромные прибыли, все в нем отлажено, все механизмы смазаны и отработаны, никаких неожиданностей. Андрюше нужно было новое дело, которое бы его захватило. Что-нибудь необычное, нестандартное, такое, чего раньше никто не делал, чтобы не изучать чужой опыт, а нарабатывать свой собственный, совершать собственные ошибки и извлекать из них собственные уроки. Такой уж у нас Андрюшка! — Тамара легко рассмеялась. — Он с детства таким был, мы знакомы уже больше пятидесяти лет. Ну вот, и наряду с мыслями о том, что ему стало скучно, появились мысли о том, что с возрастом человек становится нужен все меньшему числу людей. И както у него срослось одно с другим, и появилась идея купить усадьбу, отреставрировать ее и попробовать создать некую структуру для приобщения пенсионеров к компьютерной грамотности, чтобы они шли в ногу со своими детьми и внуками, не чувствовали себя отсталыми, оторванными от жизни, от прогресса, ну и, кроме того, чтобы расширить их возможности общения. К тому времени Андрюша уже успел навестить свою третью жену, Анютку, и их общего сына, убедился в том, что Анютка очень счастлива во втором браке с крупным строителем, владельцем собственного бизнеса, и никаких указаний по поводу воспитания мальчика их семья не потерпит и помощи не примет. И вот купил он усадьбу и обратился к Анюткиному новому мужу по поводу контракта на реставрацию. Муж согласился, начались работы, и тут вдруг нарисовался Саня Беляков, он тогда еще был Ленкиным женихом, но свадьба уже была назначена. Саня в ту пору судорожно искал работу, работал на стройках и подрабатывал где мог и кем мог, у него руки золотые, он все умеет. Но ему хотелось стабильности, ему хотелось работы надолго и с гарантиями, он ведь собирался семьей обзавестись. Пришел Саня к Андрею и спросил, не найдется ли для него работы. Андрей сразу взял его, зарплату большую положил. Саня на этой стройке дневал и ночевал, он очень предан Андрею, очень ему благодарен и фактически стал в усадьбе на время реставрационных работ глазами и ушами Бегорского. Андрей мог сидеть в Москве и быть спокойным за ход строительных работ, Саня ни одной мелочи не пропускал. Потом, когда Андрей начал создавать структуру клуба, понадобились тексты для размещения в Интернете, и тут Андрюша предложил Сане поговорить с Леночкой, которая получала в своем институте специальность редактора. Ленка сразу согласилась помочь, потому что Саня к тому времени ей все уши прожужжал про то, какой у нее замечательный отец, и девушка только искала повод, чтобы прийти к Андрею, не уронив достоинства. А уж когда дело дошло до штатного расписания и бухгалтерии, Лена привела свою мать, Верочку, которую Андрей тоже с удовольствием взял на работу главбухом и кадровиком. Так что преданнее Сани у Андрея, наверное, никогда никого не было. А теперь, если у вас остались еще вопросы, я готова на них ответить.

Н-да, пожалуй, при таком раскладе вопросов у Насти уже и не осталось. Белякову невыгодно участвовать в разрушении клуба, потому что такой высокооплачиваемой работы он при своем уровне образования и квалификации больше нигде не найдет. И потом, нельзя забывать, что Беляков стоял фактически у истоков «Золотого века», при его непосредственном участии отстраивалась и реставрировалась усадьба, которая стала его детищем, и он, будучи человеком с нормальной психикой, не отдаст ее на разграбление каким-то богатеям, желающим устроить здесь черт знает что. Значит, с подозрениями в адрес завхоза придет распроститься.

Настя ушла к себе, легла в гостиной на диван, свернулась калачиком и закрыла глаза. Разговор с Тамарой ее разбередил, в голове роились мысли о тихих семейных радостях, о необходимости создавать и поддерживать устойчивые, доверительные отношения с родными, о зайчике с морковкой, о сидении вдвоем перед телевизором... Нет, это не для нее.

И все-таки спустя некоторое время она позвонила мужу.

— Леш, тут работы много, я, наверное, до начала Олимпиады не успею вернуться.

Олимпийские игры должны были начаться 14 февраля, а сегодня еще только 2-е число, но Настя была уверена, что до 14-го она точно не успеет разобраться в истории с потомком Румянцевых-Лобановых.

— Ничего страшного, — успокоил ее Чистяков, — у тебя же там наверняка есть телевизор, так что ты и в своем Томилине все соревнования увидишь.

— Нет, Лешик, ты не понял. У нас с Канадой большая разница во времени, все трансляции будут идти ночью.

— Ну и что? — удивился он. — Я действительно не понял.

— Ты представь, как это было бы здорово: глубокая ночь, город спит, за окном тишина, а мы с тобой сидим вдвоем на диване, рядышком, пьем чай, жуем бутерброды и вместе смотрим соревнования и болеем за наших. И так нам хорошо, так уютно...

— Ася, — Алексей не на шутку встревожился, — с тобой все в порядке? Ничего не случилось?

— Все в порядке. А что ты забеспокоился? Я сказала что-то не то?

— Это на тебя так не похоже... — он усмехнулся в трубку. — Ты попала под чье-то влияние?

— Да нет же, Лешик, просто я подумала... — Настя замялась. — У меня нет никого ближе тебя, ты мой самый родной... В общем, я не умею это сформулировать... Просто скажи: ты бы хотел, чтобы мы сидели рядышком на диване и ночью смотрели Олимпиаду?

— Аська, я не знаю, — честно признался муж. — Я никогда не пробовал. Мы с тобой обычно по ночам все-таки или спим, или работаем, а не телик смотрим. Во всяком случае, так было раньше. Тебе хочется попробовать чего-то новенького? Тебе захотелось новых ощущений? Тебе стало скучно в той жизни, которой мы с тобой живем?

Ну вот, только этого не хватало! Насте совсем не хотелось, чтобы в голове у Леши появились такие тревожные мысли. Ну что она за кретинка такая, взяла и испугала Лешку!

— Извини, солнышко, просто дурь какая-то лезет в голову, — покаянно произнесла она. — Мне очень хорошо в нашей с тобой жизни, честно-честно! Просто я подумала, что раз уж я ушла с работы и начала новую жизнь, то можно попробовать внести какое-то разнообразие в наш с тобой быт, а то как бы ты первый рядом со мной не соскучился. Вот возьмешь и бросишь меня, найдешь себе кого-нибудь помоложе и поинтересней, и что я стану делать одна, старая, некрасивая, больная и никому не нужная?

— Здрасьте, приехали, — весело откликнулся Чистяков. — Пребывание в среде пенсионеров явно не пошло тебе на пользу. Аська, я тебя не узнаю. Что с тобой творится? Мы уже десять минут разговариваем, а ты до сих пор не спросила, как я съездил в ВАК. Тебе что, уже не нужно?

Елки-палки, про ВАК-то она совсем забыла! Надо же,

Тамаре удалось совсем забить ей голову всякими глупостями.

— Нужно, Леш, очень нужно, — торопливо сказала Настя. — Что тебе удалось узнать?

— А ничего, — Чистяков продолжал веселиться, вероятно, Настины разговоры про новизну в отношениях его изрядно посмешили. — Я такого исторического доктора наук не нашел. Ни в каких базах Высшей аттестационной комиссии он не значится.

Собственно, ничего другого она и не ожидала.

* * *

Вера Алексеевна Бегорская любезно предоставила Насте анкеты и личные дела всех сотрудников службы охраны — руководителя и шестнадцати подчиненных, работающих в режиме «сутки через трое» по два человека в смене на двух постах: центральных воротах и боковом въезде. Настя внимательно читала документы, всматривалась в лица на фотографиях, тупо таращилась на образцы почерков в собственноручно заполненных анкетах, но ничего полезного для себя не извлекла. Каждый из этих семнадцати выглядел более чем прилично и никаких подозрений не вызывал, и в то же время каждый из них легко мог оказаться либо потомком Румянцевых, возомнившим себя истинным хозяином усадьбы, либо его пособником, оказывающим помощь за вознаграждение.

Настя со вздохом захлопнула блокнот, убрала его в сумку и отправилась на первый этаж искать супругов Путилиных. Она уже беседовала с ними, но вопросы задавала в основном про Корягину и Павлову, теперь же ее интересовало совсем другое.

Муж и жена Путилины сидели в компьютерном зале и что-то искали в Интернете. Время было горячее, гостей много, и по залу метались Костя Еремеев и еще один компьютерный «мальчик» лет тридцати, оказывая помощь, показывая и подсказывая.

— Вы не могли бы ответить еще на несколько моих вопросов? — вежливо спросила Настя, подходя к Путилиным и снова вживаясь в роль социолога. — Меня интересует, устраивает ли пожилых людей такой молодой персонал в компьютерном зале или вам было бы комфортнее, если бы помощь вам оказывали люди постарше, более близкие вам по возрасту?

— Что вы, что вы, — дружно замахали руками Путилины, — нас все устраивает. Здесь работают очень милые молодые люди, и нас все устраивает, вот, например, Костенька...

Из первого разговора с ними Настя вынесла впечатление о них как о людях приятных, спокойных, с печатью не то печали, не то озабоченности. Путилин в прошлом был научным сотрудником лаборатории на химкомбинате, его жена — доцентом в филиале технологического института. Люди образованные, достаточно продвинутые, хорошо одетые, ухоженные, с грамотной интеллигентной речью. И что такие люди могли делать поздним вечером за гаражом в обществе Кости Еремеева? Может быть, Лена Белякова права и у них сложились какие-то глубоко личные отношения, в которых Костя имеет свой корыстный интерес? Но почему эти отношения нужно скрывать от всех? И чья это инициатива — скрываться, самих Путилиных или Костина?

А Путилины между тем наперебой расхваливали Костю, уж такой он услужливый, уж такой добрый, такой внимательный, и у него такое горе, очень его жалко. Глаза их потеплели, лица смягчились. Нет, определенно, между ними и Костей что-то есть. Надо бы выяснить, какие у Путилиных есть наследники, может быть, и вправду Костик нацелился в будущем на их имущество.

— Простите, я хотела бы спросить: у вас есть дети?

Путилины разом помрачнели и долго молчали. Потом Путилина сказала:

— У нас есть сын, но мы, к сожалению, утратили с ним связь. Не знаем, ни где он, ни что с ним. У него какие-то сложности по бизнесу, ему пришлось уехать куда-то далеко, и он нам не звонит.

— То есть он скрывается? — уточнила Настя.

— Нам не хотелось бы так думать, наш мальчик очень хороший и порядочный человек, но выглядит это именно так... к сожалению... Мы даже не знаем, жив ли он. Это наш крест, это наша боль. Может быть, он в беде, может быть, ему нужна помощь. Мы ничего не знаем.

Понятно. Вопрос с наследством остается открытым, во всяком случае, пока нет точной информации о том, что сына Путилиных нет в живых.

— Вы извините, я не хотела вас расстраивать. Давайте вернемся к моим основным вопросам. Скажите, а вот с этим Костей вы не встречаетесь помимо компьютерного зала? Может быть, между вами сложились доверительные отношения и он приходит к вам в гости? Или вы к нему? Нет? Может быть, вы вместе куда-то ходите, например в кино, на концерты или просто погулять?

— Нет-нет, — быстро и твердо ответил Путилин, — никаких особых отношений у нас с ним нет, просто он очень милый и любезный молодой человек. И мы ему искренне сочувствуем в его горе.

И ни слова о том, что они шепотом общались за гаражом и даже передали Косте какой-то пакет. А ведь Настя видела это своими глазами. И ни слова о странностях в поведении Кости Еремеева. То ли он так хорошо притворяется, то ли он действительно ни при чем и все подозрения в его адрес беспочвенны. Ладно, для проверки Еремеева у Насти в плане стоит еще разговор с оперативниками и Аллой Ивановной.

Она позвонила Федулову, и тот в полном соответствии со своими заверениями оказался на этот раз доступен контакту.

— Да, я нашел вашу Аллу Ивановну и даже поговорил с ней. Она уверена, что никакой серьезной психопатологии у Еремеева нет, просто небольшой невроз, вызванный психотравмой. Он после трагедии стал сторониться незнакомых людей, тяжело вступает с ними в контакт, старается не разговаривать и не откровенничать. И никаких признаков наркомании она у Еремеева тоже не замечала.

Вот, интересно, если бы Настя сама ему не позвонила, когда он соизволил бы сообщить ей эту информацию? Нет, все-таки разговоры о том, что он всецело находится в ее распоряжении, это только одни пустые разговоры. Впрочем, грех жаловаться, он же сделал то, о чем Настя попросила, не забыл, а то, что сам не позвонил и ничего не сказал, можно простить. Настя поставила себя на место Федулова и поняла, что поступила бы точно так же, если бы какой-нибудь частный сыщик начал пытаться раскрывать преступление, которое ей самой раскрыть в свое время не удалось. Она бы делала то, о чем он просит, но ни за что не звонила бы ему сама, ждала бы, чтобы он первым проявил инициативу. Ему надо — пусть сам и звонит. «Детский сад», — с досадой произнесла она про себя.

— Мне хотелось бы поговорить с ней, — сказала Настя.

— Ради бога, она готова и ждет вашего звонка. Кстати, вы можете связаться с ней через компьютер, у нее в компе видеокамера. А у вас есть?

— Есть.

— Ну и отлично. Я всегда предпочитаю видеть собеседника, а вы?

— Я тоже. Спасибо, Дима. Диктуйте, я записываю. Дима, а что вы сказали Алле Ивановне? Как вы объяснили мой интерес к Косте?

— Ну, я сказал, что вы социолог из Москвы, собираете материал о пенсионерах и их психологических проблемах, а по поводу Еремеева я сказал, что он вам показался наркоманом. А что? Надо было как-то по-другому?

— Нет-нет, все в порядке, — поспешила успокоить его Настя. — Я свяжусь с ней и все спрошу сама. Еще раз спасибо.

* * *

Алла Ивановна Ярцева даже на экране компьютера выглядела ослепительно. Глядя на нее, Настя вспоминала слова Тамары и не могла не признать их правоту. Вытравленные до белизны, длинные, завитые в локоны волосы, тщательно раскрашенные глаза, пухлые губы покрыты помадой весьма интенсивного цвета, а цвет всего лица в целом явно улучшен при помощи тонального крема. В ушах — длинные висячие серьги, переливающиеся всеми цветами радуги. Глубокое декольте открывает пышную упругую грудь, украшенную яркой бижутерией. Как врач-психотерапевт выглядела ниже выреза, Настя не видела, но столь впечатляющая верхняя часть вполне позволяла угадывать мини-юбку и обтянутые донельзя бедра и ягодицы.

— Дмитрий Вадимович сказал, что вы интересуетесь Костей Еремеевым, — начала она с места в карьер. — Вам, наверное, уже наговорили про нас бог знает что.

— Ничего особенного, мне только сказали, что вы с ним много общались, поэтому я попросила узнать у вас...

Алла Ивановна досадливо сморщила аккуратный носик и понизила голос:

— Ну да, мы были любовниками. Мой муж ничего не знает, но от вас я скрывать не буду, потому что Дмитрий Вадимович все равно в курсе. Нас сблизило горе, у мужа я понимания не нашла, а Костя...

— Ну да, я понимаю, — сказала Настя. — Значит, никаких странностей в его поведении вы как специалист не усматривали?

— Ни малейших. Да, Костик чудной немного, он не такой, как все, но это проявления невроза. И потом, не забывайте, он с юности занимался компьютерами.

— И что? — не поняла Настя.

— Ну как — что? Компьютер его лучший и единственный друг, Костя с ним общается, разговаривает, лечит, грузит, перезагружает, придумывает для него начинку. Для таких, как Костя, люди просто не существуют в том понимании, к которому привыкли, например, вы или я. Для них существуют только железо и начинка. А навыка общения с людьми у них нет. Поэтому они, как правило, не гиганты речи. Есть, конечно, исключения, но Костя Еремеев — типичный компьютерный маньяк, не приспособленный к социальным контактам.

— Но ведь у него была семья, — заметила Настя. — Как же он мог иметь жену и ребенка, если не приспособлен к социальным контактам?

— О, да легко! — Лицо Аллы Ивановны оживилось, было видно, что она вступила в привычные воды своей профессии. — Человек, зацикленный на железе и начинках, может даже не заметить, как его схватят в цепкие лапки и дотащат до загса. А уж когда дело дойдет до ребенка, то его и спрашивать не будут, просто рожают — и все. Кстати, они порой даже беременность замечают только тогда, когда до родов остается месяца полтора-два. Такие, знаете, не от мира сего. Да что мы все о Косте? Дмитрий Вадимович сказал, что вас интересуют психологические проблемы гостей клуба. Не знаю, смогу ли я вам помочь, все-таки врачебная тайна...

— Ну что вы, Алла Ивановна, я же не буду спрашивать, кто конкретно с какими проблемами обращался к вам. Меня интересует, так сказать, общая картина, самые типичные случаи, наиболее частые жалобы.

Алла Ивановна охотно рассказывала о жалобах на плохой сон, на чувство одиночества и ненужности, на отсутствие взаимопонимания с детьми и внуками, а Настя все думала, как бы ей половчее подобраться конкретно к интересующим ее убитым Корягиной и Павловой. Если в разговорах с членами клуба это не представляло особой сложности, так как пенсионеры с удовольствием рассказывали обо всем, то с Аллой Ивановной этот номер мог и не пройти.

— Алла Ивановна, меня еще интересует вот какой момент: на чем основываются контакты людей в трудовом возрасте, мне более или менее понятно, а вот какие точки соприкосновения у пенсионеров, не связанных общей трудовой деятельностью? На чем основываются их связи? Как возникают устойчивые дружеские отношения?

Алла Ивановна снова пустилась в рассуждения, и Настя ждала удобного момента, чтобы задать заготовленный заранее вопрос.

— А вот мне рассказывали, что в клубе сложилась устойчивая группа из трех женщин и одного мужчины, которые были настолько разными по характеру и менталитету, что люди до сих пор удивляются: что их могло связывать? Потом двух женщин из этой компании убили. Вы никого из них не знали, случайно?

— Вы об Аиде Борисовне спрашиваете? — Лицо Ярцевой слегка нахмурилось.

— И о ней, и о Галине Ильиничне Корягиной. Вы их знали?

— Аиду Борисовну чуть лучше, она несколько раз обращалась ко мне, я даже выписывала ей легкий антидепрессант. А ту, вторую, я совсем не знала, она ко мне на консультации не приходила.

— А Елена Станиславовна Муравьева? Она к вам ходила?

— Эта та, которая считает себя дворянкой в сотом поколении? — Ярцева вздохнула и потянулась за сигаретой. Собственно, за чем именно она потянулась, Настя не видела, просто рука ее, до этого подпиравшая подбородок, куда-то исчезла из кадра, а потом появилась уже с сигаретой. — Приходила, а как же. Ей очень хотелось, чтобы у нее обнаружились какие-нибудь необыкновенные проблемы, свидетельствующие о ее дворянском происхождении. Она много на что жаловалась, но, по-моему, это все были выдумки чистой воды. Ей хотелось внимания и признания, вот и все. Абсолютно здоровая психика и полная, стопроцентная уверенность в собственной незаурядности.

— Ясно. А Полосухин? Говорят, Елена Станиславовна была в него влюблена.

— Почему была? — Алла Ивановна вздернула подчерненные карандашом брови. — Она что, разлюбила его? Или с ней что-то случилось?

— Извините, я не так выразилась. С Муравьевой все в порядке, и с Полосухиным тоже, оба живы-здоровы. Так как насчет чувств?

— Были чувства, — Алла Ивановна чуть заметно улыбнулась. — Были. Во всяком случае, при мне, пока я там работала. Муравьева патологически ненавидела Аиду Борисовну и ревновала к ней Полосухина. Впрочем, Корягину она ненавидела не менее сильно, но к ней не ревновала, считала, что Корягина ей не соперница. Я лично эту Корягину не знала, так что, как говорится, без комментариев, а что касается Павловой, то Елена Станиславовна видела в ней сильную соперницу. Ну, и не без оснований, конечно. Аида Борисовна была яркой натурой, многогранной, интересной, а у Муравьевой одни понты, да и те дешевые, если вы понимаете, что я хочу сказать.

В этом месте Алла Ивановна рассмеялась, и Настя рассмеялась следом за ней, очень уж уместно и, главное, похоже прозвучали излюбленные слова Елены Станиславовны Муравьевой.

— Так что вы можете мне сказать о Полосухине?

— А, — сигарета в руке Аллы Ивановны описала замысловатый многоугольник, — тряпка и мямля, вот и все, что можно о нем сказать. Он ко мне тоже не ходил, я о нем знаю только со слов Муравьевой, ну, еще Костик иногда кое-что о нем рассказывал. Баба в штанах, вот и весь ваш Полосухин. Был тихо влюблен в Аиду Борисовну, и у него даже не хватало ума дать понять Муравьевой и той второй, Корягиной, чтобы они на него зубки не точили. Каждую свободную минуту пяльцы хватает, если работы нет, так он может за своим вышиванием сутками сидеть.

— Вот мне и стало интересно, как такие разные люди образовали тесную компанию. У вас нет никаких соображений?

Ярцева пожала округлыми налитыми плечами.

— Ни малейших. Если только...

— Что? — насторожилась Настя.

— Могу предположить, что все они любили заниматься критиканством. Но, повторяю, лишь предположить, потому что лично я знала только двоих, Муравьеву и Павлову, а все остальное мне известно с их слов. Видите ли, Муравьева критиковала все русское, для нее образцом является Запад и его культура. Корягина — ярая сталинистка и сторонница жесткой руки, ей нынешний либерализм поперек горла стоял. Полосухин считает, что Родина его обидела, потому что не приняла обратно, не дала жилья и работы.

— А Павлова? Она чем была недовольна?

— Она была всем довольна, но считала себя самой умной, а всех остальных — полными дилетантами. Аида Борисовна говорила, что образование обесценилось, что в теперешних вузах учат не так, как раньше, что за деньги можно купить любой диплом, поэтому никаким специалистам теперь доверять нельзя, кругом одни безграмотные мошенники.

Вероятно, Алла Ивановна имела в виду тот разговор на повышенных тонах, свидетелем которого невольно оказалась Тамара. Аида Борисовна сочла, что врач, дипломированный специалист, неправильно назначил ей дозировку препарата. Ну разумеется, Аида Борисовна лучше знала, сколько раз в день ей следует принимать лекарство. Насте очень нужно было расспросить о подробностях того разговора, но возможность никак не представлялась, сама Алла Ивановна эту тему не затрагивала, а ссылаться на Тамару Насте не хотелось. Она даже не могла бы объяснить почему. Не хотелось — и все.

— И вот они как соберутся вместе, так и начинают нынешнюю жизнь хаять, каждый, конечно, про свое пел, но в целом получался, видимо, вполне стройный хор. Во всяком случае, тусовались они постоянно вместе, — продолжала Ярцева.

Настя слушала врача-психотерапевта и думала о том, как сама Ярцева училась в институте. Как при советской власти или так, как не нравилось Аиде Борисовне Павловой? С одной стороны, вроде бы нет оснований сомневаться в ее квалификации. Но, с другой стороны, этот ее внешний вид, никак не располагающий к душевному контакту с пациентом, особенно с пожилым, и эти словечки: «понты», «тусоваться»... Она, конечно, утверждает, что Еремеев психически здоров и наркотиками не балуется, но можно ли полагаться на ее профессиональную оценку? Что-то Настя засомневалась.

Глава 8

Да, Стасов был прав, основа работы сыщика, хоть государственного, хоть частного, — это сбор и обработка информации. В течение нескольких дней Настя с утра до вечера разговаривала с людьми и изучала документы в поисках этой самой информации, записывала все сначала в блокнот, потом — в более систематизированном виде — переносила в свой компьютер, потом ужимала до самой сути и составляла отчеты для Стасова, и в конце концов ей стало казаться, что она знает наизусть биографии и характеристики всех, кто имеет хоть малейшее отношение к клубу «Золотой век». Но толку от этого не было никакого. Обилие информации породило у нее ощущение болота, в котором она тонула без какой бы то ни было надежды на спасение.

В субботу, 6 февраля, Настя выспалась от души, поднялась только в десятом часу, приняла душ, выпила кофе и решила прогулять Подружку, пока не открылось клубное кафе, где можно было съесть сытный вкусный завтрак. Она так и не выбралась в магазин, и все мечты о пусть недолговечной, но зато теплой одежде так и остались мечтами, поэтому Настя по-прежнему отчаянно мерзла, но мужественно водила старую собаку по аллее от главного дома до реки и обратно, глотая сырой ледяной воздух и едва сдерживая дрожь. Собака никуда не торопилась, тщательно выискивала кустики и деревья, обнюхивала, по каким-то только ей одной ведомым причинам отвергала и переходила к дальнейшим поискам, присаживалась, потом передумывала и трусила дальше.

— Подружка, миленькая, давай уже наконец сходим в туалет и пойдем в тепло, — ныла Настя.

Собака поднимала голову, смотрела на нее умными грустными глазами и вздыхала, словно хотела сказать: «Организму не прикажешь. Я не виновата, что он не слушается. У нас с ним инстинкт. Я бы и рада тебе помочь, но...»

Из кармана куртки донесся звонок телефона. В трубке послышался задыхающийся голос Тамары Виноградовой.

— Настя, вы где?

— С собакой гуляю. Что-то случилось?

— Да. Я вас жду в главном доме, в холле. Пожалуйста, приходите.

Настя спрятала телефон и строго посмотрела на Подружку.

— Все, дорогая моя, уговоры закончились. Или ты быстро делаешь свои дела, или в ближайшее время у тебя такой возможности не будет.

Собака понурила голову и немедленно присела. «Надо же, как будто она все понимает», — с удивлением подумала Настя. Отвести Подружку в зверинец? Или взять с собой в главный дом? Настя решила времени не терять и с собакой на поводке вошла в холл.

— Сиди здесь, только тихо и спокойно, — сказала она, оставляя Подружку у самой двери.

К ней уже спешила Тамара, бледная, с дрожащими губами.

— Пойдемте, я вам кое-что покажу.

Настя послушно пошла за ней в коридор налево от холла.

— Вот, смотрите.

Настя перевела глаза на пол, куда указывала Тамара, и увидела клочья разорванной материи.

— Что это? — в недоумении спросила она.

В памяти всплыли слова из статьи в «Томилинском экспрессе»: «На крик сбежались домочадцы, попытались утихомирить Ольгу, но она принялась рвать на себе волосы и одежду...» Неужели опять?

— Это костюм девятнадцатого века для спектакля, который мы ставили к Новому году. Я сама его шила.

Голос Тамары вибрировал, и непонятно было, то ли она так сильно напугана, то ли ей жалко своего труда.

— Где он был?

— В костюмерной, за музыкальным салоном. Вы там были, помните?

— Помню, — кивнула Настя. — Какие там двери? Я входила через музыкальный салон. А еще вход есть?

— Нет, только через салон.

— А окна?

— Есть одно окно, оно закрыто изнутри, я уже проверила.

— Когда вы это обнаружили?

— За две минуты до того, как позвонила вам. Я специально пришла к десяти часам, хотела поработать над костюмом для нового спектакля... И увидела вот это... Настя, сколько еще это будет продолжаться? У меня нервы крепкие, но ведь всему есть предел.

Настя оглянулась. В холле никого не было, в коридоре тоже.

— Кто-нибудь, кроме вас, это видел? — спросила она у Тамары.

— Кажется, никто. Я вошла, как только главный дом открыли, я еще перед входом пару минут постояла, пока охранник подошел с ключами. Вошла, оставила шубу в гардеробе и пошла к музыкальному салону. И увидела... А больше никого не было. По идее, администратор должна была уже прийти, но ее пока нет, что-то она опаздывает.

— Значит, уборщицы были здесь примерно с шести до восьми, — уточнила Настя.

— Или до половины девятого. Если бы они это увидели, они бы убрали. И мне позвонили бы или в охрану бы сообщили.

— Значит, тот, кто это сделал, был здесь между половиной девятого и десятью. Неужели никто не видел, как он входил в дом и выходил? Ведь белый день, уже давно светло. Странно.

— Значит, он ночует в доме, — уверенно ответила Тамара. — В гостиничных номерах.

— Нет, — Настя покачала головой, — это слишком опасно. У вас в гостинице проживают всего три человека, вычислить одного подозреваемого из трех — задачка для школьника. Кроме того, все трое приехали сюда только после Нового года и к эпизодам с зеркалом и волосами не могут быть причастны. Я проверяла.

— Тогда как же это могло получиться? — растерянно спросила Тамара.

— Будем думать, — вздохнула Настя. — Надо здесь все убрать, пока никто больше не увидел.

Она вспомнила про свое намерение плотно позавтракать. А, кстати, как насчет работников кафе? Их личные дела Настя тоже не просто прочла — наизусть выучила. Ну и что? Она выяснила, что работники кафе — повара и официанты — приходят раньше, повара к восьми утра, официанты к девяти, но им вход главного дома не открывают, для них есть отдельная дверь, сбоку, через которую вносят продукты, а также скатерти с салфетками из прачечной. И в коридор, где валялись обрывки ткани, они не выходят, пока не откроется кафе, которое работает, как и клуб в целом, с десяти часов. Но что значит «они не выходят»? Это по правилам так. А что мешает кому-нибудь открыть дверь изнутри и выйти? Да ничего! Надо только, чтобы в зале кафе больше никого не было, чтобы никто не увидел.

А уборщица? Что ей может помешать убрать помещения, вымыть пол в коридоре и перед уходом разбросать по полу лохмотья? Тоже ничего. А сколько уборщиц работают одновременно? Кажется, пятеро. Поэтому уборка занимает так мало времени. Значит, надо ухитриться уйти последней и быть уверенной, что никто из коллег в коридор не вернется. Хотя Насте, кажется, говорили, что охранники после уборки осматривают помещения главного дома, прежде чем их запереть снова... Ну что ж, значит, можно еще раз плотно подумать о сотрудниках охраны.

На всякий случай Настя решила уточнить, в последнее время она перестала надеяться на свою память, которой раньше так гордилась и которая в прежние времена никогда ее не подводила.

— Как работают уборщицы?

— С шести утра убирают первый этаж и служебные кабинеты на втором этаже, потом уходят кто куда и возвращаются к одиннадцати часам убирать гостиничные номера, — рассеянно ответила Тамара.

— Сколько у вас уборщиц?

— Пять человек.

Значит, на этот раз память не подвела. Уже хорошо.

— Где у вас веник и совок? Давайте быстренько уберем здесь.

Тамара кинула на Настю странный взгляд и улыбнулась дрожащими губами.

— Зачем вам веник? Я руками быстрее соберу.

С этими словами она наклонилась и пошла вдоль коридора, проворными движениями собирая обрывки ткани. Настя мысленно позавидовала ей: с ее больной спиной этот фокус не проделаешь, она не может так легко и так быстро наклоняться, не держась обеими руками за поясницу.

— Здорово! — восхищенно произнесла она. — Я бы так не сумела.

Тамара зажала в кулачке последний лоскут и разогнулась.

— Не завидуйте, Настенька, я тоже уже много чего не могу. Была бы моя воля, я бы стригла и укладывала людям волосы с утра до ночи, как в молодости, а не могу — ноги устают, руки болят. Вы хоть позавтракать-то успели? Или вы планировали после прогулки, а я вас сорвала?

— Я собиралась в кафе поесть. Сейчас пойду сделаю заказ, а пока они готовят, как раз собаку отведу.

— Я смотрю, вы к ней привязались, — заметила Тамара. — Не было мысли взять ее себе?

— Насовсем? — испугалась Настя. — Нет, я об этом не думала. Да и вряд ли это возможно.

— Почему?

— У нас с мужем нет четкого режима, он работает в Подмосковье, там же живут его родители, и он довольно часто остается там ночевать, если работы много. Я своим временем тоже не распоряжаюсь, то рано приду домой, а то среди ночи возвращаюсь. А животному ведь нужен режим, с ним гулять надо вовремя, кормить. Нет, нам с мужем собака противопоказана. Если только кошку взять, кошки от человеческого расписания меньше зависят.

— Ну, возьмите кошечку, у нас их вон сколько, — предложила Тамара. — Выберите какую-нибудь из уже пролеченных, самую красивую, молодую, здоровую.

Она понемногу приходила в себя от потрясения, и улыбка ее снова делалась легкой и уверенной.

— Спасибо, я подумаю, — пообещала Настя.

Она забежала в кафе, не раздеваясь, попросила приготовить ей яичницу с ветчиной и помидорами и оладьи с медом, а с собой прямо сейчас дать три пирожка с мясом и помчалась к выходу, где ее послушно ждала Подружка.

— Молодец, — похвалила ее Настя, — умеешь быть терпеливой и ждать. За это тебе полагается награда.

Пирожки были съедены мгновенно, после чего Настя отвела собаку в зверинец и вернулась завтракать.

Итак, что она имеет на текущий момент? Никакого доктора исторических наук Аркадия Вольдемаровича в природе не существует. Есть некто, называющий себя этим именем и представляющийся ученым мужем. И этот некто пришел к молоденькой доверчивой журналистке Наталье Малец и наплел ей жуткую историю про усадьбу Румянцевых-Лобановых. Журналистка поверила и написала все, что ей навешали на уши. После чего в усадьбе началась демонстрация достоверности написанного. Все должны ужаснуться и поверить в то, что где-то совсем рядом ходит страшный убийца, он же безумный потомок рода Румянцевых, и каждую минуту может выбрать себе следующую жертву. С этим все ясно. Вопрос в другом: убийства Корягиной и Павловой — звенья этой же цепи или они существуют сами по себе, а Аркадий Вольдемарович прицепился к ситуации позже?

У этого Аркадия в усадьбе есть подельник, и все последние дни Настя занималась исключительно тем, что пыталась его вычислить. Пока ничего не получилось.

Она ела оладьи, поливая их медом, и смотрела на симпатичную официантку, которая, стоя у барной стойки, ловко сворачивала тканевые салфетки эдакими, как Настя мысленно выразилась, кандибоберами. Пальцы девушки двигались легко и быстро, она даже не смотрела на руки, работая и одновременно глядя на висящий над стойкой экран телевизора, по которому шла какая-то утренняя передача про моду. Что-то в этой картине царапало Настю, ей было неприятно и в то же время как-то тревожно, как во время экзамена, когда ты понимаешь, что развернуться и уйти уже нельзя и придется тянуть билет, но сам билет еще не вытащен, и ты еще не знаешь, повезло тебе или нет.

Настя отвела глаза, постаралась переключить мысль на что-нибудь другое — это всегда помогало, потом снова посмотрела на официантку и вдруг вспомнила пальцы Валерия Васильевича Полосухина, так споро орудующие иголкой. Всего несколько дней назад она разговаривала с ним в комнате, где собирались любители вышивания, и поразилась тому, как работает Полосухин, одной рукой втыкая иголку сверху вниз, а другой выводя ее снизу вверх и безошибочно попадая в нужную дырочку канвы. Мастер по ремонту автомобилей, работавший в автосервисе... Ну-ну.

Рядом никого не было, в кафе Настя оказалась в тот момент единственной посетительницей, и вполне можно было позвонить и поговорить, не повышая голоса. Она набрала номер Сергея Зарубина, своего давнего коллеги по работе на Петровке.

— Сережа, тебе что-нибудь говорит фамилия Полосухин? — спросила она.

— Полосухин, Полосухин... — задумчиво повторил следом за ней Зарубин. — Если только Лерка Енот. Нет?

— Валерий Васильевич, — уточнила она.

— Ну точно, Лерка Енот. А откуда он выплыл? О нем уже лет десять ничего не слышно, мы думали, он на покой ушел. Или все-таки ты про какого-то другого Полосухина спрашиваешь?

— Сереж, я не знаю, — призналась она. — Просто есть некто Валерий Васильевич Полосухин, и он мне не нравится.

— А чем не нравится? — заинтересовался Сергей. — Рожей не вышел?

— Рожа как рожа, а вот руки у него подозрительные. Больно ловкие для автослесаря.

— Ловкие, говоришь? Тогда точно Лерка Енот. Даже

не сомневайся. Ему по ловкости рук равных нет на просторах нашей великой страны.

— Так кто это такой? Ты можешь внятно ответить?

— Ох, Настя Пална, — рассмеялся Зарубин, — ты всю жизнь на Петровке в убойном отделе проработала и ничего, кроме своих венценосных трупов, не знаешь, а я с земли пришел и знаю поболе твоего. Полосухин Валерий Васильевич — это целая легенда, воровал с тринадцати лет, ловкость рук необыкновенная, ему бы в цирке выступать. По основной специальности он был щипачом, карманником, но про него говорили, что у него в каждом пальце по паре глаз и по паре ушей, так что ручки у него не только ловкие, но и чуткие, он любой замок не то что отмычкой — проволокой мог открыть. Причем замок любой степени сложности. Несколько раз его ловили, но приходилось отпускать — доказать ничего не могли, так что официально он считается несудимым, хотя краж на нем — как на собаке блох. Но, как я уже сказал, последние лет десять о нем ничего не слышно. Мы, грешным делом, даже подумали, что помер наш Лерка Енот.

— А почему Енот? — поинтересовалась Настя.

— Потому что у енотов хвост в полосочку, — весело откликнулся Зарубин. — Полосухин в полосочку. Так где ты его нарыла?

— В Томилине.

— Где?!

— В Томилине, — терпеливо повторила Настя. — Меня Стасов сюда в командировку наладил.

— А Полосухин там что делает?

— Живет. Вернулся из эмиграции.

— Откуда-откуда? — недоверчиво переспросил Сергей.

— Из Германии. Ты прав, в последние десять лет он отошел от дел, потому что удачно женился и уехал с женой, этнической немкой, в Германию. Жил там припеваючи на социальное пособие, ничего не делал, в потолок плевал и вышиванием занимался, язык не выучил, потому как у него жена свободно по-немецки говорила. А потом жена умерла, и стало ему там совсем кисло, без языка-то. Работать так, как требуется в Германии, он не приучен, да и языка не знает, а просто так дома сидеть скучно, поговорить стало не с кем, ни одного вопроса решить не может. Вот и вернулся.

— На что же он живет? Неужели опять за старое взялся?

— Работает, как ни странно, но работа тут такая непыльная, времени свободного много, говорить можно на родном языке. Немножко поработает — и сидит себе, вышивает, лясы точит. Но есть у меня подозрение, что он нашел-таки себе приработок с использованием прежних навыков. Так что жди, Сереженька, позвонят тебе из Томилинского ОВД. Или Федулов, или Вторушин. Запомнил?

— Запомнил. Пусть звонят, расскажу, что знаю. Кстати, имей в виду, в ГИЦе есть пальчики Полосухина, так что если дело дойдет до идентификации личности, то это легко будет сделать.

— Учту.

В кафе по-прежнему было пусто, даже официантка с проворными руками закончила свои манипуляции с салфетками и унесла их в подсобку, и Настя решила сделать еще один звонок. На сей раз Федулову, у которого телефон был прочно занят, и после нескольких неудачных попыток ей пришлось звонить Вторушину. Тот отнесся к ее рассказу об утреннем происшествии и соображениям относительно Полосухина с неожиданным вниманием.

— Вообще-то дело о двух убийствах уже приостановлено и пока не возобновлялось, но я найду возможность установить наблюдение за вашим Полосухиным, — пообещал он. — Тем более руководство в курсе ваших изысканий и велело оказывать поддержку. Вот пусть оно и оказывает. Верно?

— Наверное, — согласилась Настя. — Спасибо.

— Пока не на чем. А за московский контакт уже вам

спасибо, я обязательно свяжусь с вашим коллегой. Нам тут профессиональные столичные воры ни к чему, у нас своих хватает.

Вежливый. Воспитанный. С хорошей речью. Не нравится Насте этот Илья Вторушин. Что-то в нем есть такое... гнилое, что ли. Или ей уже повсюду психи мерещатся? А вдруг она ошибается насчет Полосухина, и он тут ни при чем, или это вовсе не тот Полосухин, просто полный тезка? Тогда кто? Или не кто, а ЧТО? Настя поежилась. В привидения она не верила, но ведь тут... И разбитое зеркало, и разбросанные волосы, и выбитые стекла в гостиной, и сегодняшнее разорванное платье — все происходило тогда, когда в главном доме усадьбы почти никого нет. И никто ничего не видел. Словно бесплотный дух проносился по комнатам и коридорам. Черт знает что!

Но если ее догадка насчет Аркадия Вольдемаровича и Полосухина верна, то получается, что убийства Корягиной и Павловой существуют как бы сами по себе, безотносительно к усадьбе, а люди, заинтересованные в закрытии клуба, просто воспользовались этими убийствами, сочинили легенду, в которую ловко вплели все детали реально совершенных убийств, добавили подробностей и продолжают пугать народ разными мелкими происшествиями, отлично ложащимися в содержание легенды. То есть разоблачение Полосухина в принципе сделает ее, Настино, задание выполненным. А если пособником Аркадия Вольдемаровича окажется не Полосухин? Ну, какая разница, главное, найти его, чем Настя, собственно говоря, и занималась все последние дни, собирая и изучая информацию обо всех, кто имеет отношение к клубу «Золотой век» и к территории усадьбы. Поэтому в идеале надо бы найти именно этого мифического историка и посмотреть, с кем он контактирует. После чего станет понятно, что никакого маньяка на территории усадьбы нет и никогда не было и члены клуба могут успокоиться и продолжать свои занятия, что, собственно говоря, и нужно Бегорскому. Ему ведь неинтересно, кто убил Корягину и Павлову, ему важно спасти идею и сохранить клуб.

А вот Насте Каменской очень даже интересно узнать, кто убил Галину Ильиничну и Аиду Борисовну. Потому что если маньяк на самом деле существует, то это опасно. И не факт, что он находится не в усадьбе. Может быть, он совсем рядом, может быть, это вот этот самый милый мальчик-официант, который убирает сейчас грязные тарелки с Настиного стола и так приятно улыбается. Просто маньяк никак не ориентирован на придуманную легенду, у него нет задачи вернуть себе усадьбу, у него какие-то совсем другие соображения, по которым он и выбирает себе жертву. И тогда Бегорскому рано успокаиваться. Нет, как ни крути, но одним лишь разоблачением Аркадия Вольдемаровича и его сообщника не обойтись, придется доводить дело до конца. Сколько еще времени потребуется, прежде чем Настя сможет вернуться домой?

Телефон зазвонил как раз в тот момент, когда симпатичный официант принес ей кофе. В трубке загремел бас Владислава Стасова:

— Слушай, Каменская, ты решила в писатели податься?

— Почему? — растерялась Настя.

— Ты ежедневно забрасываешь меня отчетами такого объема, что мне приходится их читать как роман. Ты умеешь излагать свои идеи короче?

— Не умею. Я специально пишу подробно, чтобы ты свежим взглядом посмотрел, может, я что-то упускаю или не так интерпретирую. И вообще, я стараюсь ужимать информацию до минимума. Я не виновата, что ее так много.

— Ладно, — пробурчал Стасов, — я все равно твои отчеты Татьяне пересылаю, пусть она читает, у меня на них времени нет.

— А что Таня говорит? — живо поинтересовалась Настя.

Жена Стасова Татьяна была популярным писателем,

автором многочисленных детективов, к тому же в прошлом — опытным следователем с большим стажем, и ее мнение для Насти значило едва ли не больше, чем мнение самого Стасова.

— Говорит, что интересно, — усмехнулся Владислав. — Удивляется, как у тебя голова не распухла от такого обилия информации.

— Так она и распухла, — призналась Настя. — Кстати, мне сегодня пришлось обратиться за помощью к Сережке Зарубину.

— И что? — не понял Стасов.

— И ничего, — с вызовом ответила она. — Помог. С какого перепугу он должен за просто так помогать твоим сотрудникам?

— А, понял, — рассмеялся Владислав. — Ладно, моя благодарность Зарубину будет вещественной и ощутимой.

Настя не успела спрятать телефон, когда за ее спиной раздался голос Бегорского:

— Вы продолжаете вести неправильный образ жизни. Вместо того, чтобы спокойно завтракать, вы разговариваете по телефону. Ну куда это годится?

— Здравствуйте, Андрей Сергеевич, — пробормотала она.

— Доброе утро. Это никуда не годится, — сбить Бегорского ей не удалось. — Что вы ели? Только не пытайтесь сочинить на ходу, я уже знаю, что вы заказывали яичницу и оладьи с медом. И это тоже никуда не годится.

— А что я должна была есть? — возмутилась Настя. — Яичница всю жизнь считается самым нормальным завтраком, ее во всем мире в отелях по утрам готовят.

— Весь мир мне не указ, — строго произнес Бегорский. — Есть же элементарные правила, которые я вам озвучивал, когда мы ехали сюда. Неправильно есть белковую пищу на завтрак, и еще более неправильно сочетать ее с такими углеводами, как мучное и сладкое. Вы что, все забыли?

Нельзя сказать, чтобы она забыла, она помнила, конечно, то, что говорил Андрей Сергеевич, но ей и в голову не пришло считать его слова руководством к действию. Ну говорит — и пусть себе говорит, у Насти Каменской своя голова на плечах есть. И свои привычки, и свои вкусы, и пристрастия.

— На завтрак вы должны есть овсянку на воде, без молока и сахара. Можно с диабетическим джемом, если вам совсем уж невкусно. А перед овсянкой — фрукты. Я вам уже объяснял: если я плачу деньги за работу, то хочу, чтобы работник был трудоспособен и активен и выполнял свою задачу максимально эффективно. Дайте мне слово, что, начиная с завтрашнего дня, вы будете правильно завтракать.

— Не дам, — дерзко ответила Настя и рассмеялась. — С приездом, Андрей Сергеевич.

— Не увиливайте. Даете слово? Имейте в виду, я все равно дам распоряжение на кухню, чтобы вам по утрам никаких безобразий не давали.

— Как вы сегодня рано, — с улыбкой сказала она. — Вы что, всю ночь в машине ехали?

— Я ехал на поезде, а машина придет завтра.

Что это за странности? Зачем нужно ехать на поезде и на другой день гнать в Томилин машину без пассажира? И потом, он же уверял, что терпеть не может поезда и ездит на них только ради Тамары. Нет, решительно Андрей Сергеевич Бегорский ни в какие привычные рамки не вписывается.

— Анастасия Павловна, мне стало известно, что вы здесь окончательно замерзли.

Ну вот, еще и это... Тамара, что ли, насплетничала? Наверное, она, больше некому.

— Почему вы меня не послушались? — продолжал между тем Бегорский. — Я же говорил вам, как надо одеться и что взять с собой. Вы решили, что я хочу за свои деньги вами покомандовать?

Вообще-то именно так Настя и подумала, но не признаваться же в этом. Тем более впоследствии она осознала его правоту.

— Вы зря пытались на меня обидеться, я ведь хотел, как лучше, я же знаю, какой здесь собачий холод, и воздух здесь повышенной влажности, поэтому не только холодно, но и сыро. И купить здесь ничего толкового нельзя, если только за безумные деньги, но вы не производите впечатления обеспеченной транжирки и любительницы шопинга. Давайте мы с вами договоримся: вы позвоните мужу и попросите его собрать для вас то, что я советовал. У вас список сохранился?

Она молча помотала головой.

— Ну конечно, так я и думал, — кивнул Бегорский. — Вы рассердились на меня, посмеялись и выбросили его, так? Придется напрячь память и вспомнить все, что я говорил. Пусть ваш муж все соберет, если надо — пусть купит, а водитель завтра с утра все заберет и привезет сюда. И пусть ваш супруг обязательно пришлет вам термобелье. Что вы морщитесь?

— У меня при слове «термобелье» возникают ассоциации с солдатскими кальсонами полувековой давности, — призналась Настя. — Еще посоветуйте мне надеть исподнее.

— Да вы с ума сошли! Вы что, никогда не носили термобелья? У вас дома его нет?

— Нет и никогда не было.

— Так попросите мужа, пусть купит. Или скажите размер, я велю водителю купить и привезти. Вы жутко отсталая особа, Анастасия Павловна, вы живете все еще в прошлом веке. Так нельзя, надо идти в ногу со временем.

Ну вот, не хватало еще, чтобы какой-то чужой дядька покупал для нее исподнее. Лучше уж Чистякова попросить, хотя он, наверное, со стула свалится от смеха.

Бегорский между тем счел тему исчерпанной и стал расспрашивать Настю о ее успехах в расследовании и особенно о том, что случилось утром. Официант принес ему фруктовый салат и овсянку, и Настя с ужасом смотрела на то, что ей отныне предстояло вкушать по утрам. Ну не любит она овсянку! И не может есть фрукты натощак, у нее гастрит, у нее болит желудок. Может быть, удастся при помощи Тамары все-таки договориться, чтобы указание босса оставили без внимания?

* * *

Чистяков при слове «термобелье» чуть не поперхнулся.

— Ты что, серьезно? — недоверчиво спросил он.

— Леш, я здесь так замерзла, что готова носить что угодно, лишь бы согреться наконец. Бегорский уверяет, что это термобелье — очень хорошая штука. Давай попробуем.

— Ну, как скажешь. Я, конечно, сейчас поеду и куплю, но... Моя жена в кальсонах! Это же уму непостижимо!

Он еще долго удивлялся и возмущался, но пообещал собрать вещи и завтра утром все передать водителю.

На следующий день Настя получила от прибывшего водителя объемистую сумку с вещами, среди которых оказался новый толстый кашемировый свитер. «Спасибо, Лешик», — с благодарностью и умилением подумала она, примеряя пеструю и такую шелковистую на ощупь обновку. В сумке была и толстая куртка с капюшоном, и две пары джинсов, и сапоги-«луноходы». И еще две очаровательные яркие коробочки. Настя с недоумением открыла одну из них и вытащила нечто красивенькое, цвета взбесившейся лососины, с цветочками, по форме похожее на кофточку с длинными рукавами, тягучее и очень приятное. Что это, господи? Куда это? Не лето, чай. Во второй коробочке обнаружились тонкие лосины из такой же материи. И только тут до Насти дошло, что это и есть то самое термобелье, о котором так долго говорили. Ну надо же! В этом только на премьеру в Большой театр.

Она опасливо натянула на себя белье и посмотрела в зеркало. Забавно. Надела джинсы, плотную футболку и новый свитер, влезла в «луноходы» и в куртку с капюшоном. «Ну что, рискнем выйти? — спросила она себя и тут же со вздохом ответила: – Рискнем, а куда деваться-то? Все равно придется выходить».

Она отправилась в зверинец и вывела Подружку. Впервые за все время пребывания в Томилине прогулка доставила Насте удовольствие.

* * *

Звонок Вторушина застал Настю в тот момент, когда она после ужина в клубном кафе надевала в гардеробе куртку.

— Анастасия, если вы по-прежнему интересуетесь Полосухиным, то мне сообщили, что в настоящий момент он находится в баре гостиницы «Заря», где пьет пиво в обществе некоего человека, в этой же гостинице проживающего. Вы туда поедете?

— Обязательно. — Она быстро застегнула «молнию» на куртке и накинула капюшон. — Сейчас добегу до гаража, там машина стоит, и поеду.

— Хорошо. Если что — я на связи. Только я вас прошу...

— Знаю, — оборвала его Настя, выскакивая из дверей на улицу, — не маленькая.

Конечно, Вторушин имел в виду, чтобы она не занималась самодеятельностью и не пыталась в одиночку никого задерживать. Да Настя вообще-то и не собиралась ничего такого предпринимать. Ее дело — информация, а уж задержания теперь не ее хлеб. На мгновение ей стало горько, но она быстро прогнала такую неуместную сейчас грусть.

Водитель, приставленный к ней Бегорским, был на месте, пил чай в служебном помещении гаража, и уже через минуту они выехали из ворот усадьбы и помчались в сторону той части города, где находилась гостиница «Заря».

Полосухина Настя увидела еще с улицы, на которую

выходили окна бара. Валерий Васильевич сидел за уютным столиком, отгороженным от соседних столов ажурной деревянной стойкой, украшенной искусственным плющом, в компании с мужчиной, поразительно подходящим под описание таинственного Аркадия Вольдемаровича. Послушать бы, как он разговаривает... Настя через окно оценила расположение столов и поняла, что есть шанс занять очень удобное место, с которого она сможет услышать если не все, то хотя бы что-то и при этом остаться не замеченной для Полосухина.

Она оставила куртку в гардеробе и поймала на себе неодобрительный взгляд администратора, выразительно посмотревшего на ее «луноходы». В такой обуви и в бар приличной гостиницы! Позор. Настя решила пренебречь общественным мнением и решительно прошествовала в сторону приглянувшегося ей столика. Полосухин оказался прямо у нее за спиной, за тонкой деревянной перегородкой-стойкой. Слышно было не очень хорошо, собеседники общались, понизив голос, а из укрепленной под потолком колонки доносились звуки тяжелого рока, но кое-какие отдельные слова Насте удавалось разобрать. В целом у нее сложилось впечатление, что собеседник Полосухина настаивает на осторожности и аккуратности, а Валерий Васильевич усмехается и гарантирует, что все будет в ажуре. В какой-то момент музыка смолкла, вероятно, меняли диск, и Настя услышала целую фразу, произнесенную незнакомцем. Точнее было бы сказать, не фразу, а ее мелодию, потому что ни одного слова она разобрать снова не смогла, но зато уловила интонацию, уходящую вверх. Теперь сомнений не оставалось, это и есть загадочный Аркадий Вольдемарович. Нашелся, потеряшка!

Ну и что теперь делать со всем этим? К столику Полосухина и его приятеля подошел официант, и Настя услышала, как они заказали еще пива. Значит, пока не уходят. Она осторожно выбралась со своего места и выскользнула в холл, где снова наткнулась на полный подозрений взгляд администратора, и позвонила Вторушину.

— Илья, Полосухин здесь вместе с Аркадием Вольдемаровичем, которого мы с вами безуспешно искали. У вас есть какие-нибудь идеи?

— А какие могут быть идеи? — равнодушно откликнулся капитан. — Задерживать их не за что, даже если вы абсолютно правы и все безобразия в усадьбе придумали и осуществили они. Это ненаказуемо, это тянет только на мелкое хулиганство, да и то с трудом. А доказательств их причастности к убийствам у нас нет.

Настя понимала, что он прав. Была бы она при погонах и при удостоверении, она бы придумала, как и о чем поговорить со сладкой парочкой, а так... Кто она? Социолог из столицы? Даже если она частный детектив, все равно никаких прав у нее нет.

— И что, без вариантов? — безнадежно спросила она.

— Ну почему же, — усмехнулся Вторушин. — Варианты есть всегда. Как вы думаете, сколько они еще пробудут в гостинице?

— Минут двадцать как минимум, они только что заказали еще по бокалу пива.

— Ладно, я сейчас подъеду. Задержим, потрясем, попугаем. Все будет в лучшем виде. Если они соберутся уходить, постарайтесь их задержать. Сможете?

— Как-нибудь, — вздохнула Настя.

Да, особого рвения в раскрытии двух убийств у местных оперов не наблюдается. Впрочем, это касается только Вторушина, потому что Федулов вроде бы демонстрирует полную готовность... Хотя как знать, может быть, это только демонстрация. Что им две пенсионерки? У одного убийства давность — без малого год, у другого — почти четыре месяца, если до сих пор голову за нераскрытие не сняли, так чего напрягаться? Вон каждый день что-то происходит, новые дела сыплются как из рога изобилия, с ними бы разобраться. Конечно, Федулов что-то такое говорил насчет того, что спать спокойно не может, пока маньяк по городу разгуливает, но это только слова. А на деле совсем иначе выходит. То до него не дозвониться, то он не считает нужным сообщить новую информацию. Никому ничего не нужно.

Она вернулась в зал и подошла к столику Полосухина.

— Здравствуйте, Валерий Васильевич. — Она постаралась улыбнуться как можно лучезарнее. — Добрый вечер, Аркадий Вольдемарович. Или вас зовут как-то иначе?

— Николай Семенович, с вашего позволения. — Собеседник Полосухина привстал, изображая приветствие. — А мы знакомы?

— С Валерием Васильевичем — да, знакомы, а с вами — заочно. Ведь это вы приходили к молоденькой журналистке Наташе? Это с ваших слов она наваляла свою знаменитую статью, правда?

— Я не понимаю, о чем вы говорите, — в голосе Николая Семеновича проступили надменность и холодное недоумение.

— Да перестаньте, ради бога, — Настя махнула рукой. — Можно, я присяду?

— Сделайте одолжение.

— А вы чего молчите, Енот? — обратилась Настя к Полосухину. — Вы тоже не понимаете, о чем я? Я, знаете ли, все думала, как же так получалось, что охранники никого не видели, кто входил бы в главный дом и выходил из него, а потом до меня дошло, что никто, собственно говоря, не входил. И, соответственно, не выходил. Вы там на всю ночь прятались, правда же? Для вас раздобыть ключи — не вопрос. Да и они вам не больно-то нужны, вы и без ключей любую дверь откроете. Вы просто не выходили из дома, когда его запирали на ночь. А ведь охранники проверяют все помещения, прежде чем запереть дом. Задачка, да?

Полосухин молчал и смотрел на Настю с насмешливой улыбкой.

— Но задачка оказалась, в принципе, несложной, —

продолжала она. — Охранники проверяют помещения клуба и служебные кабинеты на втором этаже, а вот незанятые гостиничные номера они не проверяют. А чего их проверять, если в них никто не живет? Они заходят к гостям из других городов, убеждаются, что те на месте, мирно готовятся отойти ко сну, и на этом проверку гостиничной части второго этажа завершают. Верно? Да верно, верно, я специально интересовалась. И ничто вам, Валерий Васильевич, не мешало перед самым закрытием клуба, примерно без десяти десять, зайти в один из пустых номеров и обосноваться там на ночь. Конечно, есть опасность, что утром кто-нибудь из уборщиц все-таки зайдет туда протереть пыль и заметит, что постель смята, но вы человек предусмотрительный, вы на кровати не спали, ложились на диванчик. А утречком вы смотрели в окошко и видели, когда уходят уборщицы. Дом снова запирали, и тут уж вы спускались и осуществляли задуманное. Все просто. Потом снова уходили в номер и ждали, когда клуб оживет и можно будет спуститься и сделать вид, что вы тут на работе. Главное — не попасться на глаза проживающим в других номерах. И это вам вполне удалось.

— Умна ты, матушка, не по возрасту, — крякнул Полосухин. — Тебе бы в сыске работать.

«Интересно, можно ли рассматривать эти слова как комплимент моей моложавости? — подумала Настя. — Он уже и на «ты» со мной перешел, словно я девчонка. Или это попытка принизить меня?»

— Не, — она озорно помотала головой, словно подчеркивая мнимый юный возраст, — в сыске платят мало. Мне там делать нечего.

— Мой друг Валерий Васильевич, кажется, как-то упоминал, что вы социолог. Это так? — вступил то ли Николай Семенович, то ли Аркадий Вольдемарович.

— Так, — весело улыбнулась Настя.

— Насколько я понимаю, в социологии тоже платят немного.

— Немного, — охотно согласилась она. — Но есть масса возможностей подработать. Курсовые, дипломы, рефераты, даже диссертации. Пиши — не хочу. Спрос большой.

— Вот и писала бы себе, — буркнул Полосухин. — Чего ты суешь свой нос во все дыры?

Это можно было бы расценить как признание. Настя понимала, что Полосухин и его дружок уверены в своей неуязвимости. Ничего не докажешь. А если и докажешь, то к делу не пришьешь, любой следователь откажет в возбуждении уголовного преследования за малозначительностью. Им ничего не угрожает, поэтому они особо-то и не отпираются.

— А я, видите ли, женщина, — улыбнулась она, — и женщина настоящая, стопроцентная. То есть существо жутко любопытное. И мне стало интересно, почему это все так волнуются, привидений боятся, маньяков каких-то, про старую легенду без конца вспоминают. Двух старушек убили. Хотя никакие они и не старушки вовсе, одной всего шестьдесят восемь было, другой — семьдесят, женщины в самом расцвете.

— Послушайте, девушка, — вступил наконец Николай Семенович, сделав большой глоток темного пива, — все это очень смешно, и я удовольствием повеселился бы вместе с вами, если бы понимал, зачем мы должны все это выслушивать. Вы нас ни с кем не перепутали?

«Ну вот, и этот тоже назвал меня девушкой. Неужели я так хорошо выгляжу? Что-то сомневаюсь, — мелькнуло в голове у Насти. — Дешевый прием, чтобы подчеркнуть мою ничтожность рядом с такими солидными людьми».

— Ну что вы, как можно! Разве можно Лерку Енота с кем-нибудь перепутать? Да его не только все сыщики России, его даже социологи вроде меня знают. Правда, для этого нужно иметь знакомых сыщиков. Так у меня они есть. И вас, господин Енот, они отлично помнят.

— Слышь ты, зеленая, — процедил сквозь зубы Валерий Васильевич, — я от своего прошлого не отрекаюсь, что было — то было, но, как говорится, не пойман — нс вор, а я именно что не пойман. И с этим делом давно завязал. На пенсии я, поняла? Я тебе сейчас в чем хошь признаюсь, потому как по моим художествам срок давности вышел. А ничего нового ты мне не пришьешь, и думать забудь.

— Да господь с вами, Валерий Васильевич, кто я такая, чтобы дело вам шить? А вот местные опера с удовольствием поспрашивают вас о том, кто заказал вам эти ваши фокусы в усадьбе. Вы совершенно правы, фокусы на уголовное дело никак не тянут, так что вы можете чувствовать себя спокойно. Максимум, что лично вам угрожает, это увольнение. Ну и не больно страшно, правда? Вы себе и другую работу найдете, анкета-то у вас чистая, и трудовая книжка наверняка имеется, хоть и липовая. Правда, с жильем туго придется, но вы уж как-нибудь справитесь, решите вопрос. А для вас, Аркадий Вольдемарович, перспективы вообще самые радужные. Вас ведь тоже наняли, правда? Или вы лично заинтересованы в ликвидации клуба и покупке усадьбы? Да нет, вряд ли, — она с сомнением покачала головой, — нет у вас таких денег, не тянете вы на олигарха. Вы обыкновенный наемный работник. Но вот ведь какая незадача, господа хорошие: на местном ОВД висят два нераскрытых убийства, и вы оба — самые чудесные подозреваемые, каких только можно придумать. Особенно господин Полосухин со своей выдающейся биографией. Как вы думаете, трудно будет приспособить вас к убийствам Корягиной и Павловой?

Полосухин начал медленно подниматься со своего места.

— Слышь, ты...

— Я думаю, не очень, — сказала Настя как ни в чем не бывало. Краем глаза она заметила через окно подъехавший автомобиль, из которого вышли Федулов, Вторушин и еще один милиционер в форме и с автоматом. — Было бы желание. Да вы сядьте, рано еще вставать, еще никто не приехал.

— Кто не приехал? — в голосе Николая Семеновича впервые за все время прозвучала тревога. — Мы кого-то ждем?

— Ну а как же, мы ждем людей из милиции, которым во что бы то ни стало нужно раскрыть два убийства. Они, можно сказать, ночей не спят, все ищут, на кого бы их повесить. Вот и нашли, слава богу.

— Как вы смеете... — начал Николай Семенович, но осекся под строгим взглядом подошедшего первым Дмитрия Федулова.

— Ладно, господа, — Настя встала и скользнула за спину Федулова, — я пойду, пожалуй, дальше мне неинтересно.

Ей действительно было неинтересно. Если убийства Корягиной и Павловой были инициированы теми, кто хотел приобрести усадьбу, то Аркадий Вольдемарович, он же Николай Семенович, не может об этом не знать. А коль знает, то обязательно рано или поздно расколется и расскажет все оперативникам, никуда он не денется, слишком интеллигентен для того, чтобы противостоять крепким провинциальным сыщикам, в меру грубоватым и в меру бесцеремонным. А уж если эти убийства с покупкой усадьбы никак не связаны, тогда ей тем более неинтересно. Потому что надо начинать все заново.

Глава 9

На свой день рождения Илья Вторушин пригласил Настю, которая идти не очень хотела, но не сочла возможным отказаться. Кроме Насти и Федулова, в кабинете собрались еще два оперативника, которые с удовольствием выпивали и ели принесенные Ильей закуски. Сам Вторушин довольно быстро опьянел, во всяком случае, после третьей, правда, довольно большой рюмки капитан показался Насте изрядно нетрезвым. Полное лицо его раскраснелось и покрылось мелкими каплями пота, в вороте расстегнутой сорочки проглядывали курчавые светлые волосы, такие же густые светлые волосы покрывали и предплечья Вторушина, открытые завернутыми рукавами, блестящие от жирной еды губы казались бесформенными и то и дело расплывались в пьяной улыбке.

Сперва разговор, как и полагается, вертелся вокруг служебных вопросов, в частности вокруг Полосухина и Николая Семеновича, сопротивление которых умелому натиску оперативников оказалось недолгим и которые в конце концов рассказали, кто и за какие деньги их нанял для того, чтобы пугать народ в клубе «Золотой век». Как и ожидалось, это оказались люди, приближенные к городской администрации, которые всеми силами пытались выдавить Бегорского из усадьбы. Но к убийствам Полосухин и Николай Семенович все-таки не имели никакого отношения, просто их наниматели решили с выгодой для себя использовать уже совершенные кем-то преступления. Легенду придумал все тот же Николай Семенович, который действительно жил в Санкт-Петербурге и бывал в Томилине лишь наездами, стараясь по мере возможности не выходить из гостиницы, дабы случайно не встретиться с обманутой им журналисткой.

— Вы все-таки полезли с ними разговаривать, — с упреком говорил Илья Насте, — хотя я просил вас обойтись без самодеятельности. Чего вам тихо не сиделось? Чего вы добивались этим выступлением?

— Много ты понимаешь, — пытался заступиться за нее Дмитрий Федулов, — Анастасия Павловна лучше знает, нашел кого учить. Она еще тебя поучить может.

— Илья, я объясню, — спокойно ответила Настя. — Есть люди твердые и упертые, то есть негибкие, и если огорошить их чем-то внезапным, неожиданным, то они, скорее всего, начнут колоться, потому что не смогут быстро перестроиться и выработать линию защиты. Если бы мы имели дело именно с такими людьми, то мой разговор с ними был бы совершенно неуместен, тут вы правы. Но в нашем случае люди были с развитым интеллектом, гибкие, сообразительные. Ведь если бы Лерка Енот был тупым, он не смог бы столько лет безнаказанно воровать и не попадаться. А уж про Николая Семеновича я вообще молчу, там и интеллект, и образованность. С такими людьми никогда не знаешь, чего ждать, они способны на неожиданные ходы, причем как раз в ситуации внезапной атаки, как крысы, загнанные в угол. А вот если дать им возможность подумать и подготовиться, то они и сами придут к тем выводам, которые мы хотим им навязать: лучше сразу признаться в меньшем, чем рисковать быть обвиненным в большем. Понимаете?

Но служебные вопросы вскоре оказались исчерпанными, вернее, присутствие Насти не давало оперативникам возможности обсуждать их в том объеме, в каком хотелось бы, и перешли к разговорам на вполне нейтральные темы, в частности, обсудили перспективы наших спортсменов на грядущей Олимпиаде в Ванкувере, а также варианты проведения летнего отпуска. Именинник с воодушевлением рассказывал о том, как ездил вместе со своей бабушкой в Египет, причем рассказывал, судя по всему, специально для Насти, потому что все остальные едва скрывали откровенную скуку: вероятно, историю эту они слышали далеко не впервые.

— ...мечта была посмотреть на пирамиды и покататься на верблюде. К пирамидам я ее свозил, брал машину напрокат, а когда дело дошло до верблюдов — вот тогда самое страшное и началось. Бабуля у меня немолодая, не очень здоровая, полная, но энтузиазма и молодого задора в ней на десятерых хватит. На верблюда-то она с горем пополам влезла, а вот одета она оказалась неправильно и стерла себе все бедра и даже ягодицы. Я ей потом помогал мазать потертости кремом и пластырем заклеивал, она, бедненькая, еле ходила. И вы думаете, ее это расстроило? Да ни капельки! При каждом шаге боль ужасная, а она все ходила достопримечательности смотреть. Вот какая у меня бабуля! Она так радовалась этой поездке! И вообще она у меня лучше всех! А какая кокетка! И это в ее годы! Мы ей там купили серьги, огромные такие, яркие, висячие, и еще она высмотрела в лавочке зеркальце в национальном стиле, так бабуля эти серьги сразу же надела и все время в зеркальце на себя смотрела, до того ей нравились и серьги, и зеркальце, и она сама в этих серьгах. Но правда-правда, серьги ей очень шли, она такая красавица была!

Настя даже не могла понять, почему ей так неприятно все это слышать. Восхищение бабушкой казалось ей наигранным, слишком демонстративным, слишком слащавым и вообще каким-то противным и нездоровым. «Ты сошла с ума, — одергивала она себя, грызя палочки соленого копченого сыра, — почему любовь к родной бабушке и восхищение ею вызывают у тебя такую неприязнь? Может быть, дело в том, что у тебя самой никогда не было бабушек и ты просто не знаешь, как можно их любить? Тебе самой не дано испытывать такую любовь к старшим родственникам, и тебе кажется, что это не может быть искренним. Возьми себя в руки, Каменская, в тебе говорит обыкновенная зависть. Да-да, признайся себе: ты банально завидуешь Илье Вторушину, потому что у него есть то, чего нет у тебя, у него есть замечательная бабушка и любовь к ней». Но уговоры не помогали, чем дальше — тем больше капитан делался ей противен.

Воспользовавшись первым же благовидным предлогом, Настя покинула праздник, села в машину и отправилась назад в усадьбу. По дороге ее стали одолевать совсем уж неприличные мысли о том, что если второе убийство было имитацией первого, то кто, как не Вторушин, мог так точно знать и воспроизвести все детали. Федулов, конечно, тоже мог, как и любой из милиционеров, присутствовавших при осмотре трупа, но именно Вторушин так похож на психа, зацикленного на пожилых женщинах. Настя мысленно представила себе, как он мажет кремом и заклеивает пластырем потертости на ягодицах и внутренней стороне бедер любимой бабушки, и ее чуть не стошнило. А этот его рассказ про серьги и зеркальце? Хотя зачем ему так подставляться? Если Илья Вторушин и есть тот самый маньяк, совершивший оба убийства или хотя бы одно из них, то он должен делать все, чтобы на него не пало ни тени подозрения. И уж конечно, он не будет рассказывать про бабушкины ягодицы, про серьги и про зеркальце. Но, с другой стороны, ведь он выпил. И, значит, потерял контроль над собой.

«Каменская, у тебя в голове творится черт знает что, — сердито сказала сама себе Настя. — Давай уже что-нибудь одно: или думаем, как искать маньяка, который совершил два убийства, или придумываем, за что могли убить Корягину и Павлову. Одновременно две версии проработать тебе все равно не удается, годы уже не те, мозги поизносились».

От этого ей стало грустно, и настроение испортилось еще больше. Ей казалось, что она проводит время в Томилине совершенно бессмысленно, что ей за столько дней практически ничего не удалось, кроме выведения на чистую воду опытного вора Лерки Енота, но до тех пор, пока она не докажет, что членам клуба ничего не угрожает, ее работу нельзя считать законченной. А до этого результата ей сейчас так же далеко, как и в день приезда. «Зря Стасов послал меня в эту командировку, зря понадеялся на меня, я уже ничего не могу, я стала старой, изношенной, ни на что не годной».

Однако заставить мозги не работать она все равно не могла, и к моменту приезда в усадьбу ей уже хотелось позвонить Федулову с очередным заданием. Однако ей пришлось взять себя в руки и потерпеть до утра следующего дня: Настя отчетливо понимала, что после ее отъезда из здания ГОВД пьянка в честь дня рождения капитана Вторушина выйдет на новый, куда более интенсивный виток и Федулову будет точно не до нее с ее вопросами и предположениями.

* * *

Федулов сам позвонил ей на следующее утро, чему Настя немало удивилась.

— Анастасия Павловна, у вас все в порядке?

— В полном, а что? Что-то случилось?

— Да нет, просто мне показалось, что вам вчера у нас не понравилось. Вы так быстро уехали... Вы уж не обижайтесь на нас, что взять с пьяных оперов. Надеюсь, мы вели себя прилично? С глупостями не приставали?

— Не волнуйтесь, Дима, — успокоила его Настя, — все было в полном порядке. Просто мне нужно было успеть погулять с собакой, пока зверинец не закрыли на ночь.

— А вы кого-то выбрали себе? — голос Федулова заметно оживился, и Настя поняла, что майор — любитель собак.

— Старую дворнягу. Вывожу ее погулять, подкармливаю.

— Здорово! Вы добрая, не то что некоторые. А у вас свои собаки есть?

— Нет.

— А у меня две. Я там же взял, в усадьбе, в прошлом году.

— Я помню, вы мне рассказывали. Дима, я вот что подумала... Может быть, Павлова вела какое-то дело, по которому проходила Корягина, например свидетелем. Не припомните такого?

— Н-нет, — озадаченно ответил Дмитрий. — Но можно покопаться, поискать. А что, вы думаете...

— А почему нет? Павлова вела дело, Корягина давала

показания, человека осудили и посадили на приличный срок, а потом он освободился и начал мстить тем, кого считает виноватыми в своей отсидке. Вы считаете, что это нереально?

— Да нет... Знаете, а мне как-то и в голову не приходило, честно признаться. А что, идея богатая, — оживленно заговорил Дмитрий. — Я обязательно поищу в архиве суда, у меня там есть девчонки знакомые, они помогут. Вот не зря я говорил, что у вас есть чему поучиться, а вы мне не верили.

Настроение у Насти, так и остававшееся убитым еще со вчерашнего вечера, немедленно подскочило, хотя привычки переоценивать комплименты у нее не было. Просто обрадовалась — и все. И особо не вникала, почему именно. Озадачив Федулова, она стала думать, где еще можно поискать подтверждение своей новой версии.

Если Аиде Борисовне Павловой кто-то мстил как бывшему следователю, то вполне возможно, этот кто-то не сразу приступил к лишению жизни, а начал с угроз. Ведь это так сладко — напугать и посмотреть, как твоя жертва корчится от страха. Многочисленные беседы с теми, кто знал Павлову, не дали никакой информации о том, что ей кто-то угрожал, но ведь Аида Борисовна могла никому об этом и не рассказывать. Просто не принимала эти угрозы всерьез и не считала нужным даже упоминать о них в разговорах.

В любом случае нужно посмотреть электронную почту Павловой. Может быть, она получала письма с угрозами?

Настя немедленно отправилась в компьютерный зал искать Костю Еремеева, которому вопрос об электронной почте Аиды Борисовны почему-то не очень понравился. Или Насте только показалось?

— Нет, у нас она почтой не пользовалась, — твердо ответил он.

— А вообще она отсюда в Интернет выходила?

— А вам зачем? — задал он вполне резонный вопрос.

И в самом деле, Настя как-то подзабыла, что здесь она не сыщик, а всего лишь социолог.

— Просто интересно, на какие сайты выходят члены клуба. Круг их интересов и все такое.

— Вы можете посмотреть в любой момент, в каких сайтах сидят те, кто сюда пришел, — предложил Еремеев. — В чем проблема?

— Ни в чем, — пробормотала Настя.

В самом деле, редкостную глупость она сморозила, совершенно позабыв о своей легенде. Но отступать не хотелось.

— А интересно, почему Аида Борисовна не пользовалась почтой и Интернетом? Зачем тогда она училась на ваших курсах?

— У нее был компьютер дома, она себе купила. Закончила здесь курсы — и купила, — сухо ответил Еремеев. — Вы задаете какие-то странные вопросы.

Ну еще бы... Понятно, что вопросы ему не понравились, они совсем не вязались с работой социолога, а кому приятно чувствовать себя идиотом, которому вкручивают какое-то немыслимое вранье.

— Просто я страшно любопытная, — Настя изобразила смущение и даже попыталась покраснеть, правда, безуспешно. — Есть у меня такой грех, сама знаю. Вот мне сказали, что Аиду Борисовну убили, и мне жуть как захотелось почитать ее переписку. Знаете, в переписке тех, кого уже нет в живых, есть что-то... волнующее, что ли. Словно к тайне прикасаешься. Только вы никому не говорите, ладно? Мне самой стыдно за это мое любопытство, но я с ним ничего не могу сделать, это как клептомания. Ворую чужие тайны. Знаю, что это плохо, а удержаться не могу.

Губы Кости Еремеева тронула едва заметная снисходительная улыбка.

— Ладно, никому не скажу. Но вы вообще-то поосторожнее с этой своей особенностью, можно знаете как нарваться!

— Знаю, — покаянно вздохнула Настя. — Уже нарывалась.

Она вышла из компьютерного зала и отправилась искать Бегорского. Настроение у нее снова упало ниже плинтуса. Ну как же так?! Она, сыщик с таким опытом, и допустила такой непростительный промах. Привыкла за почти три десятка лет быть сыщиком, и притворяться социологом нет навыка, вот и повела себя как сыщик. Неужели мозги напрочь отказывают? Неужели она стала совсем старой? Неужели ее место отныне — перед телевизором и на диване с книжкой?

Андрея Сергеевича она нашла в костюмерной рядом с Тамарой, которая, нацепив очки, сметывала раскроенную ткань.

— Я должна извиниться и покаяться, — начала Настя с ходу, решив ничего не скрывать. — Я допустила ошибку, и теперь, чтобы ее исправить, мне нужна ваша помощь.

Она без утайки поведала печальную историю своего промаха. Бегорский слушал внимательно, изредка кивая, но никаких признаков неудовольствия на его лице Настя не заметила. И то слава богу.

— И как мы будем это исправлять? — спросил он, когда Настя умолкла.

— Мне нужно влезть на ваш сервер. У вас же свой сервер, я правильно поняла?

— Да, правильно.

— Значит, все почтовые ящики членов клуба наверняка на нем. Я посидела на занятиях в компьютерном классе и услышала, как ваш педагог учил открывать почтовый ящик. Он всех ориентировал на сервер «zolotoyvek». Я хочу попытаться найти почтовые ящики Павловой и Корягиной и посмотреть их переписку. Костя Еремеев сказал, что Павлова вашими компьютерами не пользовалась, у нее дома был свой компьютер, но, может быть, она почтовый ящик открывала так, как ее учили. Во всяком случае, я могла бы попытаться. Хакер из меня, конечно, аховый, но кое-что я все-таки умею.

— И что вам мешает попробовать?

— Ваши сотрудники, работающие в компьютерном зале. Я там была и видела, что у них есть возможность следить, какие окна открыты у пользователей, у вас же там сеть. Мне придется работать на своем компьютере, но я боюсь, что они заметят попытку взлома. Я буду работать ночью, когда ваших сотрудников в зале нет. Но если они утром обнаружат следы моей деятельности, то выйдет неприятно.

— Я это решу, — спокойно ответил Бегорский. — Вы мне сообщите, когда сможете сделать то, что запланировали, а я все возьму на себя. Я найду, что им сказать. Насчет этого не волнуйтесь. Что еще?

— Мне нужны настройки вашего сервера. И еще мне нужен адрес детского дома, в который ездила Павлова.

Эта мысль пришла ей в голову только что, и Настя мысленно похвалила себя и порадовалась тому, что голова еще что-то соображает. Дети — существа не только любопытные, но и очень наблюдательные.

Следующим шагом был звонок все тому же Федулову.

— Я еще ничего не успел, — сразу заявил он, едва услышав Настин голос. — До архива не дошел.

— Да я понимаю, — успокоила его Настя. — Я по другому вопросу. Квартира Павловой опечатана?

— Ну разумеется.

— Мне нужно туда попасть.

— Зачем? Что вы там собираетесь искать?

— Мне нужен ее компьютер. Вернее, мне нужна переписка Павловой. Я подумала, что если ее убили из мести, то сначала могли иметь место угрозы. Или она могла в переписке с кем-нибудь поделиться своими опасениями. Может быть, угроз не было, но она кого-то встретила или заметила. В общем, надо посмотреть. Вы ведь, насколько я помню, ее почту не смотрели после убийства?

— Нет, — буркнул Федулов, — чего ее смотреть, когда все были уверены, что это дело рук маньяка.

— И почту Корягиной не смотрели?

— Тем более нет. Короче, я понял. Пойду к следователю, попробую уговорить вынести постановление. Квартира Корягиной тоже нужна?

— Пока нет, Галина Ильинична пользовалась компьютером в клубе.

— Имейте в виду, с ее квартирой все проблематично, — предупредил Федулов, — она уже продана. И где искать ее личные вещи, я понятия не имею.

Ладно, личные вещи Корягиной пока не нужны, а почту Настя попытается посмотреть, если задуманное у нее получится.

* * *

Вечером неожиданно зашла Тамара. В руках у нее был альбом для рисования.

— Я на минутку, Настенька. Хочу вам показать один рисунок.

Она открыла альбом на заложенной странице, и Настя увидела стройную фигурку в чем-то летящем и, на ее взгляд, достаточно бесформенном. Настя не была поклонницей подобного стиля, но в целом картинка производила впечатление изящества и какой-то таинственности.

— Красиво, — неуверенно произнесла она. — Это к новому спектаклю?

— Нет, Настенька, это для вас.

— Для меня?

— Ну да. Я прикинула, как можно вас одеть, чтобы это было красиво, оригинально и в то же время передавало вашу суть, ваш характер. Получилось вот это. Хотите, я вам сошью?

— Что вы, — перепугалась Настя, — не нужно, спасибо. Зачем?

— Как это — зачем? — неподдельно удивилась Тамара. — Чтобы носить, чтобы радоваться, чтобы производить правильное впечатление.

— Да нет, я никогда в жизни такое не надену, — решительно отказалась Настя. — Я никогда не носила такого и не собираюсь носить.

Тамара рассмеялась.

— Вот увидите, Настенька, получится просто замечательно, особенно если я вам сделаю стрижку специально для этого фасона. Да вы не беспокойтесь, ткань я сама куплю или Андрей привезет, я ему скажу, какая нужна ткань, он найдет. Если платье вам не понравится — выбросите его, а если понравится, то считайте, что это мой вам подарок. Кстати, как насчет подстричься? И покраситься вам не мешало бы, у вас седина. Конечно, у вас волосы светлые, седина не заметна, но она есть, уж я-то вижу.

Настя на мгновение заколебалась. Стричься она не хотела категорически, как не хотела и нового наряда, но вот насчет краски стоило бы подумать, седых волос в ее платиновых волосах становилось все больше и больше.

И все-таки она отказалась.

— Как-нибудь потом, ладно? Сейчас я не готова к радикальным переменам.

— Но вы все-таки подумайте, — лукаво улыбнулась Тамара. — И при случае я с вас мерочку сниму, авось пригодится.

После ухода Тамары Настя посмотрела на часы — без двадцати десять, еще полчаса — и можно будет приниматься за работу по поиску электронной почты Аиды Борисовны Павловой. Она уже примерно представляла себе, как будет это делать, и пыталась настроиться на предстоящую работу, но мысль то и дело сворачивала в сторону необычного рисунка Тамары. Может, с Лешкой посоветоваться?

— Как ты думаешь, мне пойдет экстравагантное платье? — спросила она, ожидая от мужа взрыва хохота.

Но Чистяков был почему-то серьезен, как никогда.

— Думаю, что это будет ужасно.

— Да вот я тоже так думаю, — вздохнула Настя. — А то мне тут предлагают новое платье и новую стрижку. Я отказалась.

— А знаешь, — неожиданно сказал Алексей, — ты все-таки подумай. Конечно, это будет ужасно, я в этом ни секунды не сомневаюсь, но вдруг это будет интересно?

— Разве может быть одновременно ужасно и интересно?

— Конечно! И тому есть тысячи примеров. Возьми хоть любой фильм Тарантино: сделано из рук вон плохо, просто ужас, а смотрится интересно — не оторвешься. Так что, может быть, имеет смысл попробовать, а? Как говорит один известный деятель, нужно открывать все двери, которые попадаются на твоем пути.

Тут Настя несколько засомневалась: так уж и все? Впрочем, Лешка всегда был мудрее и как-то взрослее. Хотя не глупо ли говорить о взрослости на пороге пятидесятилетия, ведь они с Лешкой ровесники? Просто Настя за тридцать пять лет знакомства привыкла считать Чистякова старше и умнее, еще с тех времен, когда они сидели за одной партой в физико-математической школе.

В начале одиннадцатого она включила компьютер и достала из сумки листок, на котором Бегорский записал параметры настройки сервера. Настя решила пойти по наиболее легкому пути и первым делом влезла на сайт «Мои родные», потому что точно знала: Аида Борисовна Павлова им пользовалась. Через некоторое время Настя уже знала электронный адрес Павловой, который действительно, как она и предполагала, был зарегистрирован на сервере клуба «Золотой век». Оставалось выйти на сервер и попробовать открыть почту. Но для этого нужно знать пароль. Впрочем, если Аида Борисовна действовала так, как учил преподаватель на уроке, то в качестве пароля она, скорее всего, использовала свою девичью фамилию. Настя порылась в записях и вскоре нашла то, что нужно: Добровольская. Ну, вперед!

Попытка прошла на редкость удачно, пароль «Добровольская» сработал, и можно было без помех изучать переписку бывшего следователя. Настя заварила кофе, принесла кружку в гостиную и с удовольствием занялась чтением писем. Однако очень скоро ее воодушевление сошло на нет: писем оказалось совсем немного, и вся переписка была с ребятами из детского дома. Причем было видно, что этим почтовым ящиком Аида Борисовна попользовалась совсем недолго, всего два месяца, и было это в конце 2008 года. После поздравлений с новым, 2009 годом — ни одного письма. Все понятно: сразу после Нового года Павлова купила себе компьютер и, пользуясь приобретенными навыками, завела на другом сервере другой почтовый ящик, с которого и вела всю дальнейшую переписку. А то, что эта дальнейшая переписка была, не вызывало сомнений, ведь если с ребятами из детского дома она могла общаться лично, то уж с сыном-то и его семьей Аида точно должна была переписываться. И если этой переписки нет на клубном сервере, значит, она есть где-то в другом месте. И совершенно точно она есть в ее домашнем компьютере, причем в этом случае наверняка даже не придется ничего взламывать, потому что Павлова — в этом Настя была на сто процентов уверена — не просто читала письма, а загружала их к себе и хранила.

На всякий случай Настя таким же манером и при помощи очередной девичьей фамилии нашла переписку Корягиной, но читать не стала. Всему свое время. Она вспомнила, как не понравился Косте Еремееву вопрос о переписке Аиды Борисовны Павловой, и ее снова одолели сомнения и подозрения в его адрес. Вот и флэшку с фотографиями он ей до сих пор не вернул. Чего он так долго возится? И вообще, он действительно собирался размещать фотографии кошки и раненой собаки на сайте или это была уловка, чтобы убедиться, что его лицо не попало в кадр?

Настя вышла на сайт «Кот и пес» и почти сразу увидела знакомую серо-голубую кошачью мордашку с апельсиновыми глазами, а чуть подальше — фото собаки с облитыми кислотой боками. Собака выглядела душераздирающе, но при этом было видно, что в прошлом она была настоящей красавицей и после успешного лечения снова станет такой же. Кошка же оказалась вообще потрясающей, поистине королевского вида. На снимке она сидела у Кости на руках, но в кадр попали только его пальцы, утонувшие в густом мехе, и немного рукава черной куртки. «Ай да я, — порадовалась Настя, с удовольствием разглядывая фотографии на экране компьютера, — кажется, у меня и в самом деле что-то получается. А я ведь действительно ничему этому специально не училась. Неужели у меня чутье к фотографическому делу? Вот уж точно, никогда не знаешь, где найдешь — где потеряешь».

* * *

Утром Настя погуляла с Подружкой, которая была сегодня какой-то тихой и вялой, позавтракала фруктовым салатом и овсянкой (в кафе ей сказали, что, пока Андрей Сергеевич не уедет, его распоряжения будут выполнять беспрекословно) и отправилась в детский дом.

Заведующая детским домом, приветливая, но с виду замученная и усталая, долго не могла понять, почему гостью из Москвы интересуют дети, которые ходили к покойной Аиде Борисовне. Пришлось сочинить очередную ложь и представиться журналисткой, которая собирает материал для статьи о двух таинственных убийствах.

— А у нас в милиции знают, что вы собираете такой материал? — строго спросила заведующая, недоверчиво глядя на Настю через очки в большой оправе.

— Конечно, — заверила ее Настя, — и оперативники знают, и начальник горотдела, вы можете позвонить и убедиться.

Вероятно, она была достаточно убедительной, потому что заведующая не стала ничего проверять. Она провела Настю в игровую комнату и попросила подождать. Минут через двадцать она вернулась и сказала, что все дети сейчас на уроках в школе и Насте лучше вернуться сюда вечером. Настя мысленно чертыхнулась: как же она сразу об этом не подумала, ведь это так очевидно, дети же школьного возраста! Нет, определенно ей пора завязывать с сыскной работой, она допускает одну ошибку за другой. Неужели она и на Петровке в последнее время так же плохо работала? Или просто расслабилась, потому что обстановка не похожа на служебную и ей все кажется, что она работает не всерьез, не по-настоящему, а словно в какую-то игру играет.

— Скажите, а многие из ваших подопечных переписываются с клубом «Золотой век»? — спросила она, уже стоя на крыльце.

— Многие, — кивнула заведующая, — да почти все. Все хотят иметь семью и надеются найти себе если не родителей, то хотя бы бабушек и дедушек. Это нормально для детдомовского ребенка, и Андрей Сергеевич тут не ошибся, правильно угадал.

— Бегорский?

— Да. Это была его задумка, он и компьютеры нам купил. Где вы еще найдете детский дом, в котором был бы целый компьютерный класс? Зато и результат очень хороший, нас ведь не только Аида Борисовна навещала, есть еще пожилые люди, которые подружились с нашими ребятишками. Берут их к себе домой на выходные, водят в кино, и все такое. Только благодаря сайту «Мои родные» они друг друга нашли.

К шести часам Настя вернулась в детский дом, и ее провели в комнату, где собралось восемь подростков, мальчиков и девочек. Все они постоянно общались с

Аидой Борисовной, приходили к ней в гости, ходили вместе на прогулки и экскурсии, слушали ее замечательные сказки и даже готовились ставить кукольный спектакль. Но не успели, потому что Аиду Борисовну убили.

— Она такие красивые куклы шила, — всхлипнула одна из девочек. — Они уже все были готовы, мы сказку про волшебную мельницу репетировали... Мы хотели сначала здесь ее ребятам показать, а потом в клубе у Аиды Борисовны.

— Она классная была, — пробасил из угла угрюмый подросток с прыщами на щеках, — столько всяких историй знала и рассказывала интересно.

— Ребята, вспомните, пожалуйста, как вы вместе гуляли по городу. Особенно в последнее время перед ее... смертью. Может быть, к ней кто-нибудь подходил? Кто-нибудь с ней заговаривал? Может быть, она встречала каких-нибудь старых знакомых? Вспоминайте как следует.

Но ничего такого никто не вспомнил.

— Может быть, ей передавали записки? Может быть, Аида Борисовна вдруг становилась расстроенной, или озабоченной, или мрачной, или испуганной? Может быть, были звонки ей на мобильный, после которых у нее резко портилось настроение?

Настя засыпала ребят вопросами, но ни одного внятного ответа не получила. Ребята хорошо помнили множество деталей, они вспомнили даже женщину в красивом платье, потому что Аида Борисовна обратила на это платье внимание и похвалила его, и не просто вспомнили, а подробно описали. Но ничего, что могло бы быть связано с получением угроз, так и не выплыло. Было видно, что ребята горюют по своей наставнице, сожалеют о ее смерти и очень стараются быть полезными, но... Этот ход Насти Каменской ни к чему не привел.

* * *

Зато утро следующего дня началось вполне позитивно: к Насте снова явился майор Федулов. Лицо его сияло.

— Анастасия, я, кажется, нашел то, что нужно. Не стал звонить вам по телефону, решил, что лучше лично встретиться. Вы оказались правы, — выпалил он прямо с порога, — есть такое дело, которое вела Павлова и по которому свидетелем выступала Корягина. Все сходится! Вы как в воду глядели!

Он был таким радостным и возбужденным, что Настя постеснялась сказать, что еще не завтракала и вообще-то собиралась в кафе. Можно было бы и его пригласить на завтрак, но совсем не нужно, чтобы ее видели в обществе оперативника. Пришлось остаться в номере и ограничиться очередной чашкой кофе. На этот раз Дмитрий явился с пустыми руками, а у самой Насти не было ничего, кроме двух вчерашних бутербродов, припасенных для Подружки, с которой, кстати, она не успела утром погулять.

— Мне вас и угостить-то нечем, — виновато сказала она.

— Не нужно меня угощать, я вас сам сейчас угощу такой историей — пальчики оближете, — весело ответил Федулов.

— Но от кофе-то не откажетесь?

— Не откажусь.

История, которую поведал майор, действительно оказалась совершенно замечательной с точки зрения поддержания версии о мотивах убийств Павловой и Корягиной, которые в этом случае можно было бы уже назвать двойным убийством.

В 1996 году Аида Борисовна вела дело о групповом изнасиловании, совершенном учениками вечерней школы в стенах этой же школы. Трое молодых парней изнасиловали свою одноклассницу, при этом так ее избили, что девушка скончалась. Галина Ильинична Корягина, чья партийная карьера благополучно завершилась в

1991 году одновременно с запретом на деятельность коммунистической партии, работала в те годы в вечерней школе по своей основной, полученной еще в институте специальности — учителем истории. Ее показания и легли в основу обвинительного заключения и приговора, поскольку она в тот трагический вечер много чего видела и слышала. Всем обвиняемым дали по 15 лет, которые на сегодняшний день еще не истекли, но на то и существует закон, чтобы можно было освобождаться условно-досрочно. Более того, один из подсудимых прямо в зале суда вел себя агрессивно, орал на прокурора и свидетелей обвинения, грозился «всех достать и всех урыть». Судя по материалам дела, он состоял на учете в психоневрологическом диспансере, судебно-психиатрическая экспертиза признала его вменяемым, но отметила наличие определенных аномалий психики, которые проявлялись еще в детстве: он баловался поджогами и истязал домашних животных, не только своих, но и чужих. Именно он был заводилой в компании насильников. Второй подсудимый, как написано в характеристике и заявлено в показаниях свидетелей, был замкнутым, угрюмым и нелюдимым, плохо учился, плохо работал и производил впечатление умственно отсталого, хотя экспертиза этого и не подтвердила. Третий же преступник был покорным и зависимым от своих друзей, глуповатым и слабым.

— Ну, как вам история? — с горящими глазами спросил Федулов.

— Супер! — искренне ответила Настя.

— Мне нужно еще некоторое время, чтобы собрать сведения о том, где они сейчас и чем занимаются. Я Илюху подключил, мы вдвоем быстрее справимся.

— Хорошо, — кивнула Настя. — А что со следователем? Вам удалось его убедить вынести постановление об осмотре квартиры Павловой?

— Пока нет, он болеет, в больнице лежит с пневмонией. Но его жена говорит, что через пару дней его уже выпишут.

— Ладно, подожду. Столько времени уже прошло, что несколько дней значения не имеют.

Она распрощалась с майором и отправилась в кафе. Ну что ж, коль в деле наметился простой, можно использовать освободившееся время для того, чтобы проверить еще одну версию. В конце концов, оба убийства могли быть совершены по разным мотивам и разными людьми, разве нет? И если найдется, за что мстить Павловой, то почему бы не найтись и тому, кто захотел свести счеты с Корягиной, причем независимо от Аиды Борисовны. Что, Корягина была ангелом во плоти? Конечно, нет. Та еще штучка была покойная Галина Ильинична. И потом, никто не отменял корыстный мотив. Да, квартира завещана музею, но если у одинокой женщины есть роскошная трехкомнатная квартира, которую она получила, явно злоупотребляя служебным положением, то где гарантия, что у этой женщины нет других ценностей, в завещание не попавших и предназначенных наследнице по закону, то есть дочери? Пора прекращать работать по очереди по каждой версии, на Петровке ей бы этого никогда не позволили. Нужно двигаться во всех направлениях. Как сказал Лешка? Нужно открывать все двери, встречающиеся на пути? Хорошая фраза, надо ее запомнить.

И пока суд да дело, надо ехать в Костровск.

Глава 10

Анатолий Владимирович Старков несказанно удивился, услышав по телефону голос Насти Каменской. К счастью, за долгие годы номер телефона его не изменился, и Насте легко удалось дозвониться до него.

— Я буду очень рад вас повидать, — искренне заявил

он. — Такая приятная неожиданность! Вас встретить на вокзале?

— Не нужно, я приеду на машине из Томилина.

— Из Томилина?! — еще больше удивился он. — Как вас занесло в наши края? Что вы там делаете? Неужели очередное убийство раскрываете?

— Можно и так сказать, — улыбнулась Настя. — Я уже на полпути в Костровск, водитель говорит, что мы будем в городе минут через сорок.

— Попросите его подвезти вас к... — он на мгновение задумался. — Давайте встретимся в том ресторане, где вы когда-то встречались с Эдуардом Петровичем. Помните?

— Конечно, как тут забудешь. Кажется, китайский?

— Совершенно верно, китайский. Теперь его не узнать, но расположен он все там же. Скажите водителю, чтобы ехал на улицу Весеннюю. Я буду вас ждать.

Весь остаток пути Настя думала не о Галине Ильиничне Корягиной, ее вероятных врагах и ее возможном наследстве, а о своем давнем пребывании в Костровске и знакомстве с местным крестным отцом Эдуардом Петровичем Денисовым, о преступлениях в санатории и своих тогдашних переживаниях. Как давно это было! Как давно и как смешно теперь об этом вспоминать...

Ресторан на Весенней улице она и впрямь не узнала, да и сама улица сильно изменилась, все дома на ней были отреставрированы и выглядели игрушечными, словно на картинке в сборнике сказок. Старков ждал ее на улице у входа.

— С ума сойти! — воскликнул он, открывая дверь машины и помогая ей выйти. — Я вас столько лет не видел и ожидал встретить элегантную даму примерно своего возраста, а вы выглядите все так же, как девчонка. Те же джинсы, тот же свитер, тот же хвостик и попрежнему без макияжа. Вы решили не стареть?

Насте показалось, что в его голосе звучит неодобрение, как будто он видит перед собой старую девочку.

Вообще-то его слова можно было бы расценить и как комплимент, но что-то сомнительно... Она вспомнила все, что говорила ей Тамара, вспомнила свое недоверие к ее словам и загрустила. Неужели Тамара права и Настина манера одеваться никуда не годится и делает ее смешной и нелепой?

Старков предусмотрительно заказал отдельный кабинет.

— Здесь нам никто не помешает, — сказал он, отодвигая стул для Насти. — Ну, рассказывайте, как ваши дела? Что привело вас в нашу провинцию?

Они сделали заказ, и Настя рассказала, что вышла в отставку, работает в частном детективном агентстве и получила задание по мере возможности разобраться с двумя убийствами в Томилине.

— Да, — кивнул Старков, — я слышал о них. Если могу быть хоть чем-то полезен — ради бога, только дайте знать. В нашем городском криминалитете я всех знаю, так что с информацией проблем нет. И в томилинских делах я тоже немного ориентируюсь.

— Знаете, — неожиданно для себя самой сказала Настя, — я бы хотела у вас спросить про оперативников, с которыми мне приходится контактировать. Федулов и Вторушин. Не слыхали?

В большей степени ее интересовал именно Вторушин, потому что с Федуловым ей и так все было ясно, но не хотелось так явно показывать свой интерес. А вдруг она ошибается?

— Ну как это не слыхал! — рассмеялся Старков. — Чтобы я — да не слыхал? Про Вторушина я, правда, знаю поменьше, мне напрямую не приходилось с ним сталкиваться, а Димку Федулова я знаю лично. Хороший парень, крепкий опер, отличный агентурист, активно пользуется источниками в криминальной среде, знаком с представителями практически всех группировок в области и как-то строит с ними отношения.

— Как именно? — насторожилась Настя.

— Да вы не беспокойтесь, правильно он их строит. — Старков усмехнулся. — Сам в криминале не участвует, но при случае от материального вспомоществования не отказывается.

— Это при каком же случае?

— Ну что вы так переполошились? Ничего крамольного, уверяю вас. Вот я вам расскажу одну историю — и вы поймете. Например, некий предприниматель в пьяном виде сел за руль и сбил человека. С места происшествия скрылся. Димка как раз занимался его розыском, он его и задерживал. Осудили его, срок впаяли, все как положено. Так вот, этот горе-предприниматель, очень богатый человек, попросил Димку присмотреть за его сыном, который в пятнадцать лет влюбился в девочку-наркоманку и стал якшаться с ее окружением. Мальчик-то хороший, интересуется микробиологией, хочет стать ученым, а ведь по молодости да по глупости можно таких дел наворочать! Вплоть до того, что вбить себе в голову идею о спасении наркоманки путем совместного употребления наркотиков. Несчастный отец боялся, что до этого или уже дошло, или вот-вот дойдет. А мать совершенно беспомощна, с сыном справиться не может. Ну, папаша, стало быть, сел, а Димка Федулов взялся за парня всерьез и отбил его от компании, мальчишка окончил школу и поступил в институт, а когда папаша из зоны вернулся, сын уже на втором курсе учился. Вот папаша-предприниматель в знак благодарности и подарил Димке дорогую иномарку, внедорожник. Компания-то вся плохо кончила: кто умер, кто сел, кто скололся до такой степени, что вот-вот концы отдаст. Девочка та, кстати, тоже умерла от передоза. А мальчишка — единственный, кто остался жив и благополучен, так что благодарность папеньки поистине не знала границ.

— О какой иномарке вы говорите? — удивилась Настя. — По-моему, Федулов ездит на раздолбанных «Жигулях». Разве нет?

— Сейчас — да, — согласился Старков. — Ту машину бандиты сожгли за то, что... Ну, вы сами, Анастасия Павловна, понимаете, любому оперу есть за что сжечь машину. Вообще Димка — хороший опер, у него отличные показатели, он толковый, энергичный, мобильный и при этом жутко упертый: если в чем-то уверен — костьми ляжет, чтобы это доказать.

«Ну да, — подумала Настя, — это похоже на правду, если вспомнить, с каким азартом он берется за разработку каждой версии, которую я предлагаю».

— А про Вторушина что вы мне расскажете?

— Не возьмусь давать ему полную характеристику, — задумчиво произнес Анатолий Владимирович, — какой-то он невнятный, очень скрытный, необщительный. По-видимому, у него серьезные проблемы с женщинами, он не женат и, насколько мне известно, не имеет постоянной подруги. Зато регулярно наведывается к нам в город, навещает бабушку и заодно посещает бордель, самый, по нашим провинциальным меркам, элитный. А вы сами о нем что думаете?

— Не знаю, — Настя пожала плечами. — Он мне не нравится.

— Вот как? Почему?

— Он мне кажется противным и...

Она все не могла подобрать правильные слова и замешкалась.

— Скользким? — подсказал Старков.

— Да нет, не скользким, а каким-то липким, нечистым, что ли.

Старков рассмеялся.

— Ну да, пожалуй, вы точно подметили. Вторушин действительно странноватый, хотя ни в чем откровенно плохом, непорядочном, подлом или криминальном вроде бы не замешан. Во всяком случае, такой информации не было.

— А как же бордель? — возразила Настя. — Он ведь

денег стоит, и немалых. Откуда они у простого мента, если он такой честный и порядочный?

— А вы что, не знаете? — приподнял брови Старков. — Ну что вы, это же всем известно. Банки и страховые компании очень нуждаются в информации, им приходится проверять тех, кто хочет взять кредит, они разыскивают неплательщиков и их имущество, разбираются со страховыми случаями, похожими на мошенничество. Для поиска нужной информации они активно пользуются услугами сотрудников милиции, и Илья Вторушин — один из таких сотрудников. Он помогает ряду банков, а те очень хорошо платят. При этом ваш дружок Вторушин пытается быть белым и пушистым, он официально оформил разрешение на занятие преподавательской деятельностью, рапорт написал, все как положено, и числится в этих банках как сотрудник по договору, ведущий занятия со службой безопасности по законодательству, регулирующему применение оружия и мер самообороны, по уголовному праву и так далее. Он действительно проводит два-три занятия, даже зачеты принимает и получает за это деньги, а в остальное время пользуется милицейскими базами данных для сбора интересующей банки информации. Многие так делают, а руководство смотрит на это сквозь пальцы, потому что официально придраться не к чему: разрешение на преподавание есть, а налоги Вторушин со своих доходов добросовестно платит. Да, совсем забыл вам сказать: тот бордель, куда ходит Вторушин, принадлежит знаете кому?

— Не знаю. Кому?

— Дочке той самой Корягиной, чье убийство вы собираетесь раскрыть. Говорят, что мать ее прокляла, отреклась от дочери и много лет не поддерживала с ней отношений.

— Да, — согласилась Настя, — мне об этом рассказывали. Я, собственно, как раз и приехала, чтобы с этой дочерью встретиться. Мне вопросы наследства все покоя не дают.

— Ну что вы, Настя, какое там наследство! — махнул рукой Анатолий Владимирович. — Квартира, что ли? Я слыхал — большая, чуть ли не трехкомнатная. Только нашей Танечке эта квартира не нужна, вы представляете, какие у нее доходы от борделя?

— Слабо, — призналась Настя. — Большие?

— Огромные! Она столько зарабатывает в своем массажном салоне, что никакая квартира в Томилине ей сто лет не нужна. Между прочим, у нее молодой любовник, красавчик невозможный, и вообще она в полном шоколаде. Уверяю вас, она к убийству матери никакого отношения иметь не может. Впрочем, если вы хотите сами с ней поговорить, я с удовольствием составлю вам протекцию, я Татьяну хорошо знаю.

— Спасибо, — поблагодарила Настя, — буду вам признательна. Если можно, я хотела бы с ней встретиться сегодня же, чтобы не терять времени.

— Я ей позвоню, — кивнул Старков. — Надеюсь, она мне не откажет.

— А вы мне про нее что-нибудь расскажете?

— Кое-что расскажу, — улыбнулся он. — Татьяна Корягина приехала в Костровск из Томилина, когда ей было восемнадцать, это было году примерно в восемьдесят пятом или около того. Приехала она, как и полагается, поступать в институт, во всяком случае она именно так рассказывает, но провалилась, а поскольку была очень красивой и легкомысленной внешне, но себе на уме внутренне, то при благоприятном стечении обстоятельств очень скоро стала проституткой для бань с начальниками. Постепенно росла по карьерной лестнице и доросла сначала до «мамки», а теперь содержит массажный салон, он же бордель. Замужем не была, детей нет. Зато есть молодой любовник, о чем я вам уже докладывал. Почему вы так мало съели? Вам не нравится? Невкусно?

Настя опомнилась и посмотрела на стоящую перед ней тарелку. Она до такой степени увлеклась разговором, что совсем забыла про свои любимые грибы муэр с ростками бамбука.

— Нет, очень вкусно, просто я заслушалась. Сейчас я доем.

— Так ведь все уже остыло, — огорченно заметил Старков.

— Ничего, мне и так вкусно, я очень люблю это блюдо.

Она быстро доела бамбук с грибами, отодвинула тарелку и принялась грызть креветочные чипсы из рисовой муки.

— А что еще известно про младшую Корягину?

— А что вас интересует?

— Ну, например, куда она девает деньги, если их действительно так много?

— На себя тратит. Построила на окраине Костровска, на берегу реки, огромный дом, завела сад, прислугу держит — повара, горничную, садовника, водителя. Отдыхать ездит на дорогие курорты. Друзьям помогает щедро, Танюшка у нас не жадная, денег не жалеет. Любовнику, кстати, квартирку купила.

— А зачем ему квартира? — удивилась Настя. — Разве они не вместе живут?

— Представьте себе, нет. Татьяна хочет жить одна и только одна, она потому и замуж не выходит. Вы думаете, у нее с женихами проблема? Да отбоя от них нет! Богатая, умная, без детей, роскошная баба с формами, море обаяния, да она, если бы захотела, сто раз замуж вышла бы. Но не хочет. Любовник у нее постоянный, но приходящий. Она его всячески балует, машинки там, поездки, одежка из Милана, карманные денежки. Ну так что, я звоню Татьяне?

— Звоните.

Старков вынул телефон и уже через несколько минут записывал для Насти на листочке адрес массажного салона, владелицей которого была Татьяна Корягина.

* * *

Дочь Галины Ильиничны Корягиной оказалась высокой крупной женщиной чуть за сорок с прекрасной кожей, красивыми веселыми глазами, грубоватой в разговоре, с хорошим чувством юмора и самоиронией, действительно очень обаятельной и весьма неглупой. О себе она рассказывала откровенно и со смехом — ей скрывать нечего, у нее вся милиция куплена, про нее и так все всё знают, а профессии своей она не стесняется и даже считает ее социально полезной.

— Не зря же американцы говорят, что проституция — это залог стабильности семьи. Мужчине не нужны отношения, ему нужен секс. И если он может получить секс без отношений, он с удовольствием это делает и возвращается в семью. А если для того, чтобы получить секс, непременно нужно вступать в отношения, то вот это уже опасно, потому что новые отношения начинают неизбежно конкурировать с отношениями в семье. И тут уж кто кого, — говорила она, разламывая на мелкие дольки плитку шоколада. — Угощайтесь. Я обожаю шоколад, постоянно его грызу.

Шоколад был светлым, молочным, Настя такой не любила, на ее вкус он был слишком сладким, приторным, она предпочитала горький.

— Про наследство я узнала лет за пять до маминой смерти, а то и больше, — рассказывала Татьяна. — Это был единственный случай за все годы, когда мать мне написала. Так-то мы отношения уже много лет не поддерживали, но я же понимала, что мать стареет, мало ли что, поэтому я маминой соседке специально оставила свой адрес и все телефоны, чтобы она позвонила в случае нужды. Соседка, видно, матери об этом сказала, вот мать и взяла у нее адрес, чтобы написать мне, что лишает меня наследства и все завещает краеведческому музею. Представляете? Ведь могла бы просто позвонить и сказать — так нет, написала письмо, дескать, даже слышать твой голос мне противно.

— А письмо, случайно, не сохранилось? — спросила Настя.

— Да нет, конечно, я его почти сразу выбросила. Чего его хранить?

Ну вот, теперь как доказать, что она действительно давно знала про наследство? А вдруг врет? Вдруг она ничего не знала? Не знала и организовала убийство матери, чтобы получить наконец квартиру, а возможно, и еще какие-то ценности. С другой стороны, сколько может стоить трехкомнатная квартира в Томилине? Максимум пятнадцать тысяч долларов, Настя узнавала. Что Татьяне Корягиной эти пятнадцать тысяч, если у нее доходы многократно превосходят стоимость квартиры? Даже если соседка Галины Ильиничны подтвердит, что та действительно брала у нее адрес дочери, то не факт, что она воспользовалась им и послала Татьяне письмо, а если и послала, то не факт, что Татьяна его получила. Может, все-таки дочь не знала о том, что лишена наследства?

Они сидели в очаровательной комнате на втором этаже массажного салона «Релакс», в кабинете хозяйки, который уместнее было бы назвать будуаром — настолько уютным и женственным он был, без малейшего намека на официальность и «служебность». Правда, здесь были и рабочий стол, и компьютер, и полки с папками, но выглядело это все по-девичьи кукольно, весело и беззаботно. Папки на полках сияли яркими красками — изумрудными, голубыми, оранжевыми и солнечно-желтыми, — а комнатные растения в огромных количествах удачно камуфлировали стол и монитор. Зато два диванчика с горами мягких атласных подушечек и два глубоких кресла словно выставляли себя напоказ и радовали глаз усыпанной розочками обивкой. И сама Татьяна Корягина была под стать этой комнате, такая же пышная, бело-розовая, похожая на торт со взбитыми сливками.

— Мне хотелось бы поговорить с вашим другом, — осторожно сказала Настя. — Это возможно?

— Да ради бога! — Татьяна беззаботно махнула рукой. — Думаете, он что-нибудь знает?

— Ну, всякое бывает.

— Запишите его адрес и телефон.

Татьяна не задала Насте ни одного вопроса, на который ей трудно было бы ответить, например, из милиции ли она, и если нет, то кто она вообще такая и почему интересуется убийством матери, а если да, то почему задает те же самые вопросы, которые ей уже задавали в марте прошлого года. Она даже не спросила, о чем именно Настя собирается разговаривать с ее молодым любовником. Что это? Следствие того, что Настин визит был предварен звонком Старкова, который еще со времен Эдуарда Петровича Денисова был в Костровске человеком известным и авторитетным, или абсолютная уверенность в том, что ничего опасного в Настиных вопросах нет и быть не может? И если второе, то в чем причина? В том, что Татьяна Корягина действительно не имеет к убийству своей матери никакого отношения и опасаться ей нечего? Или в том, что она уверена и в своем любовнике, и в недоказуемости своей причастности к преступлению?

Насчет отношения к смерти Галины Ильиничны Татьяна не сочла нужным притворяться: да, она свою мать не любила, но справедливости ради хотела бы заметить, что и мать ее не любила.

— Когда она меня рожала, она делала это только потому, что так надо: чтобы семья считалась полноценной, в ней должен быть ребенок. Как только папашка ее бросил, я сразу стала матери не нужна, я мешала ей заниматься своими делами, карьерой, плести свои интриги в горкоме, писать доклады и искать любовников. Мать все время мной руководила, орала на меня, у нее была одна цель: сделать так, чтобы я как можно быстрее стала самостоятельной, не требовала ее внимания и заботы. Поэтому малейшее сомнение в моем поведении, слишком смелый, на ее взгляд, наряд, или, не дай бог, крашеные ресницы, или звонок мальчика по телефону, или вечерние провожания приводили ее в бешенство: ведь это признак надвигающегося неблагополучия, а за ним и до разврата недалеко, как же она сможет спокойно работать и руководить людьми в отделе пропаганды, если у нее самой проблемный ребенок, требующий неусыпного внимания. Это недопустимо, это помешает карьере. Я, конечно, не понимала этого в те годы так отчетливо, как поняла потом, но все равно чувствовала, что я ей не нужна, что я только помеха и источник постоянной опасности. Голубая мечта матери была запереть меня дома с учебниками в обнимку и ни о чем не беспокоиться, а потом чтобы ей говорили, какая у нее умная и талантливая дочка, и чтобы я закончила школу с медалью. А я ей все это обломала, бегала на свидания, красилась, одевалась модненько, насколько это было возможно, целовалась с парнями в подъезде, рано стала покуривать. А мать ловила меня, орала и ругалась. Так детство и прошло.

Татьяна безмятежно улыбнулась и сунула в рот очередной кусочек молочного шоколада.

— А потом? — с любопытством спросила Настя.

Кое-что она уже знала в общих чертах, но ей интересно было услышать историю в изложении самой Татьяны.

— А потом я наврала матери, что уезжаю в Костровск поступать в институт.

— Наврали? А на самом деле что было?

— На самом деле я действительно уехала сюда, в Костровск, но только никаких мыслей об институте у меня и в помине не было. Конечно, я могла и не врать, просто уехала бы — и все, у меня наглости хватило бы, но мне нужно было, чтобы она денег дала. Ехала я к мальчику, с которым познакомилась на дискотеке и в которого влюбилась без памяти. Я была уверена, что как только приеду к нему — мы тут же поженимся. Конечно, ничего этого не получилось, и пошла я по совсем другой дорожке, начинала с вокзала, потом меня заметил один вор, он был такой шикарный! — Татьяна мечтательно улыбнулась и скорчила забавную рожицу. — Ездил в поездах и обувал лохов в карты. Денег у него было немерено, так что пару лет я прожила как у Христа за пазухой, потом его посадили, и опять я вернулась на панель. Но это был уже восемьдесят седьмой год, начало восемьдесят восьмого, перестройка шла полным ходом, в том числе и в нашем горячем цехе. Впрочем, вам моя история, наверное, не интересна, вы же не для этого сюда пришли, правда?

— Мне очень интересно, — совершенно искренне ответила Настя. — А как Галина Ильинична отреагировала на ваши обстоятельства?

— Ну, матери это, как вы сами понимаете, понравиться не могло, и когда я звонила домой, то ничего, кроме брани и крика, не слышала. Так что матери у меня, можно сказать, и не было. И потерю ее я практически никак не ощутила, я с ней не виделась без малого двадцать лет.

— То есть после переезда в Костровск вы с ней все-таки встречались?

— Ну а как же! Был момент, когда я собралась было рожать и приехала к ней. Срок был еще совсем маленьким. Мне казалось, что я могу начать все с чистого листа, жить дома, с мамой и с ребенком, и будет у нас нормальная семья, не хуже, чем у других. Но мать меня выгнала и сказала, что никогда не станет помогать мне растить ублюдка, которого я непонятно с кем нагуляла. И даже мои заверения в том, что я прекрасно знаю, кто отец ребенка, и очень его люблю, ее не остановили. Она говорила, что у проститутки и блудницы не может быть нормальной, обыкновенной человеческой любви.

Я боялась, что одна ребенка не подниму, жить в Томилине мне негде, мать меня к себе не пустила и квартиру разменивать отказалась, пришлось вернуться в Костровск и сделать аборт. Сейчас-то я, конечно, понимаю, что и ребенка подняла бы, и вырастила бы, и стал бы он не хуже других, но это сейчас, а тогда мне казалось, что одна я не справлюсь, мне и без того было тошно, что меня любимый бросил, а тут еще и мать выгнала и в помощи отказала. В общем, дура я была. До сих пор жалею. А мать не жалею. У меня к ней никаких чувств нет. Можете меня за это осуждать или порицать, это уж как вам будет угодно, — она с вызовом посмотрела на Настю, — я вам все честно говорю, без прикрас. Не притворяюсь.

— Неужели квартиру в Томилине не жалко? Все-таки трехкомнатная, в престижном месте. Это ведь живые деньги.

— Да ну ее! — Татьяна махнула пухлой белой ручкой. — У меня в Костровске и квартира, и дом большой. Мне от матери ничего не нужно. Пусть хоть музей ею владеет, хоть нищий с помойки, хоть кто.

Она умолкла и грустно посмотрела в окно, задрапированное шелковыми шторами со множеством складочек. Потом улыбнулась неожиданно робко и застенчиво.

— Единственное, о чем я жалею, это о торшере.

— О торшере? — переспросила удивленная Настя.

— Ну да. Знаете, у матери в квартире был такой дурацкий пошлый торшер, огроменный, из серии «красота невозможная». Белая резная нога с позолотой и финтифлюшками, розовый абажур и поверх него драпировка грязно-салатового цвета. А по краю абажура бахрома и кисти. В общем, мечта мелкой буржуазки. При советской власти такого ни у кого не было, а потом они появились в продаже, и мать тут же купила. Когда я в последний раз приезжала, он уже стоял. Рядом с ним был стул, такой типа полукресла, мать на этом стуле сидела и орала насчет ублюдка и блудницы. Вот его я хотела бы оставить себе, чтобы смотреть на него и не забывать, как она со мной обошлась. Я помню, она на меня кричала и требовала, чтобы я сделала аборт, а я всё смотрела на него и думала, глотая слезы: как же так, ты же купила такой торшер — розовый, уютный, пусть пошлый, но человеческий, олицетворяющий мягкость и домовитость, — и тут же требуешь, чтобы я избавилась от твоего внука и убиралась с твоих глаз долой. Я бы этот торшер у себя в заведении поставила, он бы тут пришелся как раз к месту. И назвала бы его знаете как?

— Как?

— Харлампием Аколуфьевичем Корягиным.

— Как-как?!

— Харлампием Аколуфьевичем, — со светлой и какой-то отрешенной улыбкой повторила Татьяна. — Это из греческого: «хара» — радость, «лампий» — светиться, блистать, «аколуф» — сопровождающий. Получился бы торшер, который своим светом сопровождает радость. Разве плохо?

* * *

С любовником Татьяны Корягиной, двадцативосьмилетним Леонидом Вешняком, Настя встретилась у него дома. Леонид, судя по всему, предпочитал вести ночной образ жизни, и, когда Настя позвонила ему около четырех часов дня, он только-только проснулся, даже позевывал в трубку.

Квартира у него была в самом центре Костровска, в двух кварталах от массажного салона «Релакс». Маленькая, чисто убранная, обставленная в стиле хай-тек, она резко отличалась от обстановки в кабинете его подруги. Сам Леонид был белокурым красавцем, изящным, грациозным, с ангелоподобным нежным лицом и голубыми глазами. Манеры у него оказались обворожительными, голос — вкрадчивым, но в целом он производил на Настю впечатление опасного коварного зверя, rotoвящегося к прыжку со спины. Такой будет вцепляться не в горло, а в холку. Впрочем, чему тут удивляться? Если бы у парня не было железного стержня, вряд ли он обратил бы на себя внимание такой женщины, как Татьяна Корягина.

Леонид без малейших колебаний подтвердил рассказ своей любовницы о том, что Татьяна давно знала о завещании не в свою пользу и совершенно по этому поводу не убивалась. О самой же Татьяне он говорил любовно и ласково, дескать, и красавица она, и умница, и вообще просто сокровище. При этом взгляд его теплел, а интонации становились мягкими. Татьяну он называл Татой.

— Я сам никогда не видел Таточкину маму, но мне Тату очень жалко.

— Почему? — спросила Настя. — Ведь она, кажется, не горюет о матери.

— Вот потому и жалко! Понимаете, я вырос в хорошей дружной семье и до сих пор поддерживаю с родителями очень добрые отношения, теплые, доверительные. Они продолжают обо мне заботиться, хотя мне уже скоро тридцать стукнет, и я о них забочусь, как могу. Я всегда любил и мамулю, и папу, и они меня любили и любят. И мне жаль, что у Таточки все так сложилось и ей не довелось испытать ни любви, ни заботы, ни тепла. Зато теперь я стараюсь Тату побаловать, порадовать, она для меня — маленькая недолюбленная девочка, мне порой хочется взять ее на руки и потетешкать, — он смущенно улыбнулся. — Вам, наверное, смешно это слышать, ведь я намного моложе Таты, да и по комплекции мы совсем разные.

— Нет-нет, что вы, — торопливо принялась разуверять его Настя, — это совсем не смешно.

Он предложил кофе, но Настя отказалась, она уже договорилась о встрече со Старковым — Анатолий Владимирович пригласил ее на ужин.

* * *

Ужинали они в том же ресторане, в котором уже встречались: Настя любила китайскую кухню, а других китайских ресторанов в Костровске не было. Разговор был легким, ни к чему не обязывающим и приятным. Повспоминали покойного Эдуарда Петровича Денисова, обсудили кое-каких общих знакомых, поделились впечатлениями о ситуации в милиции и в криминале, Настя поведала о своих беседах с Татьяной Корягиной и ее любовником Вешняком.

— Кстати о Вешняке, — хитро улыбнулся Анатолий Владимирович. — Видите вон тот столик, за которым сидят три девицы? Одна из них — любовница Вешняка. Вон та, в синей кофточке.

Настя повернула голову в указанном направлении и увидела хорошенькую девушку с длинными каштановыми волосами слишком красивого оттенка, чтобы быть натуральным, с ярким макияжем, но не вульгарным, очень умело наложенным. Девушка стройненькая, с хорошей фигуркой и живой открытой улыбкой. Любовница Вешняка! Ну надо же...

— Вы уверены? — спросила она. — Все-таки Вешняк практически гражданский муж Татьяны.

— Я вас умоляю! — рассмеялся Старков. — Я, знаете ли, никогда не верил в стабильность отношений при такой разнице в возрасте и в социальном положении. Татьяна — бой-баба, бандерша, которая сама себя сделала, все сама заработала, создала и поставила на ноги салон и теперь гребет большие деньги, а он? В прошлом — мальчик по вызову для богатеньких скучающих дамочек, пытался найти спонсоршу в Москве, думал, что там можно успешно поторговать внешностью, но ничего не вышло, в столице и получше мальчики есть. Пришлось ему возвращаться и обходиться местными спонсорами. Ленечка хочет сниматься в кино или быть моделью, пока личико свежее и фигурка не расплылась, он очень тщательно собой занимается: фитнес, обертывания, капсулы, массажи и так далее. Никому, кроме Танюшки Корягиной, он не нужен, потому что нищий, как церковная мышь, и не умеет зарабатывать ни руками, ни мозгами.

— И что, Татьяна оплачивает его погоню за красотой?

— Конечно. Он любит шмотки, хорошие рестораны, красивый отдых, периодически составляет портфолио в надежде, что его заметят, и все это Танюшка ему позволяет. Типичный альфонс. Но, — Старков поднял палец, — Леня не тряпка, в нем чувствуется какой-то стержень.

— Да, — согласилась Настя, — я тоже это почувствовала. Что-то в нем есть, какая-то готовность к прыжку, что ли... Но неужели Леня не боится при такой спонсорше иметь еще одну любовницу? Ведь, насколько я понимаю, Татьяна имеет все возможности мокрого места от него не оставить, если что.

— Боится, а как же, — усмехнулся Старков, — поэтому и прячется. Он очень осторожен, никогда не приводит девочку к себе домой, встречается с ней где-то в потайных местах, чтобы не дай бог никто не увидел и Таньке не стукнул.

— А как же вы узнали, если они прячутся? — с любопытством спросила Настя.

— Ну, Настенька, в этом городе есть мало такого, о чем я не знал бы, — улыбнулся Анатолий Владимирович. — Я же здесь прожил всю жизнь и много лет работаю в системе безопасности, а это подразумевает владение информацией. Я, конечно, знаю не все и не смогу ответить на любой ваш вопрос, зато я всегда точно знаю, как, где и у кого узнать ответ.

— А про эту девочку, про любовницу Вешняка, вы что-нибудь знаете?

— Ничего. Она меня не интересует. Но если нужно, я все узнаю. Нужно?

— Да нет, пока вроде не нужно, — задумчиво проговорила Настя. — Но я буду иметь в виду вашу готовность помочь, если понадобится. А девочка хорошенькая, правда?

— Ничего особенного, — отмахнулся Старков, слегка поморщившись, — просто умеет себя подать, умеет правильно накраситься и одеться, а так — самая обыкновенная.

— Но, наверное, в ней что-то есть, раз такой красавчик обратил на нее внимание, — заметила она.

— Наверное, — согласился Анатолий Владимирович. — Может, у нее характер необыкновенный. Или умище огромный.

Они оба одновременно кинули взгляд на девушку и рассмеялись. При всем ее очаровании на гиганта мысли она была мало похожа.

Насте нужно было решить еще одну проблему: найти квартирантку Галины Ильиничны. По имевшимся в уголовном деле документам она была родом из поселка Петунино Костровского района.

— Это минут двадцать на машине, — пояснил Старков. — Совсем близко. Вы когда хотите поехать?

— Я бы съездила сегодня, раз уж я все равно в Костровске. Только, боюсь, мой водитель дорогу не найдет, он же из Томилина.

— Ничего, я вам нарисую, как проехать, это несложно.

Если судить по изображенной Старковым схеме, дорога в Петунино действительно была не очень запутанной. Настя поблагодарила за ужин, распрощалась со Старковым и отправилась в поселок, откуда родом была некая Маргарита Нечаенко.

Ехать пришлось не двадцать минут, а все сорок — дорогу занесло снегом, и проезжей осталась только одна полоса, по которой машины в разных направлениях двигались по очереди, пропуская друг друга. «А московские водители ни за что не стали бы пропускать по порядку, — подумала Настя. — Перли бы, как танки, у кого машина дороже — тот и прав». Зато дом Нечаенко удалось найти почти сразу. Ветхий, деревянный, с огородом и сараем, в котором содержались куры и поросенок. Самой Маргариты здесь давно уже не было, зато была ее мать, Валентина Николаевна, болезненно выглядящая женщина под пятьдесят, с ранними морщинами, неухоженная, безвкусно одетая и какая-то погасшая.

— Риточка? Что вы, она давно здесь не живет, она в Костровске, там у нее и работа, и квартира. А зачем она вам?

На этот раз Настя была готова к вопросу.

— Видите ли, Рита одно время жила в Томилине...

— Жила, — кивнула Валентина Николаевна, — у одной бабушки комнату снимала.

— Так вот, эта бабушка — это моя тетя Галя, Галина Ильинична Корягина.

— Что вы говорите?! — всплеснула руками мать Риты.

— Я постоянно живу за границей, тетю Галю давно не видела, даже на похороны не смогла приехать. А теперь вот приехала, и мне сказали, что ваша дочка с ней до последнего дня жила. Я потому и хотела с ней встретиться, поговорить про тетю Галю. Не подскажете, как мне Риту найти?

— Ну, адреса-то я не знаю, да и на кой он мне сдался? Я все равно к ней не поеду, у меня хозяйство, куры, поросенок, а здоровья уже никакого. Но телефон есть, я по нему часто звоню, с Риточкой разговариваю. Вы запишите, если надо.

Валентина Николаевна в дочке души не чаяла и готова была рассказывать о ней без конца.

— У Риточки в Костровске хорошая работа, денежная, ей много платят, она и мне помогает, деньги шлет. Приезжает, правда, очень редко, она сильно занята, работа у нее сложная и ответственная, отлучаться нельзя. Она и институт в Костровске закончила, диплом имеет.

— А кем Рита работает?

— Менеджером в какой-то фирме, — с гордостью произнесла Валентина Николаевна.

«Неплохой карьерный рост для девушки, которая меньше года назад еще была приемщицей в томилинской химчистке, — подумала Настя. — И квартира у нее, а работа денежная. Откуда что берется? Мужика, что ли, нашла хорошего?»

— В какой фирме? — спросила она.

— Да бог его знает, я в них не разбираюсь, то ли продают что-то, то ли покупают. Но работа хорошая, вы не сомневайтесь. И Риточка у меня хорошая дочка, мне вон все бабы в поселке завидуют, что Ритуся у меня такая заботливая. У других-то дети выросли, выучились на родительском горбу да и думать про мать с отцом забыли, устроились где-то в столицах и в ус не дуют, а моя Ритуся не такая. Вот вы с ней встретитесь и сами увидите. Поглядите, какая она красавица у меня! Вон фотка на стене.

Настя подошла к стене, обильно завешанной фотографиями, и вспомнила о снимках животных. Снова в голове промелькнул вопрос о том, как же у нее получилось так хорошо их снять? И Костя Еремеев что-то такое говорил о даре и предназначении. Может быть, и в самом деле имеет смысл вникнуть в это дело поглубже?

Она принялась с интересом рассматривать фотографии семейства Нечаенко, пытаясь на глазок определить удачный или неудачный ракурс и освещение.

— Вот это мы с мужем в день свадьбы, — поясняла Валентина Николаевна. — Муж у меня помер, спился, царствие ему небесное. А вот это Риточка в шесть лет, в детском садике на утреннике. А вот Ритуся на выпускном вечере в школе.

То, что Настя увидела на фотографии, на понятие «красавица» ну никак не тянуло: слишком высокий лоб, увеличенный забранными назад и стянутыми на затылке волосами какого-то невнятного цвета, невыразительное лицо и чудовищные, оттопыренные огромные уши. Эх, вот кому отопластика нужна! Рот тоже, пожалуй, великоват. Но в целом — ничем не примечательная, не красивая, но и не уродливая девчушка. Глаза умные, внимательные, но небольшие и близко поставленные. Ей бы прическу поменять и к хорошему стилисту попасть... Вот отдать бы ее в руки Тамары Николаевны! Интересно, что ей пошло бы? Как бы Тамара ее причесала? Такие уши и такой лоб надо обязательно спрятать, здесь подошла бы стрижка типа паж или каре с длинной густой челкой, тогда лоб и уши оказались бы закрыты. Глаза надо правильно покрасить, чтобы расстояние между ними казалось больше, а сами глаза — ярче, выразительнее. И брови подчеркнуть. И волосы перекрасить. И будет куколка! Настя попыталась представить себе мысленно это переделанное, улучшенное лицо и вдруг поняла, что где-то она его уже видела. И длинную густую челку эту видела, и насыщенный цвет волос, и умело накрашенные глаза... Господи! Это же любовница Лени Вешняка, которую ей сегодня в ресторане показывал Старков. Ай да девочка, ай да Ритуся!

— Валентина Николаевна, а вам Рита никогда не рассказывала про Леонида? — спросила она как бы между прочим.

— Про Леонида? Нет. А кто такой этот Леонид?

— Леонид Вешняк. Вы никогда этого имени не слышали?

— Нет, — покачала головой мать Риты, — в первый раз слышу. А кто он? Почему вы думаете, что Риточка его знает?

— Он — знакомый тети Гали, я думала, может, он заходил к ней, — соврала Настя. — А как у Риты с личной жизнью? Жених-то есть?

— Ой, вот уж не знаю, — вздохнула Валентина Николаевна. — Думаю, что кто-нибудь есть, она ведь такая умница и красавица, ей обязательно должно повезти в жизни больше, чем мне. Хорошо бы, чтобы у нее все сложилось, а то с моими болезнями можно внуков не дождаться...

* * *

Всю дорогу из Петунина в Томилин Настя усиленно боролась со сном. Ее кидало в дрему, начинались какие-то смутные сновидения, и в этот момент голова падала — и она просыпалась, потом снова задремывала. Отчего она так устала? Вроде и встала сегодня в нормальное время, и работы не бог весть сколько сделала, да и работа эта — все больше языком молоть да по ресторанам или в машине посиживать, с чего ей так уставать? Неужели старость? Неужели так теперь будет всегда?

Она опять не заметила, как задремала, и очнулась от звонка телефона.

— Анастасия Павловна, я не поздно? Вы еще не спите?

Надо же, она раньше не замечала, какой приятный голос у Ильи Вторушина по телефону. При личном общении неприятное впечатление, которое он производил на Настю, как-то затмевало тембр голоса, а вот когда его не видишь — совсем другое дело.

— Не поздно, — ответила она. — Я не только не сплю, я даже вообще не в усадьбе. А что случилось?

— Есть кое-какая информация. Мы могли бы встретиться?

— Вы на работе?

— Да, пока сижу.

— Я могу заехать. Если вас устроит, то буду минут через... — Она напрягла глаза, чтобы в темноте определить хотя бы примерно, где находится. Машина как раз проезжала через дамбу, дальше прямо по проспекту Победы, потом налево на Федеративную — и вот оно, здание, где располагаются правоохранительные органы. — Минут через десять.

— Буду ждать, — коротко ответил Вторушин.

Интересно, какая такая у него информация? И почему позвонил он, а не Федулов? Впрочем, какая разница, работают-то они вместе.

Здание в двенадцатом часу ночи было пустым и гулким, дежурный на первом этаже с сомнением глянул на Настю и не пропустил ее, пока не получил по телефону подтверждение капитана Вторушина, что он ее ждет. Илья сам спустился за ней на первый этаж и проводил в кабинет, хотя дорогу она прекрасно помнила.

— Хотите чаю? — спросил он, повесив Настину куртку на вешалку. — Холод сегодня просто собачий.

— Хочу, — призналась она.

Она так расслабилась в убаюкивающем покачивании машины, что никак не могла собраться и взбодриться.

Вторушин заварил ароматный зеленый чай, разлил в красивые чашки, которые достал из стоящего за его спиной шкафа, и открыл толстый ежедневник.

— У меня информация по поводу насильников, дело которых вела Павлова. — Он полистал ежедневник и нашел нужную страницу. — Мы за сегодняшний день почти все узнали. Значит, тот, который был зависимым и глуповатым, умер на зоне во время отбытия наказания. Острый перитонит, спасти не успели. Остались двое.

Он на несколько секунд умолк и что-то обвел красной шариковой ручкой в ежедневнике.

— Эти двое освободились условно-досрочно, один в седьмом году, другой в восьмом. Тот, который освободился в седьмом году, до Томилина так и не доехал, по дороге из зоны напился, влез в драку и получил новый срок за тяжкие телесные повреждения. Сейчас сидит и сидеть будет еще долго.

— Это который? — уточнила Настя. — Тот, что состоял на учете в диспансере и любил устраивать поджоги?

— Именно.

Илья снова уткнулся в свой талмуд, что-то поискал глазами и обвел красной ручкой.

— А третий?

— Третий вернулся в Томилин, проживает по адресу... Впрочем, вам адрес, наверное, не нужен?

— Не нужен, — согласилась Настя. — Адрес нужен вам. Что-нибудь узнали о том, как он сейчас живет?

— Очень немногое, но даже это немногое вызывает подозрения. Замкнут, нелюдим. Живет один в пригороде Томилина. С трудом устроился на работу, его взял один местный фермер и поставил скотником. Ничего лучше для человека без образования и отбывшего больше десяти лет по такой статье у нас не нашлось, с работой вообще трудно, сами знаете.

— Как его фамилия?

— Одинцов. Михаил Геннадьевич Одинцов, тридцать лет.

И снова Илья выполнил тот же ритуал: взял красную ручку и что-то обвел.

— А что вы все время помечаете? — не выдержала Настя.

Илья вскинул на нее непонимающий взгляд, потом тряхнул головой и улыбнулся:

— Извините, вы не в курсе... Мои коллеги давно знают про мою привычку, никто ничего не спрашивает. Я записываю все, что должен сделать, и отмечаю по мере выполнения. Так у меня есть гарантия, что я ничего не забуду.

— А что, проблемы с памятью?

— Пока нет. Но кто знает, может быть, они и появились бы, если бы я не записывал все до мелочей. Вот у меня записано, что я должен доложить вам информацию о трех подозреваемых. Информацию я записал, и по мере того, как вам рассказывал, отмечал, что это я сделал. Про первого рассказал — отметил, про второго рассказал — отметил. У меня даже записано, что я должен вам позвонить и договориться о встрече. И отмечено, что выполнено.

— А что, вы боялись и это тоже забыть? — рассмеялась Настя.

Вторушин с удовольствием подхватил ее смех, при этом глаза его почти совсем утонули в щелочках между густыми бровями и полными лоснящимися щеками.

— Вы знаете, Анастасия Павловна, для меня в этих записях и отметках есть какой-то другой смысл, помимо напоминания. Я обвожу красной ручкой выполненные пункты, и у меня возникает ощущение движения, осознание того, что день не прошел впустую, что я что-то сделал.

Как ни странно, Илья совершенно не стеснялся своего чудачества и рассказывал о нем так же охотно, как рыбак рассказывает об удачной рыбалке.

— Но вообще-то должен вам признаться, что я расстроен. — Он неожиданно перестал смеяться и стал серьезным. — В версию о маньяке я не верил с самого начала и хотя делал по этой версии все, что положено, но больше для очистки совести. Я был уверен, что убийство Корягиной было совершено в рамках кампании против Бегорского и его клуба, а второе убийство, когда погибла Аида Борисовна, было имитацией психопатологии, а на самом деле связано с сугубо личными мотивами. Никому из нас почему-то в голову не пришло, что личные мотивы могут объединять оба преступления, мы не видели, что может быть общего у таких разных людей, как Корягина и Павлова. Про служебную деятельность Павловой мы даже и не подумали, ведь она уже лет десять как на пенсии.

— И чем же вы расстроены?

— Тем, что был не прав, — пожал плечами Вторушин. — Теперь я вижу, что Одинцов — наиболее реальный подозреваемый, который мог бы совершить оба убийства. Он молод и достаточно силен физически, он замкнут, нелюдим и плохо социализирован, то есть имеет место определенная аномалия психики, и у него есть мотив. Получается, что прав был Димка Федулов, а вовсе не я.

— А что, это впервые в жизни получилось, что прав Дмитрий, а не вы? Что в этом особенного?

— Ничего, — вздохнул Илья. — Все нормально. Не обращайте внимания. Подлить вам чаю?

— Нет, спасибо. — Настя поднялась. — Уже очень

поздно. Надо возвращаться к себе. Да и вам нужно отдыхать.

Вторушин подал ей куртку, помог одеться.

— Что вы планируете делать с Одинцовым? — спросила она, уже взявшись за ручку двери.

— Димка рвется в бой, — усмехнулся капитан. — Считает, что нужно его задерживать и трясти, как грушу.

— А вы сами как считаете?

— Я бы понаблюдал за ним еще несколько дней, пособирал бы сведения. Но у нас с Федуловым разные подходы, мы с ним в вечном конфликте, — Илья обезоруживающе улыбнулся. — Он считает себя настоящим опером, а меня — трусливым карьеристом. И даже не скрывает своего мнения.

— Как же вы ухитряетесь работать вместе и друг другу горло не перегрызть?

— Да вот как-то ухитряемся. Спасибо, что заехали, Анастасия Павловна. Пойдемте, я провожу вас до машины.

Да, несмотря на всю непривлекательность, воспитан Вторушин как надо.

— Вам спасибо. А провожать меня не нужно, я не заблужусь, — отказалась Настя.

— Нужно-нужно. — Он вытащил связку ключей из замочной скважины с внутренней стороны двери. — У нас внизу дежурный сегодня приставучий, опять начнет вам голову морочить. И вообще, поздно вечером женщина не должна ходить одна. Никогда и нигде. Даже в нашем здании.

Вот даже как! Предусмотрительный какой... Или в самом деле трусливый? Или знает что-то такое, чего не знает она, Настя?

Но Вторушин оказался прав, дежурный действительно предпринял попытку проверить у Насти документы. Илья посадил ее в машину, стоящую прямо перед крыльцом, и пообещал звонить и держать в курсе.

Заваренный капитаном зеленый чай заставил Настино сердце биться быстрее, и, когда она добралась до своих апартаментов во флигеле, сна не было ни в одном глазу. Не помог ни теплый душ, ни Интернет, ни попытки расслабиться под пушистым одеялом на мягком матрасе. В половине третьего ночи Настя еще не спала, и непонятно было, удастся ли ей заснуть в ближайшее время. Ей вдруг захотелось поговорить с мужем, она уже потянулась было к лежащему у изголовья телефону, но вовремя остановила себя: совсем с ума сошла, середина ночи, Лешка крепко спит, и ее ночной звонок его испугает. Скорее бы утро, Лешка встает в семь, и тогда можно будет позвонить.

Около четырех она все-таки уснула, но проснулась без пяти семь с единственной мыслью: можно ли уже звонить? «Вот сейчас зазвенит будильник, — думала она, не сводя глаз с часов, — Лешка полежит еще минут пять, понежится, потом встанет и пойдет в ванную. Дам ему пятнадцать минут на душ и бритье, ну ладно, двадцать, он любит подольше постоять под душем. Вот сейчас он чистит зубы, вот он залез в ванну, намылился, трется мочалкой... Вот сейчас он моет голову... Сейчас переключает воду с горячей на холодную, потом снова на горячую и снова на холодную... Вытирается... Наносит пену для бритья... Господи, ну что он так долго! Сколько можно приводить себя в порядок! Вот теперь, кажется, все, он вышел из ванной и отправился на кухню делать завтрак. Можно звонить».

Чистяков ответил сразу, как будто ждал ее звонка и держал телефон под рукой.

— Чем занимаешься? — как можно беззаботнее спросила Настя. — Собрался завтракать?

— Да ты что, — добродушно усмехнулся Алексей, — я уже сижу в машине и выруливаю из нашего двора.

— Почему так рано? — удивилась она. — Еще только половина восьмого.

— Так сегодня же среда, у меня по средам в десять утра заседание совета. Забыла?

Забыла. Она все забыла, и про заседание совета по

средам, и даже про то, что сегодня именно среда. Какая дура! Можно было позвонить еще час назад и поговорить с Лешкой, а теперь... как-то неловко грузить человека, когда он за рулем.

— А чего ты звонишь в такое странное время? — спросил он. — Случилось что-нибудь?

— Я соскучилась, Леш. Я жутко по тебе соскучилась. И очень хочу домой. Мне здесь смертельно надоело, кругом все чужое, и люди чужие, и улицы, и дома, и воздух чужой. Я домой хочу, — жалобно повторила она.

— Асенька, ну что я могу сделать? Хочешь, я приеду и заберу тебя домой? Это единственное, чем я могу тебе помочь.

— А ты можешь приехать и не забирать меня?

— Это в каком же смысле?

— Ну, пожить тут со мной.

— В принципе, я могу. Но только в принципе. Потому что мне для этого нужно разобраться с работой и понять, когда и на какое время я смогу отлучиться. Что на тебя нашло? Тебе действительно нужно, чтобы я приехал?

Что ему ответить? Что ей это действительно нужно? Заставить Лешку нервничать, все бросить и приехать? Это свинство. Она, конечно же, хочет, чтобы он был рядом, и лучше дома, а не здесь, но разве можно потакать любому своему желанию?

— Мне действительно очень тебя не хватает, — вздохнула Настя. — Но ты не обращай внимания. Просто на меня нашло...

И в самом деле: просто нашло. За тридцать пять лет знакомства довольно часто бывало, что они подолгу не виделись, когда Леша из-за напряженной работы жил у родителей в Жуковском, поближе к институту, или когда уезжал в длительные командировки стажироваться или читать лекции, но так сильно, как сейчас, Настя по мужу никогда раньше не скучала. Наверное, это оттого, что тогда она все равно оставалась у себя дома, при своей привычной работе, и рядом были привычные люди, и вокруг — привычная обстановка, и это отвлекало, успокаивало и не давало испытывать одиночества. А здесь все не так.

— Асенька, имей в виду, тоска по мужу — это верный признак старости, — очень серьезно сказал Чистяков. — Была бы молодая — радовалась бы, что проводишь время на свободе без меня, а ты, видите ли, скучаешь.

— Да ну тебя! — Настя вмиг повеселела и рассмеялась.

Все-таки Лешка, как никто, умеет не только понять ее, но и привести в чувство.

Ну что ж, коль она так рано поднялась и до десяти утра еще полно времени, можно поделать что-нибудь полезное. Например, самое время ознакомиться с перепиской Галины Ильиничны Корягиной, пока в компьютерном зале никого из специалистов нет.

Настя сделала себе кофе и вышла в Интернет.

Уже через двадцать минут она с любопытством читала переписку Галины Ильиничны с Ритой Нечаенко.

«...я нашла вашу анкету на сайте знакомств «Мои родные» и решила вам написать, потому что знаю вашу дочь Татьяну... Она испортила мне жизнь... Я знаю, что вы прокляли ее и вычеркнули из своей жизни, и я хочу вам сказать, что вы были совершенно правы. Она — чудовище, которое пользуется неопытностью и бедственным положением девчонок, приехавших из деревень и поселков, где нет работы и негде учиться и приобретать профессию... она заманивает их в свои сети, из которых потом не вырваться...»

Письмо было длинным, наполненным подробностями о злодеяниях Татьяны. В ответ Галина Ильинична написала: «Бедная моя девочка, как мне тебя жалко! Я ничего не хочу знать о своей мерзавке-дочери. Расскажи лучше поподробнее о себе».

Рита рассказывала, жаловалась на жизнь, на невозможность устроиться на работу в Костровске. Ей предложили хорошую работу в Томилине, но в Томилине ей негде жить, а снимать квартиру или даже просто комнату очень дорого, на это уйдет вся ее зарплата, а продукты покупать на что?

Переписка, судя по датам, длилась два месяца, после чего Галина Ильинична пригласила Риту пожить у себя. Без оплаты за жилье, но с помощью по хозяйству. В ответ по электронной почте прилетела глубокая и искренняя благодарность и обещание немедленно воспользоваться любезностью Галины Ильиничны.

Ну что ж, теперь картина стала более ясной: Рита, воспользовавшись информацией, полученной от своего любовника Леонида Вешняка, втерлась в доверие к Корягиной и поселилась у нее. Ну и что? Зачем она это сделала? Или они вместе с Вешняком это затеяли? Опять же — зачем? И уж тем более непонятно, зачем ей или им обоим убивать Корягину, которую они никогда прежде не видели и которая ничем им не насолила. Или все-таки видели, встречались и между ними был конфликт? Но тогда почему Корягина не узнала Риту, если видела ее раньше? Значит, Риту она совершенно точно не знала. Тогда, возможно, конфликт был с Вешняком? Или еще с каким-нибудь третьим лицом, которое просто наняло Ленечку и Ритусю для осуществления своего злодейского плана?

Опять вопросы, множество вопросов, и на то, чтобы найти ответы, нужны время, силы и возможности. Из всего перечисленного у Насти есть только время, вот уж этого-то у нее хоть отбавляй, никто не торопит, сроки не поджимают, начальство кулаком по столу не стучит. Зато с силами и возможностями дело обстоит куда хуже.

Одно известно точно: Татьяна Корягина о Рите Нечаенко никогда ничего не слышала. По крайней мере, именно так утверждала сама Татьяна, когда ее почти год назад об этом спрашивал следователь. Но, возможно, это неправда? У Татьяны спросили, получили ответ и на этом успокоились, а правдивость ее слов никто и не удосужился проверить. Может быть, история Риты, попавшей в сети хладнокровной и жестокой бандерши, не так уж далека от истины? Или все это ложь от первого до последнего слова?

Настя выключила компьютер, сходила в кафе позавтракать ненавистной овсянкой и отправилась в Томилинский краеведческий музей.

Глава 11

Краеведческий музей занимал одно крыло небольшого двухэтажного здания и выглядел бессистемным нагромождением экспонатов, однако Насте объяснили, что это — следствие ремонта и, как только он закончится, все экспонаты будут немедленно расположены в должном порядке. Спасибо Галине Ильиничне Корягиной, царствие ей небесное, благодаря ее доброте и широте души у музея появилась наконец возможность и протекающую крышу починить, и ремонт в помещениях сделать. Как полгода со дня смерти исполнилось, так завещанную квартиру сразу же продали, вот и денежки появились.

— А вещи Корягиной? — спросила Настя. — Их тоже продали?

— Что-то продали, а кое-что оставили для памяти и для будущих экспозиций.

— Можно взглянуть на то, что осталось?

— Конечно, пойдемте к Агриппине Феодосовне, это все у нее.

Агриппина Феодосовна, научный сотрудник музея, очень пожилая, но очень живая и энергичная дама, с радостью согласилась показать журналистке из Москвы, приехавшей специально для сбора материала о Корягиной, оставившей завещание в пользу музея, «наследие Галины Ильиничны», как она именовала предметы обстановки и обихода. В ее кабинете Настя сразу же увидела тот самый торшер, розовый с зеленым, на белой резной ноге, о котором говорила Татьяна Корягина. Харлампий Аколуфьевич Корягин. Надо же, имя ему вполне подходит.

— Вы сохранили только вещи или бумаги тоже остались?

— Разумеется, — Агриппина Феодосовна недовольно свела к переносице реденькие бровки, — все бумаги сохранились. Каждая бумажка — это документ, свидетельство эпохи, и когда-нибудь они станут поистине бесценны. Я стараюсь сохранить все, что можно, потому что через сто лет обязательно будут делать экспозицию «Традиции и быт провинциального российского города начала двадцать первого века», ведь это так интересно! Будут представлены мебель, посуда, предметы обихода, одежда. А историки, проводя свои исследования, обязательно обратятся к сохранившимся документам. Мы обязаны сделать все, чтобы не повторить ошибок и трагедий прошлого, когда ничего не сохранялось, потому что в разруху и войны жгли мебель и книги, все билось, разрушалось, продавалось и ничего не сохранялось. А вот этот торшер, — она с гордостью указала на Харлампия Аколуфьевича, — станет поистине жемчужиной экспозиции как отражение вкуса и потребностей определенных слоев населения. Нашему городу всего полвека, в масштабах истории это ничто, и историческая часть нашей экспозиции пока бедновата, но мы должны думать о будущем, о следующих поколениях музейщиков, которые придут вслед за нами...

Было видно, что Агриппина Феодосовна села на своего любимого конька, и если ее не остановить, то говорить она будет долго. Настя улучила момент, чтобы вклиниться в монолог с вопросом: нельзя ли посмотреть бумаги Корягиной? Старая музейщица кинула на Настю неодобрительный взгляд, кивнула и повела ее в хранилище.

Документов оказалось немного, в основном это были разные расчетные книжки по оплате за квартиру, электроэнергию и телефон, оставшиеся с советских времен, множество квитанций, по которым оплачивались коммунальные и прочие услуги за последние годы, в том числе кассовые чеки и приходные кассовые ордера, выданные в клубе «Золотой век» при оплате различных услуг и внесении ежемесячных членских взносов. Был и партбилет, и свидетельство о расторжении брака, датированное 1969 годом, и бумага о выделении участка на местном кладбище, где похоронены родители Галины Ильиничны и где теперь покоилась и она сама. Отдельная пухлая папка с завязками, набитая почетными грамотами за успехи в деле партийной пропаганды. Красивые поздравительные открытки, полученные Корягиной много лет назад по случаю дня рождения, 8 Марта и Нового года. Пара таких же давних писем от племянника из Иркутска. И черновик завещания.

Настя собралась было отложить его в сторону, не читая, просто мазнула глазами по выведенному заглавными буквами слову «ЗАВЕЩАНИЕ» и решила, что нет смысла его читать, поскольку с ним и так все ясно. Но уже в следующее мгновение поняла, что с этой бумагой что-то не так. В ней не было слов «краеведческий музей», зато было имя Маргариты Владимировны Нечаенко, которой по воле завещателя отходило все личное имущество Галины Ильиничны, включая квартиру, вещи в ней, предметы обстановки, ювелирные изделия, счет в Сбербанке... Это еще что? Новое завещание, которое Галина Ильинична не успела оформить должным образом у нотариуса? Настя посмотрела на дату: середина февраля прошлого года, почти за месяц до убийства. Почему же Корягина не нашла времени дойти до нотариальной конторы, если собиралась изменить завещание? Не торопилась? Была уверена, что проживет еще долго? Или что?

Она вытащила телефон и позвонила Дмитрию Федулову.

— В какой нотариальной конторе оформлялось завещание Корягиной?

— Ну, я так навскидку не помню... Кажется, в той, что рядом с ее домом. Погодите, я у Илюхи спрошу, он всегда все записывает.

Голос Федулова отдалился от трубки, до Насти донесся бархатный баритон Вторушина, оперативники о чем-то переговаривались, потом трубку взял Илья.

— Вторая нотариальная контора, нотариус Бразовкин.

— Это далеко от дома Корягиной?

— Да рядом, минуты три-четыре неспешным шагом.

— Илья, вы могли бы позвонить этому нотариусу и спросить, не звонила ли ему Корягина в течение последнего месяца перед убийством? Может быть, они случайно встретились на улице?

— И что?

— Меня интересует, не высказывала ли она намерения изменить завещание. Я нашла в ее бумагах черновик завещания в пользу Нечаенко, ее квартирантки.

— Да ну? — изумился Илья. — А где вы взяли ее бумаги?

— В краеведческом музее. Странно, что вы этот черновик не нашли в свое время, — Настя не удержалась, чтобы не поддеть Вторушина.

— Да мы ее квартиру практически не осматривали, это же не место преступления. И в бумагах не рылись. Мы были уверены, что преступление совершено маньяком. Погодите, Анастасия Павловна, но какое значение имеет этот черновик, если старое завещание все равно осталось в силе? У Нечаенко не могло быть мотива для убийства, потому что новое завещание так и не было оформлено у нотариуса.

— И все-таки, — твердо произнесла Настя, — позвоните ему, пожалуйста, и уточните. Здесь что-то не так. Я не понимаю, почему Корягина не переписала завещание, если твердо собиралась это сделать.

— Хорошо, — вздохнул в трубку Вторушин, — я свяжусь с нотариусом и перезвоню вам.

Пока Настя просматривала оставшиеся бумаги, среди которых больше ничего интересного не обнаружилось, прошло еще минут пятнадцать, и звонок Вторушина застал ее в тот самый момент, когда она завязывала тесемки на толстой папке, куда аккуратно сложила документы, стараясь соблюдать тот же порядок, что был в описи.

— Нотариус Бразовкин припомнил, что встречал Галину Ильиничну Корягину как минимум раза три в течение месяца перед ее смертью, она регулярно ходила гулять в парк, и путь ее пролегал мимо нотариальной конторы. Бразовкин приходил на работу к десяти утра, и если опаздывал минут на десять, то, как правило, и встречал Корягину, которая как раз в это время отправлялась на прогулку. Никаких разговоров об изменении завещания она не заводила.

— Вот это странно, — пробормотала Настя. — Ладно, я еще подумаю. Илья, у меня к вам есть вопрос. Вы случайно не знаете, не работала ли эта Нечаенко в салоне у Татьяны Корягиной?

В трубке возникла пауза. Настя в общем-то понимала, что вопрос задала в известной степени бестактный, если учесть, что Илья Вторушин регулярно наведывался в бордель под изысканным названием «Релакс». Спросить-то, конечно, можно было, но не по телефону, когда Илья совершенно точно находился рядом со своим коллегой Федуловым, а наедине, глаза в глаза. Но тут уж не до деликатности.

— Насколько мне известно, нет, — холодно ответил капитан. — Во всяком случае, когда мы проверяли эту Нечаенко, ничего такого не всплывало. А почему вы спросили?

— Так просто. Потом объясню.

Ей не хотелось вдаваться в подробности своей незаконной деятельности с использованием компьютера.

Она оставила на столе папки с документами и грамотами и вернулась к Агриппине Феодосовне, которая уже заварила чай и с нетерпением ждала московскую гостью, горя желанием поговорить с новым человеком о перспективах музейного дела в Томилине. Насте пришлось разочаровать ее, отказаться от чая и покинуть краеведческий музей. Ей нужно было остаться одной и подумать.

Она вернулась в усадьбу, включила компьютер и вывела на экран сведения, собранные о Галине Ильиничне Корягиной. Внимательно перечитала. Здесь должно быть что-то, что проливало бы свет на странный черновик не менее странного завещания. Ладно, тот факт, что Корягина решила изменить завещание, вполне можно объяснить. С дочерью отношения прерваны давно и окончательно, больше никого из близких нет, и вдруг появляется милая тихая девочка, жертва отвратительной бандерши и неправедной постперестроечной жизни, эта девочка заботится о Галине Ильиничне, покупает ей продукты, готовит, убирает квартиру, стирает, гладит, водит свою хозяйку на прогулки и в театр, встречает на остановке, когда та поздно вечером возвращается из клуба. Тут все понятно. Но почему же дело не доведено до конца? Ведь у Корягиной был месяц на оформление завещания. Чего она ждала? Или что-то в поведении Риты ее насторожило и она не спешила с завещанием, пока не развеются сомнения?

Настя снова и снова пробегала глазами текст на экране, и вдруг ее словно отпустило. Вот же оно! Корягина была лживой интриганкой, это отмечали почти все, кто ее знал. Она и не думала менять завещание, она просто обманула свою квартирантку, показала ей черновик и сказала, что пойдет с ним к нотариусу и все оформит. Потом сказала, что была у нотариуса, что новое завещание составлено в пользу Риты и теперь лежит во второй нотариальной конторе. Зачем? А чтобы Рита из благодарности и из страха, что Корягина снова изменит завещание, получше о ней заботилась. Господи, как примитивно, как отвратительно, как глупо! Но только так можно объяснить и оставленное в силе старое завещание, и черновик нового, и смерть Галины Ильиничны примерно через месяц после составления черновика. Значит, Нечаенко. И, возможно, Вешняк.

И Настя позвонила Старкову.

— Вы сказали, что я могу обращаться за любой помощью.

— Я не отказываюсь, — Настя даже на расстоянии почувствовала, как тот улыбается. — Командуйте, женщина моей мечты.

— Не поняла, — осторожно сказала она, думая, что ослышалась.

— Да что ж тут непонятного, Настенька! — теперь Старков уже открыто рассмеялся. — Было время, когда я был в вас немного влюблен. А вы разве не замечали?

— Нет, — совершенно искренне призналась она. — Вы шутите?

— Ни в одном глазу, — заверил ее Анатолий Владимирович. — Как на духу. Я был настолько пленен вами, что даже, помнится, уговаривал Денисова не подвергать вас риску и не ставить в сложное положение.

— А он что?

— Он надо мной смеялся и обещал, что с головы моей обожаемой Каменской ни один волос не упадет. Так какая вам нужна помощь?

— Неприличная, — Настя хмыкнула в трубку. — У вас есть знакомства среди интернетчиков?

— Даже если и нет, для вас я найду. Что нужно сделать?

— Нужно узнать, где стоит компьютер, с которого получается и отправляется почта. Адрес я вам продиктую. Судя по тому, что в адресе стоит «kostrovsk-net.ru», почтовый ящик заведен на сервере местного локального провайдера. Хотелось бы «пробить» адрес человека, которому провайдер выделил IP для пользования Интернетом и предоставил почтовые услуги.

Она продиктовала Старкову электронный адрес, с которого Галине Ильиничне Корягиной приходили письма за подписью Риты Нечаенко. Анатолий Владимирович все записал и пообещал сделать как можно быстрее.

— А теперь — к Бегорскому на доклад и за Подружкой в зверинец, — скомандовала Настя сама себе.

По дороге из музея она заехала в магазин и купила в отделе кулинарии отварного цыпленка и большой осетинский пирог с сыром. Пирог был горячим, его достали из печки прямо при Насте, и она мечтала, как будет гулять с Подружкой, отламывать от пирога куски, давать один собаке, другой брать себе, и будет им весело, радостно и вкусно.

Доклад у Бегорского прошел быстро и гладко, Андрей Сергеевич не придирался к мелочам, выслушал отчет о поездке в Костровск и в поселок Петунино, одобрительно усмехнулся и пожелал Насте дальнейших успехов. Выйдя из его кабинета, Настя в приемной увидела Елену Станиславовну Муравьеву в элегантном темно-розовом костюме с кружевной блузкой. Лицо у Елены Станиславовны было грустным и сосредоточенным.

— Вы от Андрея Сергеевича? — встрепенулась она, увидев Настю. — Он свободен? Как вы думаете, можно к нему?

— Смотря по какому вопросу, — уклонилась Настя от прямого ответа. — Он работает с бумагами и просил не беспокоить. Если только у вас что-то очень срочное...

— Я хотела поговорить с ним насчет Валерия Васильевича. Вы знаете, что Бегорский его уволил?

Ну еще бы Насте не знать! Бегорский уволил незадачливого воришку на следующий же день после того, как его отпустили из милиции. Правда, жестокость Бегорскому свойственна не была, и он дал Полосухину две недели на поиски новой работы и нового жилья. В течение этих двух недель Валерий Васильевич имел право жить в усадьбе, хотя от работы его сразу же отстранили.

— Я что-то слышала об этом, — вполне нейтрально ответила Настя. — А вас это беспокоит?

Можно было позволить себе попридуриваться, ведь Елена Станиславовна ни словом не обмолвилась Насте о своих чувствах к Полосухину.

— Разумеется, беспокоит, — сердито ответила Муравьева. — Ну как же так? Такой чудесный человек, прекрасный работник, душа компании, руководитель общества любителей вышивания — и вдруг взять и уволить его ни с того ни с сего! Это просто бесчеловечно! Это возмутительно! И в конце концов, это прямое нарушение трудового законодательства. Увольнять можно только по статье или по сокращению штатов, а никакого сокращения штатов не было, я точно знаю. И никакой статьи Валерию Васильевичу предъявить нельзя, он безупречно трудится и трудовую дисциплину не нарушает.

— Насколько я знаю, он написал заявление по собственному желанию, — сказала Настя.

Муравьева опешила и как-то сникла.

— Но этого не может быть, — растерянно проговорила она. — Зачем Валерию Васильевичу увольняться по собственному желанию? Что его здесь не устраивает?

— Так вы бы у него и спросили, — усмехнулась Настя.

Но Елена Станиславовна никак не могла поверить в то, что Полосухин по собственному желанию решил оставить работу, главным козырем которой была возможность ежедневно видеться с ней, с уникальной и ни на кого не похожей потомственной дворянкой Муравьевой, в жилах которой течет французская кровь. Она принялась горячо уверять Настю, что вся история с увольнением Полосухина есть результат интриг и злого умысла и что она непременно во всем разберется и до правды докопается, и Валерий Васильевич будет восстановлен в должности, и ему будут принесены соответствующие извинения и выплачена компенсация за вынужденный прогул. Надо только улучить время, чтобы поговорить с Бегорским и рассказать ему, какой на самом деле чудесный и во всех отношениях достойный человек Валерий Васильевич Полосухин.

— Как вы считаете, когда мне лучше зайти к нему? — Муравьева тревожными глазами всматривалась в Настино лицо. — Вы к нему частенько заходите и в кафе сидите вместе, я видела, у вас с ним неформальные отношения, и с Тамарой Николаевной вы дружите, вы в одном флигеле живёте, наверное, общаетесь каждый вечер, время коротаете. Может быть, вы бы поговорили с ней, а она бы поговорила с Бегорским? Или вы можете обратиться прямо к Андрею Сергеевичу? Я вас уверяю, вы бы сделали благое дело. Валерия Васильевича огульно обвинили в чем-то, а он не смог оправдаться или не счел нужным, он человек гордый, с чувством собственного достоинства...

Муравьева все верещала и верещала, а Настя переминалась с ноги на ногу, думая о том, как бы поскорее вырваться из цепких лапок этой псевдодворянки и отправиться уже наконец к Подружке. Сегодня такое яркое солнце, и так хочется погулять по белому снегу и морозному хрусткому воздуху!

— Пообещайте мне, что вы поговорите с Андреем Сергеевичем!

А Муравьева тем временем, оказывается, успела перейти от просьб к требованиям. Быстро это у нее получилось, стоило Насте отвлечься мысленно на минутку — и нате вам, пожалуйста.

— Вы заблуждаетесь, Елена Станиславовна, у меня с Бегорским отношения сугубо официальные, и я не могу обращаться к нему с просьбами, выходящими за рамки моей работы, — строго сказала она. — Вы попробуйте сами с ним поговорить. Хотя сегодня он не в духе, это точно.

Подружка встретила Настю энергичными движениями хвоста, словно пыталась сказать: «Наконец-то до тебя дошло, что гулять со мной можно не только утром, когда солнце еще не встало, или вечером, когда оно уже закатилось, но и белым днем, когда солнце сияет и заливает все вокруг яркой радостью. Ты не безнадежна, тебя тоже можно воспитать, если постараться!»

Они медленно шагали по аллее от главного дома до реки, и вдруг Настя увидела птичку. Птичка сидела на рябине и клевала побитые морозом ягодки. Подхвостье и надхвостье были ослепительно-белыми, головка, крылья и хвост — черными, а грудка — киноварно-красной. «Господи, это же, кажется, снегирь!» — ошеломленно подумала Настя. Она не была уверена до конца, потому что никогда в жизни не видела живого снегиря, только на картинках, да и то в детстве. «Боже мой, я дожила почти до пятидесяти лет и никогда не видела живого снегиря. Что ж за жизнь-то у меня была такая расчудесная?»

И вдруг, словно впервые в жизни, у нее открылись глаза, и она увидела, как переливается под солнечными лучами снег, как будто усыпанный миллионами мелких бриллиантов. В Москве такого не увидишь, там снег посыпают реагентами, и вообще зимы в столице какие-то серые и депрессивные. И деревья, и ветки в снежных шапках она увидела, и легкие прозрачные облачка в светло-голубом небе...

— Пошли, — она потянула Подружку за поводок, — да не упирайся ты, не в клетку. Пойдем за фотоаппаратом. На, доедай быстрее.

Она сунула собаке последний кусок осетинского пирога и заторопилась к флигелю. Подружка решила, что ее привели в гости, и, едва переступив порог Настиного номера, основательно отряхнулась, пронырнула в гостиную и плюхнулась на ковер.

— Эй, подруга, не разлеживайся, — Настя сунула фотоаппарат в карман куртки и встала у двери, — прогулка еще не закончилась. Давай, давай, поднимайся.

Собака смотрела на нее ласковыми и непонимающими глазами. Пришлось с усилием потянуть за поводок, чтобы объяснить. Это помогло. Подружка, правда, нехотя, но поднялась.

Настя фотографировала все подряд, ее внезапно обуяла какая-то непонятная жадность, ей непременно хотелось запечатлеть все, что она видит: усадьбу с ее постройками, сугробы, деревья, большую старую собаку на ослепительном снегу. Снегирь все еще сидел на рябине, и его Настя тоже сфотографировала. Она щелкала аппаратом и думала о том, что за работой и стремлением выжить пропустила мимо себя огромный пласт жизни, причем пласт очень позитивный. Да, она много чего повидала за годы службы, но в основном это были низменные чувства и темные побуждения — зависть, месть, корысть, злоба, изуродованные трупы, смерть, ненависть... Но ведь жизнь состоит не только из этого. В ней есть и природа, и красивая одежда, вплоть до термобелья, которое Настя открыла для себя только на пороге пятидесятилетия, и любовь к бездомным животным, и чудо фотографии, и много всего другого, чего она не знала и не видела. Хорошо, что ей всего пятьдесят и впереди еще есть достаточно времени, чтобы все наверстать.

Она заметила, что Подружка внимательно слушает ее, повернув голову, и сообразила, что говорит вслух. «Тоже еще, нашла себе приятельницу, — сердито одернула себя Настя и тут же улыбнулась. — Но ведь это тоже новый опыт: разговаривать с собакой. Нет, вру, опыт не очень новый, я и раньше с собаками разговаривала. Просто не обращала на это внимания, словно так и должно быть. А ведь это так здорово, когда есть собака, с которой можно поговорить и которая готова тебя слушать. Этому можно и нужно радоваться, а не принимать как само собой разумеющееся».

Съеденный на прогулке пирог вполне заменил обед, и в кафе Настя не пошла. Она отвела собаку в зверинец, нашла Костю Еремеева, забрала у него свою флэшку, вернулась во флигель, перекинула все фотографии из фотоаппарата на компьютер и отправила Чистякову.

Пусть посмотрит, среди какой красоты проходит ее первая командировка на новой работе. Почти все снимки оказались удачными, это особенно хорошо стало видно на экране. Лучше всего получились красногрудый снегирь и черная лохматая собака. «Может, у меня склонность к фотографированию животных? — с некоторым удивлением подумала Настя. — Сперва раненая собака и непослушная кошка, теперь вот Подружка и чудесный, просто сказочный какой-то снегирь. А вот постройки и деревья вышли самыми обыкновенными, ничего выдающегося. Впрочем, я в этом все равно ничего не понимаю, просто собаку я люблю, а снегирь потряс мое воображение, вот мне и кажется, что снимки получились отличными, а на самом деле ничего особенного».

Видимо, Анатолий Владимирович Старков действительно относился к Насте чрезвычайно хорошо, потому что просьбу ее выполнил даже быстрее, чем она ожидала.

— Записывайте адрес, по которому установлен интересующий вас компьютер, — бодро проговорил он в трубку. — Это у нас в Костровске.

Настя схватила блокнот и ручку.

— Вам что-нибудь говорит этот адрес? — спросил Старков, закончив диктовать.

Еще бы не говорит! Это был адрес Леонида Вешняка. И не далее как вчера Настя там была. Теперь все становилось на свои места. Ну, почти все.

— Анатолий Владимирович, у меня есть еще просьба, если вы не сочтете меня слишком большой нахалкой.

— Смотря что вы попросите, — пошутил Старков. — Если мою жизнь, то она в вашем распоряжении, а если что другое, то я еще подумаю.

— Мне опять нужна информация, на этот раз по салону «Релакс». Можно?

— Валяйте.

— Мне надо знать, не работала ли там некая Маргарита Нечаенко. Не сейчас, примерно пару лет назад или чуть больше.

— Я узнаю. А кто это?

— А это мой вам подарок, — засмеялась Настя. — Маргарита Нечаенко — та самая девушка, которую вы мне показывали в кафе.

— Не может быть! Любовница Ленечки Вешняка?

— Именно. Ну как, я вас порадовала? Теперь вы будете знать, как ее зовут, вдруг да пригодится.

— А адрес, который я вам добыл, это ее адрес?

— Нет, Вешняка.

— Странно, — пробормотал Старков, — вы же диктовали мне логин, вроде бы он был со словом «Марго» или что-то в этом роде. Я ошибся?

— Вы не ошиблись. Ленечка Вешняк вел переписку от имени Риты Нечаенко и почтовый ящичек себе открыл на ее имя, для пущей достоверности.

— Какие-то махинации?

— Вроде того. Он от имени Риты обаял нашу Галину Ильиничну Корягину, прикидывался невинной овцой, которую обидела страшная и ужасная Татьяна. Вот я и хочу узнать, действительно ли Рита работала в салоне у Татьяны, или это просто красивая байка для пущей жалостливости.

— Узнаю, — пообещал Старков.

Настроение у Насти резко подпрыгнуло вверх. Ну вот, хоть что-то ей все-таки удалось в этой странной командировке. Теперь понятно, что убийство Корягиной было заранее спланировано и осуществлено Вешняком и Нечаенко. Сначала Рита с помощью Ленечки втерлась к старухе в доверие и добилась приглашения приехать и жить вместе, потом стала для Корягиной незаменимой помощницей, а как только Корягина заявила, что переписала завещание в пользу Риты, последовало убийство. И внезапная желудочная болезнь квартирантки была не более чем предлогом, чтобы оставить Корягину темным вечером одну в пустынных проходных дворах, где ее уже поджидал приехавший из Костровска Вешняк. Только один момент они не учли: патологическую лживость Галины Ильиничны, которая, не моргнув глазом, обманула «доверчивую» помощницу по хозяйству.

Но это все умопостроения. Нужны доказательства того, что Вешняк приезжал в Костровск. А ведь он наверняка позаботился об алиби. Впрочем, это не Настина забота, для такой работы есть штатные оперативники и следователи.

И если считать установленным, что Галину Ильиничну Корягину убил Вешняк при пособничестве Риты Нечаенко, то встает вопрос с убийством Павловой. Вешняк достаточно ловко закамуфлировал свое преступление под совершенное маньяком, во всяком случае, в эту версию все поверили с первого момента. А что же со вторым преступником, убившим бывшего следователя Аиду Борисовну Павлову? Второй преступник тоже поверил в эту версию и, планируя свести счеты с Павловой, скопировал первое убийство, чтобы списать его на того же маньяка, как выяснилось, несуществующего. Стало быть, все, как и прежде, упирается в личные мотивы. И среди этих мотивов на первом месте по-прежнему месть. То есть под подозрением остается все тот же насильник Одинцов, угрюмый, замкнутый и нелюдимый. Но если принять во внимание, что Корягину убили без всякой связи с Павловой, то круг потенциальных мстителей расширяется до поистине необозримых пределов. Разве мало дел вела Аида Борисовна? Вот то-то и оно. Сейчас Федулов со Вторушиным проверят этого Михаила Геннадьевича Одинцова, и можно считать большой жизненной удачей, если убийцей Павловой окажется именно он. Но что-то Настя сильно в этом сомневается. Таких удач не бывает.

Предчувствие ее не обмануло. Ближе к ночи позвонил Федулов и усталым, измученным голосом сообщил, что Одинцова задержали и проверили со всех сторон.

На 22 сентября 2009 года, то есть на день убийства Павловой, у Михаила было железное алиби, его вообще не было в Томилине, он вместе с агрономом ездил в соседнюю область за удобрениями. Конечно, в обязанности скотника такая работа не входит, но его попросили — он и поехал. Это подтвердил не только агроном, но и шофер, который был за рулем, и еще несколько человек, в том числе и рабочие из соседней области, отгружавшие удобрения: они хорошо запомнили Михаила Одинцова, который за все время не произнес ни одного слова, угрюмо смотрел в землю и сплевывал сквозь зубы.

Ну вот, еще одна версия лопнула. А ведь такая была красивая! Впрочем, все ожидаемо. Настя даже не очень расстроилась.

* * *

Илья Вторушин торжествовал: ему все-таки удалось доказать, что оба убийства совершены разными людьми. А ведь он с самого начала настаивал именно на этом, не то, что Димка Федулов, который уперся в версию о маньяке, и никакими силами его с этой версии было не сдвинуть. Конечно, до полной победы еще очень далеко, с убийством Павловой пока нет никакой ясности, но уж с Корягиной-то они, можно считать, разобрались. Хотя сперва казалось, что это совершенно невозможно, ведь с 5 марта прошлого года прошло столько времени!

После того, что рассказала Каменская о своей поездке в Костровск и в Петунино, Вторушин немедленно отправился проверять алиби Леонида Вешняка. Вешняк строил недоуменную мину и говорил, что не может вспомнить, что делал конкретно 5 марта прошлого года, но зато отчетливо помнит, что в Томилин не ездил, потому как нечего ему там делать, у него там ни друзей, ни родни, ни деловых контактов. И сбить его не представлялось ни малейшей возможности.

Но не таков был капитан Вторушин, чтобы отступать перед трудностями. Следователь, в производстве которого находилось до приостановления дело об убийстве Корягиной и Павловой, все еще был на больничном, но Илья задействовал личные связи и воспользовался добрыми отношениями с костровскими оперативниками, которые за несколько дней довольно полно установили круг знакомых Вешняка. Дело было за малым: встретиться со всеми и побеседовать. Леня Вешняк родом был из Костровска, посему знакомых у него было не пять человек и даже не двадцать. И Вторушин позвонил Каменской.

— Как вы считаете, ваш наниматель Бегорский готов платить?

— Смотря за что, — ответила Настя.

— За работу, конечно. Круг знакомых Вешняка очень велик, если искать всех и опрашивать, это потребует много времени, ведь, кроме меня и Димки Федулова, этим заняться некому. Ну, разве что вы еще подключитесь. Но это мало спасет положение. Если заплатить костровским операм, то они нам помогут.

— Я поговорю с Андреем Сергеевичем, — пообещала она.

Судя по всему, разговор оказался коротким и плодотворным, потому что уже через полчаса Каменская перезвонила Илье и сказала, что оплата работы оперативников гарантируется. Вторушин взялся за дело, и очень скоро был выявлен некий Павел Ширяев, бывший одноклассник Лени Вешняка, который в прошлом году видел Леню в Томилине. Точную дату навскидку он сказать не может — не помнит, но это определенно было начало марта. Почему определенно? Да потому, что он решил сделать своей любимой тетушке подарок к 8 Марта и купил ей билет на проходивший в Томилине творческий вечер знаменитой актрисы. И отвез тетушку в Томилин, и сидел в ресторане, пока шел концерт, и встречал ее после концерта, и вез обратно в Костровск. И вот после концерта, когда Павел ждал на площади у концертного зала свою родственницу, он и заметил Леньку Вешняка. Хотел подойти, даже сделал несколько шагов в его направлении, но Ленька отвернулся и исчез в переулке. Догонять его смысла не было, из концертного зала уже валом валил выходящий с концерта народ, и Павел побоялся пропустить тетушку.

Речь шла о тот самом концерте, на котором была и Корягина. А по пути домой ее убили. И Леня Вешняк в это время был где-то рядом... Все в этой картинке складывалось одно к одному. Правда, показания Ширяева были единственным более или менее весомым доказательством возможной причастности Вешняка к убийству, все остальное — и переписка Риты с Корягиной, и черновик завещания — было не более чем косвенными уликами, но Илья не сомневался: Вешняк расколется при первом же серьезном допросе, а если будет его признание, то остальное — дело техники.

Ночевать Вторушин поехал к бабушке. Завтра утром в Костровск подъедет Федулов, они задержат Вешняка, доставят в отдел внутренних дел и там уж решат, что с ним делать дальше. Завтра следователь уже должен выйти с больничного, и Димка с самого утра сбегает к нему: надо возобновлять предварительное следствие и выносить все постановления для проведения процессуальных действий. А пока можно провести тихий чудесный вечер рядом с самым близким и самым лучшим на свете человеком — с Риммулей, которая и выслушает, и утешит, и поддержит, и накормит. Ах, если бы ему удалось встретить такую женщину, как Римма Петровна, Илья не задумываясь женился бы на ней.

* * *

В день, когда Федулов и Вторушин должны были в Костровске задерживать Леонида Вешняка, Настя решила устроить себе отдых. Все равно от нее теперь ничего не зависит.

— Анастасия Павловна, — сказал ей по телефону Федулов, — я получил у следака постановление об осмотре квартиры Павловой, но вам придется подождать, пока я вернусь из Костровска. Возьмем понятых и все сделаем, как надо, чтобы потом никто не придирался.

— Ладно, — вздохнула Настя, — подожду.

— Пожелайте мне удачи, — попросил Дмитрий.

Настя пожелала. И ему, и — мысленно — себе. Если Вешняк признается, то добиться признания от Риты Нечаенко уже будет совсем несложно, и, значит, дело об убийстве Галины Ильиничны Корягиной можно будет с чистой совестью закрывать. Остается Павлова. Кто же вас-то убил, Аида Борисовна? С какого конца браться за дело? Настя очень надеялась на то, что посещение квартиры Павловой даст хоть какую-нибудь зацепку, но тут придется ждать как минимум до завтра.

Она погуляла с Подружкой, привела ее к себе в гости, долго и неторопливо пила кофе, потом написала длинный и подробный отчет для Стасова, потом сочинила теплое и ласковое письмо мужу. Все равно было еще рано, даже время обеда не наступило. И почему, когда работаешь, времени все время не хватает, а когда ждешь, то его оказывается даже слишком много?

Позвонил получивший письмо Чистяков.

— Аська, ты там, часом, не влюбилась? Я тебя не узнаю. И письмо такое нежное написала, и фотографией занялась. Что с тобой?

— А как тебе мои фотографии? — спросила она вместо того, чтобы ответить на вопрос. — Понравились?

— Красиво. Особенно собака хороша. Я надеюсь, ты ее не привезешь домой? Она у нас полквартиры займет, она же огромная.

— Не привезу. Но у нас с ней дружба. Мы гуляем, вместе питаемся, она приходит ко мне в гости и выслушивает мои причитания. И даже утешает меня, как может.

— Это вместо меня, что ли? — хмыкнул Алексей. —

По-моему, в Москве всем этим я занимаюсь. Ты нашла мне достойную замену.

— Леш, я серьезно насчет фотографий. Как ты считаешь, у меня есть способности?

— Безусловно. А ты что, подумываешь о смене профессии?

— Нет, я придумываю себе занятие на тот отрезок жизни, когда уже не смогу работать.

— А-а-а, — протянул он. — Тогда ладно. Я, честно говоря, думал, что ты могла бы вместо работы побыть просто женой, но у нас с тобой это не получилось. Пусть будет фотография. Я куплю тебе в подарок профессиональную камеру, договорились?

— Спасибо, Лешка! — обрадовалась Настя. — И еще мне бы учебник какой-нибудь для начинающих. Или курсы найти, что ли.

— Я поищу, — пообещал Чистяков. — Если тебе захочется написать мне еще одно такое же любовное письмо, я не буду возражать. И фотографии присылай, мне интересно, чем ты там занимаешься.

После разговора с мужем Настю начало колотить, и она поняла, что все время пыталась отвлечься от одной-единственной мысли: а вдруг она ошиблась и Вешняк со своей любовницей Нечаенко не имеют к смерти Галины Ильиничны никакого отношения? Да, можно считать установленным, что Леонид со своего компьютера посылал Корягиной письма от имени Риты, и можно даже не сомневаться, что автором писем является именно он, а вовсе не Рита, потому что Риту он к себе домой не приводил, во всяком случае, так сказал Старков, а на его слово можно полагаться. Ну и что это доказывает? Только то, что Ленечке и Риточке захотелось втереться в доверие к Галине Ильиничне. Ну, допустим, втерлись, и даже настолько успешно, что Галина Ильинична пригласила Риту пожить у себя. И что? При чем тут убийство? Да, Корягина написала черновик завещания в пользу своей квартирантки. И что с того? Завещание не оформлено, нотариус о нем слыхом не слыхивал. Возможно, Ленечка и Риточка и ставили перед собой цель добиться составления нового завещания, но они ее не достигли, так зачем же убивать Корягину? А то, что она обманула Риту насчет нового завещания, это всего лишь домысел, ничем пока не подтвержденный.

Настя попыталась представить себе белокурого изящного Вешняка в роли убийцы. Получилось плохо. Сомнительно, прямо скажем, получилось. Она тут же вспомнила его накачанные мышцы, его грацию хищника и свое впечатление о том, что такой если будет вцепляться, то в холку, а не в горло, то ёсть нападет сзади. Нет, все-таки можно представить, как он нападает на пожилую женщину и душит ее шарфом, стоя у нее за спиной. Но мысленное видение к делу не подошьешь...

Почему же никто не звонит?

Она отвела Подружку в вольер, сходила на обед, и даже звонок Старкова с информацией о том, что никакой Риты Нечаенко в салоне у Татьяны Корягиной отродясь не было, Настю не успокоил. Ну, наврали они в письмах, что якобы Ритину жизнь искалечила зловредная Татьяна, и что дальше? От лжи по электронной почте до убийства — как от Земли до Луны. Правда, есть еще приезд Вешняка в Томилин, о чем сам Вешняк отчего-то не спешит поведать, но ведь и этому можно найти тысячу и одну причину, никак не связанную с убийством. Например, он не признается, потому что ездил в Томилин к своей любовнице Рите Нечаенко и теперь боится, как бы о его измене не узнала Татьяна, которая немедленно снимет мальчика с довольствия.

Настя нервничала все больше и больше, совершенно забыв о том, что уже не находится на службе и за ошибку её никто ругать не станет. Об отдыхе речь уже не шла, надо было просто убить время и не дать разгуляться нервозности, и Настя отправилась в компьютерный зал понаблюдать за гостями, пишущими письма, читающими информацию в Интернете или играющими в игры. По залу расхаживали Костя Еремеев и еще один сотрудник-компьютерщик. Настя исподтишка наблюдала за Костей, прикидывая его на роль убийцы. А что, если он и есть маньяк? Вот просто живет в Томилине маньяк, который убивает пожилых женщин, а противные дядьки, желающие вынудить Бегорского закрыть клуб и продать усадьбу, этим воспользовались. Еще вчера Насте казалось, что эту версию можно отбросить, потому что Галину Ильиничну Корягину убил совершенно точно не маньяк, но сегодня она засомневалась в собственных выводах. А что, если она ошиблась и маньяк все-таки существует?

В самом центре компьютерного зала сидели супруги Путилины, и Костя часто проходил мимо них, а они все время обращались к нему с какими-то вопросами, и Костя останавливался, наклонялся и тихим шепотом, чтобы никому не мешать, что-то объяснял и показывал. При этом лица у всех троих делались мягкими и ласковыми, но в то же время слегка испуганными и даже напряженными. Нет, между Путилиными и Еремеевым явно что-то происходит. Интересно что? И имеет ли это отношение к убийствам?

Она с трудом дотянула до ужина, быстро поела в кафе и отправилась в зверинец. «Буду гулять с Подружкой, пока мне не позвонят, — твердила себе Настя, пристегивая поводок к ошейнику. — Пусть я окоченею, пусть у меня ноги отвалятся, но я буду ходить, пока не закончится эта проклятая неопределенность. Сидеть я уже не могу, лежать тем более, остается только ходить».

Но ее благих намерений хватило ненадолго, к вечеру температура воздуха резко упала, и хотя ногам в сапогах-«луноходах» было тепло, лицо у Насти замерзло так, что она не выдержала и вернулась к себе. Подружку она, разумеется, взяла с собой: если разговаривать вслух, то тревога немного утихает, но не разговаривать же с самой собой? Это уже шизофренией попахивает. А собака хоть и не человек, но все-таки живое существо.

В номере Настя переоделась в спортивный костюм, натянула на ноги теплые носки, завернулась в плед, включила телевизор и начала вслух комментировать собаке происходящее на экране. Шел какой-то бесконечный сериал, снятый за очень маленькие деньги. Неожиданно придуманное занятие помогло и даже увлекло: оказалось, что если пересказывать то, что видишь и слышишь, то получается откровенный бред, то есть становится совершенно очевидным, насколько плохо написан сценарий и как бездарно все это снято и сыграно.

Сериал закончился, началось ток-шоу, где все кричали, перебивали друг друга, и невозможно было разобрать, у кого какая позиция. Настя переключила канал и попала на соревнования по лыжным гонкам. Не то этап кубка мира, не то еще что...

— Давай лучше за наших болеть, — предложила она Подружке.

Собака вильнула хвостом в знак согласия. Настя смотрела на табло информации, то и дело появляющееся в углу экрана, и добросовестно пересказывала собаке, на каком месте идут российские лыжники и сколько у каждого из них секунд отставания от лидеров. Она так втянулась в процесс, что невольно начала переживать, особенно когда за километр до финиша двое наших спортсменов начали поджимать очевидных фаворитов и сокращать разрыв. Забрезжила надежда на призовые места, и Настя подскочила поближе к экрану:

— Ну давай же, родненький, давай, потерпи еще немножко, ты можешь, у тебя есть силы, давай, давай!

Собака встала рядом с ней, задрала морду и стала тихонько подскуливать.

— Есть! — радостно завизжала Настя, когда российский лыжник пришел вторым и взял «серебро». — Ура! Подружка, мы победили!

Собака уперлась передники лапами ей в грудь и лизнула Настю в лицо.

А потом позвонил Федулов. Голос его был усталым и злым.

— Пишут «чистуху», — сообщил он. — Сейчас допишут, и повезем их в Томилин.

— Значит, оба признались? — с облегчением выдохнула Настя.

— А куда они, на фиг, денутся.

— Мы завтра идем на квартиру Павловой?

— Ну... — в голосе Федулова послышалось неудовольствие, — пойдем, если вы не передумали.

С чего бы ей было передумывать? Она решила не обращать внимания на интонации оперативника, мало ли, отчего у него плохое настроение. Может, устал, а может, просто живот болит, такое тоже бывает.

Надо было радоваться. Но радости отчего-то не было. Не было ни усталости, ни удовлетворения. Не было просто ничего. «Наверное, я перенервничала», — подумала Настя, выводя собаку на улицу. Ничего, сейчас она отведет Подружку на место, вернется к себе, примет горячий душ и ляжет в постель. Утром все пройдет.

Глава 12

Квартира Аиды Борисовны Павловой была небольшой, однокомнатной, но с просторной светлой кухней и большим балконом. Понятые — пара молодых супругов из соседней квартиры — сидели на диване, робко прижавшись друг к другу, а Федулов и местный участковый устроились на кухне и оживленно обсуждали кадровые перестановки в городском отделе внутренних дел. Настя первым делом включила компьютер, она была уверена, что сейчас найдет что-то очень важное и интересное, но ее ждало разочарование.

Переписка у Аиды Борисовны была активной и обширной, она обменивалась посланиями не только с живущими в Канаде братом, сыном и его семьей, но и с любителями кулинарии, и с цветоводами, и с участниками самодеятельного театра из областного центра, и даже с теми, кто брал из усадьбы бездомных животных. Настя быстро просмотрела переписку и, разумеется, ничего не обнаружила: ни жалоб на угрозы, ни самих угроз.

В отдельной папке хранились тексты сказок, как вошедших в сборник, который лежал у Насти в номере, так и более поздних. Последняя сказка недописана, вернее, работа над ней только-только была начата и содержала, помимо собственно текста, авторские пометки Павловой. Настя посмотрела на дату создания файла — 18 сентября, за четыре дня до смерти. Надо прочесть повнимательнее, может быть, в этой сказке есть хотя бы намек на личные обстоятельства автора?

СКАЗКА ПРО ЧЕРЕПАШЕК И ПТИЧКУ
(подумать над названием)
(набросок)

Жили-были в лесах Амазонки две черепахи, муж и жена. Однажды черепаха-жена отложила яйцо, закопала его в теплое местечко и стала ждать, когда из яйца вылупится маленький черепашонок. Но в тех местах обитал злобный и вечно голодный крокодил, который нашел место, где было спрятано яйцо, украл его и съел. Черепаха-жена и черепаха-муж очень горевали, им так хотелось иметь маленького черепашонка!

И вдруг черепаха-муж нашел в траве упавшее с дерева гнездо, а в нем чье-то яйцо. Он очень обрадовался, взял это яйцо, принес домой и сказал жене:

— Закопай это яйцо, мы подождем, и из него вылупится маленькое существо. Мы оставим его у себя, будем растить, как своего ребенка, будем его любить, заботиться о нем, кормить, баловать, учить кушать травку, ползать и прятать головку под панцирь.

Жена-черепаха тоже очень обрадовалась и закопала яйцо. Муж и жена тщательно готовились к тому моменту, когда из яйца вылупится существо, которое они сделают своим черепашонком.

(Дать в нескольких фразах описание их действий: как они готовились, что делали, как охраняли это место, чтобы крокодил снова не украл яйцо, и т.д.)

И наконец наступил торжественный день: из яйца вылупилось маленькое смешное существо с крылышками и острым крошечным клювиком. Муж и жена умилялись, существо казалось им таким красивым, таким чудесным, хотя и не было похоже на черепашонка, но для них внешнее сходство было не главным. Главным было то, что оно, это существо, будет жить с ними, и будет питаться так, как питаются они, и передвигаться так же, как они, и жить той же жизнью, которой живут они. Они сделают из него настоящего черепашонка, несмотря на внешнюю непохожесть на них самих.

(Дать картину, как они растили птичку, как учили есть траву, медленно передвигаться по земле и втягивать голову.)

Птенчик подрос и захотел петь, летать, кушать червячков и мушек, а вовсе не траву.

(Дать несколько примеров его непослушания и поведения, которое не понимают и не одобряют черепахи. Посмотреть литературу или связаться по Интернету со специалистами, которые могут проконсультировать по поведению черепах.)

И тогда муж и жена черепахи сказали:

— Ты не похож на нас, ты плохой. Мы думали, что ты заменишь нам нашего черепашонка, которого съел крокодил, а ты не оправдал наших надежд и не стал таким, каким мы хотели тебя видеть. Уходи от нас. Мы больше не хотим, чтобы ты жил с нами вместе...

Настя перечитала набросок несколько раз. Нет, ничего здесь нет, никаких намеков на угрозы или на весточки из далекого прошлого, или на неожиданные встречи. Ее надежды на компьютер Аиды Борисовны не оправдались.

Но все равно, раз уж она здесь, она посмотрит все, постарается проникнуться духом покойной хозяйки квартиры и хотя бы что-то понять про эту женщину. Первым делом Настя решила рассмотреть книжные полки. Очень много профессиональной литературы — комментарии к Уголовному и Уголовно-процессуальному кодексам, как старым, так и новым, введенным в действие в 90-е годы прошлого века, толстенные сборники постановлений Пленума Верховного суда СССР и Российской Федерации, «Настольная книга следователя», монографии по криминалистике, выпуски «Следственной практики». Настя невольно улыбнулась: все то же самое стоит и у нее дома на полках.

Подписные издания, тоже знакомые с детства, еще с родительской квартиры, — Стендаль, Мопассан, Шекспир, Ибсен, Ромен Роллан, Бальзак, Толстой, Достоевский, Вересаев, Блок. Отдельно стояли детективы, как сериями, так и разрозненные. Их было немного по сравнению с остальной литературой, но Настя обратила внимание на полное собрание сочинений Агаты Кристи, при этом романы про Эркюля Пуаро стояли справа и сияли почти девственной новизной, а произведения, где главной героиней была мисс Марпл, собрались слева и выглядели весьма и весьма зачитанными, с потрепанными корешками. Неужели Аида Борисовна питала слабость к этим романам и часто перечитывала их? А романы про Эркюля Пуаро ей, по-видимому, не нравились... Почему? Она, вышедший на пенсию следователь, видела себя эдакой проницательной старушкой, распутывающей хитроумные криминальные тайны? Не здесь ли коренится разгадка ее убийства?

В проеме двери появился Федулов.

— Ну, долго вам еще?

Насте показалось, что голос у него недовольный и раздраженный.

— Не знаю, — сдержанно ответила она. — Я вас задерживаю?

— Нет, — буркнул Дмитрий. — Вы посмотрели компьютер?

— Посмотрела. Там ничего нет.

— Ну и все. Чего вы еще хотите тут найти?

— Что-нибудь. Я хочу либо что-то найти, либо достоверно убедиться, что здесь ничего нет. Дима, ну что вы как маленький? Вы что, никогда квартиры не осматривали? Не понимаете, сколько тут работы?

— Давайте, помогу, что ли, — нехотя предложил он.

— Не нужно, я сама.

Настя не на шутку рассердилась, но постаралась сдержаться и выглядеть вежливой и спокойной. В конце концов, все это нужно не только ей, но и ему тоже, ведь это на нем и на Вторушине висят два нераскрытых убийства. Впрочем, теперь уже только одно.

И еще ей показалось, что от Дмитрия явственно пахнуло спиртным. А ведь когда они только пришли в квартиру, никакого запаха она не почувствовала. Получается, они с участковым на кухне с приятностью проводили время, опустошая запасы покойной хозяйки. Как говаривал ее бывший коллега Сережка Зарубин: нехорошо, некрасиво. Нехорошо употреблять во время работы. И некрасиво воровать у мертвых, это уже каким-то мародерством попахивает.

Но Настя решила не зависать и заняться книгами Агаты Кристи. Надо полистать их, ведь если Аида Борисовна так часто их перечитывала, то вполне могут обнаружиться какие-нибудь бумажки, использованные в качестве закладок, а в бумажках — что-нибудь интересное. Письмо, записка, открытка, распечатка из Интернета, кассовый чек... В Настиной служебной практике такие случаи бывали, и нередко. А еще иногда попадаются карандашные пометки на полях, и тогда начинаешь понимать, какая мысль, какое слово привлекли внимание читателя, и начинаешь лучше понимать человека, которого уже нет на свете и которого ни о чем не спросишь.

Она достала первую попавшуюся книгу из серии о мисс Марпл и начала листать. Книгу явно читали не очень-то аккуратно, кое-где попадались жирные пятна, уголки некоторых страниц отогнуты. Неужели у Аиды Борисовны Павловой не было элементарной культуры обращения с книгой? Как-то мало похоже на нее, если исходить из того, что о ней рассказывали. «Это не она, — мелькнула мысль. — Павлова кому-то давала эти книги. Кому-то не очень воспитанному и образованному, но очень любящему детективы про настырную шуструю старушонку. Надо обязательно выяснить, кому именно. Это какой-то контакт Павловой, который выпал из поля зрения милиции. Может быть, этот человек знает что-то полезное».

Настя поставила книгу на место и взяла следующую. Потом еще одну и еще. И вдруг из очередной книги выпала закладка — половинка листка в клеточку из ученической тетради, на котором карандашом старательно выведено: «Полина Солодко» — и несколько неумелых попыток расписаться. Росчерки были разными, видно, человек только-только примеривался к этому атрибуту взрослой жизни. Совершенно очевидно, что какая-то девочка, читая роман про мисс Марпл, озаботилась тем, чтобы выработать собственную подпись. Наверное, в этом романе речь шла о сходстве или различии подписей, это и натолкнуло юную читательницу на попытку научиться расписываться.

Она достала из сумки блокнот, пролистала его. Нет, фамилия Солодко в материалах дела не встречалась, не было ее и в списке детей из детского дома, которые дружили с Аидой Борисовной. Может быть, Настю познакомили не со всеми подопечными Павловой? Просто собрали в комнате тех, кто оказался под рукой, а девочка Полина Солодко могла болеть и находиться в изоляторе, или задержаться в школе, или просто по каким-то причинам заупрямиться и не прийти на встречу с «тетей из Москвы».

Настя подняла глаза на тихонько сидящих на диване соседей-понятых. А что? Это мысль. Может быть, семья Солодко — это соседи по дому?

— Скажите, вам что-нибудь говорит фамилия Солодко? — спросила она молодых супругов.

Те дружно покачали головами.

— Нет, мы таких не знаем. А кто это?

— Я тоже не знаю, — со вздохом призналась Настя. — Просто подумала, что, может быть, это кто-то из соседей. А про девочку по имени Полина ничего не слыхали?

— Нет, — снова повторили они, — мы не слышали. Но мы здесь мало кого знаем, мы только три месяца как переехали, вы лучше у участкового спросите.

— Спрошу обязательно.

Но разговаривать с участковым не хотелось, Настя не смогла преодолеть отвращение к человеку, который в этот момент на кухне потихоньку воровал водку у покойницы. И с Федуловым по этой же причине общаться было противно. Она достала телефон и позвонила Вторушину.

— Илья, вам не знакома случайно фамилия Солодко? — спросила она почти шепотом, чтобы ее не было слышно на кухне.

— Нет, — чуть удивленно ответил капитан. — Откуда она взялась?

— Из квартиры Павловой. Это скорее всего подросток, а не взрослая женщина. Полина Солодко. Вы не знаете, может быть, это кто-то из тех школьников, с которыми Павлова проводила беседы о безопасном поведении?

— Сейчас посмотрю.

Насте слышно было, как звякнули ключи о металлическую поверхность дверцы сейфа: Вторушин полез за своими записями. Потом зашуршали листы бумаги.

— Нет, — снова раздался в трубке его мягкий баритон, — в моих кондуитах такого имени нет. Аида Борисовна ходила в школу только выступать перед классами, с отдельными школьниками у нее никаких приватных отношений не было, я специально это проверял, когда мы плотно работали по убийству.

И здесь неудача... Но ведь откуда-то взялась эта отдельно взятая девочка по имени Полина Солодко? Может быть, она раньше жила в детском доме, а теперь ее усыновили, и в детдоме ее нет, или она выросла и ушла жить самостоятельно. Или умерла. Или что?

Она провела в квартире Павловой еще два часа, осмотрела до конца книги, потом порылась на полке с дисками, отметив несколько разных записей «Аиды» Верди. Ну еще бы, усмехнулась про себя Настя, имея такое имя, просто грех не интересоваться великой оперой. Больше ничего ее внимания особо не привлекло.

* * *

Директор детского дома встретила Настю неожиданно радушно, видно, пребывала в хорошем настроении.

— Полина Солодко? — переспросила она. — Впервые слышу.

— То есть среди ваших детей такой девочки точно нет? — уточнила Настя.

— Совершенно точно, — твердо ответила директор.

— Может быть, раньше была?

— Голубушка, когда раньше? Я здесь директорствую восемнадцать лет. И за эти восемнадцать лет никакой Полины Солодко у нас не было. У нас вообще не было ни одной Полины, имя-то редкое, немодное. Но если вы не доверяете моей памяти, давайте проверим, старые списки все сданы в архив, но копии я храню, так же как и фотографии воспитанников. В моем личном архиве есть все.

Они вдвоем просмотрели все списки воспитанников

за восемнадцать лет. Полины Солодко среди них действительно не было. Искать девочку среди тех, кто жил в детском доме до 1992 года, то есть до прихода нынешнего директора, смысла не было, книги Агаты Кристи, которые стояли на полках у Аиды Борисовны, выпущены после 2000 года, и читать их раньше года выпуска было невозможно в принципе.

Привыкшая подозревать всех без разбора, Настя на всякий случай подстраховалась и попросила директора еще раз собрать детей из «группы Павловой», объяснив, что у нее появились кое-какие дополнительные вопросы об Аиде Борисовне. Может быть, директор скрывает информацию о Полине? Мало ли по каким причинам. А вдруг именно здесь и коренится разгадка смерти Павловой и директор в курсе и покрывает преступника? Всякое бывает.

Но собравшиеся подростки о Полине Солодко никогда не слышали. Настя внимательно всматривалась в их глаза, ловила малейшие мимические движения, слушала интонации и ничего не обнаруживала. Никаких признаков того, что дети что-то знают и молчат.

Надо на всякий случай проверить добросовестность Вторушина. Он, конечно, готов дать голову на отсечение, что Полина Солодко не связана со школой, где Павлова проводила беседы с учениками, но кто знает, какова цена этой его неотсеченной головы. Надо только быстренько придумать для школы какое-нибудь правдоподобное объяснение своему интересу к Аиде Борисовне и ее знакомствам. Когда она в первый раз ехала в детский дом, то представилась журналисткой и сказала, что собирает информацию с ведома милиции. Может, и в школе такое проскочит? А почему бы и нет? Конечно, директор детдома поверила ей на слово, а если в школе не поверят и позвонят Вторушину, то он сразу поймет, что Настя его перепроверяет. Некрасиво выйдет. Впрочем, вряд ли школьные педагоги будут звонить именно Илье, они небось и телефона-то его не знают, если уж они усомнятся в Настиных полномочиях, то позвонят, скорее всего, руководству. И Вторушин ничего не узнает.

В школе все прошло даже проще, чем в детском доме, там никто не удивился Настиному приходу, словно журналисты из Москвы чуть не ежедневно появлялись в этих стенах и именно для того, чтобы собрать материал для очередной версии об убийстве бывшего следователя. Настя попросила познакомить ее с классными руководителями тех классов, перед которыми выступала Аида Борисовна. Те в один голос заявили, что в их классах Полина Солодко никогда не училась.

Откуда же ты взялась в жизни Аиды Борисовны Павловой, таинственная девочка Полина? В почте Павловой не было никаких писем ни на имя Полины Солодко, ни от нее. Может быть, та закладка — просто случайная бумажка, найденная и подобранная невесть где и положенная в книгу кем-то, кто брал ее почитать. И даже, скорее всего, так оно и есть. Но для порядка надо выяснить все до конца.

Ужасно хотелось есть, Настя завтракала в начале одиннадцатого, а теперь уже седьмой час. Она заскочила в подвернувшуюся по пути кафешку, выпила две чашки плохого кофе, съела два куска слишком сладкого, почти приторного торта и отправилась туда же, где была сегодня утром, — к дому Аиды Борисовны. Люди уже возвращаются с работы, и вполне можно обойти квартиры и попытаться выяснить, кто из соседей брал у Павловой романы Агаты Кристи и кто такая Полина Солодко.

Дом был относительно новый, многоэтажный, зато, к счастью, всего с одним подъездом, и через три часа Настя на гудящих от усталости ногах вышла и села в машину.

Ничего. Ни-че-го. Никакой Полины Солодко в доме не обнаружилось, и имя это никому ни о чем не говорило. Соседи очень тепло отзывались об Аиде Борисовне, рассказывали, что она увлекалась национальными кухнями, коллекционировала рецепты, вела обширную переписку со знатоками кулинарии, постоянно готовила что-то новое и приглашала соседей попробовать, а если им нравилось — давала рецепт. И книги охотно давала, библиотека у нее была большая, хорошая, и многие этим пользовались. Но романы Агаты Кристи никто не брал, за книгами обращались в основном немолодые люди, пенсионеры, которым покупка книг не по карману, а в городскую библиотеку идти далеко, и просили они «проверенную» русскую и советскую литературу: «Вечный зов» Иванова, «Угрюм-реку» Шишкова, романы Вениамина Каверина и Юрия Бондарева, мемуары маршала Жукова и тому подобное.

По дороге домой Настя размышляла, кого бы попросить поискать эту неуловимую девочку Полину. Федулова? Но после утреннего визита в квартиру Павловой никак не удавалось преодолеть неприязнь к майору. «Ты с ума сошла, — уговаривала она себя. — Ну что такого случилось? Подумаешь, опер выпил в рабочее время. Ты что, никогда в жизни такого не видела? Да на каждом шагу. Даже твой лучший друг Юрка Коротков — и тот себе позволял, и ты не стала к нему хуже относиться из-за этого. Получается, твоему дружку Короткову можно, а Федулову нельзя? Все милиционеры выпивают на службе, это не новость, и так было всегда, и так есть, и так будет. Что ты себе напридумывала?» Но уговоры не помогали. Обращаться к Федулову не хотелось. Наверное, она стремительно стареет и становится категоричной и нетерпимой. Это плохо. Получается, нужно просить Вторушина, который Насте тоже не особо нравится. Ну что ж, будем из двух зол выбирать меньшее, решила она и набрала номер Ильи.

Тот долго не мог взять в толк, зачем Насте понадобилась какая-то неизвестная девочка, которая, если исходить из ее возраста, ну просто никак не может быть причастной к убийству Павловой.

— Она не может, — соглашалась Настя. — Но, возможно, у нее есть родители. Или старшие братья и сестры. В любом случае, это неотработанный контакт Павловой. Илья, нам нужно раскрыть убийство, а не удовлетворить собственное любопытство. Мы должны проверить все до самой последней мелочи.

— Ладно, — вздохнул Вторушин, — найду я вам вашу девочку, если уж так прибило. Только не обещаю, что скоро. Уж как получится.

Приехав в усадьбу, она даже не нашла в себе сил вывести на прогулку Подружку. Просто разделась и рухнула в постель как подкошенная.

Глава 13

Утро было пасмурным и тяжелым, как настроение после похорон. Настя долго пыталась проснуться, но потом бросила эту пустую затею и решила спать, сколько влезет.

Влезло не очень много, в половине десятого она все-таки поднялась. Бегорский все еще находился в усадьбе, поэтому на завтрак светила перспектива овсянки. Настя поморщилась при мысли об этом и решила в кафе не ходить, а выпить пустой кофе в номере и поехать в город, где устроить себе «неправильный» завтрак в каком-нибудь общепите. «А как же Подружка! — спохватилась она. — Собака ждала тебя весь вечер, а ты ее обманула и не пришла. И сегодня с утра она снова тебя ждет, и грустит, и не понимает, то ли ты ее разлюбила, то ли уехала, не попрощавшись, то ли умерла. Но в клубное кафе я все равно не пойду, хоть расстреливайте. Лучше поголодаю лишних полчаса».

Радость Подружки при виде Насти невозможно было описать, она виляла хвостом, бросалась на решетку вольера и глухо лаяла, а ее темные блестящие глаза излучали любовь и восторг.

— У меня даже ничего вкусненького для тебя нет, — пристыженно говорила Настя, надевая ошейник и пристегивая поводок, — я вчера не сумела ничего купить. Ты уж меня прости.

«Мне ничего не нужно! — было написано на морде у собаки. — Только ты приходи, только не бросай меня, не забывай!»

Гулять было тяжело, дул пронизывающий влажный ветер, от которого слезились глаза и мерзло лицо, но Настя мужественно выдержала отведенные для прогулки полчаса, после чего отправилась искать место, где можно с удовольствием позавтракать. Водитель посоветовал ей маленькое заведение на углу Майской площади и Федеративной улицы, совсем рядом со зданием мэрии и в двух шагах от отдела внутренних дел.

— У них всегда продукты свежие и повара хорошие, — сказал он со знанием дела. — Там же народ из мэрии питается, и прокурорские, и судейские, и менты. Они с семи утра открываются, там завтракают те, кто сутки дежурит.

Заведение оказалось на удивление уютным, с маленьким, но достаточно разнообразным меню. Почти все столики были заняты, но Насте удалось найти очень симпатичное место у большого окна, выходящего на Майскую площадь. Уже через две минуты она поняла, почему такой, казалось бы, удобный столик оставался свободным: от окна нестерпимо дуло, и ей пришлось накинуть на плечи куртку, а колени прикрыть сложенным в несколько раз длинным шарфом. Она с аппетитом поглощала творожную запеканку с вареньем, ела хрустящие теплые круассаны, намазывая их медом, пила ароматный кофе и смотрела на громоздкое здание бывшего Дома политпросвещения, ныне концертного зала, того самого, где без малого год назад проходил творческий вечер известной актрисы, после которого убили Галину Ильиничну Корягину. Где-то здесь, на этой площади, прогуливался Ленечка Вешняк, ожидая, когда закончится концерт. Наверное, он нервничал, потому что в толпе ему нужно было отыскать малознакомую женщину, которую он видел до того времени, скорее всего, не больше одного раза. Вряд ли он ориентировался на фотографию. Вероятно, он все-таки предварительно приезжал в Томилин, где по договоренности с Ритой Нечаенко посмотрел на Корягину «живьем». Впрочем, это уже не имеет никакого значения... Он стоял где-то здесь или прохаживался взад-вперед, а может быть, даже сидел в этом кафе и даже на том самом месте, на котором сейчас сидит Настя и с которого так хорошо виден вход в концертный зал. Он ждал и знал, что ему нужно найти женщину, дойти следом за ней до пустынных проходных дворов и убить. Убить быстро и тихо. Неужели он был на сто процентов уверен, что сможет, что не дрогнет? Ангелоподобный белокурый хищник, нападающий со спины...

Настя даже не сразу поняла, что кто-то стучит в стекло. Она очнулась и увидела, что на улице, прямо перед ней, стоит улыбающийся Илья Вторушин. Она приветственно махнула рукой, думая, что он просто пройдет мимо, к зданию горотдела, но Илья почему-то кивнул и направился к двери кафе.

— Здравствуйте, — он протянул ей ухоженную руку с длинными пальцами. — А я как раз собирался вам звонить. Я присяду?

— Конечно, — улыбнулась Настя. — Что-то случилось?

— Я вам нашел вашу девочку. Это оказалось совсем несложно, достаточно было нескольких телефонных звонков. Ваша Полина Солодко — сирота, тринадцати лет, живет у тетки, которая официально назначена опекуном. Вот адрес. Имя тетки — Ушакова Надежда Андреевна, разведена, воспитывает двоих детей и племянницу, работает продавцом в супермаркете. Сегодня во вторую смену.

Илья достал из сумки уже знакомый Насте ежедневник, полистал, нашел нужную страницу и с удовлетворенным видом обвел очередной пункт красной шариковой ручкой.

— Вот спасибо, — обрадовалась Настя. — Сейчас доем и поеду.

— Я вам нужен? Мне поехать с вами? — спросил капитан.

— Да нет, я сама справлюсь, там же ничего сложного.

— Вы уверены? — Лицо Вторушина стало озабоченным. — А вдруг вы правы и кто-то из этой семьи причастен к убийству?

— Илья, вы ничего не забыли? — усмехнулась Настя. — Я все-таки не девочка с улицы.

— Простите, — пробормотал он, виновато улыбаясь. — Но вы хорошо подумали? Я точно вам не нужен?

— Точно, точно, не волнуйтесь, — успокоила она его.

Вторушин ушел, а Настя допила свой кофе и отправилась по оставленному капитаном адресу.

* * *

Надежда Андреевна Ушакова была дома и занималась стиркой. Дверь она открыла с мокрыми, покрытыми по локоть мыльной пеной руками, в закатанных до колен старых спортивных штанах и в черной футболке с замысловатым рисунком.

— А Полинка в школе, — удивленно протянула Ушакова. — Но она скоро придет. А вам она зачем? Вы из опеки, что ли? Опять с проверкой пришли?

— Я не из опеки, я журналистка из Москвы, пишу про Аиду Борисовну Павлову.

— А, — Ушакова почему-то обрадовалась, — ну, это вам Полинка расскажет, она с покойницей очень дружила. Вы проходите, подождите ее. Хотите, я вам чайку согрею?

Чаю Насте совсем не хотелось, завтрак был плотным и сытным, но не отказываться же от такого бесценного источника информации, как разговор с Надеждой Андреевной!

Они уселись в маленькой тесной кухоньке, где невозможно было свободно развернуться, даже двинуть локтем лишний раз было опасно: каждый свободный сантиметр пространства был занят посудой, банками, пакетами и чем-то еще, что не умещалось в комнатах.

Ушакова поведала, что мать Полины — ее двоюродная сестра Катя — родила дочку от курортного романа, когда ей еще девятнадцать не исполнилось, была почему-то уверена, что, как только скажет любимому про ребенка, тот немедленно на ней женится. План у нее такой был: родить, потом поехать к отцу Полинки, показать ему фотографии новорожденной и торжественно вернуться в Томилин уже замужней дамой.

— Как-то это странно, — удивилась Настя. — Он что, не знал про беременность?

— Так в том-то и дело! Катька с ним на курорте познакомилась, он на пляже спасателем работал. Она не то что адреса его не знала — даже фамилию спросить не удосужилась, до того влюбилась, что память и соображалку напрочь потеряла, просто бегала к нему на пляж на свидания. А когда вернулась в Томилин, тогда и выяснилось, что она беременна. Ни написать ему, ни позвонить — ничего не может. Вот она и решила, что сперва родит, а потом поедет на тот курорт и на пляже его найдет.

— Ну, — Настя пожала плечами, — разумно. А что ей еще оставалось? И что дальше было?

А дальше Екатерина Солодко понянчила малышку, пока было молоко, а как только оно пропало через два месяца — оставила девочку своей матери Александре Кирилловне и уехала искать суженого на пляжах Черноморского побережья. И пропала. Ни слуху от нее, ни духу. В первый раз она позвонила спустя несколько месяцев, спросила, как Полинка, а про себя сказала, что отца девочки пока не нашла, но все у нее в порядке, пусть мать за нее не волнуется. И трубку повесила.

— Тетя Шура все ждала, что Катька вернется, а та только звонила, да и то раз в три-четыре месяца, потом заявила, что выходит замуж за какого-то богатого мужика и уезжает с ним не то в Сургут, не то в Уренгой. И после этого не звонила целый год. Тетя Шура прямо извелась вся от переживаний, ей все казалось, что с Катькой какая-то беда приключилась, а потом поняла, что дочка ее — обыкновенная кукушка безмозглая и что растить Полинку ей придется самой. Подождала еще годик, Катька больше не объявлялась, тогда тетя Шура пошла по инстанциям, чтобы ей права над Полинкой утвердили. Суд был, Катерину признали безвестно отсутствующей, а тетю Шуру — опекуном. Тетя Шура хорошая была, душевная, много с Полинкой занималась, рано научила ее читать, считать, приучала к самостоятельности. А когда Полинке исполнилось восемь лет, тетя Шура умерла, вот я ее и взяла, хотя у меня своих двое и мужа нет, но где двое — там и трое, верно? Не сдавать же дитя в детский дом, все-таки родная кровь. Хотя, конечно, трудно, да и тесно, — вздохнула Надежда Андреевна. — А с Аидой Борисовной Полинка очень дружила, часто ходила к ней в гости, книжки у нее брала почитать и говорила, что вырастет и станет, как бабушка Аида, следователем, а сама бабушка Аида будет как мисс Марпл. Очень ей про эту мисс книжки нравились, она их постоянно читает и перечитывает, ничего другого в руки не берет, кроме учебников, конечно. Теперь, когда Аида Борисовна умерла, Полинка больше не может брать у нее книги, но какие-то у девочки еще оставались, вот она их и перечитывает. Полинка все мечтала, что, когда вырастет, будет жить вместе с Аидой и помогать ей раскрывать преступления. Вообще она у нас такая мечтательница! Вобьет себе в голову какую-нибудь сказку и сама же в нее поверит. Смешная! Но я ее очень люблю, привязалась к ней, знаете ли. И когда с усыновлением не получилось, я даже обрадовалась.

— С усыновлением? — настороженно переспросила Настя.

— Ну да, тут одна супружеская пара хотела Полинку усыновить или удочерить, я уж не знаю, как там правильно будет. Они сперва со мной поговорили, ну я и ответила, что я не возражаю и, если надо, от опекунства откажусь, потому что я хоть и люблю девочку, но умом-то понимаю, что ей у них лучше будет, у них и деньги есть, и квартира просторная, и в Москву они собирались переезжать, а там и школы куда лучше наших, и институты есть. Пусть бы дитя в человеческих условиях выросло, ее и так жизнь обделила, ни отца своего не знала, ни матери, бабушку рано потеряла, так пусть бы девочка наконец порадовалась.

— А почему ничего не получилось? Органы опеки не разрешили?

— Да куда там! — Надежда Андреевна махнула рукой. — Я уж к ним заранее сходила, все узнала, они мне сказали, что знают мои жилищные и материальные условия и понимают, что в богатой семье Полинке будет лучше, так что, если я буду отказываться от опекунства, чтобы девочку могли усыновить, никаких вопросов не будет, я полное право имею. А Полинка как узнала — так в крик: не пойду, говорит, к чужим людям и в Москву не поеду, мне и у вас хорошо, и бабушку Аиду я не брошу, я закончу школу и буду с ней жить и ей помогать. Мне эти люди уж и деньги предлагали, хорошие деньги, чтобы я Полинку уговорила, уж я так старалась ее убедить, мне ведь эти деньги не лишними были бы, да куда там! Уперлась — и ни в какую. Буду, говорит, жить с бабушкой Аидой, когда вырасту. Вот какая у нее любовь была к Аиде Борисовне. Как старушку убили, так Полинка до сих пор по ней горюет, на кладбище все время бегает, на могилку к ней. Стоит над могилкой и вслух с покойницей разговаривает, книжки ей пересказывает, которые прочитала, представляете?

Чай у Надежды Андреевны был невкусным, дешевым, но Настя мужественно отпивала из чашки небольшие глоточки, чтобы поддерживать атмосферу уютной доверительной беседы. Ушакова внезапно прислушалась и улыбнулась:

— Полинка идет.

И точно, через мгновение щелкнул замок входной двери.

— Тетя Надя, я пришла! — раздался веселый голосок.

И на пороге возникло солнечное существо с рыжими, густыми, в крупный завиток, волосами, очень белой кожей, усыпанной яркими веснушками, и зелеными глазами. Для своих тринадцати лет Полина Солодко была маловата росточком, зато крепенькая, коренастая. Она одарила Настю открытой радостной улыбкой.

— Здравствуйте.

— Здравствуй, Полина, — ласково проговорила Настя.

— Поленька, это тетя из Москвы, она журналистка, пишет статью про твою бабушку Аиду, — вступила Ушакова. — Давай я тебя покормлю, а потом вы поговорите.

— Нет, сначала поговорим, — очень серьезно ответила девочка. — Про бабушку Аиду — это важнее. Я потом покушаю.

Полина рассказала, что очень любила свою бабушку Шуру, Александру Кирилловну, тосковала по ней, когда та умерла, а когда ей было 12 лет, она обнаружила в Интернете сайт «Мои родные» и стала изучать анкеты пенсионеров и целенаправленно искать кого-нибудь, кто был бы похож на бабушку.

— А что, Аида Борисовна была похожа на нее? — спросила Настя с интересом.

Полина снова улыбнулась.

— Нет, что вы, совсем не похожа. Но мне стало интересно, я всегда любила читать про преступления, а она ведь была следователем. Она столько всего интересного знала, и вообще она сама такая интересная! Я с ней долго переписывалась, а потом мы встретились и подружились.

— Откуда же ты писала ей письма? — удивилась Настя. — Разве у тебя есть компьютер?

Судя по обстановке, в этой семье компьютера отродясь не бывало. Неужели Надежда Андреевна давала Полине деньги на интернет-кафе? Но у Ушаковой, похоже, лишней копейки в бюджете нет. Продавщица в магазине, трое детей...

— А я к подружкам ходила, — объяснила девочка. — Конечно, компы есть не у всех, а некоторые, у кого есть, не дают пользоваться. Но есть такие, которые разрешают. Вот от них я и писала бабушке Аиде.

А вот это уже интересно. Значит, переписка между Полиной и Аидой Борисовной все-таки была. Ну, и где она? Почему ее нет в домашнем компьютере Аиды? Кто-то уничтожил? Или Аида переписывалась с девочкой не из дома и пользовалась другим компьютером? Но почему?

Настя задала Полине все те же вопросы о Павловой: не получала ли она каких-нибудь непонятных или неожиданных писем, записок, телефонных звонков, не приходили ли странные или пугающие люди, не была ли Аида Борисовна расстроена, озабочена или напугана. И получила все те же ответы: нет, нет и нет. Ничего такого не было.

— А хотите, сходим на кладбище? — неожиданно предложила девочка. — Я вам покажу, где бабушку Аиду похоронили. Вам, наверное, интересно, если вы про нее писать будете.

Вообще-то Насте вовсе не было интересно смотреть на могилу Павловой, но девочка так глядела на нее своими невозможно зелеными глазищами, что она не смогла отказаться.

— Тебе нужно еще пообедать, — осторожно заметила Настя. — А потом уроки сделать.

— Ерунда! Я все успею. И вообще, я не голодная, вот сходим с вами на кладбище, а потом я покушаю.

— А тетя Надя не будет ругаться?

— Не будет.

Ушакова действительно вполне равнодушно отнеслась к тому, что Полина пообедает позже.

— Сходите, сходите, — покивала она, — а я пока со стиркой закончу.

— Кладбище далеко отсюда, — говорила Полина, пока они спускались по лестнице вниз, — надо на автобусе ехать, но это ничего, он часто ходит.

— Мы поедем на машине, — улыбнулась Настя.

— На машине?! — Девочка чуть не задохнулась от восторга. — Правда?

— Честное слово.

Машина произвела на Полину сильное впечатление, было понятно, что она и на отечественных-то машинах нечасто ездила, а тут целая настоящая иномарка, отмытая до блеска, да еще с водителем.

Всю дорогу до кладбища Полина ерзала на сиденье, ей хотелось одновременно и смотреть по сторонам, и разговаривать с Настей, которую она буквально забросала вопросами о том, кто же убил бабушку Аиду, за что и когда его наконец поймают.

— А вы напишете в своей газете, какие интересные сказки сочиняла бабушка Аида? А про то, что она шила куклы для своих сказок? А про меня напишете? А моя фотография будет? А можно я девчонкам в школе расскажу, что вы из самой Москвы приезжали, чтобы про бабушку Аиду статью написать?

Подъехать к самым воротам кладбища им не удалось, все было занесено снегом, который высился громоздкими непроходимыми сугробами. Настя и Полина вышли из машины и с трудом нашли протоптанную кем-то узкую тропинку, по которой им удалось добраться до входа. Видно, в городе Томилине, как и всюду, не принято зимой посещать могилы, здесь люди появляются только в случае похорон. Наверное, за два предыдущих дня, когда обильно падал пушистый густой снег, никого не хоронили.

Полина уверенно вела Настю между могилами, загребая снег сапожками, а Настя привычно смотрела на надгробия, автоматически высчитывая срок жизни усопших. Она всегда так делала и тихо радовалась, когда этот срок получался большим, это означало, что человек прожил долгую жизнь и, наверное, успел порадоваться и внукам, и даже правнукам, и грустила, если срок оказывался маленьким. А в последние годы пугалась, если покойный оказывался моложе ее самой.

Одно из надгробий привлекло ее внимание детским портретом: на вделанной в плиту большой цветной фотографии улыбалась девочка с рыжими кудрями, зелеными глазами и веселыми конопушками, удивительно похожая на Полину Солодко. Настя вздрогнула и бросила тревожный взгляд на Полину, ей не хотелось, чтобы та заметила фотографию. Почему-то Настя была уверена, что девочка испугается и расплачется, а если и нет, то в любом случае ей будет неприятно и страшно. Но Полина, как ни в чем не бывало, целеустремленно шла вперед, к могиле Аиды Борисовны, и по сторонам не смотрела. Настя снова перевела взгляд на надгробие и успела прочитать имя умершей: Алиса Ярцева. 12 лет. Это что же, дочь Аллы Ивановны Ярцевой? Та самая, которая утонула? В голове моментально закрутились мысли, одни чуднее и затейливее других. Настя даже не заметила, как они подошли к месту захоронения Павловой.

— Вот, — торжественно и печально объявила Полина, — здесь у нас бабушка Аида. Видите, как все хорошо сделали? Это еще пока памятника нет, тетя Надя сказала, что пока рано, нужно, чтобы прошел год, чтобы земля осела, а потом уже памятник ставить. Вы будете фотографировать?

Делать снимки Настя не собиралась, но для поддержания легенды ей пришлось достать камеру и несколько раз щелкнуть. Надо бы как-то исхитриться и запечатлеть могилу Алисы Ярцевой, но это невозможно сделать в присутствии Полины, если Настя не хочет, чтобы девочка увидела надгробие и обратила внимание на фотографию. Ладно, в другой раз. Она постарается запомнить месторасположение могилы и, если будет нужно, придет сюда без Полины.

Девочка между тем что-то бормотала, глядя на фотографию Аиды Борисовны, укрепленную на простом деревянном кресте. Настя не могла разобрать ни одного слова, да и не особо старалась, больше озабоченная собственными размышлениями. Она тоже смотрела на серьезное тонкое лицо Павловой в красивых дорогих очках и снова и снова вызывала в памяти обстановку в ее квартире, содержимое памяти компьютера, книги, диски, мебель, репродукции на стенах. Что-то крутилось в голове, как назойливая муха, и не давало себя поймать. Книги, диски, репродукции... Книги, диски... Диски...

«Аида». Несколько дисков с разными записями этой оперы Джузеппе Верди. «Аида», третий акт, сцена у реки? Вот оно! В третьем акте Аида по наущению своего отца пытается уговорить Радамеса предать свою родину, фараона, Египет и бежать с ней в Эфиопию. Или нет? Настя не была уверена в том, что помнит правильно. И в любом случае, надо внимательно прослушать весь третий акт, чтобы понять, какие именно слова имела в виду Аида Борисовна Павлова, когда, взволнованная, выбежала из кабинета Аллы Ивановны Ярцевой. И между прочим, совсем не факт, что Аида Борисовна думала в тот момент именно об опере, она вполне могла иметь в виду любую пьесу из необозримого мирового репертуара. Правда, не в каждой пьесе есть третий акт, и если он есть, то не каждый третий акт подразумевает сцену у реки, но наверняка таких пьес наберется не один десяток. С другой стороны, Аида должна была эту пьесу хорошо знать и любить, и, значит, у нее дома сие литературное произведение наверняка есть. Не может не быть. Так что если с «Аидой» не получится, нужно будет еще раз посетить квартиру Павловой и на этот раз уже пристально изучить всю библиотеку и найти нужную пьесу.

Полина закончила свой монолог и подняла на Настю полные слез глаза.

— Мне так грустно без нее, — сказала она негромко. — Я ее очень люблю. И очень скучаю.

Они крепко взялись за руки и пошли в сторону выхода. Шли тем же путем, и Настя напряглась, когда они поравнялись с могилой Алисы Ярцевой, но Полина попрежнему смотрела себе под ноги, погруженная в печальные переживания, и ничего не заметила.

Настя отвезла девочку домой и вернулась в усадьбу. По дороге решила, что начатый с «неправильного» завтрака день следует довести до логического конца, и заехала в магазин, где купила сыру, колбасы, хлеба, пирожных, а в отделе кулинарии взяла куриные котлеты и большую порцию салата «Столичный». Вот к такой еде она привыкла, и не в ее годы начинать переучиваться и жить по правилам какого-то там олигарха Бегорского.

Выйдя из машины, она сделала крюк, заскочив в зверинец и забрав Подружку. Вот так будет правильно. Сейчас они вместе пообедают, а потом Настя влезет в Интернет, найдет любую запись «Аиды» и послушает. «Будем надеяться, что итальянский язык я еще не окончательно забыла», — думала она, стягивая куртку и сапоги и одновременно уворачиваясь от обезумевшей от радости Подружки, которая все время норовила упереться Насте в грудь мощными передними лапами, мокрыми от снега, и лизнуть ее в лицо.

Холодные куриные котлеты показались Насте просто божественными, особенно в сочетании с салатом, по которому она, оказывается, так соскучилась! Подружка радостно жевала сыр с колбасой, лежа у Настиных ног. И все было таким спокойным и мирным.

— Пирожное будешь? — спросила Настя, налив себе кофе и открывая коробку. — Тебе какое, эклер или корзиночку?

Собаке было все равно, она любила и то, и другое, и вообще все, что предлагала ей человеческая подруга. Она нервно дергала кожаным носом, сглатывала слюну и повизгивала от тихого счастья.

— Пошли оперу слушать. Оперу любишь?

Насчет оперы Подружка не была уверена, но если это любит ее ненаглядная Настя, то и она готова слушать хоть до утра, только бы находиться рядом, иметь возможность смотреть на нее, дышать с ней одним воздухом.

Настя довольно быстро нашла несколько вариантов «Аиды» и задумалась, какой выбрать. В принципе, все равно, но на всякий случай она выбрала тот, который сопровождался английскими субтитрами: если ее подведет знание итальянского и восприятие на слух, то уж с английским текстом она точно справится. Настя честно хотела сразу перейти к третьему акту, но не удержалась.

— Я только послушаю первые десять минут, — сказала она себе, — а потом сразу перейду к сцене у реки.

Но десять минут превратились в двадцать, а потом все как-то плавно перетекло в сплошное прослушивание. Ну не отказывать же себе в удовольствии! Все равно нет никакой спешки... Нет, знание итальянского никуда не делось, да и дикция у певцов оказалась на редкость хорошей, так что английские субтитры даже не понадобились.

Собака мирно дремала, положив голову на Настины ступни в теплых носочках и посапывая. Любительницей классической оперы она явно не была.

Ну вот и третий акт, и та самая сцена у реки. Настя вся превратилась в слух, схватила ручку, положила перед собой блокнот и приготовилась ловить каждое слово. Через полчаса она выключила «Аиду», волевым усилием приняв решение не дослушивать оперу до конца. Перед ней лежал тот текст, который, судя по всему, имела в виду Аида Борисовна Павлова: «Я должен бежать с тобой в чужую страну, покинуть свою родину и алтари наших богов, забыть землю, где я завоевал первые лавры славы, забыть небо, которое было свидетелем моей любви».

Да, бывший следователь Павлова была категорической противницей переездов в поисках лучшей жизни. Сына своего она отпустила в Канаду, а вот сама уезжать туда отказалась, как сын ни настаивал. Об этом и свидетели говорили, и Настя своими глазами читала в переписке Аиды Борисовны с родственниками. Но почему-то эту свою позицию она вспомнила и решила подтвердить словами Радамеса именно после разговора в кабинете Аллы Ивановны Ярцевой. И разговор этот ее сильно взволновал и расстроил, причем настолько, что она даже отказалась от посещения парикмахерской, хотя очень следила за собой и старалась хорошо выглядеть.

Ну что ж, теперь, по крайней мере, понятно, в каком направлении следует двигаться и какую информацию собирать.

Настя ласково погладила Подружку по шее, запустила пальцы в длинную спутанную шерсть.

— Вставай, милая, пойдем по делам. Мне нужно в главный дом, а ты, если хочешь, подожди меня на улице. Собакам в клуб нельзя, ты сама знаешь. Не оставлять же тебя в холле скучать.

Подружка протяжно зевнула и облизнулась, вполне прозрачно намекая на оставшиеся вкусности.

— Хватит, тебе больше нельзя, — строго сказала Настя, — ты уже старенькая, а старикам переедать вредно. Вот пойдем вечером на прогулку — и я тебе еще дам сырку с хлебушком. А пока хватит.

Собака посмотрела на нее с упреком и покорно пошла к двери.

* * *

Костю Еремеева Настя встретила в холле главного дома, он шел из кафе, нес в руках чашку с дымящимся чаем и на ходу что-то дожевывал. Вообще-то Насте нужна была Тамара, но раз уж ей попался Костя, то можно и с ним поговорить.

— Костя, а ваш врач-психотерапевт Ярцева ничего вам не говорила о том, что хотела бы удочерить одну девочку?

Костя оторопел, его рука с чашкой заметно задрожала.

— П-почему вы у меня сп-спрашиваете? — Он даже заикаться начал от неожиданности. — Откуда я з-знаю?

— Костя, не надо, — Настя поморщилась, — о вашем романе с Аллой Ивановной знают даже животные в зверинце. Вот я и подумала: раз уж она так страдала по погибшей дочери, то, может быть, у нее появлялись мысли о том, чтобы взять другого ребенка? Нет? Ведь если кто и знает об этом, то только вы, потому что вы были очень близки.

— А это что, входит в программу социологического исследования? — окрысился Еремеев.

— Входит, — не моргнув глазом заявила Настя. — Меня интересуют вопросы адаптации людей к любым психотравмирующим ситуациям. Выход на пенсию — только одна из таких ситуаций. А вот потеря ребенка — другая, не менее интересная для меня. Так как, не собиралась Алла Ивановна подумать о другом ребенке?

Глаза его заметались, кадык судорожно дернулся, и в принципе он мог бы уже больше ничего и не говорить, все и без того было понятно.

— Н-не знаю, она н-ничего такого н-не говорила, — пробормотал он.

— Ну, нет так нет, — улыбнулась Настя. — Извините, что побеспокоила.

Значит, да. Ладно, пойдем дальше.

Тамару Настя нашла на этот раз не в костюмерной, а в парикмахерской, где та колдовала над париком.

— Настенька, вы сегодня не завтракали и не обедали, — с улыбкой заметила она, не отрываясь от своего занятия. — Андрею уже доложили, а он спросил у меня, где вы питаетесь, если не ходите в наше кафе.

— И что вы ему ответили? — засмеялась Настя.

— Ничего. А что я могла ответить, если не знаю? Андрей же не дурак, он понимает, что если вы не едите то, что он велит, то, стало быть, питаетесь где-то на стороне неправильной пищей, то есть пытаетесь ускользнуть от его всевидящего ока. Имейте в виду: если вы ему попадетесь в ближайшее время, то вам гарантирована лекция о том, что он платит деньги за добросовестную работу, а не за плохое самочувствие.

— Да я уже имела счастье это слышать. Тамара, у меня к вам вопрос, вернее, даже два вопроса. Первый: вы ничего не слышали о том, что Алла Ивановна Ярцева хотела бы удочерить девочку примерно одного возраста со своей погибшей дочерью?

Тамара подняла голову, сняла очки, отложила в сторону прибор, которым укладывала на парике кудри.

— Нет, — медленно проговорила она. — Я ничего об этом не слышала. Во всяком случае, в моем салоне об этом не сплетничали. А вы у Кости спросите, он наверняка знает.

— Уже спросила, — вздохнула Настя. — Он молчит, как партизан на допросе. То есть клянется, что ничего об этом не знает. А на самом деле испугался до дрожи в ногах.

— А что тут такого страшного? — удивилась Тамара. — Почему нужно это скрывать?

— Вот и мне интересно, почему нужно это скрывать. И второй вопрос: нужно, чтобы вы вспомнили точно, когда, в какой день вы видели Аиду Борисовну после разговора с Аллой Ивановной?

— Но я же говорила: незадолго до убийства.

— Мне нужно точнее. Вы говорили, что Аида Борисовна была записана к вам на стрижку и не пришла вовремя, поэтому вы и пошли ее искать.

— А, ну да, конечно, — спохватилась Тамара, — я сейчас посмотрю по журналу. Вы не помните точную дату, когда ее убили?

— Двадцать второго сентября.

— Сейчас, сейчас. — Она принялась листать толстую тетрадь с разлинованными страницами. — Вот двадцать второе, смотрим раньше, двадцать первое, двадцатое, девятнадцатое... Вот, восемнадцатое сентября, четырнадцать тридцать.

— Спасибо! — радостно подпрыгнула Настя.

Теперь все сложилось в более или менее последовательную картину, но нужно было внести ясность, а с этим могла помочь только Надежда Андреевна Ушакова, которая уже давно ушла на работу в свой продовольственный магазин. И тут есть два варианта: поехать к Полине, спросить, где работает тетя Надя, и заявиться к Ушаковой или спокойно подождать до вечера, когда Надежда Андреевна вернется. Нет, ждать нет никаких сил, Настя уже сделала стойку, как почуявший добычу охотничий пес. Она кляла себя последними словами за то, что не догадалась выяснить номер домашнего телефона Ушаковой. Сейчас позвонила бы и спросила у Полины, и никуда ехать не пришлось бы. Впрочем, есть еще Илья Вторушин...

— Магазин «Томинка» на улице Красина, — тут же сообщил Илья, посмотрев записи. — Найдете?

— Найду, у меня водитель толковый.

— Но вам хоть что-то удалось узнать? — поинтересовался он. — Или я зря колотился, чтобы найти вашу девочку?

— Удалось, и очень немало. Я вам потом позвоню, ладно?

Магазин «Томинка» оказался большим и совершенно пустым супермаркетом на окраине Томилина, в противоположном от усадьбы конце города. Из четырех касс три были зачехлены, а единственная кассирша орудовала пилочкой, приводя в порядок ногти. Надежду Ушакову Настя нашла сразу, та тоскливо стояла за прилавком с колбасными изделиями и скучала.

— У вас всегда так мало народу? — спросила Настя, подойдя к ней.

— Нет, что вы, это с восьми до десяти вечера у нас глухое время, все, кто работает до шести, уже вернулись с работы и по дороге купили продукты, вот с шести до половины восьмого у нас не протолкнуться. А следующий заход будет с десяти до одиннадцати вечера, когда работяги из автопарка и сторожа и охранники со всей округи перед ночными сменами начнут продуктами запасаться. А вы какими судьбами здесь? Вроде никаких гостиниц рядом нету. Или вы на квартире живете?

— Я к вам приехала. Мне нужно кое-что у вас спросить.

— Про Аиду, что ли? Так я вроде все рассказала. Или про Полинку?

— Про тех людей, которые хотели ее удочерить. Вы их фамилию знаете?

— Ой, нет, я не помню, — покачала головой Ушакова. — Они говорили, но я забыла, зачем она мне? Женщину звали Аллой, это точно, красивая такая, нарядная, одета дорого, и волосы такие белые, длинные. И муж у нее приятный, солидный, звать... как же его? — она задумалась, потом тряхнула головой: — Романом звать, вот, я вспомнила. Алла и Роман.

— А отчество?

— Да зачем мне их отчество-то? — грустно улыбнулась Надежда Андреевна. — Они на вид моложе меня самой лет на десять. То ли я так плохо выгляжу в свои годы, то ли у богатых старение как-то по-другому проходит. В общем, они для меня совсем молодыми были.

В принципе, этого было достаточно. И не нужна Насте никакая фамилия, и никакое отчество ей не нужно, и без того совершенно очевидно, что речь идет о супругах Ярцевых.

Вот теперь можно с чистой совестью заняться восстановлением всей картины.

Итак, Алла Ярцева, тяжело переживающая утрату дочери Алисы, где-то встречает девочку Полину Солодко и поражается ее сходству с Алисой. Узнав, что Полина — сирота и живет с теткой-опекуншей, Алла решает во что бы то ни стало удочерить ее и таким путем вернуть себе дочь. Опекунша не возражает, ей трудно поднимать троих ребят, и она готова отказаться от опекунства, хотя и привязана к Полине. А вот сама Полина очень даже возражает, она обожает бабушку Аиду и даже помыслить не может о том, чтобы уехать из Томилина. А ведь Алла и ее муж открыто заявляют, что собираются переезжать в другой город, чуть ли не в столицу, да это и понятно. Во-первых, успешный бизнес всегда стремится на более широкие просторы, в восьмидесятитысячном городке ему стало тесно, а во-вторых, очень многие семьи с усыновленными детьми стараются переехать туда, где их никто не знает. Это нормально и совершенно объяснимо.

Так вот, Полина удочеряться не хочет, мысль о разлуке с Аидой Борисовной для нее невыносима. Алла предпринимает определенные усилия, вплоть до того, что готова платить Ушаковой, если та уговорит девочку. Но девочка не соглашается. И тогда Алла пытается поговорить с Аидой, потому что понимает, что слово Аиды может оказаться для Полины куда весомее. Вероятно, в разговоре, состоявшемся 18 сентября, Алла без утайки рассказала Павловой о сходстве Полины с ее покойной дочерью, и именно это повергло Аиду Борисовну в такое негодование. «Вы не понимаете, какие могут быть последствия...» Ведь, кажется, эти слова и слышала Тамара. Ей потом сказали, что речь шла о дозировке назначенного препарата, а на самом деле речь шла о попытке заменить одного ребенка другим. «Вы психотерапевт, вы специалист по человеческим душам, как же вы можете не понимать...» Да, все правильно, все реплики четко ложатся в восстановленную картину.

Аида в гневе выбегает из кабинета, она так расстроена, что даже не хочет идти стричься. И повторяет на ходу: «Третий акт, сцена у реки...» Похоже, она искала аргументы, которые будут доступны разуму тринадцатилетней девочки, ведь ее надо во что бы то ни стало предостеречь от попыток Аллы Ивановны и ее мужа взять Полину к себе и увезти в другой город. Если тебя берут в семью не ради того, чтобы сделать тебя счастливой, а только ради того, чтобы восполнить тобой собственную утрату, то счастливой ты не будешь никогда. Ты постоянно должна будешь «соответствовать», быть похожей, быть такой же. Ты утратишь право и возможность быть самой собой. Но это слишком сложно для Полины, и Аида Борисовна искала аргументы попроще.

Уверена ли Настя, что Аида думала именно так? Абсолютно уверена, потому что в тот же день, 18 сентября, в компьютере Павловой появляется набросок сказки про Черепашек и Птичку. Ситуация совершенно идентичная.

А через четыре дня Аиду убивают...

* * *

Пора было заканчивать прогулку, Подружка сделала все свои дела и теперь при каждом шаге зябко поджимала лапы, то и дело просительно заглядывая Насте в лицо, словно говоря: «А когда мы снова пойдем к тебе в гости? У тебя там тепло, и еще осталось всякое, я помню». Настя в последний раз дошла до реки и повернула назад. Сегодня она, погруженная в размышления об убийстве Павловой, даже не заметила, как прогуляла с собакой целый час.

Она подняла голову и вдруг увидела звезды, огромные, яркие, лохматые звезды, каких она и летом на юге не видела.

— Господи, — сказала она вслух, — как хорошо, что я сюда приехала! А то померла бы, так и не узнав, что бывают такие огромные яркие звезды. И почему я думала, что такие звезды бывают только летом и только в книжках? Оказывается, они бывают как раз не летом, а зимой. Надо же, на пороге пятидесятилетия мне начинает открываться жизнь. Как странно, правда, Подружка?

Но Подружка ничего странного в этом не видела. И никакие лохматые звезды ей были не интересны. Она хотела тепла и пирожных.

* * *

Из окна своей комнаты во флигеле Константин Еремеев хорошо видел Настю Каменскую, ведущую собаку в зверинец. Вот они вошли внутрь, вот спустя несколько минут Настя вышла и направилась к себе во флигель, расположенный строго напротив того, где жил Костя. Вот загорелся свет в ее апартаментах.

Еремеев дрожащей рукой взял телефон, нашел в памяти номер, дождался, когда ему ответят.

— Это я, — глухо проговорил он. — Мне страшно, они подбираются все ближе, я чувствую опасность... Если дело дойдет до меня, я молчать не стану, я все расскажу... Да не могу я больше, не могу! Я устал бояться, у меня нервы не выдерживают! В общем, как хочешь, я тебя предупредил.

Он нажал кнопку отбоя и бросился на диван, зарывшись лицом в подушку. Зачем все это? За что? Ведь он же неглупый человек, мозги есть, как же он мог вляпаться в такую чудовищную историю и вести такую жизнь?

* * *

— Так что же вы думаете, Ярцева убила Аиду, что ли? Или ее муж?

Илья Вторушин смотрел на Настю, как ей казалось, недоверчиво и насмешливо.

— И только из-за того, что наличие бабушки Аиды в жизни девочки мешало усыновлению? Это же полный бред, Анастасия Павловна.

— Это не бред, — тихо и упрямо проговорила Настя. — Если женщина одержима идеей, она пойдет на все. Вы разве никогда не встречали таких женщин?

— Не встречал. И не думаю, что они существуют. Во всяком случае, их, наверное, очень мало.

— Они существуют, и их гораздо больше, чем вы думаете.

— Ну хорошо, — вздохнул капитан, — допустим. Я с Ярцевой незнаком, когда мы расследовали убийства Корягиной и Павловой, мы ее не допрашивали, она нам не была нужна, а вы с ней, насколько я знаю, подробно беседовали. И что, она производит впечатление человека, который способен задушить старуху?

— Не производит, — призналась Настя. — Но у нее есть муж. И кроме того, всегда можно найти исполнителя. Вопрос только в том, кто подсказал этому исполнителю детали убийства Корягиной, которые можно было бы использовать в инсценировке при убийстве Павловой. В общем, Илья, нужно проверять, где были Ярцева и ее муж в момент убийства Аиды Борисовны. Давайте начнем хотя бы с этого.

— Все равно я не верю, — мотнул головой Вторушин. — Это звучит совершенно неправдоподобно. Но вы правы, надо с чего-то начинать, а больше все равно у нас нет никаких версий. Димка Федулов каждую свободную минуту проводит в архиве, пытается найти дела Павловой, по которым ей могли бы мстить через столько лет.

— И как?

— Да пока никак. Не нашел ничего. Но он не теряет надежды.

Настя распрощалась с Ильей, вышла из кабинета и тут же в коридоре столкнулась с Федуловым. Ей стало неловко, ведь она в последние дни избегала Дмитрия и общалась только со Вторушиным.

— Уже уходите? — Он разочарованно развел руками. — Мне Илюха сказал, что вы должны прийти, я так торопился, а все равно не успел.

— Извините, — сухо сказала Настя, — я не знала, что нужно вас подождать. Я все рассказала Илье Сергеевичу, если вам интересно — спросите у него.

— Анастасия Павловна, — он коснулся ее плеча, — что-то не так? Мне казалось, что у нас с вами полное взаимопонимание. Вы давали мне поручения, я их выполнял, вы были вполне довольны. Что произошло? Почему вы теперь общаетесь только с Илюхой?

Она решила ничего не придумывать. Как есть — так и скажет. В конце концов, кто он ей? Случайный знакомый, которому она помогает выполнить его же, между прочим, работу.

— Мне не понравилось, как вы вели себя в квартире у Павловой, — резко проговорила она.

Федулов напрягся, даже желваки заходили.

— Что вам не понравилось? Что я предоставил вам полную свободу, дал возможность смотреть все, что вам нужно, и не путался под ногами?

— Мне не понравилось, что вы на кухне пили водку. Или что вы там употребляли? Коньяк? Виски? Я не очень различаю запах перегара от разных напитков, но сам перегар чувствую за километр. И кроме того, вы не принесли с собой спиртное, а брали его прямо там, в квартире. То есть воровали. А если еще точнее — мародерствовали. По-моему, этого достаточно для того, чтобы утратить симпатию к человеку.

— Простите. — Он опустил голову и потер лоб пальцами. — Я должен был догадаться. Простите. Вы не представляете, как я разнервничался там, дома у Аиды Борисовны, ведь я бывал у нее много лет назад, в этой самой квартире, когда мы вместе работали по некоторым делам. И так все живо вспомнилось, как будто только вчера было... Даже не подозревал, что будет так больно. Вот, не справился с собой, разволновался чуть не до слез. Вы не представляете, какая она была... Еще раз простите.

Насте стало немного стыдно. О такой простой причине она даже не подумала. Надо же, с виду такой брутальный этот Федулов, такой мужиковатый, а на самом деле тонкий и ранимый. Ну и что ей теперь делать, тоже просить у него прощения?

Она стояла молча и ничего не говорила. Внезапно Федулов широко улыбнулся.

— А знаете что, Анастасия Павловна? Приходите ко мне в гости, а? У меня замечательный дом на берегу Томинки, я вас с женой познакомлю, с родителями, детей своих покажу, у меня их трое. И собак покажу. У нас сегодня пельмени, настоящие, домашние, мама с самого утра лепит. Приходите, а? И будем считать, что мы с вами помирились.

Вот только походов в гости ей сейчас не хватало! Но мириться надо, никуда не денешься.

— Приду. Спасибо за приглашение. Говорите, куда и когда.

— А давайте прямо сейчас поедем, а? А что? Уже половина восьмого, рабочий день закончился, надо пользоваться моментом, пока никто не дернул. А то ведь с нашей работой, сами знаете, как бывает: только что-то запланируешь — и на тебе, выезд на место происшествия, кто-то кому-то башку проломил или еще что. Поехали?

— Поехали, — решительно сказала Настя.

Ну что ж, мириться так мириться. И в конце концов, если уж по большому счету, то из-за чего ей дуться на Дмитрия?

* * *

С первых же минут Настя поняла, что Федулов обожает свой дом и гордится им. Она с трудом удерживалась от улыбки, разглядывая чудовищное, на ее взгляд, красное строение с желтыми наличниками и совершенно дурацким петушком на коньке синей крыши. Весь коттеджный поселок был хорошо освещен множеством фонарей, да еще Федулов установил дополнительную подсветку на своем участке, так что даже зимним вечером все пиршество красок было отлично видно. Однако как воспитанный гость Настя молчала и только кивала, изредка вставляя: «здорово» или «очень красиво». Внутри, правда, жилище Дмитрия Федулова оказалось более сдержанным и вполне практичным.

— Какое счастье, что у Мити такой большой дом и мы все в нем помещаемся, — открыто радовалась мать Федулова Зоя Михайловна. — У вас в Москве, наверное, дом получше нашего?

— Да что вы, — рассмеялась Настя, — мы с мужем живем в однокомнатной квартире.

— И правда, — вдруг спохватилась Зоя Михайловна, — что это я? Митя же сказал, что вы его коллега, тоже из милиции. А на милицейскую зарплату разве такой дом купишь?

И в самом деле, подумала Настя, на милицейскую зарплату такой дом совершенно точно не купишь. А жена у Федулова, как он сам говорил, не работает, с детьми сидит. Так откуда же деньги?

Зоя Михайловна словно услышала Настин вопрос и продолжила:

— И Митенька никогда ничего не купил бы, а в очередь на жилье у нас теперь не ставят, потому что не строят ничего. Так и прозябали бы в двухкомнатной живопырке. Хорошо, что у Митеньки есть такие верные друзья, которые дали денег в долг и готовы ждать, пока Митя отдаст. Он ведь хотел сразу отдать, собирался машину продавать, а машину бандиты сожгли. Спасибо друзьям, вошли в положение и с возвратом долга не торопят.

Да, насчет сожженной машины ей говорил Старков. Надо же, как не повезло парню: еще бы день-два — и продал бы машину, расплатился за дом и не имел бы долгов. А теперь эта сумма висит на нем тяжким бременем. Вот бедолага! Впрочем, чужие денежные дела Настю не особо интересовали. И семья Федулова ее не интересовала, и его дом, она приехала сюда только ради того, чтобы снять напряжение в их отношениях.

Сели за стол, жена Федулова, Светлана, прехорошенькая упругая пышечка, усадила рядом с собой старших девочек Вареньку и Ксюшу, а младшего Ванечку держала на коленях. Вышел Вадим Александрович, отец Димы, занял место рядом с Настей, а во главе стола уселся Дмитрий. Ну что ж, оно и понятно, он глава семьи и хозяин дома, который все здесь решает и на чьи доходы все живут, если не считать пенсий его родителей. И какими бы смешными эти доходы ни были, дом-то он купил. Значит, хозяин.

Зоя Михайловна принесла огромное блюдо с домашними пельменями, потом подала чай с пирогом. Две крупные невнятной масти собаки молча сидели по обеим сторонам от Федулова и не сводили глаз с его рук, вероятно, в надежде, что из этих царственных, поистине божественных рук им перепадет сладкий кусочек. Но ничего не перепадало, Дмитрий своих собак воспитал в строгости и с общего стола их не кормил. «Я бы не удержалась, — подумала Настя. — Я бы не смогла вынести этот взгляд и звук судорожно сглатываемой слюны. Наверное, я неправильно обращаюсь с Подружкой, кормлю ее человеческой едой, балую. А надо так, как Дима. Только то, что разрешено, и только там, где положено. Впрочем, у него собаки молодые, он же их только год назад взял щенками, и если их неправильно кормить сейчас, то можно поиметь проблемы с их здоровьем на долгие годы. А Подружка уже старая. Костя Еремеев сам сказал: ей теперь можно все, в этом преимущество старости. Кстати о Косте... Если он был любовником Ярцевой, то почему он не мог быть убийцей Павловой? К кому еще Алла Ивановна могла обратиться за помощью? Если не к мужу, то к любовнику. Значит, надо его тоже проверять. Интересно, Вторушин сам догадается? По идее, должен бы...»

Разговор за столом как-то быстро иссяк, Федуловы хотели, чтобы беседа была интересной для гостьи, однако единственное, что связывало Настю и Федулова, это преступление, но не обсуждать же его в присутствии семьи. Общих знакомых, кроме Ильи Вторушина, у них не было, общих воспоминаний не было тем более. Надо было спасать положение, и Настя прибегла к своему излюбленному способу оживления ситуации, который не раз выручал ее в подобных случаях: она поинтересовалась семейными фотографиями. Вариант беспроигрышный, потому что за каждым снимком стоит история, за историей — воспоминания, и люди так увлекаются, что забывают обо всем. Тем более самой Насте теперь тоже любопытно смотреть на фотографии и пытаться анализировать чужой опыт, чтобы извлечь из него полезные уроки.

Светлана с готовностью достала толстые альбомы и стала показывать первым делом фотографии Вареньки, Ксюши и Ванечки, потом дело дошло и до альбома со свадебными фотографиями Светланы и Димы. Света оказалась удивительно фотогеничной, на всех снимках без исключения, что на свадебных, что на домашних, она выглядела настоящей красавицей, даже если была без макияжа и с небрежно распущенными волосами. А вот Дмитрий, наоборот, любовью камеры не пользовался, и лицо его почти на всех снимках выглядело сердитым, напряженным или надутым, да и смотрелся он гораздо старше своих лет.

— Ой, наш Митя всегда так плохо получается, — говорила Светлана, перелистывая страницы альбома. — Есть только одна фотография, которую я всем показываю, там Митька просто чудесный, такой, как в жизни, даже лучше. Да где же она? Я вам сейчас покажу, вы сами увидите. Это он ездил к своему другу на Байкал рыбу ловить. Вот она. Посмотрите.

Настя увидела самую обыкновенную фотографию. На первом плане — Федулов, на заднем — камень, огромный, какой-то причудливый. Трава. Небо. Облака. Вдалеке виднеются не то деревья, не то высокий кустарник. Но лицо у Дмитрия и впрямь было как в жизни, даже лучше, чем в жизни, оно было спокойным, умиротворенным, с легкой улыбкой. Оно было почти красивым.

— Видите? Митя очень хорошо получился. А вообще я не понимаю, зачем надо было на этот Байкал ездить? — продолжала Светлана. — В такую даль тащиться ради рыбалки! И ничего там особенно нет, на Байкале этом, камни одни, а у нас и тут рыбалка отличная.

— Знаете, Света, может быть, ради такого душевного состояния и имеет смысл ездить, — возразила Настя. — Вы посмотрите, какой Дмитрий здесь спокойный и счастливый. Такое состояние большая редкость, особенно учитывая его работу, да и дом у вас большой, семья большая, забот выше головы. Человеку нужно иногда расслабляться, и ради этого стоит ездить и на Байкал, и в любые другие места.

— Вы правы, — вздохнула Светлана, — Митя действительно крутится как белка в колесе, и работа сумасшедшая, и детей трое, и в доме надо постоянно что-то делать, то чинить, то строить, то красить, то прибивать. Дом — он очень много сил и внимания требует, не то что городская квартира, это ведь только со стороны кажется, что в доме жить шикарно, никому и в голову не приходит, сколько это забот и хлопот.

Визит вежливости можно было сворачивать, и Настя откланялась, несмотря на то что Федулов уговаривал ее «еще посидеть, чайку выпить, поболтать».

— Мне нужно выгулять свою подопечную, — сказала Настя. — Вы как владелец двух собак должны меня понять.

— Тогда конечно, — согласился Дмитрий. — Давайте я вам с собой пирог заверну, у себя в номере кофейку попьете завтра утром.

От пирога Настя не отказалась. Ей самой он показался не слишком вкусным, но ведь есть Подружка, которая обрадуется гостинцу. Сегодня, конечно, гулять уже поздно, и зверинец закрыт, и вообще спать пора, но завтра утром у собаки будет сладкий завтрак.

От коттеджного поселка, где жил Федулов, до усадьбы оказалось совсем недалеко, и уже минут через двадцать Настя смогла раздеться и встать под душ. В целом можно считать, что день прошел удачно. И с Федуловым она вроде как помирилась, хотя и не ссорилась.

Но что-то не давало ей покоя. Она лежала в постели, пытаясь уснуть, а перед глазами вставала фотография, на которой Дима Федулов улыбался тихой и умиротворенной улыбкой и был так не похож на того Диму, которого знала Настя. А позади него, на заднем плане, стоял необычной формы камень, который словно зацепил острым когтем Настино внимание и не отпускал. И небо, и трава, и деревья вдалеке, и больше ничего...

Глава 14

Прошло еще три дня, в течение которых почти ничего не происходило. Федулов и Вторушин проверяли алиби Аллы Ярцевой, ее мужа Романа, а заодно и компьютерного гения Кости Еремеева и пока не обнаружили никакой информации, которая позволила бы усилить подозрения в их адрес. Решено было не спрашивать у них напрямую, где они были 22 сентября минувшего года, да и глупо как-то спрашивать у людей про такие давние события, ведь четыре с половиной месяца прошло, так что информацию собирали окольными путями. Обязанности разделили: Настя придумывала, где и что можно попробовать узнать, а оперативники «пробовали» и «узнавали». Такой метод принес определенные плоды, во всяком случае, удалось установить, что накануне убийства Аиды Борисовны Павловой Алла Ивановна вместе с мужем уехала в областной центр в гости к друзьям и вернулись супруги Ярцевы только 24 сентября. Конечно, достоверность этой информации следовало тщательно проверить, потому что областной центр — это не край света, и если туда уехать, то можно ведь и вернуться на несколько часов, а потом снова уехать. Что же касается Еремеева, то он, как следует из журнала учета работы компьютерного зала, до 22.00 был на рабочем месте. Что он делал после работы, установить не удалось, но, во-первых, все в один голос утверждали, что Костя вообще в город выходит крайне редко, только если что-то купить в магазине, и сразу возвращается, поэтому если бы он решил покинуть территорию усадьбы поздно вечером, когда магазины уже закрыты, это бы обязательно кто-нибудь заметил и удивился, а во-вторых, как следовало из заключения судебно-медицинского эксперта, Павлова умерла между девятью и десятью вечера, совершенно точно, не позже. Но и алиби Еремеева следовало еще уточнять и проверять.

За эти три дня Настя выспалась и нагулялась досыта, каждую свободную минуту думая о том, что не давало ей покоя: Павлову убили на стройке. Что она там делала? Зачем пошла на стройку, да еще в такое время, когда там никого нет? Можно было бы предположить, что ее убили в другом месте, а потом притащили на стройку, но все результаты экспертиз свидетельствовали однозначно: тело в момент смерти находилось именно там, где его потом нашли. А уж экспертиз по этому делу было назначено и проведено огромное количество, тут следователь постарался на славу. Так зачем же вы, уважаемый бывший следователь Аида Борисовна, зашли на эту чертову стройку, да не через калитку, а через пролом в деревянном заборе, о чем тоже говорили результаты экспертизы одежды Павловой и досок в проломе. Вы увидели там что-то интересное? Необычное?

Пугающее? Хотя нет, это вряд ли, вы как человек разумный и с большим опытом не полезли бы на стройку одна, если бы вас что-то напугало, вы скорее вызвали бы милицию, ведь у вас был с собой мобильный телефон. И что же такого интересного или необычного вы там увидели?

И как бы там ни было, но убил вас не случайный человек. Потому что кто-то уничтожил в вашем домашнем компьютере всю вашу переписку с Полиной Солодко. Или вы сами ее уничтожили? Когда? И зачем? А если все-таки это сделали не вы сами, то кто? И когда?

Над этими вопросами Настя билась все три дня, и мозг ее, почуявший свободу от службы и опьяненный свежим воздухом, выдавал версии одну заковыристее и невероятнее другой.

Бегорский уехал, и в кафе Насте стали снова подавать привычную, такую милую ее сердцу «неправильную» еду. Теперь она могла не только съедать на завтрак яичницу и оладьи, но и обедать и ужинать по собственному разумению, а не давиться предписанной Бегорским вареной рыбой с приготовленными на пару и без соли овощами. В какой-то момент Насте даже показалось, что она в раю: крепкий сон, длительные прогулки по морозному воздуху, общение с влюбленной в нее старой собакой, вкусная еда, вечерние уютные посиделки с Тамарой за чашкой чаю с домашней выпечкой... Сколько еще будет продолжаться это благоденствие?

Оказалось, что недолго.

* * *

Звонок Вторушина застал Настю в тот момент, когда она расхаживала по своему номеру в одном упоительно-розовом термобелье с чашкой кофе в одной руке и с куском торта в другой. Чтобы взять трубку, пришлось быстро решать, с чем расстаться, с кофе или с тортом. Кофе победил, и сладкий кусок перекочевал на тарелку

Голос Вторушина звучал напряженно и почти вибрировал.

— Вы можете сейчас приехать к нам в отдел?

— Могу, — быстро ответила она. — Что-то случилось?

— Ярцева и Еремеев мертвы.

— Что?!

— Задержан подозреваемый, — продолжал Илья, словно не слыша ее. — Роман Ярцев. Если вы хотите задать ему какие-то вопросы, то приезжайте.

— Еду.

Кофе она все-таки допила, пусть и одним глотком, обжигаясь, а торт доедать не стала. Натянула джинсы и черный свитер, сапоги и куртку и выбежала из флигеля. Уже на полпути к гаражу, где стояла машина, она сообразила, что забыла перчатки, но возвращаться не стала. Через десять минут она была в горотделе и бежала по длинному коридору к кабинету Вторушина и Федулова.

В кабинете сидел Дмитрий, осунувшийся, с мешками под отекшими глазами. Увидев Настю, коротко кивнул вместо приветствия и начал рассказывать.

В 2.15 ночи в милицию поступил звонок о том, что с дамбы упала машина. Какой-то прохожий сообщил, что большой «Лендровер» въехал на дамбу, на скорости столкнул вниз припаркованную в боковом «кармане» машину, развернулся и умчался в сторону центра города. Координаты свои этот человек не оставил, а звонил он из автомата неподалеку от дамбы. К дамбе тут же выехала дежурная группа и спасатели, через два часа машину подняли, в ней оказались два трупа. По документам, имевшимся при погибших, установили личности: Алла Ярцева и Константин Еремеев. По базе данных пробили адрес Ярцевой, оказалось, что у них с мужем в Томилине есть квартира, та самая, в которой они жили долгие годы и которую до сих пор не продали. Выслали наряд в адрес, а там перед подъездом стоит «Лендровер» с покореженным бампером и побитым капотом, ключи в замке зажигания торчат. Поднялись в квартиру, позвонили, никто не открыл, тогда дверь взломали, а там на диване валяется пьяный в дымину муж Ярцевой. Естественно, его задержали, доставили в отдел и посадили в «обезьянник». Утром на работу пришел Вторушин, узнал от дежурного о ночном происшествии и позвонил Федулову. Ярцева и Еремеев были любовниками, а муж, вероятно, узнал об этом и в пьяном виде выследил жену и застукал парочку во время романтического свидания. Мотив налицо.

— Илюха к следаку побежал. Сейчас вернется, и начнем допрашивать этого рогоносца, — закончил Дмитрий. — У вас пожелания есть какие-нибудь?

— Да нет, я просто поприсутствую, послушаю. Вы же профессионалы, вы и сами знаете, как и о чем нужно спрашивать, — слегка подольстилась Настя.

— Это да, — как-то неопределенно согласился Федулов.

Через несколько минут вернулся Вторушин, и из «обезьянника» привели Романа Ярцева. Выглядел муж, а теперь уже вдовец Аллы Ивановны не лучшим образом, тяжелое похмелье вообще никого не красит, а если оно сочетается с ужасом и растерянностью, то картина получается весьма впечатляющей.

— Я ничего не помню, — бормотал он, уставившись неподвижным взглядом в пол. — Я напился и ничего не помню.

Однако кое-что он все-таки помнил. Например, то что Алла пару дней назад предложила съездить в Томилин навестить могилу дочери. Вернее, это было не столько предложение, сколько заявление о намерениях.

— Мы должны съездить к Алисе, — твердо сказала она. — Мы давно у нее не были.

Роман не счел нужным возражать, в их семье всегда верховодила Алла, несмотря на то что деньги зарабатывал все-таки он. Тем более в Томилине у него были свои дела, в частности связанные с продажей квартиры, той самой, в которой его и задержали. Алла сказала что поедет прямо с утра на своей «Мазде», а Роман пусть приедет попозже, как освободится.

— Я хочу еще к девчонкам забежать, поболтать, мы давно не виделись, а когда ты подъедешь, мы сходим на кладбище, потом ты порешаешь вопросы с квартирой, переночуем в Томилине и на следующий день вернемся.

Алла уехала с самого утра, в пять часов выехала, а у Романа еще были неотложные дела на фирме, которыми он и занимался примерно до полудня, после чего тоже отправился в Томилин. Они сходили на кладбище к дочери, потом Алла навестила еще какую-то подружку, в то время как Роман общался в риелтором и обсуждал условия продажи квартиры. Они встретились дома, Алла выглядела расстроенной и подавленной, даже плакала, она всегда была такой после посещения кладбища. И выпить предложила тоже Алла, спиртное ей помогало в таких случаях. Она выпила совсем немного, а Роман все пил и пил, не мог остановиться, ему казалось, что вот еще одна рюмка, еще один глоток — и наступит то самое вожделенное ощущение легкости, простоты и собственного могущества, ради которого, собственно, он и позволял себе выпивку. Но ощущение все не наступало, наоборот, на душе делалось все тяжелее и темнее, и в конце концов он провалился в беспамятство... Очнулся, когда его разбудили ворвавшиеся в квартиру милиционеры.

— Плавали, знаем, — сердито сказал Федулов. — Все вы думаете, что достаточно сказать: «Я ничего не помню, был пьян» — и на этом все закончится. Не ты первый, не ты последний, и не таких обламывали. Я тебя научу свободу любить, ты у меня этим своим «не помню» не отделаешься. Вот смотри: «Лендровер Дискавери-три» у подъезда твой? Госномер О903ХМ.

— Мой, — кивнул Ярцев.

— На бампере и капоте есть повреждения?

— Есть.

— Откуда они взялись?

— Не знаю.

— Алла Ивановна Ярцева — твоя жена?

— Да.

— «Мазда», госномер Е369ТМ — ее машина?

— Ее.

— Мужик с ней в машине — ее любовник?

Настя улыбнулась уголком губ. Старый прием, но хороший, почти всегда срабатывает. Задается несколько очень простых вопросов, ответы на которые очевидны, и их не нужно корректировать. А потом, без паузы, в одном ряду задается тот вопрос, ответ на который требует внимания и коррекции. Если Роман Ярцев отрицает свою причастность к смерти жены, то он должен отрицать и то, что знал о наличии у нее любовника, то есть опровергать мотив. Интересно, что он ответит на последний вопрос Федулова?

— Я не знаю. — Ярцев поднял наконец глаза и жалобно посмотрел сначала на Дмитрия, потом на Вторушина и на Настю. — Ну почему вы мне не верите? Я не знаю, кто был этот мужчина.

— Еремеев, — быстро подсказал Вторушин. — Константин Еремеев. Неужели вы никогда не слышали этого имени?

Илья, в отличие от Федулова, обращался к задержанному на «вы».

— Никогда не слышал.

— И о том, что у вашей жены был любовник, тоже не знали?

— Не знал.

— Да врешь ты все, — снова вступил Федулов. — Знал ты про Еремеева. И выследил наконец свою жену вместе с ним. И расправился одним махом с обоими. Ну? Вспоминай, Ярцев, вспоминай, ведь все же очевидно, все улики против тебя. Ты напился и впал в беспамятство. И в ярость. Поехал и убил обоих.

Оперативники «трясли» несчастного похмельного

мужика еще долго, но толку не было никакого. У него болела голова, его подташнивало, ему было плохо, и он ничего не помнил.

* * *

В холле главного дома усадьбы повесили портрет Кости Еремеева с траурной лентой через уголок, под портретом поставили столик с цветами. Настя по старой сыщицкой привычке заняла свой пост с самого утра: ей было интересно, как люди будут реагировать на известие о гибели Константина, что будут говорить, какие соображения и версии высказывать. Особенно интересовала ее реакция супругов Путилиных. Она сидела в углу холла, скрытая колонной от взглядов тех, кто входил в главный дом, и внимательно наблюдала.

Первыми появились сотрудники клуба — администратор, преподаватели, Вера Алексеевна Бегорская, Саня Беляков и его жена Лена, дочь Андрея Сергеевича. Потом спустились завтракать гости из гостиничных номеров. К началу двенадцатого стали приходить члены клуба. Костин портрет сразу привлекал внимание, все останавливались, горестно качали головами, обсуждали смерть молодого мужчины оживленно, но вполголоса. Впрочем, Насте все было отлично слышно. В коротком некрологе не было сказано ничего о причине смерти, просто «трагически погиб», и версий у обсуждающих было немного: попал под машину, разбился в автокатастрофе, покончил с собой, не вынеся тяжести постигшей его утраты. Слово «убили» не прозвучало ни разу. А именно этого слова Настя и ждала с таким нетерпением.

Около часу дня в холл вошли супруги Путилины. Настя вся превратилась в слух. Однако напрягалась она напрасно: истошный крик Путилиной буквально разорвал степенную негромкость клуба. Женщина схватилась за сердце и упала на пол, тут же началась суета, все забегали, стали вызывать «Скорую», искать сердечные капли, а ее муж, покачиваясь, отошел в сторону и присел на диванчик метрах в трех от Насти.

Настя подошла к нему, села рядом, взяла за руку.

— Юрочка, Юрочка, сыночек, как же так... — бормотал Путилин, словно не замечая ее присутствия.

Вот, стало быть, как. Костя Еремеев никакой не Костя Еремеев, а вовсе даже Юрий Путилин. Очень интересно.

— Это ваш сын? — спросила Настя, чтобы с чего-то начать разговор.

Путилин молча кивнул.

— Он от кого-то скрывался? Жил по чужим документам?

Путилин вдруг повернулся и крепко ухватился за ее руку.

— Вы никому не скажете? Вы ведь не скажете, правда?

— Но это бессмысленно, — мягко проговорила Настя, поглаживая пальцами кисть пожилого мужчины, — вашего сына уже нет, и правда о нем ему уже не повредит. Вы лучше расскажите мне все, вам будет легче. Вы хотите знать, как он погиб?

— Его убили, — не задумываясь ответил Путилин. — Его все-таки нашли и убили.

Юрий Путилин был действительно компьютерным гением и уехал в Москву искать достойное применение своим способностям. Но таких гениев в столице пруд пруди, и найти высокооплачиваемую интересную работу сразу не получилось. Зато его заметили и привлекли к своим махинациям не вполне честные люди, которые рассудили, что обворовывать банки куда прибыльнее, чем собирать крохи у частных лиц. Юрию хорошо заплатили за то, чтобы он вскрыл сервер крупного банка и перевел деньги на нужные счета. В какой-то момент Юрий испугался, и когда ему предложили вторую операцию — отказался. Но выяснилось, что его наниматели отказов не принимают, более того, они расценивают отказ как намерение «соскочить и ссучиться». Ему начали угрожать, а когда поняли, что он по-настоящему напуган и в любой момент может пойти с повинной, угрозы приобрели такой характер, что Юрий понял: убьют и глазом не моргнут.

Он спрятался в родном городе, поближе к родителям, раздобыл фальшивый паспорт и устроился на работу в усадьбу, где его родители посещали компьютерные курсы. Работа его привлекла тем, что давала жилье и можно было никуда не выходить.

Боялся он не зря, к родителям приезжали люди из Москвы, требовали сказать, где Юрик. Искать его в клубе, рядом с домом, среди пенсионеров им и в голову не пришло. Родители сына не выдали, но тоже очень испугались, поняли, что это не шутки, что все всерьез. Впоследствии эти же самые люди приезжали еще раз, спрашивали, не объявлялся ли сынок, то есть попыток разыскать Юрия они не оставили.

Теперь Путилины ходили в усадьбу каждый день, участвовали во всех мероприятиях клуба, чтобы оправдать свое постоянное присутствие и таким образом встречаться с сыном. Они его подкармливали, носили домашние пирожки и котлеты, старались улучить любую возможность, чтобы побыть вместе и поговорить. Сын их очень любил.

— Знаете, тут была одна история, — говорил Путилин. — Даже не знаю, как сказать... Кто-то предложил Юрочке совершить убийство.

— Кто предложил? — быстро спросила Настя.

— Не знаю, Юра не рассказывал.

— А кого нужно было убить?

— Тоже не знаю. Да разве в этом суть? Понятно ведь, что Юрочка отказался. Но он очень расстроился, очень.

— Почему? — не поняла Настя.

— Он говорил, что один раз ошибся, оступился, потом вынужден был скрываться, жить по чужому паспорту и под чужим именем, всем врать про погибшую семью, чтобы оправдать свою неразговорчивость и свой образ жизни, он ведь боялся лишний раз выйти за территорию... А кончилось все тем, что его считают способным убить человека за деньги. Это его страшно огорчило.

— Что же, Юрий так и был одиноким? Он ведь молодой мужчина.

— У него был здесь роман с докторшей, мы с матерью знали об этом. Но она замужняя, осенью у них все кончилось, и она с мужем уехала куда-то.

— А эта женщина знала правду о вашем сыне? Он ей рассказывал, как его зовут на самом деле?

— Что вы, как можно! Он и ей врал, что у него семья погибла. Они потому и сблизились, у нее тоже в семье несчастье произошло. Так и нашли друг друга две отчаявшиеся души.

Настя краем глаза наблюдала за суетой вокруг Путилиной, над которой склонились приехавшие врачи «Скорой помощи», и удивлялась тому, что Путилин словно забыл о жене, о том, что у нее сердечный приступ. Он, кажется, даже не боится, что она может умереть. Для него сейчас важно только одно: его сына больше нет в живых. А рядом сидит человек, готовый слушать, с которым можно поговорить о Юрочке и таким образом продлить иллюзию присутствия сына среди них. Зато жена с сердечным приступом — это точное и бесповоротное доказательство беды.

Что же получается? Алла Ивановна попыталась заказать убийство Аиды Борисовны своему любовнику Косте Еремееву? Вполне правдоподобно. Костя отказался, и Ярцева нашла кого-то другого. Вопрос: кого она нашла? Более того, не исключено, что именно этот человек убил и Аллу с Костей, то есть с Юрием, потому что рубил концы и убирал свидетелей. Может быть, Роман Ярцев действительно ни при чем?

А если Юрия Путилина все-таки нашли и убили, а Алла Ярцева просто подвернулась под руку, приехав на свидание к любовнику? Нет, не складывается, ведь есть свидетель, видевший «Лендровер» Ярцева, и есть сам

«Лендровер» со следами повреждений, в точности соответствующих тем повреждениям, которые обнаружились на «Мазде» Аллы. Хотя... Ведь Романа Ярцева тоже могли нанять, и сделали это как раз те люди, которые хотели расправиться с Юрием. А что? Предложили мужику денег за то, чтобы он убрал любовника своей жены, то есть устранил соперника. Заодно и с неверной женой расправился. И обогатился. Тройная выгода получается.

Путилину увезли в больницу, муж поехал с ней, а Настя позвонила Вторушину и попросила дать ей возможность поговорить с Романом Ярцевым.

— О чем? — настороженно спросил капитан.

— Об Аиде Борисовне и Полине Солодко.

— Его сейчас следак допрашивает. Вы подъезжайте где-нибудь часика через полтора, я думаю, к этому времени допрос уже закончится.

Настя решила, что как раз успеет пообедать и поедет в отдел. Не успела она войти в кафе и взять в руки меню, как ей позвонил Федулов.

— Илюха сказал, вы хотите еще раз пообщаться с Ярцевым, — не то спросил, не то констатировал он.

— Хочу. А вы против?

— Я просто не понимаю зачем. Если у вас есть к нему вопросы — задайте их мне, я сам у него спрошу и вам перезвоню. Зачем вам лишний раз ехать?

— Не хочу вас затруднять.

— А по-моему, вы просто нам не доверяете, — с неудовольствием сказал Дмитрий. — Вы думаете, что мы тут, в провинции, настолько не умеем работать, что даже задержанного опросить толком не сможем, а вы там, в столицах, всегда знаете, как и что надо делать. Конечно, вы же там все ученые, у вас там целая академия, да не одна. А мы — так, голь перекатная, провинциальное фуфло.

— Дима, ну зачем вы так...

Настя даже растерялась, уж что-что, а такие слова

она меньше всего ожидала услышать и оказалась совершенно не готова к ответу.

— Я ничего такого не думаю. Я только хотела поговорить с Ярцевым о Полине Солодко.

— А чего о ней говорить? При чем тут Полина, если Ярцев на собственной машине собственную супружницу и ее хахаля мочканул? Считайте, это уже доказано. Он постепенно трезвеет и вот-вот признается.

— А убийство Павловой как же? — спросила Настя озадаченно. — Его что, уже не нужно раскрывать?

— Так чего там раскрывать-то? — искренне удивился майор Федулов. — Ясно же, как божий день: Павлову убила Алла Ярцева, а Еремеев был ее соучастником.

— И давно вам это ясно?

И в самом деле, откуда у Федулова такие идеи? О том, что Ярцева пыталась заказать своему любовнику убийство Аиды Борисовны, знала пока только Настя, Второшину она об этом не говорила, да и Федулову тоже. И потом, Путилин-старший уверял, что его сын от такого заказа отказался и очень расстроился оттого, что его сочли способным на такую гадость, как киллерство. Конечно, отец мог и не знать всей правды, а сын вполне мог его и обмануть, но, с другой стороны, если Костя, он же Юрий, заказ принял и даже выполнил, то какого черта он папаше рассказывал о нем, да еще строил из себя обиженного? Не вяжется как-то одно с другим. Сделал бы свое черное дело и молчал в тряпочку. Рассказывать о заказе мог только полный идиот, а Костя Еремеев, то есть Юрий Путилин, на идиота никак не походил.

— Да как только я узнал, что Ярцева и Еремеев сидели ночью в машине, да еще на дамбе, где их никто не мог увидеть, потому что там движение по ночам практически нулевое, так сразу и догадался, — уверенно говорил Дмитрий. — Это же ежу понятно: раз они таким тайным способом встретились спустя столько времени после разрыва, значит, их связывает еще что-то, кроме постели. И вообще, их разрыв был просто видимостью. На самом деле они крепко одной веревкой повязаны. Иначе зачем бы им встречаться?

В этом было разумное зерно. После эмоционального выступления Дмитрия у Насти возникло чувство вины перед ним: неужели она так глупо и невежливо себя повела, что заставила Федулова подумать о ней бог знает что? Вот что значит отсутствие навыка работы с оперативниками, когда ты никто и никаких полномочий у тебя нет, только собственный опыт за плечами. Оказывается, на новой работе нужно учиться и новому поведению. Ей захотелось доказать Федулову, что она — не пустоголовая столичная фифа с амбициями и может быть полезной.

— Кстати, Дима, я вы знаете настоящее имя Еремеева?

— Настоящее имя? — неподдельно удивился он.

— Да. На самом деле он Юрий Путилин, родом отсюда, из Томилина. Он накосячил в Москве, связался с компьютерными ворами, потом решил соскочить и прятался от них в усадьбе.

На лице Федулова отразилось изумление. Ну конечно, никому ведь не приходило в голову проверять личность компьютерщика, он даже в качестве свидетеля нигде не проходил, а уж подозреваемым и вовсе не казался.

Она говорила совсем тихо, чтобы ни работники кафе, ни сидящие за соседними столами гости не могли ее услышать. Официант несколько раз порывался подойти к ней и принять заказ, но видел в ее руках телефон и вежливо отходил.

— Вот я и подумала, что, возможно, убить хотели как раз его, а Алла просто оказалась рядом, в той же машине.

— Но мы же точно знаем, что это сделал Ярцев, — возразил Дмитрий.

— Ну и что? Юрия Путилина могли заказать, и заказать как раз Ярцеву. Почему нет?

— Вы думаете? — с сомнением произнес майор.

— А почему нет? — повторила Настя. — Давайте я приеду и поговорю с Ярцевым. Скажу, что я из Москвы, с Петровки, что занимаюсь группой компьютерных мошенников, которые разыскивали Путилина. Нагоню на него страху. А вдруг получится?

— Ну ладно, — согласился Федулов. — Приезжайте. Не сердитесь на меня, я на вас так наехал... Но вы и нас поймите, мы же тоже не пальцем деланные.

— Забыли, — Настя решила быть великодушной, тем более что с себя вины она не снимала.

Она пообедала, не очень понимая, что именно ей подали, и даже почти не ощущая вкуса. Ей нужно было сосредоточиться и собраться перед разговором с Романом Ярцевым.

* * *

Имя Юрия Путилина произвело на Ярцева такое же впечатление, как и имя Константина Еремеева, то есть никакого. Он клялся, что слышит это имя впервые, и похоже было, что не лгал. Зато о Полине Солодко и Аиде Борисовне рассказывал подробно. Казалось, он сейчас готов рассказывать вообще все подряд, только бы его перестали обвинять в двойном убийстве.

Алла заметила девочку, когда та гуляла по городу с Аидой Борисовной. Заметила — и обомлела от сходства Полины с погибшей дочерью Алисой. Она подошла, заговорила с Аидой, познакомилась с девочкой, потом, на следующий день, нашла Павлову в усадьбе и расспросила про Полину поподробнее. Узнав, что Полина сирота и живет с опекуншей, очень обрадовалась и пошла прямиком к Надежде Ушаковой. Надежда согласилась отказаться от опекунства, но предупредила, что усыновление должны разрешить органы опеки. Алла заверила ее, что с органами опеки проблем не будет, а самой Ушаковой пообещала денег, если девочка в конце концов войдет в семью Ярцевых.

Но все уперлось в Полину, которая при одном только упоминании о возможности переезда в другой город с новыми родителями встала на дыбы и заявила, что не нужна ей никакая другая семья, что она любит тетю Надю и бабушку Аиду и, когда вырастет, станет жить с бабушкой Аидой и помогать ей. Она обязательно станет юристом и следователем, как Аида Борисовна. Алла Ивановна пыталась встретиться с девочкой и поговорить с ней, но Полина встречаться не желала, а когда Алла Ивановна приходила к Ушаковым, убегала в комнату, пряталась и на глаза Ярцевой даже не показывалась. Если Надежда Андреевна начинала ее уговаривать выйти и «хотя бы просто поздороваться с тетей», девочка грубила и дерзила, а потом начинала рыдать. В конце концов Ушакова попросила Аллу больше не приходить, сжалилась она над Полинкой, сердце-то не камень.

Тогда Алла решила воздействовать на девочку через Аиду, которая была для Полины непререкаемым авторитетом. Она попросила Аиду Борисовну зайти в медкабинет и рассказала ей об утонувшей Алисе и о том, что Полина Солодко как две капли воды похожа на ее покойную дочь. Алла хотела, чтобы при разговоре присутствовал муж, и он приехал в усадьбу к назначенному часу. Алла не скрывала от Павловой, что хочет сделать из Полины вторую Алису, она прямо говорила:

— У меня сохранились все Алисины вещи, они будут Полинке как раз впору. Полина будет жить в комнате Алисы, спать на ее кровати, читать ее книги, пользоваться ее компьютером. Я дам ей такое же образование, какое хотела дать Алисе. А потом мы увезем Полину в Москву, чтобы ничто не напоминало ей о ее прошлой жизни, чтобы с нами она начала жить заново и стала Алисой. Тогда я смогу быть счастливой. И вы, Аида Борисовна, должны нам в этом помочь, потому что вы же хотите добра Полинке, правда?

Павлову эти разговоры возмутили до глубины души, и она стала говорить Алле, что нельзя делать из одного человека копию другого, что это порочный замысел, который не приведет ни к чему хорошему, у Полины своя жизнь, своя судьба, свой характер, и ни в коем случае нельзя пытаться слепить из нее подобие Алисы, это неуважение к личности девочки рано или поздно приведет к катастрофе. Разговор закончился на повышенных тонах, Аида Борисовна резко поднялась и сказала на прощание:

— Вы не дождетесь от меня помощи, более того, я честно вас предупреждаю: я сделаю все для того, чтобы Полина не согласилась на усыновление и чтобы органы опеки не дали вам разрешения. Можете быть уверены, я смогу это сделать. Вы идете по порочному пути и загубите жизнь ребенка, вы делаете все это не ради Полины, не для того, чтобы она была счастлива, а исключительно ради самих себя. Это неправильно, так нельзя.

Алла после этого разговора страшно разозлилась и расстроилась, ушла в себя, несколько дней не разговаривала с Романом, потом неожиданно предложила расслабиться, развеяться и поехать в областной центр навестить друзей. Как раз пока они гостили у друзей, Аиду Борисовну и убили. Алла сказала, что бог все видит и прибрал зловредную старуху, чтобы она им не мешала. О том, что Алла могла быть причастна к убийству Павловой, Роман даже и не думал, и подозрений таких у него не было.

— А дальше что было? — спросила Настя.

— Алла снова пыталась сблизиться с Полинкой, она надеялась, что уж теперь-то девочку ничто в Томилине удерживать не будет, но ничего не вышло. Полина сказала Надежде Андреевне, что никакие тетя с дядей ей не нужны, она будет жить здесь и приходить к Аиде Борисовне на могилу. В общем, довольно скоро Алла поняла, что ничего у нее не получается, и сказала, что видеть больше не может этот город. Она хотела уехать в

Москву, но такой переезд нужно долго и тщательно готовить, а вот в наш областной центр мне переехать было проще, я к тому времени уже перевел туда часть бизнеса. Вот мы и уехали.

Чем дольше Настя смотрела на Романа Ярцева и слушала его, тем больше убеждалась: не мог он «взять заказ», да ему никто бы этот заказ и не дал, слишком слаб, слишком ненадежен. А вот приревновать жену и убить спонтанно мог вполне.

* * *

Было уже совсем поздно, когда Илья Вторушин подъезжал на своей машине к Томилину. Он ездил в областной центр собирать информацию о Романе Ярцеве. Первым делом Илья побывал у него на фирме, поговорил с секретаршей, некрасивой, средних лет женщиной, очень деловой с виду, но на самом деле очень болтливой и любящей посплетничать. Та почти сразу решила вывалить капитану всю правду-матку: да, Роман Валерьевич злоупотреблял алкоголем, и по вечерам в кабинете попивал, и по утрам, бывало, опохмелялся. Ему не нужна была компания, но уж если компания подворачивалась, то напивался вообще до бесчувствия. И еще она посоветовала поговорить с водителем Ярцева Витей.

— Я у Романа Валерьевича только с осени работаю, а вот Витя с ним давно, Роман Валерьевич его из Томилина с собой привез. Уж если кто и знает что-то такое, то только Витя.

Водителя Витю Илья нашел дома, тот в отсутствие хозяина сидел без работы и упоенно предавался мелким ремонтным работам, необходимость в которых накапливалась еще с момента переезда из Томилина, да все времени было не найти. Зато теперь времени хоть отбавляй. Витя, так же, как и секретарша, не особенно удивился появлению оперативника, о том, что Ярцев задержан по подозрению в совершении преступления, на фирме уже знали. Он поведал капитану, что пить его шеф начал после гибели дочери, сначала понемногу, потом все больше и больше.

— Он из-за жены очень переживал, — говорил Витя, сидя на табуретке перед Вторушиным и машинально крутя в руках молоток, — из-за того, что она не может смириться со смертью Алисы. Оттого и пил, что ее очень жалел, а помочь ничем не мог. Ну и вообще, Алла Ивановна давала поводы для беспокойства, это еще до смерти Алисы было, она ведь женщина красивая, яркая, мужчинам нравилась и пользовалась этим. Роман Валерьевич что-то подозревал, нервничал, но очень жену любил и все ей прощал. Но ведь и из-за этого тоже можно спиться, правда же?

Да, Алла Ивановна была той еще штучкой. И поводы для ревности она давала. Так что сильно, как выяснилось, пьющий Роман Ярцев вполне мог приревновать жену и в один прекрасный момент не выдержать и убить ее вместе с любовником. И в тот день, когда они приехали в Томилин и сходили на кладбище, он заподозрил что-то в поведении Аллы, которая первой предложила выпить и подливала мужу, а сама только пригубила чуть-чуть. Он понял, что она собирается на свидание и ждет, когда Роман уснет, вот он и притворился спящим, а как только она вышла из квартиры, отправился следом за ней. Так он и нашел любовников на дамбе. И на полной скорости столкнул их в реку, благо на этой части реки лед не стоял, вода круглый год не замерзает, поскольку рядом расположен сбрасывающий отходы химкомбинат. Роман был так пьян и так напуган собственным поступком, что плохо соображал, даже ключи в машине оставил, спасибо еще, что не угнал никто.

Все сходится. Завтра утром капитан Вторушин доложит майору Федулову о результатах своей поездки.

И Каменской позвонит. Они наверняка согласятся с его выводами.

И еще Илья Вторушин думал о том, как часто сильные и властные руководители, сумевшие поставить на ноги и развить собственный бизнес, оказываются совершенно беспомощными перед женщинами, к которым питают слабость. Это только кажется, что так не бывает. На самом деле на каждом шагу встречается. И даже частенько оказывается, что человек, ненавидящий сам себя за свою слабость дома, в семье, компенсирует это жесткостью и порой грубостью на работе. Видно, Ярцев-то как раз из такой породы, бизнес поставил, а с женой справиться не может.

* * *

— Вы правы, все сошлось, — кивнула Настя, выслушав Илью Вторушина. — Можно мне посмотреть вещи Ярцева?

— Вещи? — удивленно вскинулся сидящий рядом Федулов. — Какие вещи?

— Ну, личные вещи Ярцева, которые были с ним в момент задержания.

— Да ради бога, — пожал плечами Дмитрий. — А что вы там хотите найти?

Настя и сама не знала, что хочет найти. Но есть ведь многолетняя привычка все проверять и во всем убеждаться самой и до конца. Ей не давала покоя мысль о возможном заказе, и хотя она в нее уже почти совсем не верила, это маленькое «почти» сидело в мозгу занозой и требовало оперативного вмешательства. Может быть, в вещах Ярцева найдется записка, или какая-нибудь интересная эсэмэска в памяти телефона, или... В общем, ей надо посмотреть и успокоиться.

Вторушин проводил ее в помещение, где хранились вещи задержанных. На стол выставили сумку и положили рядом документы, мобильный телефон и портмоне.

В сумке стандартный набор для кратковременных поездок с ночевкой: туалетные принадлежности, смена белья, книга для чтения, зарядное устройство для мобильника. Телефон выключен — села батарея. Паспорт, водительское удостоверение, техпаспорт на машину. Настя открыла портмоне, поинтересовалась, сколько в нем денег. Оказалось, немало — восемьдесят пять тысяч пятитысячными купюрами и еще немного по тысяче и по пятьсот рублей. В боковом отделении портмоне две фотографии — Алисы и Аллы. Алла на снимке была потрясающе красивой, без вызывающе яркого макияжа, со счастливой улыбкой, развевающимися волосами и сияющими глазами. Она стояла на фоне равнины, на которой паслись овечки. Пейзаж показался Насте странным, каким-то очень не российским. Но ничего подозрительного, такого, что свидетельствовало бы о намерении Ярцева совершить запланированное убийство, она не обнаружила. Надо бы для очистки совести проверить еще и телефон, но ПИН-код для включения знает только сам Ярцев.

— Ну что? — настороженно спросил Вторушин, который все это время стоял у нее над душой. — Нашли что-нибудь?

— Мне нужно проверить телефон, — сказала Настя. — И вообще я хотела бы еще раз поговорить с Ярцевым.

— Опять?! Что на этот раз?

— Не знаю. Я работаю методом научного тыка, — призналась она. — Меня что-то беспокоит, но я не могу понять, что именно. Что-то где-то не складывается. И потом, у нас ведь не только убийство Ярцевой и Путилина, у нас еще Аида Борисовна, про которую мы както подзабыли за всей этой суетой. Если Алла Ярцева нанимала кого-то для убийства Павловой, то муж может об этом знать, пусть не все, но хоть что-то. Я хочу в этом покопаться. И еще одно, Илья: мы совсем упустили из виду, что убийца Павловой знал детали убийства

Корягиной. То есть либо он присутствовал при осмотре места убийства Корягиной, либо у него был источник информации в правоохранительных органах.

— Или сам этот убийца — наш сотрудник, — продолжил Илья. — Вы ведь это имели в виду?

— И это тоже.

— Что, постеснялись сказать? — насмешливо спросил он.

— Мне показалось, что ваш коллега Федулов эту мысль не разделяет, у него прямо-таки судороги сделались, когда я ее озвучила в первый раз, помните? И я подумала, что вам, может быть, это предположение тоже неприятно, вот и промолчала.

— Напрасно, — он покачал головой. — Мы с Димкой почти никогда не думаем одинаково, слишком мы с ним разные люди. Так что, если ему что-то не нравится — можете быть уверены, что я с этим соглашусь. У него свое собственное понятие о профессиональной этике и корпоративной чести, он совершенно не выносит, когда выясняется, что где-то какой-то сотрудник милиции оказался преступником, его от этого коробит.

— А вас? — с интересом спросила Настя. — Не коробит?

— Нет, — улыбнулся капитан. — Я отношусь к этому как к должному. Как к привычному и обыденному. Милиционеры точно такие же люди, у них точно такие же слабости и пороки, как и у всех остальных людей. Милиционер-преступник — это нормально. Такие преступники есть во всем мире, и не нужно сходить с ума от горя. Нужно просто уметь вовремя выявлять их и отстранять от службы. Так что, вести Ярцева?

— Ведите.

Хмель из Ярцева уже выветрился окончательно, и, несмотря на пребывание в камере, выглядел он значительно лучше и даже начал проявлять некоторые признаки агрессивности.

— Я вам уже сказал: я не знал никакого Путилина.

И Еремеева я тоже не знал. Я вообще не знал о том, что у Аллы есть любовник и как его зовут.

Надо же, подумала Настя, хмельной-то хмельной, а фамилии запомнил. Не так он прост, этот Роман Валерьевич Ярцев.

— Расскажите мне, как вы жили с Аллой, — попросила Настя вполне мирным тоном.

Ярцев удивленно посмотрел на нее, потом криво усмехнулся.

— Ну да, конечно, вы все еще носитесь с идеей о том, что я приревновал Аллу и убил ее. И ждете, что я сейчас начну рассказывать, как плохо мы жили, как часто ссорились, как она мне изменяла. А потом у вас каждое лыко окажется в строку.

— А вы расскажите так, как было на самом деле. Вы ведь любили друг друга и жили мирно и счастливо, правда?

Лицо Ярцева стало серьезным и даже печальным.

— Вы не поверите, но мы действительно жили мирно. Тихо и мирно. Только нельзя сказать, что счастливо. Счастье закончилось в тот день, когда утонула Алиса...

Алла Ярцева была не в себе от горя, она хотела говорить об Алисе с утра до вечера, хотела рассматривать ее фотографии и смотреть домашнее видео, на котором была девочка, она хотела рассказывать о дочери и вспоминать ее. А Роман этого не хотел. Ему было больно. И вообще, он переживал свое горе по-другому, молча, стараясь ничего не вспоминать и не причинять себе лишних страданий. В этом стала помогать рюмка, сначала одна, потом три, потом десять. Супруги постепенно перестали понимать друг друга, Алла считала, что раз Роман не желает постоянно вспоминать Алису, значит, он не переживает и не горюет. Он очень старался быть поддержкой для убитой горем жены, но все равно между ними пролегла трещина, которая становилась все шире и шире и грозила превратиться в пропасть. Потом Алла встретила Полину Солодко и совершенно помешалась на идее ее удочерения, ее перестало интересовать что бы то ни было, кроме девочки. Роману было все равно, пусть будет Полина, пусть не будет Полины — лишь бы Алла снова стала счастливой и радостной, какой она давно уже не была.

— Такой, как на фотографии в вашем бумажнике? — спросила Настя.

— А вы видели это фото, да? — радостно улыбнулся Ярцев. — Правда же, Аллочка на этом снимке невозможно красивая? И такая счастливая! Это она в Англию ездила, ее подруга, бывшая сокурсница, пригласила погостить, она там замужем за англичанином. Вот Алла и поехала. Ей так понравилось за границей! Здесь, дома, я никогда не видел ее такой спокойной и счастливой, как на этой фотографии. Она даже стала поговаривать о том, что, может быть, переехать на постоянное жительство куда-нибудь в Европу.

— Ну, это дорогое удовольствие, — заметила Настя, — на это нужны большие деньги.

Вот она и подобралась к тому, что ее интересовало. Чтобы нанять киллера, ему нужно заплатить деньги. Были ли у Аллы собственные средства, которыми она могла бы распоряжаться без контроля со стороны мужа? Или она незадолго до убийства Павловой попросила у Романа денег на какие-нибудь крупные расходы? Или Роман сам дал ей эти деньги, прекрасно зная, для чего они предназначены?

— Да деньги-то у Аллы были, — махнул рукой Ярцев. — Она получила наследство от своего дяди — крупного банкира из Красноярска, дядюшка ей приличную сумму отписал, он Аллочку очень любил. Это были ее личные деньги, она их в семейный бюджет не вкладывала, положила на депозит и даже проценты не снимала.

Ну, этого-то ты, положим, знать не можешь, раз деньги были личной собственностью Аллы, то она могла делать с ними все, что угодно. Мало ли что она тебе напела...

— Много денег-то было? — как можно равнодушнее спросила Настя, пытаясь сделать вид, что этот вопрос интересует ее в самую последнюю очередь.

— Не знаю, — ответил Ярцев, — Алла точную сумму не называла, но говорила, что больше восьмисот тысяч евро. Она все мечтала, как мы удочерим Полинку и девочка будет учиться за границей в самых лучших школах, колледжах и университетах. Скорее всего, в Англии, очень уж там Аллочке понравилось...

Последние реплики Ярцева доходили до Насти с трудом. Она внезапно поняла, что именно так сильно беспокоило ее все последние дни.

Но этого просто не может быть. Так не бывает. Потому что если это правда, то это ужасно. А может быть, она опять ошибается?

* * *

Нетерпение сжигало ее, она даже не остановилась у магазина, чтобы, как обычно, купить себе и Подружке «нормальной» еды. Влетела в свой номер, на ходу сбрасывая куртку, включила компьютер, вошла в Интернет, набрала в поисковике слово «Стоунхендж» и впилась глазами в появившиеся на экране фотографии. Вот что ныло в ее голове, как натертая мозоль: камень, на фоне которого был снят Дмитрий Федулов. Камень, состоящий как будто из двух частей и похожий на латинскую букву V, в которой одна сторона длиннее, вторая — короче. Такого камня Настя никогда и нигде не видела, но вот сама фактура этого камня что-то ей напоминала, и только когда Ярцев дважды упомянул про Англию, она вспомнила. Стоунхендж. Каменный круг в Солсберийской долине. Настя сама там не была, но читала про него и видела множество фотографий. Она не припоминала никакого V-образного камня, но...

Она листала фотографии на сайте. Каменный круг был снят с разных ракурсов, и наконец Настя нашла то, что искала. Вот они, два камня, стоящие рядом на относительно небольшом расстоянии друг от друга, один строго вертикальный, другой наклонен приблизительно градусов на 60 к земле. И если снимать вот с этой точки, то получится, что оба они имеют общее основание и выглядят как единый монолит. Настя просмотрела все снимки и убедилась в том, что вполне возможно, не нарушая правил и не заходя за загородку, снять эти два камня так, что весь каменный круг останется за кадром и возникнет впечатление странной каменной фигуры, одиноко стоящей посреди огромного зеленого поля, вдалеке окаймленного деревьями. Значит, ты, Митенька Федулов, ездил в Англию, а своей семье наврал, что отправился на рыбалку на Байкал. Нехорошо, некрасиво. Зачем же ты наврал? Ну ясен пень, ты же с Аллой ездил, которая тоже мужу правду не сказала. Стало быть, вы были любовниками? Ай-яй-яй, Митя.

Настя позвонила Вторушину. Она привыкла все проверять до конца.

— Илья, вы, как я поняла, большой любитель путешествий. Вы, случайно, в Англии не были?

— Был, конечно, бабуля всю жизнь мечтала посмотреть на Тауэр и погулять по набережной Темзы. А что?

— А в Стоунхендж вы ее не возили?

— Возил, это обязательно. Как же можно съездить в Англию и не посмотреть знаменитый каменный круг. А почему вы спрашиваете?

Но объяснять не хотелось. Не было времени.

— Илья, вы не могли бы принести мне фотографии из Стоунхенджа?

— Мог бы, если вы объясните мне, что происходит, — сердито ответил он. — Не нужно делать из нас с Димкой мальчиков на побегушках, которые что прикажут — то и выполняют, а знать им ничего не положено.

Настя смутилась. Ну вот, опять она ведет себя как на

службе. А ведь здесь у нее нет подчиненных, она не имеет права отдавать приказы, а выполнять ее просьбы тоже никто не обязан.

— Простите, Илья. Я нашла в вещах Ярцева фотографию Аллы, Ярцев утверждает, что снимок сделан в Англии, в Стоунхендже, а я засомневалась и хочу проверить, — солгала она.

Но не говорить же Вторушину, что она подозревает его коллегу. Кто знает, как он к этому отнесется? Особой любви между оперативниками она не заметила, но ведь никогда не знаешь, как человек себя поведет.

— Так бы сразу и сказали, — проворчал капитан. — Снимки есть у меня на флэшке, я завтра принесу.

— Сегодня, — попросила Настя.

— Но она у меня дома. Вы что, хотите, чтобы я все бросил и кинулся домой за флэшкой?

Само собой, именно этого она и хотела. Но это уже переходило все границы приличия.

— Илья, я готова подождать до вечера, когда вы освободитесь. Но я хочу посмотреть фотографии обязательно сегодня.

Настя понимала, что нельзя терять ни минуты. Она слишком близко подобралась к Федулову, и если он пока не выказывает признаков беспокойства, то это вовсе не означает, что он этого самого беспокойства не испытывает. Он может спохватиться в любой момент, как только Ярцев расскажет ему в деталях про разговор с Настей. А уж если Илья передаст ему Настину просьбу принести фотографии Стоунхенджа, то вообще пиши пропало. Загнанный в угол, Дмитрий Федулов может оказаться способным на все, что угодно.

— И еще одна просьба, возможно, несколько необычная, — продолжала она. — Не говорите, пожалуйста, Дмитрию о моей просьбе.

— Почему?

— Я вас прошу. Пожалуйста. Так надо. Просто поверьте мне, — твердо сказала Настя.

— Хорошо, — недоуменно протянул Вторушин. — Не понимаю, в какие игры вы играете. Мне это не нравится.

— Мне тоже, — вздохнула Настя. — Давайте так: вы мне вечером даете флэшку, я при вас ее смотрю, и если я права, то я сразу же вам все расскажу. Идет?

— А если вы не правы?

— Все равно расскажу, только при этом еще и извинюсь.

— Ну ладно, — смилостивился Илья. — Когда я освобожусь, я вам позвоню и скажу свой адрес, вы подъедете, и я вам все покажу.

— И когда примерно это будет?

— Слушайте, Анастасия Павловна, вы ведете себя как нахальная жена, которая требует отчета за каждый шаг.

Ей показалось, что Вторушин при этих словах улыбнулся.

— Вы не можете этого знать, — возразила она. — Вы никогда не были женаты. Так когда?

— Примерно часа через два. Я позвоню.

Ну вот, еще два часа как минимум. Ничего, надо взять себя в руки и подождать. Просто подождать.

Настя позвонила Чистякову. Она всегда так делала, когда волновалась и не знала, куда себя девать. Разговоры с мужем, да только один звук его голоса успокаивали и приводили ее в равновесие.

— Леш, а ты носишь в портмоне мою фотографию? — спросила она.

— Ты что, мать? — изумился Алексей. — Совсем обалдела? Зачем мне твоя фотография? Я твою физиономию и так постоянно вижу. Соскучиться не успеваю.

— Но вот меня смотри как долго уже нет, ты меня не видишь, — возразила она. — Неужели тебе не нужна моя фотография?

— Не нужна, — признался он. — Я и так отлично тебя помню. А разве ты мою фотку носишь с собой?

— Нет.

— А чего тогда спрашиваешь?

— Так просто. Многие носят фотографии своей семьи с собой. Скучают, наверное.

— Аська, с тобой определенно что-то не так, — заявил Чистяков. — Тебе там долго еще ковыряться?

— Не знаю, — вздохнула Настя. — Может, пару дней, а может, и гораздо дольше. Как пойдет.

— А давай я приеду, — предложил он. — Ты ведь мне это уже предлагала. Хочешь?

— Хочу. Очень хочу, Леш. Я соскучилась просто ужасно.

— Тогда я приеду. Вот только разгребу немножко дела на работе. Представляешь, мы будем с тобой по вечерам и по ночам Олимпиаду смотреть, как ты мечтала. Ты не забыла, что Олимпиада уже началась?

— Забыла, — призналась она. — Я тут вообще про все забыла с этими трупами и тайнами. А правда, Леш, приезжай, а? Мы с тобой гулять будем, телевизор смотреть, я тебя с Подружкой познакомлю.

— С какой еще подружкой?

— Это собаку так зовут. Собаку, которую я опекаю. И еще я тебя познакомлю с невестой Бегорского, с Тамарой. Она тебе понравится, ты же любишь людей с нестандартным мышлением.

— Что, у этого олигарха и невеста есть?

— Есть. А что тебя удивляет?

— Я думал, у олигархов бывают только жены и любовницы.

— Но в переходный период между статусом любовницы и статусом жены они называются невестами, — засмеялась Настя. — Тамара хорошая, правда. И умная. Приезжай.

— Ну, если только ради Тамары... — усмехнулся Алексей.

* * *

Настя ждала звонка Вторушина и злилась, что оперативник все не звонит и не звонит. Забыл, что ли? Уже половина десятого. Неужели что-то случилось, Илье пришлось выезжать на место происшествия, и ему теперь вовсе не до Насти с ее фантазиями насчет фотографий?

Но неожиданно Илья объявился собственной персоной на пороге ее апартаментов.

— Я вспомнил, что у меня в квартире страшный беспорядок. Я просто не мог пригласить вас к себе и при этом не сгореть со стыда, — признался он. — Вот решил лучше приехать.

Он протянул ей флэшку и продолжал топтаться у двери.

— Раздевайтесь, — предложила Настя, — проходите.

— Неудобно, поздно уже. Да и устал я. Поеду домой.

Настя пожала плечами.

— Ладно, как хотите. Спасибо. Мне неудобно, что вам пришлось ехать ко мне.

— Да ничего, у нас город маленький, это же не Москва. Концы не бог весть какие, и пробок вечером уже нет.

— Но вы ведь хотели, чтобы я вам все объяснила, — напомнила Настя. — Мы, кажется, так договаривались.

— Вы, наверное, тоже устали, отдыхать хотите...

И что это на него воспитанность накатила? Как будто не опер, а кисейная барышня.

— Я не собираюсь отдыхать, пока не посмотрю фотографии и не проверю свои догадки. Если вам интересно — раздевайтесь и проходите, если нет — спокойной ночи, — отрезала она. — Вы не забыли, что я почти тридцать лет проработала там же, где вы служите сейчас? Что вы со мной обращаетесь, как с нежным цветком? Можно подумать, я неубранных квартир не видела и ложусь спать в десять вечера.

— Извините.

Он быстро снял куртку и обувь и прошел вслед за ней в гостиную.

Фотографий, сделанных в Стоунхендже, было очень много, Илья и его бабушка снимали не только сами знаменитые камни во всех мыслимых ракурсах, но и окрестности со всех точек. А вот и овечки, точь-в-точь такие же, как на фотографии, найденной у Ярцева. И деревья вдалеке такие же, Настя это отчетливо помнит. Значит, Алла сфотографирована тоже в Стоунхендже, и не просто в то же время года, а в то же время суток. В этом Настя могла бы поклясться, потому что внимательно рассматривала освещение и на снимке Федулова, и на фотографии Ярцева. Теперь можно не сомневаться: Алла и Федулов ездили в Англию вместе. Это был разгар их романа, и лица у обоих светятся счастьем и покоем. Вдвоем, вдали от своих семей, от работы, от забот и проблем, принадлежащие только друг другу...

Если верить Ярцеву, у Аллы были собственные деньги, и очень немалые. И еще, как выяснилось, у нее были близкие отношения с Дмитрием Федуловым. Вполне естественно, что она могла оказаться тем самым «другом», который дал Федулову деньги в долг на покупку дома. Дмитрий собирался продать машину, чтобы расплатиться за дом, но машину сожгли, а дом очень хотелось, ведь его мать Зоя Михайловна рассказывала, как они жили в двухкомнатной квартирке — шестеро взрослых и трое детей, да еще один малыш был на подходе. Итак, Алла дала деньги, а Дима взял, потому что мечтал о доме исступленно и безудержно. Алла с возвратом долга не торопила, понимала, что отдавать ему в общем-то не с чего, нет у него таких доходов, чтобы быстро вернуть деньги, да и роман у них был в самом, наверное, разгаре, когда о взаимных финансовых обязательствах думаешь меньше всего. Потом погибает дочь Аллы, и на какое-то время Ярцевой становится не до любовника и данных ему денег. Может быть, она, убитая горем, вообще забывает и о долге, и о самом Федулове. Любовные отношения между ними прекращаются.

А потом возникает маленькая Полинка Солодко, и Алла начинает вынашивать планы по ее удочерению, но осуществлению этих планов мешает противная Аида Борисовна, которую Полинка любит и с которой н за что не хочет расставаться. Алла обращается за помощью к Аиде и просит ее уговорить девочку. Алла не скрывает от Павловой, что Полинка очень похожа на покойную Алису и может создать у супругов Ярцевых иллюзию возрождения любимой дочери. И это очень не нравится Аиде Борисовне, которая пытается объяснить Алле, что нельзя заменять одного человека другим, это неправильно и порочно по своей сути, но Алла ничего не слышит, всецело поглощенная своей идефикс. Павлова предупреждает Ярцевых, что не только не станет им помогать в их затее, но сделает все для того, чтобы помешать. И Алла принимает решение прибегнуть к самому радикальному способу, который поможет сломить сопротивление Полины.

Отец Юрия Путилина рассказывал, что кто-то предлагал его сыну совершить убийство. А если это была Алла, которая решила избавиться от Аиды Борисовны как от помехи удочерению? Юрий отказался, и тогда... Тогда Алле пришлось искать другого исполнителя, и она обратилась к своему бывшему любовнику. Долг-то надо или отдавать, или отрабатывать. Отдавать нечем, стало быть, придется выполнить работу. И Федулов берется устранить Аиду. Ему приходит в голову блестящая мысль: инсценировать убийство Аиды Борисовны под совершенное тем же маньяком, который за полгода до этого убил Галину Ильиничну Корягину. Дмитрию прекрасно известны все детали того преступления, даже те, которые неизвестны широкой публике, и ему не составляет труда сделать все так, чтобы второе убийство оказалось точной копией первого. Кроме того, убив Аиду, он забирает у нее ключи от квартиры, приходит к ней домой и уничтожает всю переписку Павловой с Полиной Солодко. Отныне никто не сможет связать смерть бывшего следователя с этой девочкой и попытками Ярцевых ее удочерить. Потом возвращается и кладет ключи на место, в сумку. Но для этого нужно было убить Павлову в таком месте, чтобы труп нашли не сразу, иначе нет гарантии, что удастся вернуть ключи. И он выбирает тихое место, куда до утра никто не придет. Как Федулову удалось заманить Аиду Борисовну на стройку? Как-то удалось, но это не столь важно, ведь они были знакомы, и предлог можно было использовать любой. Он все продумал и практически ничем не рисковал.

Что же происходит потом? Полинка по-прежнему отказывается от удочерения, горюет по Аиде и ходит к ней на кладбище, и Алла вынуждена смириться со своим поражением. Она уезжает с мужем в областной центр подальше от постигшей ее трагедии и от всей этой страшной истории, а заодно и подальше от Кости Еремеева, который, прекрасно понимая, по чьей инициативе и почему была убита Аида Борисовна Павлова становится источником неприятных эмоций для Аллы Их роман закончен, слабый, но в общем-то неплохой парень Костя Еремеев, он же Юрий Путилин, не смог продолжать близкие отношения с женщиной, способной на организацию убийства, а сама эта женщина не смогла и не захотела оставаться любовницей того, кто слаб и не готов ради нее на все.

Однако возродившаяся активность по поиску убийцы и интерес Насти к Аиде Борисовне и к Косте насторожили и обеспокоили Аллу, которая благодаря Федулову отлично знает, что Анастасия Каменская никакой не социолог, а вовсе даже сыщик, занимающийся раскрытием убийств Корягиной и, что самое неприятное Павловой. Ярцева боится, что, если на Костю нажать он все расскажет. И она принимает решение, что бывшего любовника надо заставить замолчать. И снова обращается к Федулову, ведь одним только убийством Аиды он свой долг еще не отработал. Дмитрий понимает что Аллу надо остановить, иначе этому не будет конца И он придумывает убийство одновременно Аллы и Кости, но такое, чтобы в нем обвинили Романа, мужа Аллы на которого можно будет повесить преступление, со вершенное на почве ревности, ведь о романе Аллы с Костей знали все в клубе «Золотой век», так что в свидетельских показаниях недостатка не будет.

— Вот как-то так примерно, — констатировала Настя. — Только доказывать пока нечем.

— Да, — согласился Вторушин, — все улики у нас косвенные. Вы меня огорошили, Анастасия Павловна. Не могу поверить, чтобы Димка... Но и вашим аргументам не поверить не могу, вы очень убедительны. Прямо мозги кипят.

— Федулов выезжал в адрес, когда Ярцева задерживали? — спросила она.

— Конечно. И я выезжал.

— Он участвовал в осмотре машины?

— Да, залезал в салон, смотрел там что-то, ключи из замка вытаскивал.

— Плохо, — огорченно покачала головой Настя. — Значит, никакая экспертиза уже не поможет, все следы Федулова в салоне машины Ярцева будут иметь объяснение, подтвержденное кучей свидетелей.

— А если наскоком?

— То есть?

— Ну, вы же, наверное, знаете, что менты колются легче и быстрее других преступников. Если уж мы беремся совершать преступления, то настолько уверены в том, что нас не поймают, потому что мы — профессионалы и все продумали на пять с плюсом, что даже не готовимся к защите и оправданию. Для нас обвинение всегда огромная неожиданность. Может, попробовать прижать Димку чем-нибудь неожиданным, чтобы он растерялся?

— Чем, например? Кстати, — спохватилась она, — вы детализацию звонков на мобильный Ярцева запрашивали?

— Да, уже получили. Там нет ничего такого, что привлекало бы внимание.

— А на мобильный Аллы?

— Да как-то не нужно было, — пожал плечами Вторушин. — А вы считаете, что нужно?

— А как же, Илья! — Глаза у Насти загорелись. — Запрашивать детализацию звонков Федулова вы не можете, это опасно, он сразу об этом узнает, а вот звонки Аллы — это нормальный оперативный интерес. И мы сразу узнаем, с какой интенсивностью и когда именно они с Дмитрием разговаривали в последнее время. А заодно и выясним, как общались Алла и Путилин, постоянно или тоже только в последнее время. Вы сможете сделать это быстро и, желательно, не привлекая внимания?

— То есть без официального запроса? — усмехнулся капитан. — Знаете, жизнь в провинциальном городе кое в чем выгодно отличается от жизни в столице: у нас можно практически любой вопрос решить на уровне личных связей. Правда, у нас и информация расходится быстрее.

— Но вы рискнете? — она с надеждой посмотрела на Илью.

— Куда ж я денусь.

Настя посмотрела на часы и охнула: второй час ночи, ворота закрыты. Если Илья сейчас будет покидать территорию усадьбы, то ему придется пройти пост охраны, где его обязательно зафиксируют. А есть ли гарантия, что никто из охранников не знаком с Федуловым и уже рано утром Дмитрий не будет знать о том что его коллега ночью был у Каменской? Нет такой гарантии, не зря же Илья только что сказал об особенностях города. Что же делать?

— Илья, вы меня, конечно, извините, но вам придется остаться у меня до утра, — твердо сказала она. — Если мы не хотим вспугнуть Федулова раньше времени, то вам придется пойти на определенные жертвы.

— А вам? — улыбнулся Илья. — Или посторонний мужик за стенкой ночью — это для вас не жертва?

— Для меня — нет, я привыкла, — улыбнулась она в ответ. — У меня есть... то есть был коллега, который систематически ссорился с женой и просился переночевать у меня в однокомнатной квартире. И ничего, как-то мы с ним умещались.

— И когда я смогу вас покинуть?

— Не раньше десяти утра. До десяти ворота закрыты, и охранники записывают всех, кто входит и выходит. Здесь такие порядки.

— Кошмар! Мне к десяти надо быть на службе... Ладно, что-нибудь придумаю. Позвоню, навру. Не в первый раз. Но я вас действительно не стесню, если останусь на ночь?

— Действительно не стесните. Я вас уложу здесь, в этой комнате, на диване. В ванной есть чистое полотенце и зубная щетка в упаковке. Только вот насчет побриться я не уверена.

— Да не страшно, — махнул рукой Вторушин, — я на службе побреюсь, у меня в кабинете весь джентльменский набор имеется, сами понимаете, никогда не угадаешь, где будешь ночевать, домой поедешь или на стульчиках устроишься.

— Это точно.

Она не испытывала ни малейшей неловкости от присутствия молодого и в сущности малознакомого мужчины в своем номере ночью и сама этому удивлялась. «Неужели я стала такой старой? — думала Настя. — Меня совершенно не беспокоит мысль о том, что Илья увидит меня в халате, надетом на голое тело, а утром — еще и неумытую и непричесанную. В молодости меня бы это смутило. Или нет? Черт, я уже не помню, я ничего не помню из того, что было в молодости. Все это было так давно...»

Настя пропустила гостя в ванную первым, подождала, пока он уляжется на диване, коротковатом и узковатом для его громоздкого тела, потом приняла душ и нырнула в постель. Завтра утром она отправит Илью на службу, а сама...

Она вдруг поняла, что именно сделает завтра утром.

* * *

Тамара была у себя на втором этаже флигеля, когда Настя, проводив Вторушина и быстро позавтракав в кафе, зашла к ней.

— Тамарочка, я решила принять ваше предложение и попробовать, — заявила она прямо с порога.

— Будем шить платье? — обрадовалась Тамара.

— Пока нет, — рассмеялась Настя, — до вашего платья я еще не дозрела. А вот прическу будем менять.

— Отлично!

Тамара тут же подхватилась и начала собираться сменила свободное яркое домашнее платье на брюки и красивую разноцветную тунику, достала альбом и сунула в руки Насте.

— Пока я буду краситься, посмотрите пять последних страниц, я там рисовала варианты вашей прически.

— Моей? — изумилась Настя. — Вы что, были уверены, что я приду к вам стричься, и заранее готовились?

— Нет, уверена я не была, но мне интересно было по работать с вашей фактурой хотя бы на бумаге. Посмот рите, подумайте. Мне кажется, там есть достойные ва рианты.

Тамара скрылась в ванной, а Настя принялась лис тать альбом. Ей было отчего-то страшно открывать по следние листы с «ее» прической, и она оттягивала мо мент, разглядывая знакомые лица гостей и сотрудни ков клуба с новыми стрижками и укладками. Вот Елен Станиславовна Муравьева со сложной конструкцией и волос, которая годится только для вечернего платья А вот Путилина, невзрачная в общем-то женщина, дл которой Тамара придумала стрижку, сразу облагоро дившую ее простоватое лицо. Вот Лена Белякова, доч Бегорского, с волосами другого цвета, но с той же при ческой... А вот и она, Настя Каменская. Господи, чего ж так страшно-то? Как будто на приеме у стоматолога.

Настя зажмурилась, потом осторожно приоткрыл

глаза. Нет, это невозможно! Ну куда она денется с такой головой? На приемы она не ходит, а к такой голове нужно какое-нибудь платье для коктейля. Ей стало смешно, и она смело перевернула страницу. И это тоже что-то невообразимое... Впрочем, не такое уж невообразимое, короткие волосы, длинная челка, из-под которой выглядывают лукавые веселые глаза. Она никогда не носила челку. А что, вообще-то интересно. Но с чего Тамара взяла, что у нее, у Насти, могут быть такие веселые глаза? Как здорово она рисует, сходство просто потрясающее, а ведь рисунок сделан не с натуры, а по памяти.

Она посмотрела все пять рисунков и остановилась на ассиметричной элегантной стрижке. Непонятно, как это будет выглядеть в жизни, но на картинке ей понравилось.

— Ну что? — Тамара появилась на пороге комнаты. — Посмотрели? Выбрали что-нибудь?

— Вот это. — Настя ткнула пальцем в понравившийся рисунок. — Как вы считаете?

— Я считаю, что будет великолепно, — убежденно ответила Тамара. — Пойдемте.

Через десять минут Настя сидела в парикмахерском салоне, накрытая бирюзовой в цветочек пелериной, а Тамара раскладывала на столике ножницы и расчески. Насте снова стало страшно. Одно дело — принимать решение, сидя на диванчике и глядя на картинку, и совсем другое — дать отстричь длинные волосы, то есть уничтожить привычное, давнее и милое сердцу. Тамара уловила ее настроение и тронула за плечо.

— Не бойтесь, Настенька, плохо не будет, я вам гарантирую. Будет ново, непривычно, будет первое время резать глаз, и шее будет все время прохладно. Но в том, что вы будете выглядеть прекрасно, даже не сомневайтесь. Вы говорили, что ваш муж собирается приехать, да?

— Собирается, но не знаю, получится ли у него.

— Обязательно получится. Он приедет и ахнет. Вот посмотрите.

Но Настя уже не хотела смотреть ни на что. Она зажмурилась и отдалась в руки мастера. Даже пока Тамара просто мыла ее голову, Настя не открывала глаза. «Ну и ничего страшного, — уговаривала она себя, слушая пощелкивание ножниц над ухом. — И вообще, я молодец, что решилась. И я молодец, что раскрутила эту головоломку с двумя убийствами. Со мной еще не все кончено, я еще пока кое-что могу. И новую прическу я смогу вынести, и не такое выносила в своей жизни. Полковник Каменская с Петровки закончилась, и с этим надо смириться, но кто сказал, что одновременно с этим закончилась и Настя Каменская? Пусть не та же самая, пусть другая Настя, но она только начинает жить. И пусть это уже другая жизнь, все равно это жизнь, и она только-только начинается. С новой работой, с новой прической, с новыми взаимоотношениями, с новой системой ценностей. Это же здорово! И не нужно этого бояться. Нужно открывать все двери, которые попадаются на твоем пути...»

— Можете открывать глаза, — услышала она голос Тамары. — Все самое страшное уже случилось.

Из глубины зеркала на Настю смотрела зрелая женщина, загадочная и элегантная. С девическим образом и с конским хвостом на затылке было покончено раз и навсегда. «Жаль, что меня не видит Старков, — промелькнула озорная мысль. — Он бы оценил».

— Ну что? — спросила Тамара насмешливо. — Мир не рухнул? Все живы?

— Более чем, — бодро ответила Настя. — Я себя не узнаю, но получилось здорово. Только шея мерзнет.

— Я вас предупреждала. Но вы скоро привыкнете, вам даже будет нравиться это ощущение прохлады. А что насчет платья? Не созрели?

— Пока нет. Для меня и новой прически-то слишком много, дайте мне время оправиться от шока.

— Дам, — очень серьезно ответила Тамара. — А пока вы приходите в себя, давайте-ка я с вас мерочки сниму.

— Не нужно, — запротестовала Настя.

— Ну почему же? Мерки вас ни к чему не обяжут, а у меня они на всякий случай будут. Вдруг вы решитесь? Я пока начну делать выкройку, а там посмотрим.

Настя послушно дала себя измерить, удивляясь неожиданной мысли, пришедшей в голову: а что она, собственно говоря, станет носить с этой новой прической? У нее ведь нет ни одного платья или костюма, только джинсы, брюки, свитера, джемпера да кофточки. Даже юбки нет. «Сейчас возьму машину и поеду по магазинам. Все равно нужно ждать, пока Вторушин раздобудет распечатки звонков Аллы Ярцевой. Вот и убью время. Правда, Бегорский предупреждал, что хороших вещей в местных магазинах нет, но можно же ничего не покупать, только примерить, чтобы понять, как нужно одеваться с такой стрижкой. Новый образ требует новой одежды. Лешка меня выгонит из дома, если я начну тратить деньги на тряпки... Ничего, как-нибудь прорвусь. И вообще, я еще ого-го! Рано меня на свалку», — думала она с улыбкой.

Но до магазинов дело не дошло. Вернувшись в номер и проверив электронную почту, Настя обнаружила послание от Вторушина: «Пересылаю вам детализацию звонков А.Я. с 1 декабря 2009 года. С вас торт. И.В.».

Ну какие же могут быть магазины! Настя загрузила приложение к письму и приступила к его изучению. Первым делом она просмотрела переговоры Аллы и Юрия Путилина, который для Аллы был Костей Еремеевым. Вот Костя неделю назад позвонил Алле, отмечен входящий звонок с его номера, разговор длился недолго, четыре с половиной минуты. До этого в течение двух месяцев никаких контактов между ними не было, и вдруг он ей позвонил. Спустя примерно минут двадцать уже сама Алла перезвонила ему, и на этот раз они разговаривали восемнадцать с лишним минут. Разговор, видно, был серьезным. Потом Алла позвонила Еремееву накануне гибели, полторы минуты. Потом в день гибели — две минуты. И последний звонок — за час до их убийства, звонок самый короткий, меньше, чем полминуты. Какие выводы можно сделать из этой картины? Сначала Костя, то есть Юрий Путилин, позвонил своей бывшей любовнице и поделился с ней тревогой. Алла ничего подобного не ожидала, не была готова к разговору, отреагировала на звонок вяло и быстро свернула беседу. Однако, обдумав услышанное, она поняла, что Костя в плохом состоянии и надо попытаться его успокоить. И через двадцать минут уже сама позвонила бывшему любовнику и уговаривала его не волноваться. Целых 18 минут уговаривала! Вероятно, не уговорила и сделала вывод, что с Костей надо что-то решать. По идее, где-то вскоре после этого должен иметь место ее звонок Федулову. Ну-ка проверим.

И тут на Настю снова накатил страх. А если она ошибается? Она придумала красивую историю и даже почти убедила в своей правоте Илью Вторушина, заставив его подозревать в страшных преступлениях своего коллегу, и сейчас вот здесь, на этих самых страницах, выведенных на экран компьютера, либо найдется подтверждение ее правоты, либо все рухнет. Нет, на самом деле ничего, конечно, не рухнет, совсем не обязательно, чтобы Алла звонила Федулову на те самые номера, которые известны Насте и Вторушину. У Федулова может быть второй мобильник и даже третий, сегодня многие имеют несколько номеров, которые они дают далеко не всем. Однако если звонок Аллы Федулову найдется, это будет означать только одно: расколоть его будет делом нескольких минут, потому что он беспечен и за себя не опасается, он совершенно уверен в собственной ловкости и предусмотрительности, а также в глупости и непрозорливости всех окружающих. Впрочем, это характерно для подавляющего большинства преступников, в противном случае они не совершали бы преступлений.

Да, вот он, звонок Аллы Федулову в тот же день, что и долгий разговор с Костей, буквально через полчаса. Настя с облегчением перевела дыхание и стала смотреть подробнее. Весь декабрь — никаких переговоров между Аллой и Федуловым. Весь январь — то же самое. А вот в начале февраля... Настя открыла блокнот и сверилась со своими записями. Все правильно, Федулов звонил Алле за полтора часа до того, как Настя связалась с Ярцевой и разговаривала с ней, а ровно через три минуты после окончания разговора Алла позвонила ему. То есть сначала Дмитрий предупредил Аллу о том, что ей будет звонить Каменская, и, вероятно, проинструктировал: это касается Кости Еремеева, ничего страшного, пусть не волнуется, но после разговора пусть сразу же перезвонит ему и расскажет, что к чему. Алла и позвонила. Доложила, отчиталась. Молодец, послушная девочка.

Потом в общении Ярцевой и Федулова снова наступает перерыв. Ровно до тех пор, пока не объявился со своими тревогами Костя Еремеев. Между длинным разговором с Костей и днем двойного убийства Ярцева регулярно и подолгу общается с Федуловым. Вот и последние звонки: Алла позвонила ему накануне убийства, сразу после этого перезвонила Косте, следующий звонок был в день убийства утром, и снова после этого Ярцева звонит Еремееву, потом они созваниваются днем, очень коротко, потом вечером, и снова разговор длится меньше минуты, и, наконец, два последних созвона, первый — в час ночи, после чего сразу же следует звонок Еремееву, и второй — в час двенадцать. Все. Больше никаких переговоров Алла Ярцева с Дмитрием Федуловым не вела. А около двух часов ночи ее машину столкнули с дамбы.

Эта веселая картинка свидетельствует о том, что Ярцева была в сговоре с Федуловым. Она постоянно получала от него инструкции и в соответствии с ними перезванивала Косте. Она просила Федулова решить вопрос с Еремеевым, Дима придумал схему убийства и велел Алле слушаться и ничего не спрашивать, а сам наверняка уже сразу решил избавиться заодно и от нее, иначе этому шантажу конца не будет. Он тщательно инструктирует Аллу, которая послушно выполняет его указания. Алла напоила мужа до бесчувствия, позвонила Федулову, сообщила, что «клиент готов», Федулов велел позвонить Косте и пригласить его на свидание, о котором Алла с Еремеевым уже в принципе договорилась раньше, осталось только уточнить время и место. Вот она и уточняет. Звонит она Еремееву и говорит, что сейчас заедет за ним. Но ей нужно передать Федулову ключи от «Лендровера» Романа, поэтому через несколько минут она звонит ему еще раз, сообщает, что благополучно вышла из дома, что ключи у нее, а Костя стоит в условленном месте и ждет, когда она за ним заедет. Федулов велит ей подъехать куда-то, чтобы отдать ему ключи, потом забрать Костю и везти его к дамбе. Впрочем, возможно, все было еще проще, и Алле не нужно было никуда возить ключи — Федулов мог ждать ее прямо возле подъезда. Она звонит, говорит, что все готово, он появляется из-за угла буквально на мгновение, забирает ключи, и Алла уезжает. Все остальное Федулов проделывает сам.

Все сходится. Интересно, кто позвонил в дежурную часть и сообщил о падении машины с дамбы? Неужели действительно очевидец? Ой, что-то сомнительно, чтобы в Томилине жили такие сознательные люди. Скорее всего, это сделал сам Федулов. На всякий случай изменил голос, разговаривал через платок и звонил из уличного автомата рядом с дамбой, а не со своего мобильника, потому что в дежурной части все номера определяются. Ему нужно было, чтобы машину начали искать и поднимать из воды как можно раньше, пока Ярцев не проснулся, не прочухался и не обнаружил свою машину с ключами и разбитым передком, а то мало ли как он себя поведет.

И ведь у Федулова все получилось. И машину нашли быстро, и трупы подняли и опознали, и Ярцева установили, и квартиру его нашли, и машину... Все получилось.

Но, вероятно, чего-то он все-таки не учел, раз Насте удалось разгадать его схему.

Глава 15

Никогда он не думал, что в камере так неудобно жить и так жестко спать. Сна не было вообще. Были только судорожно всплывающие в сознании воспоминания и попытки понять, как же так вышло...

В конце 2006 года жена Федулова Светлана ходила беременная третьим ребенком. Он очень хотел этого ребенка, он вообще любил детей, а тут ультразвук показал, что будет мальчик, и он радовался, как никогда в жизни. Только вот квартирный вопрос покоя не давал: родители, Дмитрий с женой и двумя девочками, младшая сестра с мужем и ребенком — и все они ютились в «двушке» друг у друга на головах. А тут еще малыш...

И вдруг ему предложили купить участок с уже построенным деревянным коттеджем, причем задешево, потому что человеку надо продать срочно, и у него уже есть несколько претендентов на покупку. Решение надо было принимать в считаные часы, а денег у Федулова не было, но зато была подаренная бизнесменом дорогая машина, которую Дима водил по доверенности. Доверенность не генеральная, чтобы продать машину, доверенность надо сделать с правом продажи, а владельца в тот момент не было в городе, он уехал на месяц по делам. И тогда Федулов обратился к своей любовнице Алле Ярцевой, которая недавно получила наследство и располагала большими деньгами. Он обещал отдать долг в течение месяца, как только вернется бизнесмен и удастся продать машину. Алла легко согласилась, дала деньги, но оформила договор займа с драконовской страховкой, то есть если Федулов деньги вовремя не отдаст, она имеет право отобрать у него дом в счет погашения долга. Федулов соглашался на любые условия, потому что был абсолютно уверен: долг он отдаст, и даже раньше оговоренного срока. Однако бандиты сожгли его машину, продавать стало нечего, и долг вернуть он не смог.

В середине 2007 года у Аллы погибла дочь Алиса, и на некоторое время она вообще забыла о долге, во всяком случае, отношения с Федуловым она прекратила и о деньгах не заговаривала. Он жил в доме, старался не думать о плохом, и это ему вполне удавалось. Он даже сумел себе внушить, что ситуация сама собой рассосалась и можно жить в доме, не заплатив за это ни копейки.

И вдруг в сентябре 2009 года объявилась Алла и попросила о встрече. Она сказала, что нужно убрать одну вредную старуху, которая мешает удочерить девочку, очень похожую на Алису. Девочка — сирота, живет с опекуншей, опекунша не возражает, органы опеки не возражают, а девчонка упирается, потому что вбила себе в голову, что хочет вырасти и жить вместе с Аидой Борисовной Павловой. При имени Павловой Федулов вздрогнул, он очень хорошо помнил Аиду, она еще работала, когда он только начинал карьеру опера, и многому полезному его научила. Дмитрий предлагал Алле поискать другого исполнителя, а Алла рассказала, что уже пыталась и даже предлагала убрать Аиду своему нынешнему любовнику Косте Еремееву, сотруднику клуба «Золотой век», но Костя резко отказался.

— А ты, Дима, должен мне денег, или ты забыл? Долг надо отрабатывать. Или возвращай деньги, или я отниму у тебя дом. И делать все надо очень быстро, пока старуха нам ничего не напортила.

Федулов пришел в ужас: терять дом он не может, денег у него нет, и он согласился выполнить заказ Аллы Ярцевой. Ему казалось, что он придумал гениальный ход: инсценировать убийство, повторяющее нераскрытое преступление в отношении Корягиной. Если по городу ходит маньяк, то пусть на него и второе убийство спишут. Надо только подловить подходящий момент. В развитие своей задумки он немного последил за Аидой Борисовной, убедился, что она ходит в серьгах и носит на шее всеразличные шарфики и платочки. Это еще больше укрепило его в идее инсценировки. Осталось подыскать место. Самым удобным показалась ему не охраняемая по ночам стройка неподалеку от дома Павловой. Федулов подкараулил ее на улице, окликнул, подошел. Аида Борисовна ему обрадовалась, а он сказал, что на стройке произошло преступление, один раз место происшествия уже осматривали, но ему показалось, что осмотрели плохо, и он идет туда, чтобы посмотреть все еще раз. И попросил Аиду Борисовну пойти с ним, у нее же такой опыт, такой точный и верный глаз. Павлова удивилась, но согласилась. Они прошли на территорию, где сентябрьским вечером уже никого не было, и Федулов задушил ее шарфом. Вырвал из уха сережку, бросил рядом, на грудь положил купленное заранее и принесенное с собой зеркальце, забрал у Аиды Борисовны из сумочки ключи от ее квартиры, пошел к ней домой, проверил компьютер и уничтожил всю ее переписку с Полиной Солодко, чтобы Аиду и Полину ничто не связывало. Потом вернулся на место преступления, положил ключи в сумочку и ушел. Труп, как он и рассчитывал, обнаружили только утром, когда на стройку стали приходить рабочие.

Второе убийство встало в один ряд с первым, город заволновался, что по улицам ходит маньяк, убивающий всех, кто связан с усадьбой и с клубом, а тут еще статья в «Томилинском курьере» так удачно нарисовалась, и все следствие пошло по пути поиска сумасшедшего, что Федулову было только на руку. Он изо всех сил отстаивал эту версию и очень старался искать маньяка. Алла не уточнила, сколько именно денег она «зачла» в счет долга, но Федулов отчего-то был уверен, что долг покрыт полностью. И очень скоро выяснилось, что он жестоко ошибся.

Потом приехала Каменская, и ему сперва тоже удалось ее убедить, что надо искать маньяка. На какое-то время этого хватило. А потом Каменская начала работать и в других направлениях, но Федулов не особенно беспокоился, потому что не верил в то, что какая-то дамочка из столицы сможет проникнуть в его хитроумный замысел. Он выполнял поручения Каменской и ловко, как ему казалось, делал вид, что никогда не знал никакой Аллы Ярцевой и только сейчас впервые услышал ее имя. Однако вдруг объявилась Алла и сказала, что ей звонил Костя, он обеспокоен, ему надоело врать, когда ему задают вопросы об Аиде Борисовне и Алле Ярцевой, у него нервы на пределе, и предупредил, что если история с Полиной выйдет наружу и его будут спрашивать, он расскажет, что Алла предлагала ему совершить убийство. Алла слышала по его голосу, что он действительно крайне нервозен, она боялась, что Костя ее сдаст, и попросила Федулова решить эту проблему.

— Ты еще не отдал мне долг, смотри, а то дом отберу, — с усмешкой сказала она. — Ты же не думаешь, что одной жалкой старушонкой весь долг отработал. Тебе за эти деньги еще пахать и пахать.

Дмитрий Федулов хорошо помнил одну фразу из Пауло Коэльо: то, что произошло один раз, может больше не повториться, но то, что произошло два раза, обязательно случится в третий. Алла снова обратилась к нему с просьбой совершить преступление, и конца этому не будет. Он не может отдать долг, у Аллы есть на руках договор займа, и она в любой момент может оставить его без дома. Этот вопрос надо решать. И он придумал, как его решить.

Он позвонил Алле и сказал: «Я разработал схему, но

ты должна понять одну вещь. В городе и так два громких убийства нераскрыты, третьего быть не должно, иначе последуют оргвыводы. Кто-то должен сесть. Ты не возражаешь, если это будет твой муж?» Алла не возражала, пьющий слабый муж ей давно надоел, а брачный договор у них составлен таким образом, что, если его посадят, она станет полновластной хозяйкой, захочет — будет заниматься бизнесом, не захочет — продаст и будет жить на эти деньги. Федулов велел ей приехать в Томилин вместе с мужем, остановиться в их прежней квартире, при этом сделать так, чтобы каждый из них приехал на своей машине. Алла сказала, что это не проблема, она договорится с мужем, что поедет рано утром и будет его ждать, у него в этот день с утра переговоры, которые он не может отменить, и он приедет только после переговоров, и вообще он безвольный и покорный идиот, который сделает все, что она скажет.

Через два дня супруги Ярцевы были в Томилине. Следуя инструкциям Федулова, Алла сходила с мужем на кладбище, потом разыграла депрессивное настроение и предложила Роману выпить. Тот с удовольствием согласился, она выпила рюмку — он пять, она поощряла его продолжить и дождалась, пока он напьется в грязь и рухнет на диван «без сознания». Алла, опять же следуя наставлениям Федулова, позвонила Косте заранее и сказала, что вечером им надо будет встретиться, чтобы решить один важный вопрос. Когда Роман уснул, Алла взяла у него ключи от машины, вышла из дома, села в свою машину, встретилась с Федуловым, отдала ему ключи от «Лендровера» мужа, потом поехала за Костей Еремеевым и повезла его на дамбу. Она была уверена, что Дмитрий убьет Костю, он ведь ясно дал ей понять, что все продумал, и велел не задавать лишних вопросов. Алле и в голову не могло прийти, что вместе с Костей Еремеевым Федулов убьет и ее тоже.

Дальше все было просто. Федулов взял машину Ярцева, на ней подъехал к дамбе, столкнул в воду машину с сидящими в ней Аллой и Костей, вернулся к дому Ярцевых, поставил разбитую машину у подъезда, оставил ключи в замке зажигания, предварительно позвонив из автомата в дежурную часть и сообщив о том, что «Лендровер» столкнул с дамбы «Мазду». Ему обязательно нужно было, чтобы трупы выловили как можно быстрее и пришли за Ярцевым, пока он не проснулся и не сообразил, что что-то не так.

Так и получилось. Роман Ярцев стал единственным и наиболее реальным подозреваемым в убийстве из ревности своей жены и ее любовника.

Чего же он не учел? Где просчитался? Ведь все было так тщательно продумано, так аккуратно исполнено...

* * *

Настя вскочила с постели за несколько минут до звонка будильника, который она поставила на 6.30 утра. В семь часов с минутами прибывает поезд, на котором приедет Чистяков, и к его появлению в усадьбе она должна быть умыта и одета... Господи, хоть бы Тамара успела! «Какая я дура, — корила она себя, умываясь и выдавливая пасту на зубную щетку, — чего я так долго сопротивлялась Тамаре? Надо было сразу соглашаться на новое платье, а не упрямиться, тогда оно бы уже спокойно висело в шкафу и дожидалось приезда Лешки. Тамара обещала, что успеет дошить платье. А вдруг не успеет? И никакого сюрприза не получится».

Умывшись, она махнула щеткой по идеально лежащим волосам, влезла в спортивный костюм и помчалась на второй этаж к Тамаре. Дверь была не заперта, значит, Тамара уже встала. Или вообще не ложилась.

— Ну как, Тамарочка? Успеваем? — выдохнула Настя, ворвавшись в мастерскую, где Тамара, стоя рядом с яркой лампой, рассматривала какую-то ткань.

Та глянула на Настю поверх очков и засмеялась.

— Уже успели. Минут десять назад закончила. Раздевайтесь, будем смотреть.

Настя быстро скинула костюм, надела новое платье и встала перед зеркалом. Здорово! Шока не было, она уже видела все это во время предыдущих примерок и вполне успела прийти в себя от изумления. Но восхищение мастерством и фантазией Тамары Виноградовой осталось таким же острым. В этом платье она уже не была прежней Настей Каменской, она была какой-то другой женщиной, новой, незнакомой и очень красивой. Уверенной в себе, независимой и ничего не боящейся.

— Вы волшебница! — искренне сказала она. — Вам удалось хоть чуть-чуть поспать?

— Честно признаться — нет. Но это не страшно. Выспаться я всегда успею. Машина пошла на вокзал?

Настя посмотрела на часы.

— Должна была. Через десять минут поезд придет.

— Значит, через двадцать минут ваш муж будет здесь. Идите-ка сюда, я вам тут к завтраку кое-что испекла.

— Ну что вы, Тамара, — застеснялась Настя, — зачем?

— Ну как это — зачем? Кафе откроется только в десять, а ваш Алексей наверняка голодный. Кофе выпьете с моими булочками, они у меня всегда очень вкусные, по бабушкиному рецепту.

Она повела Настю на кухню и вручила ей целое блюдо восхитительно пахнущих булочек с корицей и ванилью.

Совершенно счастливая, с новым платьем и свежими булочками, Настя вернулась к себе. Ей страшно хотелось одеться и выйти к воротам, чтобы приблизить момент, когда она встретится с Лешкой Чистяковым, но... Не надевать же поверх такого шикарного платья бесформенную куртку с капюшоном. И на ногах будут сапоги-«луноходы». Обхохочешься. А если надеть джинсы и свитер, то, когда она разденется в номере, не получится сюрприза. Нет уж, она будет терпеть.

Но терпеть получалось плохо. Платье было тонким и легким, и стоять в нем у окна было холодно, а не стоять у окна означало бы не увидеть, как Лешка в сопровождении водителя будет идти через курдонёр и подходить к флигелю. Она все-таки осталась у окна, накинув поверх платья теплый плед. Что она может увидеть в середине февраля в начале восьмого? Темень же еще! Но она все равно стояла, совершенно уверенная в том, что уж своего мужа она увидит хоть в кромешной тьме.

И она действительно увидела его. Чистяков шел быстрым упругим шагом, водитель нес его спортивную сумку. «Какой Лешка еще молодой, — с легкой завистью подумала Настя. — У меня никогда не было такой походки, даже в молодости. Наверное, я родилась уже состарившейся».

Она дождалась, когда Алексей и водитель поднялись на крыльцо флигеля, и снова подошла к зеркалу. Новая. Чужая. Незнакомая. А вдруг Лешке не понравится? А вдруг он испугается этой новизны? Он знает ее тридцать пять лет, это все-таки срок, после которого не захочется менять привычки. Или захочется? Настя вдруг поняла, что за тридцать пять лет так и не поняла своего мужа до конца, она даже не может предсказать, готов ли он к переменам и хочет ли их.

Открылась дверь, водитель поставил сумку на пол.

— Аська! — раздался такой родной голос. — Я приехал! Ты спишь, что ли?

Она поглубже вдохнула и вышла из комнаты.

— Елки-палки! — протянул Чистяков. — Это что? Аська, это ты, что ли?

— Леш, если тебе не нравится... — испуганно заговорила она.

— ...то ты это снимешь, — закончил он со смехом. — А состриженные волосы соберешь из мусорки и приклеишь назад. Погоди, дай я рассмотрю.

Он отступил на шаг и принялся, прищурившись, разглядывать жену. Лицо его, кроме веселой насмешки, ничего не выражало, и Насте показалось, что ему все это совсем не нравится. Ну совсем не нравится. Ни капельки. Ладно, он прав, платье можно снять и никогда больше не надевать, а вот что делать с прической?

— Непривычно, — наконец, вынес он вердикт. — Стрижка тебе очень идет. Ты повзрослела, стала такая дама... Но это хорошо. Правда, хорошо.

— А платье? — осмелела Настя.

— Аська, ну куда ты пойдешь в таком платье? Это же смешно. При твоем-то образе жизни!

— А ты своди меня в ресторан. Или в театр.

— Ну да, тебя сводишь. Только билеты купишь или столик закажешь, так у тебя очередной труп нарисуется, знаю я тебя, уж сколько раз мы это проходили. Ну-ка встань боком.

Она послушно повернулась и замерла. Чистяков продолжил осмотр, потом вынес окончательное решение:

— Платье красивое. И оригинальное. Ни у кого такого нет, во всяком случае, у нас в институте я такого ни на ком не видел. Будешь в нем лучше всех. А теперь признавайся: это Бегорский?

— Что — Бегорский? — не поняла Настя.

— Это его влияние? Ты в него влюбилась и теперь пляшешь под его дудку?

— Леш, да ты с ума сошел! — она расхохоталась. — Какой Бегорский? Какое «влюбилась»? Это Тамара, его невеста. Она и парикмахер, и портниха. И вообще она совершенно замечательная, она ночь не спала, чтобы дошить это платье к твоему приезду. И, между прочим, она нам с тобой на завтрак сдобных булочек напекла.

— Да? — оживился Алексей. — Тогда я, пожалуй, разденусь и пройду в пищеблок, а ты будешь меня обслуживать в этом феерическом наряде. И кстати, может ты наконец подойдешь и поцелуешь мужа после долгой разлуки?

Он протянул руки, и Настя крепко прижалась к нему. Как хорошо, что он приехал!

Булочки оказались невероятно вкусными, и даже растворимый кофе не показался Насте таким противным, как раньше.

— Слушай, я уже начинаю любить и уважать твою Тамару, — говорил Чистяков с набитым ртом. — Она не только хороший парикмахер и талантливая портниха, она еще и превосходный кулинар. Какие у нее еще есть достоинства?

— Она умная. У нее хорошее чувство юмора. И еще она достаточно жесткая, чтобы противостоять Бегорскому и не идти у него на поводу.

— Да ну? — вздернул брови Алексей. — Действительно, кладезь положительных черт. Противостоять твоему Бегорскому непросто.

— Он не мой, — запротестовала Настя.

— Неважно. Он меня совершенно изнасиловал перед отъездом. Я имел глупость позвонить ему, он ведь оставлял мне свой телефон, когда диктовал, какие вещи тебе передать. Позвонил и спросил, как лучше добираться до вашего Томилина, поездом или еще как. Он как узнал, что я собираюсь к тебе, так решил, что немедленно должен взять процесс моей отправки в свои руки, и начал мне подробно описывать, как одеться, что взять с собой, в какой вагон покупать билет, в общем, все мозги мне вынес. Если твоя Тамара и в самом деле такая чудесная, то на кой черт ей сдался этот зануда?

Настя пожала плечами.

— Любовь, наверное. И вообще, насколько я поняла, они знакомы с детства, лет не то с тринадцати, не то с пятнадцати, как мы с тобой. Наверное, она к нему привыкла и не раздражается от его причуд.

— Ну да, — кивнул Леша, — это можно понять, я же к тебе привык — и ничего, живу, хотя ни один другой мужик тебя не вынес бы и трех дней.

— Это еще неизвестно, кто к кому привык, — обиделась Настя. — У тебя тоже тараканов полно. Ладно, давай строить планы.

— Давай, — с готовностью согласился он. — Значит,

сейчас я принимаю душ и переодеваюсь, потом ты мне длинно и подробно рассказываешь, какие такие страшные преступления ты здесь раскрыла, а я в это время, как арабский шейх, валяюсь на диване и доедаю булочки. Потом мы идем гулять, ты показываешь мне усадьбу и знакомишь меня со своей собачонкой. Потом мы идем куда-нибудь обедать. А потом лично я ложусь спать, потому что с моим ростом на вагонных полках не больно-то выспишься.

— А я?

— А ты будешь охранять мой сон. Можешь что-нибудь почитать, — милостиво разрешил Чистяков. — Когда я высплюсь, мы берем машину и едем смотреть город, ты мне показываешь все места, связанные с твоим расследованием, и мы опять гуляем, и пьем кофе где-нибудь в маленькой кафешке, и едим пирожные. Потом ужинаем и садимся перед телевизором. И до пяти утра смотрим Олимпиаду. Да, нужно будет не забыть купить какой-нибудь еды на ночь, орешков там, конфеток, печеньица, чтобы можно было грызть на нервной почве. Как тебе мой план?

— Супер! — восхитилась Настя. — Только ты не учел одну маленькую деталь: я встала в седьмом часу и вряд ли выдержу телевизионный просмотр до пяти утра.

Чистяков сделал невинное лицо.

— И что ты предлагаешь? Не смотреть Олимпиаду? На это я пойти не могу, и не проси.

— Я предлагаю, чтобы ты разрешил мне днем поспать вместе с тобой.

— Ах вон чего, — протянул он. — Ну, это ты, мать, хватила. Спать она собралась! А кто будет сидеть рядом и охранять меня?

— А мы Подружку приведем, она будет нас охранять. Ляжет на пол у кровати и будет охранять.

— А она сумеет?

— Сумеет, — заверила его Настя со смехом, — она большая и умная.

— Тогда ладно, — согласился он. — Разрешаю тебе спать. А теперь выдай мне полотенце, я пошел мыться.

Пока Чистяков принимал душ, Настя переоделась и разложила на столе свои записи, готовясь к подробному рассказу о том, как провела время в Томилине. Она все-все расскажет Лешке, даже про то, как ей не понравился Вторушин с его повествованием о бабушкиных стертых бедрах, и про то, как встречалась со Старковым, признавшимся ей в былой влюбленности, и про то, как давилась овсянкой и покупала в магазине «неправильную и вредную» еду. И даже про розовый с зеленым торшер с изысканным именем Харлампий Аколуфьевич. Как хорошо, что у нее есть такой Лешка, который любит и умеет слушать и которому можно все рассказать, потому что он самый умный и самый добрый, он все поймет и во всем разберется.

* * *

Подружка отнеслась к Чистякову настороженно, она никак не могла понять, что это за дядька, а вдруг это ветеринар, который сейчас достанет большой шприц и начнет делать больно? Но когда они втроем вышли из зверинца и отправились привычным маршрутом вниз к реке, собака успокоилась и занялась своими делами, попутно обнюхиваясь с другими собаками, которых выгуливали волонтеры.

— Как у вас тут много собачников, — заметил Алексей.

— Это добровольцы, они только гуляют с собаками из зверинца, — объяснила Настя.

— А почему ты выбрала именно эту собаку? — спросил он. — Выбрала бы вон ту, смотри, какая симпатяга. И явно молодая, здоровая.

Он показал на бело-рыжую некрупную дворняжку, которую вела на поводке женщина лет тридцати. Дворняжка весело подпрыгивала и живо интересовалась всем происходящим.

— Потому и выбрала, что Подружка старая и больная. Молодых и здоровых все любят, а вот старые и больные никому не нужны.

Леша искоса посмотрел на нее, потом обнял за плечи и прижал к себе.

— Я тебя очень люблю, — едва слышно шепнул он.

День шел по плану, они погуляли, пообедали, поспали, уложив Подружку на пол рядом с кроватью, съездили в город, где Настя показала мужу здание горотдела внутренних дел, концертный зал и проходной двор, где убили Корягину, а также дом, где она жила, потом они выпили кофе и съели по куску торта, потом поехали в район новостроек, где жила и была убита Аида Борисовна Павлова. И даже съездили на кладбище, и Настя показала Алексею две могилы — Павловой и Алисы Ярцевой. Ужинать отправились в ресторан при гостинице «Заря», в баре которой Настя встретила Полосухина и его сообщника Аркадия Вольдемаровича.

Ей казалось, что до пяти утра она не выдержит, но оказалось, что болеть «за наших» — дело азартное и увлекательное, и она даже не заметила, как прошло время. Надо же, а ведь она никогда прежде не интересовалась спортом... Неужели действительно на пороге пятидесятилетия ей начинают открываться новые стороны жизни, о существовании которых она даже не подозревала? Неужели после пятидесяти лет не продолжается кое-как прежняя жизнь, а начинается другая, совсем новая?

Засыпая, она с сожалением подумала о том, что сегодня не увидела снегиря. А ей так хотелось показать его Чистякову!

* * *

Три дня, которые Алексей сумел выкроить из своего рабочего графика, закончились быстро. Они много гуляли, до утра смотрели соревнования и потом спали до полудня. Чистяков познакомился с Тамарой, пришел от нее в полный восторг и с удовольствием сидел вместе с ней и с Настей за чашкой чаю и болтал обо всем на свете. Тамара даже уговорила его прийти к ней на стрижку, и он остался очень доволен.

Поезд на Москву проходил через Томилин в шесть вечера. После обеда они собрали вещи и пошли в зверинец прощаться с Подружкой. Возле вольера собаки стояли супруги Путилины, оба в черном, и Вера Алексеевна Бегорская.

— А у нас радость, Настенька, — сообщила Вера Алексеевна, — вот вашу Подружку забирают.

В первый момент Настя отчего-то испугалась.

— Как забирают? Куда?

— Мы забираем, — вступил Путилин. Губы у него дрожали, руки тряслись, видно, он еще не пришел в себя после похорон сына. У его жены слезы стояли в глазах. — Мы, знаете ли, привыкли заботиться и тревожиться, а теперь вот не о ком... Решили взять собачку, старенькую, как мы. Будем вместе жизнь коротать. Верочка сказала, что вы дружили, ходили к ней, имя ей дали. Будет теперь нам подружкой на старости лет.

— Она ведь старая, бездомная, беспородная, — добавила Путилина. — Кому она нужна? Кто будет о ней заботиться? Да и сколько ей осталось? Кто знает... Может, день, а может, два-три года. Пусть уж она этот срок доживет в тепле и заботе.

Настя с трудом сдерживалась, ей хотелось расплакаться и от благодарности к этим людям, только что потерявшим единственного сына, и от жалости к старой Подружке, и от жалости к себе самой. Надо же, она, оказывается, успела привязаться к этой собаке, и расставаться было больно и грустно.

А собака все понимала. И смотрела на Настю большими печальными глазами. И даже хвостом не виляла.

* * *

Настя и Алексей устроились в спальном вагоне, и оба немедленно вытянулись на своих полках. Они снова до утра смотрели Олимпиаду и теперь смертельно хотели спать. Настя уже почти провалилась в дрему, когда вспомнила, что собиралась позвонить. Надо сделать это сейчас, пока поезд не выехал в зону, где нет покрытия сетью телефонной связи.

Она достала телефон и набрала номер Татьяны Корягиной. Жаль ее, она ведь, в сущности, неплохая тетка. Сначала мать потеряла, потом неверного любовника, который оказался убийцей матери. Насте хотелось сделать ей что-нибудь приятное.

— Вы сердитесь на меня? — спросила она осторожно.

— Да за что же? — искренне удивилась Татьяна.

— Но ведь получилось, что я приехала и разрушила вашу жизнь. Леонида арестовали, и вообще...

— Да ладно вам, я сама виновата, все искала принца на белом коне, все выбирала, вот и довыбиралась, завела, дура набитая, любовничка, который мою же мать и убил.

— Если вас все еще интересует Харлампий Аколуфьевич, то я знаю, где его можно найти.

— Правда?

По тому, как дрогнул голос Татьяны, Настя поняла, что все ее слова — пустая бравада, и она грустит о матери и, наверное, все-таки любила ее. Пусть по-своему, но любила.

Ну и хорошо.

Литературно-художественное издание

КОРОЛЕВА ДЕТЕКТИВА

Александра Маринина

ЖИЗНЬ ПОСЛЕ ЖИЗНИ

Ответственный редактор *А. Дышев*
Редактор *Г. Калашников*
Художественный редактор *А. Сауков*
Технический редактор *Н. Носова*
Компьютерная верстка *Г. Клочкова*
Корректор *Н. Витько*

ООО «Издательство «Эксмо»
127299, Москва, ул. Клары Цеткин, д. 18/5. Тел. 411-68-86, 956-39-21.
Home page: **www.eksmo.ru** E-mail: **info@eksmo.ru**

Подписано в печать 20.07.2010.
Формат 84x108 $^1/_{32}$. Гарнитура «Гарамонд». Печать офсетная.
Бумага офс. Усл. печ. л. 21,84.
Тираж 280 000 экз. Заказ 3075.

Отпечатано в ОАО «Можайский полиграфический комбинат».
143200, г. Можайск, ул. Мира, 93.
www.oaompk.ru тел.: (495) 745-84-28, (49638) 20-685

ISBN 978-5-699-43678-1

9 785699 436781 >